ro
ro
ro

Janna Solinger ist das Pseudonym einer erfolgreichen Jugendbuchautorin, die bereits in frühen Jahren mit dem Schreiben begann. Sie lebt mit ihrem Mann und den Kindern im Rheinland.

JANNA SOLINGER

Zoe und die Liebe

ROMAN

Rowohlt Taschenbuch Verlag

Originalausgabe
Veröffentlicht im Rowohlt Taschenbuch Verlag,
Reinbek bei Hamburg, November 2017

Redaktion Katharina Rottenbacher
Umschlaggestaltung FAVORITBUERO, München
Umschlagabbildung FAVORITBUERO, München;
Olga Lebedeva/shutterstock.com
Satz aus der TrinitéNo2 PostScript, InDesign, bei
Pinkuin Satz und Datentechnik, Berlin
Druck und Bindung CPI books GmbH,
Leck, Germany
ISBN 978 3 499 29152 4

Kapitel 1

Zoe London war davon überzeugt, eine ganz und gar entzückende Leiche abzugeben, wenn ihr Chef erst mit ihr fertig war. Hübsch mit Petticoat unterm Kleid und Locken in den schwarzen Haaren würde sie in ihrem Sarg liegen und wie zum Wachküssen aussehen. Spätestens dann würde Tobias es bitter bereuen. Sie allerdings nicht weniger.

Bitte, fahrt doch alle woanders lang!, dachte sie. Ich muss es pünktlich schaffen!

Unbeeindruckt von ihrem stummen Betteln und Flehen verstopften die Kölner stur die Straßen. Zoes Rock verrutschte, weil sie mit den Knien abwechselnd auf- und abfederte, als würde sie auf der Stelle rennen. Wollte sie sich ein weiteres Paar Schuhe ruinieren? Zum dritten Mal in zwei Minuten sah sie auf ihre Armbanduhr. Das würde knapp werden, verdammt knapp. Und jetzt stand das Taxi auch noch im Stau, vermaledeiter.

«Wie ist das eigentlich wirklich mit Elvis?», fragte der Fahrer. Mit seinem weißen Bart und dem roten Kurzarmhemd erinnerte er an den Weihnachtsmann im Sommer. Am Armaturenbrett klebte ein Foto, auf dem er mit drei Dackeln zu sehen war, die er alle gleichzeitig an sich drückte.

«Mit Elvis?» Oh, bitte keine Elvis-Sprüche. Nicht auch noch das!

«Na, lebt er noch oder nicht?»

Sie lächelte nachsichtig. «Ich frage ihn, sollte ich ihn mal treffen.» Sie könnte sich im Jenseits nach ihm erkundigen, gleich nachdem Tobias sie eigenhändig erwürgt hatte. Sicher dachte der Taxifahrer, dass er der Erste war, dem diese *lustige* Elvis-Anspielung auf ihren Rockabilly-Stil eingefallen war. Das dachten alle. Sie war zu nervös, um sich eine Retourkutsche in Form eines Dackelklischees auszudenken, wenn es denn überhaupt Klischees über Dackel gab. Zoe war eher Katzen- als Hundemensch, auch wenn sie keine Katze hatte.

Ihre Knie wippten weiter. Sie stellte sich vor, wie ihre Pumps Löcher in den Fußraum bohrten, sodass sie den Wagen selbst anschieben konnte, wie die Flintstones im Comic. Zoe London liebte Comics. Und sie liebte diese Zeit, in der ein Mädchen Comics lieben durfte, auch wenn es neunundzwanzig war und nicht mehr neun.

Das Taxi stand. Völlig unbeeindruckt.

Und ohnehin hätten selbst die Flintstones bei den Blechmassen vor ihnen die Füße stillhalten müssen.

Ein weiterer Blick auf die Uhr. Vierzig Sekunden später als eben.

«Ach Mädsch'n», sagte der Fahrer und wandte sich zu ihr um. «Ich kann ja auch nix dran ändern.»

«Weiß ich doch.» Der Mann hatte recht. Es war weder seine Schuld, dass sie über ihrem aufwendigen Fondant-Blumengesteck für eine Hochzeitstorte die Zeit vergessen und die Straßenbahn verpasst hatte, noch konnte er etwas für den Verkehr.

«Haben's eilig, hm?»

Zoe warf einen Blick auf ihre Armbanduhr. «Ich muss in vierzehn Minuten auf Sendung sein. Live, wissen Sie?»

«Ah. Sind Sie beim Radio? 1Live?»

«Nein, aber wenn ich zu spät komme, werden sich meine Überreste bei denen bewerben müssen.» Sie seufzte. «Ich arbeite für Radio Okay. Stellen Sie sich das mal vor: Bis zu einer Million Menschen schalten gleich *London Calling* ein – meine Sendung. Und Nina, unsere Hiwi, die für das Catering, die Garderobe und das Drumherum zuständig ist, flötet dann ins Mikro: ‹*London Calling* – aber hier ist nicht eure Zoe London, sondern die Nina, denn Zoe London ist eine unpünktliche Kuh und immer noch nicht hier aufgetaucht. Liebe Zuhörer, bitte buhen Sie jetzt!›»

«Das wird die ja wohl nicht machen, die Nina.»

«Sie wird! Schalten Sie es ein, dann können Sie zuhören!»

«Unsinn. Sie sind doch'n nettes Mädsch'n. Die haut Sie schon nicht in die Pfanne, die Nina.»

«Dummerweise habe ich sie gebeten, genau das zu tun, sollte ich wirklich mal zu spät kommen. Unter Druck kann ich besser arbeiten, wissen Sie? Und eigentlich komme ich nie zu spät.»

Auf den letzten Drücker? Regelmäßig. Zu spät? Nie!

«Das wagt bei uns keiner. Der Chef kennt keine Gnade.»

Der Mann wandte sich wieder nach vorn zur Straße und drückte auf die Hupe. «Diese Kreativen», murmelte er. Zoe sah im Rückspiegel, wie er die Augen verdrehte.

«Danke», gab sie amüsiert zurück. Warum sich die gute Laune ruinieren lassen? Durch Stress und Hektik löste sich der Stau auch nicht auf. Ihre Beine hibbelten dennoch weiter.

«Das wird so nix», meinte der Taxifahrer, hupte aber vorsichtshalber noch einmal sekundenlang. «Nee! Bringt nichts, sehen Sie? Wenn Sie zu Ihrer Live-Sendung noch pünktlich kommen wollen, dann müssen Sie laufen. Hoffentlich haben

Sie gutes Schuhwerk an.» Er verrenkte sich fast den Hals, um einen Blick auf ihre Füße zu werfen.

Gut ist relativ, dachte Zoe und betrachtete ihre rot-weiß gepunkteten Lackpumps. Gut zum Gutaussehen? Klar. Gut zum Gutfühlen? Auch das. Gut zum Rennen? Ein unwesentliches bisschen weniger.

«Passen Sie mir mal auf.» Der Fahrer scherte sich nicht darum, dass Stau war. Er setzte ein Stück zurück und trat dann aufs Gas.

Zoe krallte sich am Sitz fest. Er würde doch nicht ...

Der Wagen verfehlte das Auto vor ihnen um Haaresbreite und schoss rechts an ihm vorbei, rumpelte den Bordstein mit einem Vorderreifen hoch und kam zum Stehen.

Zoe stieß die Luft aus. «Ach du Schreck!»

«Wenn Sie rennen, schaffen Sie es noch», sagte der Taxifahrer. Das Manöver hatte ihn keinen Hauch seiner Weihnachtsmanngelassenheit gekostet. «Zu Fuß können Sie Luftlinie laufen. Zwischen der Kirche da hinten und dem Friedhof führt ein kleiner Weg durch. Kennt kaum einer, ist auch privat, aber das macht nichts, da sagt keiner was. Danach müssen Sie immer geradeaus und nach dem Bauern- und Blumenladen links, dann kommen Sie an der Friedrich-Fröbel-Straße raus.»

«Bauernladen? Sind Sie sicher?» Der Sender lag im obersten Stockwerk eines Schulbuchverlags mitten in einem Industriegebiet aus grauen Klotzbauten, an denen die Graffiti an jedem Stahlträger das Dekorativste waren. Bauernladen klang wie kilometerweit in die falsche Richtung.

«Bauern- und Blumenladen. Wenn Sie da sind, haben Sie es fast geschafft.»

«Ich vertrau Ihnen – Sie veräppeln mich nicht, oder?»

«Mach ich nur bei unangenehmen Fahrgästen. Bei netten Damen nie!»

Zoe zahlte hastig und mit großzügigem Trinkgeld, sprang aus dem Taxi und lief, so schnell die Pumps erlaubten, in die empfohlene Richtung. Noch elf Minuten!

Als sie Kirche und Friedhof hinter sich gelassen und ein kleines Wäldchen durchquert hatte, war sie schlagartig sicher, vollkommen falsch zu sein. Hier schmiegten sich niedliche, zweigeschossige Wohnhäuser aneinander, es gab ein Büdchen, für das die moderne Bezeichnung Kiosk eine Beleidigung gewesen wäre, und es roch nach Bratkartoffeln. Dieses heimelige Stückchen Stadtrandromantik konnte kaum so nah am Industriegebiet liegen. Das wäre ihr in den letzten Jahren doch aufgefallen.

Sie klapperte weiter die Straße entlang. Noch zehn Minuten. Donnerkeil, sie musste schneller laufen!

Zur Linken entdeckte sie ein Café mit einer gepflasterten, von Baumhaseln und Birken beschatteten und von einer schmiedeeisernen Balustrade gesäumten Terrasse. Zoe lief etwas langsamer. Die unterschiedlichen Tische und die Stühle mit ihren verschnörkelten Rückenlehnen gefielen ihr zu gut, als dass sie sie hätte übersehen können. Gäste saßen nicht an den Tischen, obwohl auf einem ein Kännchen und eine Tasse standen, gleich daneben eine flach zusammengefaltete Zeitung und eine Brille. Den Besitzer machte sie dann doch noch aus: Der Mann kniete zwischen einigen Stühlen auf den Pflastersteinen. Er war schon älter, sein Haar war vollkommen grau, und Zoe dachte zuerst, er würde Hilfe brauchen – vielleicht war er gestürzt? Aber dann bemerkte sie, dass er bloß versuchte, einen kleinen Vogel mit Krumen anzulocken. Der Vogel war wunderlich, und sie ging noch langsamer, um ihn besser zu sehen. Er war winzig wie ein Spatz und sonnengelb, vom Kopf bis zu den Schwanzfedern. Ein entflogener Kanarienvogel vielleicht, wenn auch etwas rundlicher, als sie Kanarien kannte. Hoffentlich hatte der hier draußen eine Chance zu überleben.

Einen Moment lang spielte Zoe mit dem Gedanken, dem Mann beim Einfangen zu helfen. Sie würde ohnehin zu spät kommen. Ob es sich um eine Minute oder eine Stunde handelte, war unerheblich – die Sendung fiel heute aus, denn Tobias würde ihr, oder zumindest ihrer Karriere, den Hals umdrehen. Er war genauso knallhart, wie es seine stahlgrauen Augen vermuten ließen.

Sie kam etwas näher und hatte nun einen guten Blick auf den alten Mann. Er schien sie gar nicht zu bemerken. Versonnen betrachtete er den gelben Vogel, der ihn nach jedem geworfenen Kekskrümel mit schiefgelegtem Köpfchen ansah, als wollte er sagen: Kekskrümel? Bitte, was soll ich mit Kekskrümeln? Hast du nichts Besseres?

Der alte Mann lächelte nur mit den Augen. Sein Mund hinter dem dichten Schnäuzer, der noch einige Nuancen dunkelgrauer war als sein Haar, bewegte sich nicht. Er sah zufrieden aus. Zoe spürte sofort, dass es falsch gewesen wäre, ihn zu stören. Sie lächelte ebenfalls. Ob er es bemerkte, war nicht wichtig. Dann atmete sie durch und rannte wieder los. Am Ende der Straße stand ein Schild auf dem Gehweg, das rote Äpfel zeigte und offenbar zu diesem Bauernladen mit oder ohne Blumen gehörte.

Vielleicht schaffte sie es ja doch noch.

«Ich weiß, ich weiß, ich weiß. Nicht mal mehr eine Minute, ich weiß. Aber ich bin da, ich bin da und wenn du mir aus dem Weg gehst, sitze ich in zwanzig Sekunden am Mikro und – doch, ich schwöre, dass ich noch Atem übrig habe, und –»

Die steile Falte zwischen Tobias' dunklen Augenbrauen sagte nur ein Wort: *Schweig.*

Schwer zu verstehen, dass jemand mit markanten, aber eher harmlos-attraktiven Tom-Ellis-Gesichtszügen so eine Superschurkenvisage ziehen konnte. Noch schwerer zu glauben, dass der Mann außerhalb der Arbeitszeiten richtig nett war.

Er räusperte sich. «Hast du meine Mail nicht gelesen?»

«Mail? Nein. Aber ich muss jetzt …» Sie deutete mit dem Zeigefinger an ihm vorbei zum Aufnahmestudio. Ein Schweißtropfen lief ihr unter dem Kleid die Wirbelsäule hinab. Sie konnte das Schaudern nur schwer unterdrücken.

«Nein», sagte Tobias und schüttelte den Kopf, als wäre sie schwer von Begriff. Sie fühlte sich leider auch so. «Musst du nicht.»

Eine Reihe von Katastrophen schoss ihr durch den Kopf.

Man hatte sie abgesetzt.

Kirsten hatte *London Calling* übernommen und vergiftete es jetzt mit ihrem Zynismus.

Tobias wollte sie feuern, weil sie so spät kam und um ein Haar ihre eigene Sendung verpasst hätte.

Ihre Sendung … wer moderierte jetzt ihre Sendung? Sie versuchte, an Tobias vorbeizulinsen, um einen Blick durch die Fensterscheibe des Studios zu werfen, aber das Glas spiegelte zu sehr, um etwas zu erkennen.

«Vielleicht solltest du die Mail lesen», meinte Tobias mit

hochgezogener Augenbraue, wandte sich ab und ging zur Kaffeemaschine. «Danach sehe ich dich bitte in meinem Büro, Zoe.»

Sie starrte ihm nach. Er gab ein absurdes Bild ab in zerrissenen Jeans, Ramones-T-Shirt, Sakko ... und Socken. Sie würde sich nie daran gewöhnen, dass im Sommer alle im Sender ihre Schuhe auszogen und barfuß oder auf Strümpfen herumliefen. Zoe tat es inzwischen selbst, aber es zählte zu den Dingen, die sie komisch an sich fand: Bluse mit Punkten, Fishtail-Rock, oft noch ein Fascinator auf dem Kopf – und dazu nackte Füße. Es sah absurd aus. Irgendein armer Tropf hatte einmal vorgeschlagen, den Sender in «Radio Barfuß» umzubenennen, und sich damit in gefährliche Gefilde vorgewagt, denn Chefredakteur Tobias' seltsamste Eigenschaft war, dass er sich vor manchen Worten ekelte wie andere vor abgehobelter Hornhaut und Zoe in erster Linie vor Spinnen. Das Wort «barfuß» kam in Tobias' Welt einer großen, haarigen Hauswinkelspinne auf dem Kopfkissen gleich.

Der arme Tropf war natürlich Zoe London gewesen. Sie wurde das Gefühl nicht los, dass er sie seitdem besonders kritisch musterte.

In ihrem Büro, das sie sich mit drei Kollegen teilte, saß nur Roberta an ihrem Schreibtisch und begrüßte sie mit einem herzlichen Lächeln und einem «Hi, Honey!». Zoe lächelte eher verzweifelt als herzlich zurück. Doch Roberta war schwer beschäftigt und senkte den Kopf sofort wieder über den ausgedruckten Text, an dem sie arbeitete. Die Rastazöpfe fielen ihr vors Gesicht wie ein Kordelvorhang.

Zoe startete ihren Computer und trommelte mit den Nägeln auf der Tischplatte, während er hochfuhr. Dauerte das immer so lange?

«Wer ist eigentlich gerade im Studio?», fragte sie Roberta und wunderte sich gleichzeitig darüber, dass Roberta ihr Erscheinen im Büro unkommentiert ließ. Sie wusste doch, dass *London Calling* um vierzehn Uhr lief, das war schließlich schon seit neun Monaten so.

«Kirsten, glaub ich», murmelte Roberta mit einem Bleistift im Mund.

Zoe war froh, dass die Kollegin sie nicht ansah. Sonst hätte Roberta bemerkt, dass ihr, Zoe, gerade die Farbe aus dem Gesicht wich und nur Eyeliner, Rouge und Lippenstift zurückblieben. Sie schluckte schwer. Kirsten war eine gute Moderatorin. Präzise, sarkastisch und mit messerscharfem Verstand. Sie würde *London Calling* im besten Wissen und Gewissen mit kühlem Lächeln filetieren.

In einer Welt aus Superfoodbuffets, grünen Smoothies, Low Carb und WeightWatchers war *London Calling* ein Brownie mit Mascarponecreme und Karamellsauce. Kirsten würde einen Butterkeks übrig lassen. Einen veganen Vollkornbutterkeks mit Stevia statt Zucker und rosa Pfefferkörnern drauf.

Total hip. Ausgesprochen originell.

Und ganz schrecklich!

Zoes Finger waren trotz der Sommerwärme eisig kalt, als sie ihr Passwort eingab und den gelben Briefumschlag anklickte. Bevor sie Tobias' Mail mit dem Betreff «Wichtig!» öffnete, hielt sie die Luft an.

Zoe, hey!

Sie atmete aus. So begann keine Kündigung. Allerdings hatte sie noch nie erlebt, wie es aussah, wenn Tobias jemanden rausschmiss.

Haben uns heute Morgen im Meeting über LC unterhalten. Dachten spontan an eine kleine Änderung im Konzept, um mal was auszuprobieren. Idee wie folgt:

- Stellen dir pro Folge einen Live-Anrufer durch
- 10 Min. mehr Sendezeit
- Start 16:05 statt 14:05 Uhr, wir switchen was um.

Meld dich kurz zur Idee. Wir sind alle total angetan.
Gruß, Tobias

«Ach, du grüne Neune.»

Roberta kicherte.

Zoe hob eine Augenbraue. Sie konnte das gut, dieses vielsagende Ding mit der Augenbraue, es kommunizierte stumm, aber absolut eindeutig und unmissverständlich die Frage: Bitte, was gibt es zu kichern?

Roberta nahm beide Hände hoch, in einer hielt sie das Manuskript, in der anderen ihren Bleistift. «Ich amüsiere mich immer über deine Sprichwörter. Meine Deutschlehrerin in Georgia hätte gesagt, kein Mensch sagt heutzutage noch ‹Ach, du grüne Neune›. Aber die kennt dich ja auch nicht.»

Robertas breiter, amerikanischer Südstaatenakzent war so charmant, dass Zoe ihr normalerweise stundenlang zuhören konnte. Allein dieses entzückende *Isch amusiere misch.* Oder erst: *Ack, du grwune Noine.* Heute konnte sie das nicht aufheitern.

«Bist du nicht glücklich mit dem neuen Konzept?», fragte Roberta mitfühlend. *Glucklisch.* Auch ganz herzallerliebst.

Roberta wusste es also auch schon. Alle wussten es, selbst die Nachrichtenredaktion. Nur Zoe war bis gerade ahnungslos gewesen.

«Es kommt etwas überraschend», musste sie zugeben.

Es kam eigentlich nicht überraschend, sondern überhaupt nicht in Frage! Was bildete Tobias sich ein, einfach in ihrer Sendung herumzupfuschen, als wäre es seine? Live-Anrufer, was für eine Schnapsidee. Sie war doch nicht Domian. Das war überhaupt nicht ihr Ding.

«Ich glaube, darüber muss ich mit dem Chef sprechen.»

«Viel Glück, Honey.»

«Du siehst keine Chance, oder?»

«Hat er geschrieben, dass alle es lieben?»

Zoe sah auf den Bildschirm. «So ähnlich. Hier steht: Wir sind alle total angetan.»

Roberta stöhnte. «Schluck es, Honey. Wenn die Chefredakteure das sagen, ist nichts mehr zu machen.»

Es kostete sie sämtliche Beherrschung, Roberta zuzulächeln, als hätte sie alles im Griff.

Nix mehr zu macken.

Das wollte sie erst mal vom *Macker* persönlich hören.

An Tobias' Bürotür klopfte sie zuerst viel zu leise und dann, mit verkrampfter Faust, donnernd laut. Bevor sie eintrat, atmete sie noch einmal tief durch.

Kopf hoch, erinnerte sie sich. Lächeln. Und dann nichts wie rein in das Endlevel gegen den Superschurken.

«Hallo, Tobias.»

«Zoe, das ging ja schnell. Umso besser.» Der Superschurke stand von seinem Schreibtisch auf und ging zu der Ledersitzgruppe an der Fensterfront seines Büros. Mit exotischen Topfpalmen und Kakteen in unterschiedlichen Größen hatte er diese Ecke vom Arbeitsbereich abgetrennt. «Setz dich, bitte. Soll ich Nina bitten, uns Kaffee zu bringen?»

Ah, er versuchte die Masche «Charme und besondere Aufmerksamkeit», damit die Mitarbeiterin hüpft. Aber nicht mit Zoe! «Gern.»

Er ging zurück zum Schreibtisch, gab Nina über den Internruf durch, was er haben wollte, und setzte sich dann Zoe gegenüber. Die Sonne schien durchs Fenster in sein Gesicht, und einen Moment schien er sie zu absorbieren. Frisch aufgeladen strahlte er Zoe an.

«Nun. Was sagst du zu unseren Ideen?»

Zoe saß im Halbschatten eines Pitahayabaums, der in zehn bis fünfzehn Jahren mit viel Glück mal eine einzelne Frucht tragen würde, und ihr war bewusst, dass dieser Umstand sie nichts an Strahlkraft kosten durfte. «Ich sage, dass das eine ganz großartige Idee ist.»

«Ich wusste, du würdest es lieben.»

«Aber nicht für *London Calling*!»

«Nicht für ...» Tobias stutzte. «Aber dafür war es angedacht.»

«Tobias.» Zoe checkte rasch, ob das Lächeln noch saß – hervorragend. Dieser Punkt war bereits auf ihrem Konto verbucht. Tobias sah jetzt schon nicht mehr so begeistert aus. «Ich bin wirklich stolz und dankbar, dass ihr euch in der Redaktionsbesprechung so ausführlich Gedanken zu meiner Sendung macht. Es tut mir auch unglaublich leid, dass ich nicht anwesend war. Vermutlich habe ich die Mail, in der ich eingeladen wurde, übersehen.» Es gab hundert Pro keine solche Mail. «Kaum entschuldbar, ich weiß und bitte dich dennoch darum.»

«Zoe, ich glaube, du missverstehst –»

«Grundsätzlich sind Live-Anrufer ja auch immer eine spannende und dynamische Geschichte, das macht eine Show lebendiger und hilft den Hörern, sich zu identifizieren.» An nichts davon hatte es *London Calling* bisher ohne einen einzigen zugeschalteten Anrufer gemangelt.

Tobias seufzte. «Aber?»

«Tobias, du bist selbst Moderator und warst lang genug Redakteur deiner eigenen Show, um zu wissen, dass man das Konzept, den Charakter und ja, die Seele einer Sendung nicht von jetzt auf heute Nachmittag komplett umstellen kann.»

Sie hatte einen Fehler gemacht; sie sah es an seinem Lächeln. Es war sanft und doch überlegen, als hätte er in einem ihrer Worte seinen Sieg gewittert.

Und natürlich kam Nina ausgerechnet jetzt mit dem Kaffee rein und sah das Siegergrinsen in der Sonne strahlen, während Zoe im Schatten angespannt nach Auswegen grübelte.

«Die Idee kam spontan, das ist richtig», sagte Tobias, als Nina wieder weg war. «Aber du kannst das, Zoe. Wenn jemand das kann, dann du.»

Sapperlot – wie billig! Damit würde sie ihn nicht durchkommen lassen.

«Nein, mein Lieber, so geht das nicht. Nicht, indem du mir Honig um den Bart schmierst.» Lächeln, lächeln. Sie blinzelte und sah ihn an, als hätte er sich einen Scherz erlaubt und sie wartete auf die Aufklärung. «Ich will deine Arbeit wirklich nicht kritisieren – du weißt, dass ich dein Fan bin. Aber hier machst du einen Fehler. Ich mag spontan sein, aber es ist unprofessionell, Entscheidungen zu überstürzen.»

«Ach, Zoe. Jetzt fang nicht so an. Es war auch nichts daran professionell, deinem Konzept eine Chance zu geben. *London Calling* ist für den aktuellen Markt viel zu soft, viel zu konfliktarm. Zu brav. Es war vom ersten Tag an ein Experiment.»

«Richtig. Aber es ist trotz aller Befürchtungen aufgegangen. Und zwar so, wie ich es konzipiert habe.»

«Es ist auch nichts daran professionell, dich Tag für Tag live zu schalten, obwohl du nicht ein einziges Mal vorher eine aussagefähige Antwort zu Fragen nach dem Inhalt hast.»

«Mich fragt ja auch nie jemand!», erwiderte Zoe lauter als beabsichtigt.

«Nein, nach drei Monaten haben wir es aufgegeben.»

«Weil», erklärte Zoe und hob ihren Zeigefinger, «ihr mir vertraut. Es funktioniert, wie ich meine Arbeit mache.»

Tobias atmete durch die Zähne ein. Dann griff er nach einem Bogen Papier und reichte ihn Zoe über den Tisch.

«Was ist das?»

«Die Quoten von *London Calling*.»

Oh, sie erkannte es selbst. Ein Liniendiagramm. Quoten für Idioten nannten sie es in der Redaktion. Das Schwanzende der Linie zeigte minimal nach unten. Schwänze in Richtung Boden waren nie gut.

«Das ist keineswegs schlecht», sagte sie. Das Lächeln fiel ihr leicht, denn die Quote lag im zufriedenstellenden Bereich. «Kleine Schwankungen haben wir immer.»

«Richtig. Allerdings möchte ich ungern, dass daraus ernstere Hörerverluste werden und ich nachher gezwungen bin, andere Maßnahmen zu ergreifen.»

Oha. Jetzt begann es also ungemütlich zu werden.

«Zoe, versteh mich nicht falsch. *London Calling* liegt mir sehr am Herzen. Vielleicht fast so sehr wie dir. Ich würde nichts von dir verlangen, was der Sendung schadet. Sie ist doch», er stockte eine Sekunde, «unser Baby.»

Sie konnte sich die Sache mit der Augenbraue nur mühsam verkneifen. Unser Baby? Hatte sie etwas Entscheidendes verpasst? Eine Zeugung oder so?

«Ich möchte vor der Chefetage gute Argumente für *London Calling* haben», sagte Tobias. «Bessere als bisher.»

Zu lächeln wurde zunehmend schwieriger, aber sie gab sich Mühe. «Indem ihr ein funktionierendes Konzept umwerft.»

«Aber nein. Wir stärken deine Sendung. Du bekommst mehr Sendezeit, einen besseren Programmplatz. Zoe – sechzehn Uhr – Feierabendverkehr!» Er legte die Handflächen wie zum Beten zusammen. «Ich verlange nichts, was du nicht ohnehin jeden Tag sendest. Sei spontan, sei herzlich, sei Zoe London, die Freundin, die alle Leute wollen. Und rede mit ihnen.»

«Tobias», sagte Zoe und tippte sich ans Kinn, denn das war weniger plakativ als die Stirn. «Vielleicht ist dir noch gar nicht aufgefallen, dass ich weder Psychologin noch Sozialarbeiterin bin.»

«*London Calling* ist keine Psycho-Beratung!», schoss Tobias zurück. «Niemand erwartet etwas in die Richtung. Und bisher haben ernste Themen dich auch nie abgeschreckt.»

Nein, *mich* nicht. Sie erinnerte sich allerdings gut an die Kopf-ab-Geste, die Tobias vor der Scheibe des Aufnahmeraums gemacht hatte, als sie zum ersten Mal über Politik gesprochen hatte und der Notwendigkeit, den Rechtspopulisten die eigene Stimme entgegenzusetzen. Nachdem die Sendung vorbei gewesen war, hatte er sich hinausgeschlichen und war mit Blumen als Entschuldigung wiedergekommen. Seit heute wusste sie endlich, wo er sie hergehabt hatte – aus dem Bauern- und Blumenladen, von dessen Existenz sie bisher nichts geahnt hatte.

«Versuch es, probiere etwas Neues.» Er flehte beinah und sah sie an, als wollte er sie hypnotisieren. Seine Pupillen waren ganz weit vor Begeisterung über seine eigene Idee. Diese blöde Idee. «Das ist deine Stärke, das bist du! Experimente und Spontanität – das ist *London Calling*! Und das ist schon alles, was ich mir wünsche.»

Roberta hatte recht gehabt. *Wir sind alle total angetan* bedeutete, dass die Sache längst über ihren Kopf hinweg entschieden war. Sie gab ihr Bestes, um Tobias nicht erkennen zu lassen, was in ihr vorging, aber es verletzte sie.

Tobias trank von seinem Kaffee und sah sie über seinen Tassenrand an. «Wovor hast du Angst? Vor unbequemen Fragen?»

Zoe ließ ihre Tasse unberührt auf der Tischplatte stehen. «Sollte es nicht funktionieren ...», sagte sie und ließ den Satz in der Luft hängen.

«Dann ändern wir alles zurück. Das ist gar kein Problem. Nichts ist in Stein gemeißelt, es ist ein Experiment.»

Zoe schob ihren Stuhl zurück und stand auf. «In Ordnung. Vielen Dank, dass du dir meine Meinung angehört hast.»

Ebenso gut hätte sie mit seiner doofen Pitahaya diskutieren können.

«Ich hoffe, ich kann deinen Erwartungen entsprechen und die Herausforderungen, die das neue Konzept mit sich bringt, erfüllen, *Chef*.»

Oh, und sie hoffte, dass er verstand, was sie ihm wirklich damit sagte: Leck mich, Tobias – du bist ein Arschloch!

«Es wird großartig, Zoe.»

Wie schade, dass er etwas schwer von Begriff war.

«*London Calling*, hier ist eure Zoe London.
Heute ist Tag der Überraschungen. Ihr werdet es bereits bemerkt haben, dass ich zwei Stunden später auf Sendung bin, als ihr es von mir kennt. Nun kommt meine Stimme vermutlich auch bei einer ganzen Zahl von Hörern an, die mich noch nicht kennengelernt haben. Macht's euch bequem, ihr netten Leute. Die nicht so netten können jetzt gleich den Sender wechseln oder müssen damit leben, dass am Ende die Wahrheit ans Licht kommt: Tief in eurem Inneren seid ihr herzensgute Menschen – ich krieg's raus!
Als Vorwarnung, worauf ihr euch einlasst, möchte ich euch eine zauberhafte Kritik vorlesen, die ich im Netz gefunden habe. Da steht: *London Calling* – eine zugegeben charmant klingende, weibliche Stimme unter dem Pseudonym Zoe London, die jeden Nachmittag ein knappes Stündchen lang darüber referiert, wie wunderschön das Leben im Allgemeinen und ihre Zuhörer im Speziellen sind.
Viel mehr muss ich gar nicht sagen, bis auf die Richtigstellung, dass ich wirklich so heiße.
Vermutlich wollt ihr wissen, woran meine Verspätung, oder besser gesagt, *London Callings* neue Sendezeit liegt. Nun, es begann damit, dass ich mich heute Morgen wahnsinnig in ein neues Rezept für eine Erdbeer-Minz-Buttercreme verschossen habe und dadurch mit meinen Fondant-Blumen in Verzug geriet. Ihr wisst schon, meine Torten-Kreationen, besucht mich einfach auf Facebook unter Radio Okay-Slash-Zoe-London, da findet ihr Fotos aus meiner privaten Zuckerbäckerei. Ich klebte in jedem Fall zu Hause an Speisestärke und bunter Zuckermasse fest. Wenn ihr euch das bildlich vorstellen wollt, kann ich euch nicht daran hindern. Darüber hinaus – man kennt das von frisch Verliebten – habe

ich erst die Welt vergessen, dann die Zeit, mir später einen Absatz abgebrochen, woraufhin ich noch einmal nach Hause zurückmusste, in neuen Schuhen einen armen Hund über den Haufen gelaufen, meine Bahn verpasst, wäre fast zu spät gekommen, habe es dann aber mit Hilfe des besten Taxifahrers der Stadt gerade rechtzeitig in den Sender geschafft, nur damit sich die Geschichte dann komplett anders entwickelte, als ihr jetzt annehmt.

Überraschung eben. Wie steht ihr dazu, zu Überraschungen? Ich liebe sie ja! Wirklich, ich liebe es, überrascht zu werden. Ganz besonders mag ich die Zeit davor, wenn man weiß: Bald folgt eine Riesenüberraschung, man ahnt aber noch nicht, in welche Richtung es geht. Das Gehirn rechnet schon mit buntem Feuerwerk, man kann die zauberhaften, glitzernden, leuchtenden Farben förmlich schon sehen, während die Spannung steigt und steigt und die Aufregung im Blut munter blubbert wie ein spritziger Champagner.

Ach, ich liebe die Vorfreude auf Überraschungen. An der Stelle einen herzlichen Gruß an Tobias, einen ganz lieben Freund und Kollegen und nebenbei mein Chef, der es wirklich drauf hat, mich zu überraschen. Chapeau, mein Bester!

Und zur Feier des neuen Sendeplatzes haben wir natürlich auch für euch eine Überraschung. Ich spiele euch ein bisschen Musik, köpfe den Ch…ampagner, und ihr könnt euch schon mal vorfreuen.

Der nächste Song ist übrigens besagtem weltbestem Taxifahrer Kölns gewidmet, der mir heute in gewisser Weise das Leben gerettet hat, was dazu führt, dass ich einen Auftrag, den er mir gegeben hat, leider nicht so bald in die Tat umsetzen kann. Als Trost, Herr Taximann, kommt jetzt nur für Sie Elvis Presley mit *Return to Sender.*

London Calling, hier ist wieder Zoe am Mikrophon, all meinen Hörerinnen und Hörern ein herzliches Willkommen und besondere Grüße an alle, die nur mal reingeswitcht haben. Das ist kein Irrtum, ihr seid nicht auf dem falschen Sender, hier ist Radio Okay, mit der spontansten Redaktion Kölns, und wir – ihr da draußen und ich – hören uns jetzt von Montag bis Freitag immer um fünf nach vier genau hier. Ich freu mich drauf. Ihr hoffentlich auch.
Bevor wir zu unserer Überraschung kommen – ja, ich spanne den Bogen ein bisschen, es ist zu eurem Besten! –, noch ein Wort zu meinem Wochenende.
Ich war Nagellack kaufen.
Stopp! Mir ist bewusst, dass einige Frauen und manche Männer da draußen selten bis niemals Nagellack tragen. Nicht öffentlich zumindest. Warum mein Wochenend-Nagellack-Einkauf trotzdem für euch interessant ist und direkt – ohne jede Umschweife – mit der Qualität eures Sexlebens zu tun hat, erfahrt ihr später. Also nicht abschalten.
Ich war Nagellack kaufen. Für mich ist Nagellack eine Alles-oder-nichts-Entscheidung. Ich trage Knallrot auf den Nägeln, gern auch Himmelblau, ganz selten mal Lackschwarz oder Petrol – oder ich trage gar keinen Nagellack. Nun stand ich vor dem Regal, ein wenig unentschlossen zwischen den Tönen *Himmelblau im Winter* und *Himmelblau im Herbst*, und mein Blick schweifte über die Farbpaletten, die mein liebster Drogeriemarkt mir an Nagellack anbietet. Seht ihr sie vor euch, die Farben? Ist euch mal aufgefallen, wie viele verschiedene Klarlacke es gibt? Ich rede nicht von Überlacken, die die Farbe haltbarer machen sollen und doch immer abbröseln, ich meine durchsichtige, mehr oder weniger unsichtbare Nagellacke. Hochglänzend, glänzend, ein bisschen glänzend,

gar nicht glänzend, halbmatt, schachmatt, ganzmatt. Gleich daneben ein Dutzend Töne um Einen-Hauch-von-Rosa, ein Dutzend Varianten von Einem-Hauch-Hellbeige und ein Dutzend Lacke in der Farbe durchschnittlicher mitteleuropäischer Haut. Die heißen dann irgendetwas mit Puder, Rose, Vanilla oder Peach. Spring-Peach, Mountain-Peach, Summer-Peach, Peach-Smoothie, Peach-Icecream, Cream-Peach, Iced Peach. Ihr wisst schon.

By the way – auch so ein Thema, über das wir sprechen müssen: das Wort *Hautfarbe*. Merkt euch das, erinnert mich dran. Wir sollten über die Definition von *Hautfarbe* reden.

Aber zurück zu unseren Nagellacken: Ich stand wahrhaftig vor drei Regalreihen voller Lacke, die nur einen Sinn und Zweck erfüllen. Sie sollen unsichtbar sein. Es soll aussehen, als wäre da kein Nagellack. Ihr sollt die Lacke kaufen und auf eure Fingerchen pinseln und nervös werden, wenn die erste Ecke abblättert. Die Produkte haben derweil die Aufgabe, möglichst wenig sichtbar zu sein. Invisible-Peach, sozusagen. Imagination-Peach. Air-Peach.

Liebe Frauen, meine Frage geht an euch: Warum tun wir das? Weil wir glauben, ohne nicht schön genug zu sein? Nicht attraktiv genug?

Ich bitte euch, liebe Nagellackträgerinnen und Nagellackträger, liebe Nicht-Nagellackträger und Nicht-Nagellackträgerinnen: Geht bei eurem nächsten Besuch in der Drogerie einmal ans Nagellackregal, schaut euch diese Farben, die niemand sehen soll, genau an, zählt sie und macht euch dann bewusst: Ihr seht toll aus. Ihr sehr sogar so toll aus, dass sich mit dieser puren, nackten Optik normaler Fingernägel drei Dutzend verschiedene Nagellacke verkaufen lassen, die man nicht sieht.

Die Männer wissen oft, wie toll ihre Frauen aussehen. Ja, okay, ich muss jetzt etwas schleimen, die Sache mit dem Sexleben war nämlich gelogen und ein billiger Trick, damit ihr nicht abschaltet.

Aber wir Frauen, liebe Frauen, neigen dazu, nicht zu glauben, wie schön wir eigentlich sind – jede auf ihre ganz spezielle Art. Wir glauben unseren Freundinnen und Freunden das auch nicht, und ihr glaubt das vermutlich auch mir nicht. Daher noch mal: Geht in die Drogerie, geht in eine Parfümerie – und ihr bekommt es gezeigt. Von denen, denen ihr ganz sicher glaubt, denn sie machen ihr ganzes Geld mit unserer Unperfektheit, unseren Makeln, Zweifeln und dem immerwährenden Gefühl, nicht schön, nicht bunt, nicht auffällig genug zu sein. Wir glauben nicht, ohne diese Produkte gut genug zu sein – aber wir glauben Essie, O.P.I. und KIKO.

Und glaubt Christina Aguilera, die spiele ich euch jetzt, und ihr dürft euch derweil vorstellen, wie ich in meinem Studio schief und glücklich mitjaulen werde.

Danach – Trommelwirbel – die Überraschung.

London Calling, Zoe London hier.

Auf meiner Facebookseite schrieb mir gerade der Sven, er wäre völlig hin und weg und dankbar für die Info, dass es im Handel nicht sichtbare Nagellackfarben gibt. Nun kann er endlich Nagellack im Alltag tragen, ohne dumme Bemerkungen zu kassieren. Ein großes Plus für seine Lebensqualität. Sven – ich bin sehr glücklich, dir geholfen zu haben. Danke für dein Posting.

Wenn ihr *London Calling* regelmäßig verfolgt, wisst ihr, wie wichtig mir eure Rückmeldungen sind. Und da kommen wir auch schon in einem ganz eleganten Übergang zu unserer

Überraschung zurück. Denn ab sofort habt ihr eine neue Möglichkeit, mir eure Gedanken mitzuteilen. Ihr könnt mich anrufen, in jeder Sendung möchte ich mich mit einem von euch ausgiebig unterhalten. Die Nummer zu mir ins Studio ist die 0221 – 17 17 507. Ich bin total gespannt auf Gespräche mit euch tollen, interessanten Leuten, und hoffe, euch geht es genauso. Ich spiele euch jetzt noch ein bisschen Musik, ihr könnt derweil bei meiner Redaktion anrufen, und ich nage mir mindestens drei himmelblau lackierte Nägel ab, weil ich so gespannt bin, wen ich gleich live zum Plaudern zugeschaltet bekomme. Bis später – und lasst mich hier nicht ohne einen Anrufer hängen.»

«*London Calling*, ab heute im neuen Gewand. Es wird ernst. Hier ist Zoe London, und in der Leitung habe ich wen, bitte?»
«Hier ist Anne. Hallo, Zoe.»
«Willkommen, Anne. Schön, mit dir zu sprechen. Du hast eine schöne, warme Stimme, weißt du das?»
«Das hat mir bisher noch niemand gesagt.»
«Aber gedacht – die Leute tun sich bloß schwer mit Komplimenten. Erzähl unseren Hörern und mir doch etwas mehr über dich, Anne. Woher kommst du?»
«Im Moment wohne ich in der Nähe von Mainz.»
«Im Moment bedeutet, dass du häufiger umziehst?»
«Ja, ich reise viel. Es hält mich nie lange an einem Ort.»
«Das klingt, als hättest du viel zu erzählen.»
«Oh, das kannst du laut sagen. Genug für drei Leben. Aber das ist nicht der Grund, warum ich dich anrufe.»
«Jetzt bin ich neugierig.»
«Es klingt bestimmt albern, aber ... ich bin ein Fan von dir.»
«Ehrlich? Wie lieb, dass du das sagst.»

«Ja, du zauberst mir einfach jeden Tag ein Lächeln ins Gesicht. Ich höre auch gern die *Morning Show*, wenn du sie moderierst, aber an *London Calling* kommt nichts heran. Die Sendung ist so etwas wie ein kleiner Rückzugsort zum Wohlfühlen in dieser kalten, schnelllebigen Gesellschaft.»

«Ach, Anne, es ist so schön, das zu hören.»

«Darf ich dir auch eine Frage stellen?»

«Du, man hat mich hier mit diesem neuen Konzept in die Aufnahme geschickt, die Tür zugeschlagen und von außen abgesperrt, ohne mir ein Regelheft in die Hand zu drücken. Das heißt, du darfst erst mal alles. Uns etwas erzählen, mir Fragen stellen, Leute grüßen. Du darfst dir auch Musik wünschen – das darf sie doch, oder, meine liebe Redaktion? Ich sehe ein Nicken – du darfst dir Musik wünschen.»

«Ich frage mich, wie du das machst? Wie gelingt es dir, jeden Tag die Positive, Gutgelaunte zu spielen, sodass wir dir das alles abkaufen?»

«Hm. Weißt du, ich glaube nicht, dass man das auf Dauer spielen kann. Ich bin einfach ein so hoffnungs- wie hemmungslos positiver Mensch, der andere Menschen und das Leben liebt.»

«Und Menschen, die du nicht liebst? Menschen, die du hasst?»

«Ich hasse niemanden. Ich umgebe mich mit Menschen, die mir guttun, und versuche, in jedem das Positive zu sehen, das Helle, das Schöne. Wenn man ein geübtes Auge hat, fällt einem bei fast jedem Mitmenschen auf Anhieb etwas Wunderbares auf.»

«Und wenn du traurig bist? Niedergeschlagen?»

«Eine schwierige Situation wird nicht leichter, wenn ich den

Kopf hängen lasse. Du kennst mein Motto ja, wenn du die Sendung häufiger hörst: Was man mit Trübsal aushält, kann mit einem Lächeln nur leichter werden. Das bedeutet nicht, dass ich nicht mal traurig oder wütend bin. Aber nie lange. Ich lebe nach dem Motto: Stolpern, aufstehen, Krönchen richten, weiterglitzern.»

«Du behauptest, du hättest nie richtig schlechte Phasen?»

«*Schwierige* Phasen – durchaus. Aber bisher habe ich vor allem in diesen Zeiten sehr von meinem inneren Glück profitiert. Ich glaube, daher fühle ich mich auch so wohl damit, es weiterzugeben und nach außen zu tragen, in der Hoffnung, anderen etwas davon abzugeben. Wir haben unsere Talente, wir sollten von ihnen profitieren und sie nutzen. Allerdings muss ich dazu sagen, dass das Leben es bisher gut mit mir gemeint hat. An meiner Grundeinstellung wurde allenfalls mal prüfend gerüttelt. Für mich ist es sehr viel leichter, das Licht im Herzen immer brennen zu lassen, als für Menschen, die harte Schicksalsschläge einstecken mussten.»

«Aber das hast du doch auch.»

«Wie bitte?»

«Nun, ich meinte, dass ... dass jeder doch mal mit dem Schicksal zu kämpfen hat. Du etwa nicht, Zoe?»

«In den Tiefen meines Privatlebens, von dem ich womöglich nicht alles im Radio erzähle, sicher. Aber es ist mir immer gelungen, aus schwierigen Zeiten zu lernen. Ich bin da sicher kein Maßstab für andere, das wäre vermessen, aber mir haben Phasen, die andere vielleicht als Krisen bezeichnen würden, im Endeffekt immer als Lehrstunden gedient, wie ich glücklich sein und bleiben kann.»

«Das glaube ich dir einfach nicht.»

«Das ... steht dir natürlich frei. Allerdings darf ich dich vielleicht zurückfragen: Warum sollte ich euch, meinen Hörern, etwas vormachen?»
«Vielleicht machst du dir ja selbst etwas vor?»
«Denkst du das?»
«Ja. Ja, das denke ich. Ich glaube, du trägst eine Maske aus Glück, die dir nur deshalb nicht verrutscht, weil du keinen Schritt aus deinem kleinen Wohlfühlbereich heraus machst.»
«Hui. Das Gefühl hast du von mir?»
«Ich ...»
«Wirke ich so auf dich? Auf euch Hörer da draußen? Das wäre schade, aber dann wohl nicht zu ändern. Ich bin, wie ich bin, ich mag mich so und werde mich nicht verstellen, nicht mal für mein geliebtes *London Calling*. Vermutlich kann ich mich gar nicht verstellen. Und dass ich glücklich bin, darüber will ich mich wahrlich nicht beklagen. Nein, ich glaube, ich bin zu glücklich darüber, glücklich zu sein.»
«Vermutlich hast du recht. Es war bloß ein Gefühl. Ich wollte dir nicht zu nahe treten.»
«Das hast du nicht, keine Sorge. Es war sehr interessant, mit dir zu sprechen, Anne.»
«Ich habe mich auch gefreut. Mach bitte weiter so, Zoe. Du bist großartig. Ich bin ... ich bin wirklich unhöflich gewesen, nimm es mir nicht übel.»
«Aber nein, natürlich nicht. Alles ist gut, ich danke dir für das spannende Gespräch. Schade, dass unsere Sendezeit fast um ist, ich hätte gern länger mit dir geplaudert. Jetzt haben wir ja bloß über mich gesprochen. Vielleicht rufst du mich irgendwann noch mal an?»
«Das mach ich bestimmt. Bis dann, tschüss.»
«Alles Liebe, Anne. Ich freu mich auf dich.»

«Meine Lieben, das war es auch schon von unserer ersten Sendung *London Calling – Calling London*. Was für ein spannendes Experiment. Leider habe ich in meiner Aufregung vollkommen vergessen, Anne zu fragen, ob sie sich einen Musiktitel wünscht. Gut, dann wünsche ich ihr einen und spiele – nur für dich, Anne – *Paper Aeroplane* von deiner Namensschwester Anne Haigis. Ich hoffe, du magst den Titel, ich habe irgendwie das Gefühl, er könnte dir gefallen. Außerdem erinnert mich ihre Stimme an deine, ihr habt beide dieses Rauchige, Warme, Whiskyartige. Und mit ihrem ‹La lala la› verabschiede ich mich für heute. Ich hoffe, wir hören uns morgen. Und denkt dran: Jeder von euch ist der tollste Mensch, den es in seiner Version gibt.»

«Zoe, das war super.» Tobias schien es ernst zu meinen, wirkte jedoch seltsam übertaktet. «Du warst großartig.»

Langsam atmete sie durch. Dass sie sich gut beherrschen konnte, hieß weder, dass es ihr immer leichtfiel, noch, dass sie es unbedingt gern tat. «Mein Lieber, als ich heute Mittag im Taxi im Stau hing, dachte ich, du würdest mich fürs Zuspätkommen auseinandernehmen. Damit hätte ich leben können, das wäre verdient gewesen. Dass du es den unschuldigen Hörern überlässt, sich die Finger schmutzig zu machen, finde ich ausgesprochen perfide von dir.»

Tobias tätschelte ihr die Schulter. «Die Leute lieben es. Facebook ist voll von den scheiß Herzen!»

Roberta und der Nachrichtenmoderator Klaas, im Sender berühmt und berüchtigt für seine Hochwasserhosen, kamen auf dem Weg ins Aufnahmestudio den Gang entlang.

«Glückwunsch, Zoe», sagte Roberta. «Sehr coole Show, Honey.»

Klaas nickte und hielt einen Daumen hoch.

«Siehst du?», beharrte Tobias und wandte sich den beiden zu. «Mir will sie es nicht glauben.»

«Kannst du aber», meinte Klaas. «Deine Antworten waren top. Schlagfertig und freundlich, so wäre ich auch gern.»

Roberta zwickte ihn in die Seite. «Untersteh dich. Du bist Nachrichtensprecher, in deiner Stellenbeschreibung steht eindeutig, dass du ein trockener Nerd zu sein hast. Sonst glaubt dir keiner das Kram, das ich für dich schreibe.»

«Den Kram. Es heißt: der Kram.»

«Der, die, das. *Das* ist doch alles *die* reinste Schikane.»

Die beiden nickten Zoe zu und begaben sich in die Aufnahme.

«Siehst du», wiederholte Tobias. «Es war wirklich gut. Und die Hörer mögen es.»

«Interessiert es dich, ob ich es mag?», fragte Zoe.

«Natürlich. Und ich kann mir vorstellen, dass es schwer für dich war. Die Anruferin war ein Freak.»

Für ihn war es leicht, die Frau mit einem abschätzigen Begriff zu bedenken und dann zu vergessen. Es war ja Zoes Herz, das heftiger schlug. Immer noch hatte sie den Kloß im Hals, der sich während des Telefonats gebildet hatte und mehr und mehr angeschwollen war. Zuerst, weil die Fragen – nein, es waren beinah Anschuldigungen gewesen – sie überrascht hatten.

«Es war einfach Pech, dass du beim ersten Mal an so eine komische Trulla geraten bist.»

Dann, weil ihr der Gedanke gekommen war: Hat diese Anne recht? Mache ich mir etwas vor?

«Es wollten Dutzende mit dir telefonieren.»

Nein, Zoe war sicher, dass sie keine Maske aus Glück trug, wie die Frau es genannt hatte. Dass sie sich in ihrer Komfortzone bewegte, mochte zutreffen. Aber was sprach auch dagegen? Wer lieferte sich ohne Not unangenehmen Menschen oder Situationen aus oder riskierte sein Glück für etwas, das ihm nicht fehlte?

«Und die Rückmeldungen über die Social-Media-Kanäle sind hervorragend, sowohl bei deinen Fans als auch bei Hörern, die wir durch den neuen Sendeplatz dazugewonnen haben.»

Es war etwas anderes gewesen, das Zoe an dem Anruf so verstört hatte. Sie hatte es nicht benennen können, aber jetzt schälten sich langsam Konturen der Erkenntnis aus dem Unklaren.

«Gibst du dem Ganzen eine Chance?»

Die Frau, diese Anne ... die kannte sie irgendwoher.

«Zoe?»

Zoe schüttelte resigniert den Kopf. Ihre Kollegen verstanden nicht, worum es ging. Tobias noch viel weniger. Für ihn zählte das Ergebnis. Wie sie sich dabei gefühlt hatte, war ihm vollkommen egal. Und als Chefredakteur hatte er vermutlich nicht nur das Recht, so zu denken, sondern die Pflicht. Einer musste ja die Quoten im Auge behalten.

«Sag mal, hörst du mir zu?»

«Um ehrlich zu sein, nicht wirklich.» Zoe musste lächeln. «Ich war in Gedanken. Darf ich dir einen Vorschlag machen?»

«Immer gern.»

«Wir probieren es zwei Wochen lang. Wenn ich mich danach mit dem neuen Konzept nicht wohl fühle» – oder noch ein einziges Mal so eine Anne anruft –, «ändern wir es wieder zurück und du versuchst nicht, mich vom Gegenteil zu überzeugen.»

«Danke, Zoe», sagte Tobias und erwiderte ihr Lächeln. Seine kühlen grauen Augen wirkten plötzlich gar nicht mehr kühl. Bildete sie sich das ein? «Das ist alles, was ich von dir wollte. Und darauf würde ich heut Abend gern mit dir anstoßen. Vielleicht bei einem guten Essen?»

Sie war sicher, dass sie sich die Veränderung in seinem Blick *nicht* einbildete. Er wirkte weicher als sonst. Wärmer. Als würde er sie gern ansehen, solange er nicht gerade mit ihr über das Programm streiten musste.

Sie berührte seinen Oberarm. «Das klingt wirklich sehr verlockend, Tobias. Vielen Dank. Aber nein.»

Als Zoe London zwei Jahre alt war, liebte ihre Mutter einen Maler.

Der Maler liebte eine Frau namens Lorina, und selbstredend handelte es sich dabei nicht um Zoes Mutter, denn Lorina London wäre schon ein eigenartiger Name gewesen. Zoe Londons Mutter hieß Susan, Susan Felicitas London.

Susan hatte nach der schmerzlichen Trennung von Zoes Erzeuger die Nase erst einmal voll von den Männern, und wer die ganze Geschichte kennt, der versteht das nur zu gut. Nun kam es, dass der Maler – David Antorin hieß er – sich zwar nicht in Susan verliebte, aber in ihre Nase. Diese Nase war es, die ihn auf Susan London aufmerksam machte, denn sie hatte diese auffällig lange, spitze Nase; beinah zu lang und zu spitz, aber eben nur beinah und dadurch erst besonders ansprechend.

David wollte Susan malen. Er hätte ihr alles gesagt, damit sie ihm Modell stand, aber letztlich war nur sehr wenig nötig, um sie sehr viel glauben zu lassen. Es wäre kaum gerecht, ihr dies zum Vorwurf zu machen, denn David war schön und charmant, und Susan war jung und für ihre Jahre bei weitem nicht genug geliebt worden.

Mit Künstlern hatte sie keine Erfahrung, und für David bedeutete das leichtes Spiel. Es wäre kaum gerecht, ihm das zum Vorwurf zu machen, denn Absicht war nicht im Spiel. Die rohe, atemlose Liebe zu seiner Kunst war genug, um Susan glauben zu lassen, sie gelte ihr.

«Bleib heute Nacht hier», sagte er eines Abends, versunken in seine Welt der perfekten Linien und Bögen und exakten Farben und Schattierungen. Sein Blick ruhte auf ihrem Abbild, nicht auf ihr. Er streifte ihre Lippen mit dem Pinsel. Da fehlte nur ein winziger Hauch mehr Koralle.

Ihr Herz schlug schneller. «Das wäre schön, nicht wahr?»

«Es wird schön.»

«Ich kann nicht. Du weißt doch. Meine Tochter.»

David schloss die Augen und atmete aus. «Kann die Babysitterin nicht über Nacht bleiben?»

«Das geht nicht.»

«Ich bezahle die Babysitterin. Warum geht das nicht? Ich will jetzt noch nicht aufhören.»

Wir haben noch nicht einmal angefangen, dachte Susan. Könnte ich mich doch überwinden, dir zu zeigen, was ich wirklich will. Du würdest deine Pinsel auf den Boden fallen lassen, mit mir nach Hause kommen, und wir würden mit Zoe zusammen frühstücken. Jeden Tag.

Sie hatten beide so viel Hoffnung, Susan und ihr Maler, nur hofften sie in unterschiedliche Richtungen.

David kam ihr sehr bald näher. Er küsste sie, bis ihre Lippen so gerötet waren, dass er aufspringen musste, um ihr Porträt zu verbessern. Er zog sie aus und berührte jeden Zentimeter ihrer Haut, bevor er ihn malte. Aber nichts unter ihrer Haut berührte ihn, sosehr sie auch versuchte, sich aufzureißen, um ihr Innerstes vor ihm offenzulegen.

«Manchmal», erzählte sie ihm eines Abends, während er rauchte und sie der Liebe nachspürte, «mache ich mir Sorgen, keine gute Mutter zu sein.»

«Hm?»

«Tagsüber bin ich im Büro, und Zoe ist in der Krippe. Und abends bin ich oft bei dir. Sie sieht ihre Kindergärtnerinnen und die Babysitterin mehr als mich.»

«Hm.»

«Ich will ihr doch etwas bieten können. Jetzt reicht die Zweiraumwohnung im Hochhaus vielleicht noch. Aber sie wird größer werden und ihr eigenes Zimmer haben wollen. Ballettstunden. Ein Barbie-Traumschloss. Und Ferien auf dem Ponyhof.»

«Hm-m.»

«Aber ich sehne mich auch nach dir. Und ich kann mich eben nicht zerreißen.»

«Hm.» Er rollte sich aus dem Bett, ging nackt durchs Zimmer und schob mit den Füßen den Kram beiseite, der auf dem Fußboden verteilt lag. Bücher, Kladden, Kleidung, halbvolle Flaschen, leere Pizzakartons. «Hast du mein Notizbuch gesehen? Das blaue?»

Susan drehte sich auf die Seite und unterdrückte ein Seufzen.

Du meinst es ja nicht so, dachte sie, du kannst mir nur schwer zeigen, was du fühlst. Du zeigst es in deinen Bildern, und solange du mich wirklich liebst, musst du es nicht aussprechen.

Sie glaubte fest daran.

Zoe London war zwei Jahre alt, und sie verstand zu dieser Zeit weit mehr von der Liebe als ihre Mutter. Sie kannte die Liebe, die bedingungslose Liebe, die das Herz hüpfen und springen ließ, bloß für den Preis eines Lächelns, eines Kusses auf den Bauchnabel oder eines Hoppe-Reiter-Spiels. Zoe wusste, dass es die Liebe war, wegen der sie alle Mandarinen aus der Obstschale mit ihren kleinen Fingern für ihre Mutter schälte. Und aus Liebe nahm sie auch den Klaps auf die Finger hin und schälte gleich nach dem nächsten Einkauf alle neugekauften Mandarinen erneut.

Zoe wusste sehr viel mehr, als Susan ahnte. Zoe sah die Liebe ihrer Mutter, sah keine Liebe bei dem Mann an deren Hand und regelte es, wie Zweijährige ihre Dinge regeln. Sie sprach kein Wort zu David und als das nicht half, zog sie eine Schnute, wenn er sie ansah, und als auch das erfolglos blieb, versuchte sie einen letzten, verzweifelten Trick, um Susan zu zeigen, was doch offensichtlich war: In jeden Schuh im Haus warf sie mehrere kleine Steine und Eicheln, die sie mühsam gesammelt hatte. Nur in Davids Schuhe gab sie nichts. Nicht einen winzigen Kiesel!

Am Abend, als Susan und David ins Atelier aufbrachen und Zoe mit der Babysitterin allein ließen, wartete Zoe gebannt, was passieren würde. Doch nichts passierte. Susan warf die Steine und Eicheln in den Müll, und David stand an der Tür, sah auf die Uhr und steckte sich eine Zigarette zwischen die Lippen.

Zoe war verunsichert. Wie konnte ihre Mama, die sie in

ihrer überbordenden Kleinkinderliebe für allwissend hielt, all ihre Zeichen übersehen?

Susan hoffte drei Monate, Davids Herz zu gewinnen. David hoffte drei Monate, Susan würde einsehen, was er wirklich von ihr wollte. Davids Galerist gab den Bildern von Susan die besten Plätze, und so verkauften sie sich gut, und David malte Susan wieder und wieder.

Jemand, der etwas von Kunst und Liebe zugleich verstand, was eine seltene Mischung ist, sagte später, aus den Bildern würde die Bitte um Liebe sprechen.

Doch drei Monate lang änderte sich nichts daran, dass David eine Frau namens Lorina liebte, und alles kam, wie es kommen musste.

Es begann mit blauem Himmel, einem freien Tag und Susans Versprechen, mit Zoe in den Tierpark zu gehen. Zoe frühstückte Haferflocken und Kakao, während Susan Kaffee trank und den Wetterbericht im Fernsehen ansah. Der Moderator versprach Schauer am späten Nachmittag. Susan drückte die Schneidezähne in ihre Unterlippe. Nach einem Tierparkbesuch im Regen stand ihr nicht der Sinn. Zoe hatte den Plan, in den Tierpark zu gehen, auch bestimmt längst wieder vergessen. Sie wusste sicherlich nicht einmal, was das war, der Tierpark. Sie war ja erst zwei Jahre und drei Monate alt.

Zoe allerdings wusste ganz genau, was der Tierpark war. Es war der Ort, an dem Enten auf den Wegen herumliefen. Zoe liebte Enten, und darum hatte sie natürlich nicht vergessen, dass sie heute in den Tierpark gehen wollten. Doch Susan brachte Zoe an diesem Morgen nicht zu den Enten, sondern in die Krippe. Zoe war sicher, dass sie später zu den Enten gehen würden.

Susan machte sich gutgelaunt zum Atelier auf und besorgte auf dem Weg das Frühstück. Zwei Milchkaffee im Becher, weil es im Atelier keinen Kühlschrank gab und die Milch meist sauer war. Wurst und Käse hatte David auch nie da, darum kaufte sie vom letzten, zusammengekratzten Kleingeld belegte Brötchen. Sie versuchte gar nicht erst, David in seiner Wohnung zu erreichen. In den letzten Wochen übernachtete er nur noch im Atelier. Er schlief kaum noch. Das viele Malen und die etlichen Zigaretten hatten Spuren unter seinen Augen hinterlassen. Ein freier Tag würde ihm guttun. Sie könnten sich lieben und danach im Bett bleiben, bis es Nachmittag war und Susan wieder gehen musste, um Zoe abzuholen.

Der Himmel war immer noch strahlend blau, als Susan das in einem Hinterhof gelegene Backsteingebäude erreichte. Es sah gar nicht so aus, als würde es heute noch regnen. Susan balancierte die Kaffeebecher und die Brötchentüte auf ihrem angewinkelten linken Arm und klopfte mit der freien Hand an die Metalltür, erst leise, dann so laut, dass ihre Fingerknöchel schmerzten. David schien sie nicht zu hören. Sie ging um das Haus herum. Als sie über die niedrige Mauer stieg, die den zugewucherten Garten säumte, verschüttete sie etwas Kaffee. Er hinterließ auf ihrer Jeansjacke bräunliche Flecken, über die sie sich ärgerte. Aber dann dachte sie, dass es einem bisschen Kaffee nicht gelingen würde, den wunderbaren Tag zu ruinieren.

Davids Fenster war ungeputzt wie immer. Sie musste nah ans Glas heran und die Augen mit der Hand beschatten, um durchschauen zu können. Was sie sah, riss ihr den Boden unter den Füßen weg und ersetzte ihn gegen etwas, auf dem sie nicht mehr fest stehen konnte. Alles zitterte. Ihre Hände, ihre Knie. Ihr ganzer Körper. Irgendetwas fiel zu Boden. Heiße Flüssigkeit durchdrang ihre Schuhe.

Dass die fremde, nackte Frau in Davids Armen Lorina hieß, erfuhr Susan nie. Aber sie sah auf den ersten Blick – als der Schock zu groß war, um die Wahrheit mit einer Phantasie schönzufärben –, dass diese Frau das von ihm bekam, was für sie unerreichbar war.

David liebte Lorina, sein Blick ließ keinen Zweifel offen. Seine Pinsel lagen am Boden. Er hatte sie nicht einmal ausgewaschen.

Als Susan Zoe am Nachmittag aus der Krippe abholte, spürte Zoe sofort, dass Susans Leben gewackelt hatte und aus den Fugen gebrochen war. Zoe war klar, dass sie gar nicht erst nach den Enten zu fragen brauchte.

Es ist ein glücklicher Umstand, dass Zweijährige nur einen sehr kleinen Teil ihrer Erkenntnisse verbal äußern können, dass ihnen für die wirklich bedeutsamen Dinge im Leben noch die Worte fehlen und dass Kinder gemeinhin später nicht über die Erkenntnisse sprechen, die sie im Alter von zwei Jahren machen.

Anderenfalls hätten die meisten Erwachsenen wohl großen Grund zur Scham.

Kapitel 2

»Und dann sagte der Typ zu mir: ‹Baby, lass bitte immer die Kloschüssel offen – der Hund trinkt so gern da raus›, und ich bekam das Bild nicht aus dem Kopf, wie er sich von dem Hund das Gesicht ablecken ließ.« Roberta bedachte jeden am Tisch mit einem kurzen Blick und kippte dann den Inhalt ihres Weinglases in einem Zug hinunter. Sie sah sich um, ob jemand in der Nähe war, aber die Kellner waren anderweitig beschäftigt und die umliegenden Tische waren zu der späten Stunde schon leer. «Und wo dieses Gesicht in der Nacht davor überall war.»

«Iiiiih», kreischte Kirsten. «Die nächste Hundebesitzerin, die ich küsse, wickle ich vorher in Frischhaltefolie ein!»

Klaas zog eine angeekelte Grimasse, Tobias goss Robertas Glas mit Schwung noch einmal voll, und Zoe schüttelte sich vor Lachen.

«An diesem Morgen habe ich beschlossen», fuhr Roberta fort, «dass die One-Night-Stands aufhören müssen. Ich bin kuriert, ich gehe mit niemandem mehr nach Hause, und mein nächster Sex wird in meiner Hochzeitsnacht stattfinden. Nie wieder böses Erwachen.»

«Darauf trinken wir!», beschloss Klaas. «Nie wieder böses Erwachen!»

«Nie wieder!», rief Kirsten, hob ihr Bier und warf in derselben Bewegung der portugiesischen Kellnerin einen Blick zu, der besagte, dass sie sich von einer Nacht mit ihr kein böses Erwachen versprach.

Zoe stieß mit den anderen an, fragte sich aber insgeheim, wie böse das Erwachen wohl erst sein mochte, wenn man seinem Partner die seltsamen Neigungen, die nicht hinnehmbaren Macken oder gar das Ungeschick beim Sex erst in der Hochzeitsnacht anmerkte.

Kirsten war an der Reihe, eine Anekdote aus ihrem Liebesleben zum Besten zu geben, aber im Gegensatz zu Robertas Geschichten waren ihre regelmäßig so pointiert, dass sie nur ausgedacht sein konnten, was ihren Unterhaltungswert so sehr schmälerte wie Kirstens Fett- und Zuckeraustauschstoffe den Geschmack ihrer Käsekuchen. Zoes rotweingeschwängerte Gedanken schweiften mit der Musik ab, die ihr Lieblingsportugiese regelmäßig abspielte, wenn die Kerzen auf den Tischen niederbrannten. Fado. Sie neigte nicht zur Melancholie, außer Rotwein und der schwermütige Fado trafen zusammen. Darüber vergaß sie manchmal ihren Grundsatz, dass ihr privater Trübsinn nichts an den Ungerechtigkeiten der Welt änderte und dass sie mit guter Laune eher in der Lage war, im Kleinen etwas Positives zu bewirken.

Es kam ihr nun lächerlich vor, dass Roberta sie förmlich hatte beknien müssen, zum gemeinsamen Essen mitzukommen. Sie hatte Tobias eins auswischen wollen, indem sie ihm abgesagt hatte. Und obwohl sie dann doch mitgekommen war, schien es funktioniert zu haben, denn trotz der guten Stimmung und dem Gelächter an ihrem Tisch warf er ihr noch immer diese fragenden Blicke zu. Diese «Ist alles in Ordnung?»-Blicke – und sie bezogen sich nicht auf ihren gegrillten Lachs; der schmeckte vorzüglich. Es tat ihr nun leid, mit Tobias gezankt zu haben. Er machte nur seinen Job, unpopuläre Entscheidungen gehörten dazu. Und wer war sie denn, sich über ein verändertes Konzept zu ärgern, bis ihr Chef ein schlechtes Gewissen bekam? Es gab nun wirklich Schlimmeres auf der Welt. Der Fado-Sänger zum Beispiel sang ganz bestimmt von Kriegswaisen, zerbombten Städten und ganz und gar ausweglosen Situationen.

«Bestellst du auch noch ein Dessert, Zoe?», riss Kirsten sie aus ihren Grübeleien.

«Heute nicht. Danke.»

«Ist alles in Ordnung?», sprach Tobias aus, was seine Blicke den ganzen Abend stumm fragten. «Seit wann sagst du hier nein zum Nachtisch?»

Seit du dich in meine Sendung einmischst, schoss es ihr unweigerlich durch den Kopf, aber sie schluckte jede patzige Antwort runter. «Dieses traurige Lied schlägt mir gerade auf den Magen, fürchte ich. Wollen wir die Existenz einer weiteren Flasche Wein beenden?»

Tobias lauschte der Musik, als hätte er sie gerade erst bemerkt. Er legte den Kopf schief und lächelte versonnen. «Er singt von einem Mädchen, für das er mit seinem Bruder gebrochen hat. Sie haben sie beide geliebt und ihr beide jeden Tag Blumen an einem Stand am Straßenrand gekauft. Am Ende wählt sie einen dritten. Den Jungen, bei dem die Brüder immer die Blumen gekauft haben.»

Roberta seufzte. Kirsten rollte mit den Augen. Zoe registrierte erleichtert, dass das Lied zu Ende ging und eines begann, das ein bisschen weniger traurig klang.

In ihrer Brust setzte sich ein dumpfes Gefühl fest: Enttäuschung, dass das tragisch anmutende Lied doch wieder nur so einen banalen Hintergrund hatte.

Liebe.

Liebe zu einer einzigen Person wurde eindeutig überbewertet. Schwer vorstellbar, dass dieses Gefühl so großartig sein sollte, dass es all die Tragik und das Leid wert war, das in den meisten Fällen damit einherging.

«Ich wusste nicht, dass du Portugiesisch sprichst, Tobi», unterbrach Roberta Zoes Gedanken. Gut so, waren sie doch reichlich unnötig. Sie beglückwünschte sich, die Finger von etwas Ungreifbarem wie der Liebe zu lassen. Amüsieren konnte man sich auch ohne Verpflichtungen. Winkend ließ sie den Kellner quer durch das Restaurant wissen, dass mehr Wein gebraucht wurde, während ihr Blick über ihre Kollegen schweifte. Sie alle untermauerten ihre These, dass Liebe zu Unglück führte, denn während sie als Singles alle durchaus zufriedene Menschen waren, führten Beziehungen, die über One-Night-Stands hinausgingen, meist zu Spannungen und am Ende zu großem Katzenjammer.

Der Kellner zeigte ein weit ausholendes Schulterzucken, als sie nachsah, wo er blieb, und Zoe schwenkte zur Erklärung die leere Weinflasche über dem Kopf.

«Ich war früher oft in Brasilien», antwortete Tobias mit etwas Verzögerung auf Robertas Frage. «Meist wochenlang, einmal für ein halbes Jahr. Es ist nirgends so schön wie in Brasilien.»

«Aber du warst länger nicht mehr dort, oder habe ich etwas verpasst?», hakte Roberta nach. Zoe konnte sich auch nicht erinnern, dass Tobias je von einer Brasilienreise erzählt hatte. Er war im letzten Jahr einmal beruflich für ein paar Tage in Paris gewesen, ansonsten hatte er nie von einer Reise gesprochen. Hatte er überhaupt je Urlaub gemacht, seit sie im Sender arbeitete?

Tobias' nächster Atemzug wirkte ein wenig bemüht. «Es geht leider im Augenblick nicht.»

«Er ist im Sender eben unabkömmlich, vierundzwanzigsieben», erklärte Kirsten mit einem Stoßseufzer.

«Außerdem», fügte Klaas hinzu, «wissen wir doch alle, was wir verdienen. Zuckerhut und Rio de Janeiro? Träumt weiter. Realistisch sind die Alpen und vielleicht mal Budapest.»

«Ja, und Texel», rief Kirsten ins Gelächter der anderen, weil ihnen allen bekannt war, dass Klaas seit Jahren jeden Urlaub auf Texel verbrachte. Noch ein Punkt, der Zoes These untermauerte: Klaas war der Einzige in der Runde, der verheiratet war, und Klaas hasste Texel, fuhr aber ständig hin. Seine Frau war es, die aufgrund schöner Kindheitserinnerungen auf diese touristenüberflutete Insel fixiert war – und er ergab sich kampflos seinem Schicksal. Aus Liebe, wie er behauptete.

Die anderen übertrafen sich gegenseitig mit Lästereien über Texel, während der Kellner die neue Weinflasche brachte. Bloß Tobias lächelte nur, schien aber mit den Gedanken woanders.

Zoe beugte sich weit über den Tisch zu ihm rüber. «Fernweh nach Brasilien?», fragte sie leise. Gut, dass sie doch mitgekommen war. Vielleicht wäre sie sonst noch länger wütend auf ihn gewesen. Das gemütliche Beisammensitzen ließ ihren Ärger wegschmelzen. Tobias mochte ein knallharter Chef mit Superschurkenvisage sein, aber ihm gelang immer wieder – selbst heute – das Kunststück, sich nach Feierabend in einen lieben Kollegen zu verwandeln, und es gefiel ihr nicht, dass er nun bekümmert wirkte.

«Immer.»

«Dann muss es einen guten Grund geben, dass du nicht hinfliegst.» Sie griff nach der Weinflasche, umfasste sein Glas mit der anderen Hand und schenkte ihm ein. Erst dann bemerkte sie, dass seine Finger ebenfalls um das Glas lagen und sie seine Hand hielt.

«Ja, den gibt es.» Tobias' Stimme war wie Fado. Traurig, aber auf unergründliche Weise, da sie die Sprache nicht verstand. Sie räusperte sich und ließ sein Glas und seine Hand los. Eine Weile wartete sie darauf, dass er weitersprach, aber er deutete nur kaum wahrnehmbar zu Roberta, Klaas und Kirsten, die freundlich darüber zankten, wessen Urlaubsort der schrecklichste sei. Zum Gewinner wurde schließlich Roberta ernannt, die zweimal im Jahr einen Transatlantikflug nach Georgia nebst fürchterlichem Jetlag auf sich nahm, um dort drei Wochen lang den Babysitter für eine Handvoll Nichten und Neffen zu spielen. Dann kehrte sie vollkommen erschöpft, mit Schlafdefizit und von Moskitos zerstochen wieder zurück und fand die dringend nötige Erholung in der Formulierung von Nachrichtentexten.

Das musste ihr erst mal jemand nachmachen.

Klaas brach etwas später, wie einem geheimen Ritual folgend, als Erster auf. Wie immer rief seine Frau an, und er erklärte ihr, noch zu bleiben. Exakt viereinhalb Minuten später gähnte er, ganz gegen seine sonstigen Manieren, ohne sich die Hand vor den Mund zu halten, verkündete, müde zu sein, und verabschiedete sich von den anderen. Wenig später machte sich Kirsten auf den Weg, zeitgleich sorgte die portugiesische Belegschaft dafür, dass niemand der noch anwesenden Gäste es verpasste, wie die Kellner ihren Feierabend einläuteten. Nur der alte Wirt Thomás, von dem Zoe von Tobias heute Abend erfuhr, dass er kein Wort Portugiesisch sprach und bloß das Pech hatte, Grieche in einer Stadt zu sein, die schon zu viele griechische Restaurants zu bieten hatte, verharrte so müde wie tapfer hinter seiner Theke und schenkte weiter Wein und Kaffee aus. Dem Fado hatte er allerdings inzwischen den Strom abgedreht. Vermutlich ertrug selbst er die Melancholie in Dauerschleife nur über einen begrenzten Zeitraum.

An normalen Abenden machten sich auch Tobias und Zoe auf den Heimweg, sobald Roberta aufbrach, denn Tobias und Roberta mussten in dieselbe Richtung. Heute war irgendetwas anders. Vielleicht lag es an einem Rest Rotwein in der Flasche, der noch für zwei reichte, vielleicht auch am Fado, der, wenn er auch längst verklungen war, noch in der Luft lag wie ein schweres Parfüm, dessen Trägerin zu früh gegangen war. Tobias und Zoe leerten die Flasche gemeinsam, und ebenso gemeinsam erlösten sie den portugiesischen Wirt Thomás, der kein Portugiesisch sprach, und traten in die Nacht hinaus.

Warum fährst du nicht mehr nach Brasilien?, dachte Zoe immerzu, aber leicht beduselt vom Wein war sie nicht sicher, ob es nüchtern betrachtet eine Frage war, die man aussprechen konnte. Ging es sie denn etwas an, warum ihr Chef nicht mehr verreiste? Woher kam eigentlich plötzlich dieses bohrende Interesse an ihm?

Ein Polizeiwagen fuhr vorbei, schaltete genau auf ihrer Höhe die Sirene an, und Zoe erschrak und musste sich die Ohren zuhalten.

«Warum fahren wir nicht zusammen nach Brasilien?», fragte Tobias, als Zoe wieder etwas hören konnte.

«Wie bitte?» Sie musste kichern. Vermaledeiter, zu köstlicher portugiesischer Wein! «Jetzt sofort?»

«Ja, wohl kaum morgen zum Frühstück. Los, komm. Auf einen Mojito kommt es jetzt nicht mehr an, und ...»

Ein weiterer Polizeiwagen raste die Straße entlang, und das Martinshorn schluckte alles, was Tobias sagte.

Zoe folgte ihm verwirrt. Er legte ein ganz schönes Tempo vor – offenbar ging der letzte Flieger nach Rio de Janeiro noch vor Mitternacht. Eigenartigerweise ging es nicht in Richtung Bahnhof, von wo aus man zum Flughafen kam. Stattdessen landeten sie vor einer Bar mit greller Außenbeleuchtung. Offenbar hatte sie ihn wegen des Lärms missverstanden. Über dem Schriftzug *Brasilia* rekelte sich eine strahlende Sambatänzerin, deren perfekter Körperbau es verkraftete, dass ihr hochgestrecktes Bein nur bis zum Knie beleuchtet wurde, sodass es aussah, als hätte man ihr die Wade amputiert.

«Eine hübsche Funzel entstellt nichts», flüsterte Zoe im Vorbeigehen. Hoffentlich konnte sie sich das für die Sendung merken. «Vielleicht», überlegte sie laut, «machen wir noch ein Experiment. *Rio Calling* klingt doch auch ganz toll, was meinst du, Tobias?»

Er verzog gequält das Gesicht, als hätte sie einen wirklich geschmacklosen Scherz gemacht. «Du bist noch wütend.»

«Ach was.» Zoe musste gegen die voll aufgedrehten Samba-Klänge im Inneren der Bar anschreien. «Betrunken.»

«Ich bin's zu wenig, um dir das zu glauben.»

«Hier gibt es sicher Caipirinha, um das zu ändern.»

Tobias lachte. «Hier bekommt man ihn original so, wie er in den brasilianischen Strandbars verkauft wird. Mit einer halbierten Limette, Eiswürfeln statt Crushed Ice und weißem Zucker.»

«Wie schade», sagte Zoe aufrichtig und hüpfte einer Horde angefeierter Studenten auf dem Weg nach draußen aus dem Weg, «dass man mich mit Limetten jagen kann. Die sind mir einfach zu sauer. Was kannst du sonst empfehlen?»

Tobias schob sie an der Hüfte zu dem einzigen freien Stehtisch in der gerammelt vollen Bar. «Reservier uns den Platz. Ich bringt dir etwas Gutes mit – du wirst es mögen.»

Zoe plusterte ihre Konfektionsgröße 38 ¾ auf das Doppelte auf, um den Tisch unmissverständlich als besetzt zu markieren, und betrachtete die Gäste des *Brasilia*. Jung, bunt gemischt und hip, fand sie, aber womöglich war das der späten Stunde geschuldet. Ein paar Mädchen tanzten, und zu ihrer Freude entdeckte sie auch einen jungen Mann, der mit freiem Oberkörper Capoeira zum Besten gab, wobei er die umstehenden Leute wie durch ein Wunder mit seinen Armen und Füßen nur um Haaresbreite verfehlte. Sie fragte sich gerade, warum sie sich seit Monaten den Fado von der CD antaten, wenn es wenige Straßen weiter heiße Sambarhythmen und sexy Tänzer gab, da kam Tobias mit den Getränken zurück und schob ihr ein Glas zwischen die Hände. Der Cocktail sah seinem ähnlich, bloß war er nicht grün, sondern orange: freundlich, sonnig und damit vermutlich kein bisschen sauer.

«Maipirinha», erklärte er. «Maracuja statt Limette.»

Zoe probierte, und ihr schoss kurz und leuchtend rot wie ein Signallicht durch den Kopf, dass dieser Cocktail verflixt gut schmeckte. Gefährlich gut. Aber bevor sie angemessen auf die Warnung reagieren konnte, war der Gedanke auch schon wieder weg. Sie waren zum Feiern hergekommen, keiner von ihnen musste noch fahren, und der Alkoholpegel sorgte wenigstens dafür, dass sie kaum noch an die Arbeit und die Sendung denken musste, die heute aus irgendeinem Grund schiefgelaufen war. Sie wusste nicht einmal mehr genau, warum sie schiefgelaufen war. Hatte sie einen Blackout gehabt? Einen Lachkrampf? Ach nein, Tobias hatte in ihrem Konzept herumgemurkst und ...

«Was habe ich vermurkst?», fragte Tobias nah an ihrem Ohr, um bei der lauten Musik nicht so schreien zu müssen. Sein Atem fühlte sich angenehm auf ihrer Haut an.

«Sapperlot, belauschst du mich?» Hatte sie etwa laut gedacht? «Ich sagte, dass ich von diesem Murks», sie hob ihr Glas, «glatt noch einen trinken könnte. Hey, warum lachst du? Lachst du mich aus?»

«Hemmungslos!» Er strahlte sie an. Lag es an dem Licht in dieser verrückten Bar, dass seine Augen so leuchteten? Oder an der Spannung zwischen ihnen, die heute, irgendwann im Laufe des Tages, etwas zwischen ihnen verändert hatte? Seit wann konnte Grau überhaupt leuchten?

Sie schüttelte den Kopf, als ihr gewahr wurde, dass sie ihn anstarrte. Hemmungslos, so so.

«Warum?»

«Weil du diese Wörter sagst.»

«Weil ich Wörter sage?»

«*Diese* Wörter. Sapperlot. Oder Herrschaftszeiten noch mal. Oder Himmelarschundzwille.»

«Himmelarschundzwirn!», korrigierte Zoe. So viel Genauigkeit musste sein. «Ich versuch es mir ja abzugewöhnen. Kirsten sagt, ich würde sprechen wie ihre Uroma. Aber sie kommen einfach über mich, diese Wörter.»

«Bitte, Zoe», flüsterte Tobias, und Zoe fragte sich, wie er bei dem Krach um sie herum flüstern und sie ihn verstehen konnte, «gewöhn es dir nicht ab. Ich weiß nicht, wie Kirstens Uroma spricht, aber ich schwöre dir, sie sagt diese Wörter nicht so sexy wie du.» Oh. Sie konnte ihn verstehen, weil er ihr plötzlich so nah war, dass sein Atem ihren Hals kitzelte. Das Kribbeln breitete sich über ihren ganzen Körper aus.

Darüber musste sie einen Moment nachdenken. Wie gut,

dass Tobias verschwand und einen weiteren dieser hundsgemeinen Mai- statt Caipirinhas für sie kaufte. Als er zurückkam, hatte sie vergessen, worüber sie zu grübeln begonnen hatte, und nachdem das Glas leer war, fand sie sich tanzend zwischen jungen Dingern in Pailletten-BHs und einem Capoeira-Tänzer wieder, an ihrer Seite ein Chef in Anzughose, Herrenschuhen im Wert eines Kleinwagens und einem Ramones-T-Shirt, auf dem ihr Lippenstift auf unerklärliche Weise Spuren hinterlassen hatte.

Er fand sie sexy. Das war ein dickes Ding. Wie eigenartig die Sterne in dieser Nacht stehen mussten, dass ihm ausgerechnet heute aufgefallen war, wie sexy er sie, Zoe London, fand. Denn zufälligerweise hatte sie etwas ganz Ähnliches festgestellt: Dieser Tobias mit den stahlgrauen Augen, der so unbarmherzig wie unwiderstehlich zielstrebig sein konnte und dem es dummerweise heute gelungen war, sie mühelos gegen die Wand zu argumentieren, der sah längst nicht nur gut aus mit seinen markanten Superschurken-Gesichtszügen. Der war auch sexy.

Einen letzten Cocktail konnte sie sich wirklich gönnen. Einen einzigen engen Tanz ebenfalls, schließlich schafften sie beide nicht mehr viel mehr als Klammerblues zu Sambarhythmen. Sich ein Taxi zu teilen war nur naheliegend, immerhin hatten sie beide getrunken, und dass sie gemeinsam vor dem Achtparteienklotz ausstiegen, in dem Tobias' Wohnung lag, ging schon in Ordnung, denn bei Tobias warteten zwei Katzen auf ihr spätes Abendbrot, und bei Zoe wartete niemand.

«Hey. Hey, Zoe. Guten Morgen.»

Etwas Weiches, Warmes schmiegte sich in ihren Nacken und gegen ihren nackten Po. Ein herrliches Gefühl – wenn dieses Etwas nicht mit leiser, rauer Männerstimme zu ihr gesprochen hätte. Hol's der Teufel – hätte er nicht noch einen Moment schweigen können?

Zoe richtete sich abrupt im Bett auf. Eine schwarze Katze glotzte sie für einen Sekundenbruchteil an und schoss dann wie von der Tarantel gestochen aus dem Bett.

Himmelherrgott, das war nicht ihre Katze! Sie hatte nicht einmal eine Katze. Das war auch nicht ihr Bett, weder ihr Kissen noch ihre Decke. Es war das Bett der sanften Stimme in ihrem Nacken, und die gehörte ... Tobias.

Dem Chef.

Ganz vorsichtig, als könnten hastige Bewegungen einen Chef zum Angriff provozieren, blickte sie sich über die Schulter um.

Der Chef hatte zerwuschelte Haare – sie hatte vage Erinnerungen, wer sie durchgewuschelt hatte und wie diese Haare sich dabei angefühlt hatten – und lächelte verschlafen.

«Magst du einen Kaffee?», fragte er.

Schöne Worte am Morgen, aber Zoe dröhnte der Kopf. Die Bettdecke rutschte an ihr herab, und zu allem Überfluss musste sie feststellen, tatsächlich vollkommen nackt zu sein, was im Bett eines Mannes kein Drama gewesen wäre. Im Bett eines Kollegen versprach es Probleme, aber im Bett des Chefs kam es einer Naturkatastrophe gleich. Einer Naturkatastrophe biblischen Ausmaßes. Selbstverschuldet – und das war das Schlimmste an der ganzen Sache. Was hatte sie sich nur dabei gedacht?

«Haben wir ...?»

Er grinste, was schlaftrunken äußerst unverschämt aussah. «Haben wir.»

«Klar. Und haben wir auch ...?» Sie war doch hoffentlich nicht zu betrunken gewesen, um an Verhütung zu denken, oder? Heilige Scheiße – sie konnte sich nicht genau erinnern. An seine Lippen auf ihrem Bauch und an ihren Mund auf seiner Brust sehr wohl, und an das explosive Glücksgefühl, das nicht einen Orgasmus lang angehalten hatte, sondern gefühlt die ganze Nacht. Aber da fehlten ein paar entscheidende Minuten, und etliches andere musste sie sich einbilden.

«Was denkst du von mir?», fragte er in gespielter Empörung.

Die eigentliche Frage war, was sie von sich dachte. «Also haben wir ein Kondom benutzt, ja?»

«Also wenn du schon so fragst ...», druckste er.

Oh mein Gott. Oh. Mein. Gott!

«Wir haben mehrere Kondome benutzt.»

«Puh.» Vor Erleichterung wurde ihr ein wenig schwindelig. «Ich hoffe, schön artig der Reihe nach, wie sich das gehört.»

Tobias sprang aus dem Bett und schlenderte mit nackter Lässigkeit zum Kleiderschrank. «Jetzt sag nicht, dass du dich an nichts erinnern kannst, Zoe. Das wäre schade.»

Nach und nach kamen die Bilder wieder hoch und mit ihnen die Worte, die sie gesagt und noch mehr Küsse, die sie getauscht hatten. Himmel! Wenn sie sich nur an die Hälfte erinnerte, war das immer noch der beste Sex, den sie je gehabt hatte. Verflixt – sie steckte noch tiefer im Schlamassel als gedacht. Zum Glück bemerkte er ihr tiefes Erröten nicht, denn er suchte in seinem Kleiderschrank nach Handtüchern und frischer Wäsche. Sein Hintern war ein einziger Skandal. Das Leben war nicht fair, wenn es einen so hübschen, kleinen

Hintern ausgerechnet an einen Chef vergeudete. Der Rest vom Hintern warf ihr schließlich einen Frottébademantel aufs Bett. «Wenn du möchtest, kannst du zuerst ins Bad. Und ich koche in der Zeit Kaffee und backe ein paar Brötchen auf, okay?»

Frühstück beim Chef? Das kam so was von überhaupt nicht in Frage!

Sie stand in die Decke gehüllt auf und angelte nach ihrem Slip, der aus irgendeinem Grund, über den sie nicht nachzudenken bereit war, an der Ecke eines Bilderrahmens baumelte. «Nicht nötig. Mach dir bloß keine Umstände, ich geh besser gleich.»

«Warum?» Der Chef drehte sich erstaunt zu ihr um. Dass er immer noch nackt war, wie Gott ihn schuf – und er sah auch und vor allem unbekleidet aus, als hätte sein Schöpfer sich bei ihm besondere Mühe gegeben –, sorgte kurzzeitig für einen Wirbelsturm in Zoes Gehirn.

«Weil ich zur Arbeit muss!»

«Es ist doch erst halb sieben.»

«Ich … brauch morgens halt länger.»

Auf einem Sideboard saß eine zweite Katze zwischen ein paar Bilderrahmen, eine grau getigerte, die Zoe mit unverhohlener Herablassung musterte. Zoe kannte diesen Blick. Der Katze war es unter Garantie noch nie passiert, ungeplant im Körbchen eines Katers aufzuwachen, und sie verachtete Zoe dafür. Arrogante, neidische Katzenkuh! – Vermutlich war sie kastriert.

Sie beeilte sich mit dem Anziehen. Leider fiel ihr dabei ein, dass sie heute erst nachmittags beim Sender sein musste. «Ich … ähm … ich muss noch arbeiten. Eine Torte vorbereiten. Eine Torte für eine Baby-Shower, du weißt schon. Wirklich viel Arbeit, ich muss diese kleinen Babyschühchen und Teddybärchen aus Blütenpaste modellieren und ...»

«Schade», sagte der Chef. Als sie, die Schuhe noch in der Hand, an ihm vorbei zur Wohnungstür stürmte, blieb er an die Wand gelehnt stehen und ließ ihr einen enttäuschten Blick folgen. Hoffentlich hatte sie jetzt nicht noch seinen Geburtstag vergessen, oder was konnte er noch von ihr wollen? Er glaubte doch nicht ernsthaft, dass ein gemeinsames Frühstück nach einem One-Night-Stand eine gute Idee war? Sah der Mann nie Filme – las er keine Romane? Gemeinsames Frühstück führte immer schnurstracks auf den größtmöglichen Wahnsinn hinaus.

Zoe atmete erst wieder durch, als sie die Riemchen ihrer Schuhe geschlossen hatte und die Treppen hinabeilte.

War es wirklich erst einige Stunden her, dass sie mit ihren Freunden – nebst dem Chef – auf das Motto «Nie wieder böses Erwachen» angestoßen hatte? Na, das hatte sie ja großartig umgesetzt.

Im Schatten der Birken saß man trotz der frischen Frühlingstemperaturen schon herrlich, und in den Zweigen der Bäume summten die ersten Bienen zufrieden vor sich hin. Zoe war heute nicht aus Eile diesen Weg gekommen, sondern weil es der schönere war, und da sie früh zu Hause losgegangen war, hatte sie noch genug Zeit, um auf der Terrasse des kleinen Cafés etwas zu trinken und ihre Nerven zu beruhigen. Sie brauchte ihre beste Freundin für ein Gespräch über die letzte Nacht, aber Laura machte Urlaub auf Mauritius und war nicht erreichbar.

Wie gestern saß bloß der ältere Mann an einem der Nachbartische. Abwechselnd schmökerte er in einem vergilbten und zerlesenen Taschenbuch und hielt das Gesicht in ein paar feine Sonnenstrahlen, die durch die Baumkronen schmulten. Wenn sich ihre Blicke trafen, lächelte er sie herzlich an.

Zoe wartete eine ganze Weile, doch obwohl ein Täfelchen mit der Aufschrift «geöffnet» in der Tür hing, kam keine Bedienung.

«Entschuldigen Sie», sprach sie den Mann an, «aber ist hier vielleicht Selbstbedienung?»

«Eigentlich nicht», erwiderte er. «Aber unter uns: Manchmal frage ich mich das auch.» Er mochte an die siebzig sein, hatte sich allerdings ein jungenhaftes, verschmitztes Lächeln erhalten. Zoe fand ihn auf Anhieb sympathisch.

«Sie kommen häufig her, oder? Ich habe Sie gestern auch schon bemerkt.»

«Das kann wohl sein, ja.»

«Dann muss sich die Wartezeit lohnen, sonst würden Sie vermutlich woanders hingehen.»

Er lachte leise in seinen Kaffee, bevor er einen Schluck trank. «Ja, wenn Sie das sagen.» Dann stellte er seine Tasse ab und erhob sich umständlich, um an ihren Tisch zu kommen und ihr die Hand hinzustrecken. «Julius Hofmeister. Sagen Sie Julius zu mir.»

«Ich heiße Zoe. Zoe London. Schön, Sie kennenzulernen, Julius.»

«Ebenso, Miss London.»

Zoe schmunzelte. «Zoe geht schon in Ordnung.»

«Würde es Ihnen ... oder dir etwas ausmachen, wenn ich bei Miss London bliebe?»

«Nein, gar nicht. Das klingt sehr nett.»

«In London habe ich eine Weile gelebt, und die Stadt fehlt mir immer noch.» In England konnte sie sich den älteren Mann gut vorstellen. Er hatte etwas Britisches an sich.

Zoe hätte sich gern seine Geschichten aus London angehört, aber da kam die Kellnerin, eine püppchenhafte, junge Frau mit fast weißer Haut und rubinrot gefärbten Haaren, und bis sie Zoe alle Tee- und Gebäcksorten aufgezählt hatte – denn die Karte fand sie gerade nicht –, war Julius Hofmeister wieder an seinem Tisch. Er wirkte so in seinen Roman versunken, dass Zoe ihn nicht stören wollte, und so genoss sie die entspannte Ruhe im Café, den Duft der Birken und den Wind, in dem schon ein bisschen Sommer mitwehte. Der Nachmittag würde anstrengend werden, selbst wenn der Chef das Debakel der letzten Nacht genauso totschwieg, wie sie es zu tun gedachte. Besser, sie nutzte die halbe Stunde, die ihr noch blieb, zur Erholung.

Der Tee kam überraschend flott, und das Apfelküchlein, das sie bestellt hatte, war warm und hatte genau diesen Hauch von beinah rohem Kern, den sie immer zu erreichen versuchte, wenn sie für sich privat etwas backte. Es war köstlich, und sie vergaß für ein paar Augenblicke sämtliche Ärgernisse. Was für ein Glück, dass sie das kleine Café entdeckt hatte. Ihre Verspätung gestern und der Stau hatten doch noch etwas Gutes bewirkt.

Zufälle, durch die man kleine Schätze entdeckt, an denen man im Alltag vorbeieilt – was für ein hübsches Thema für *London Calling*. Das würde sie heute aufgreifen. Wenn nur hoffentlich nicht wieder jemand anrief, um zu versuchen, ihr die eigene Küchentischpsychologie aufzudrücken! Diese Anne mogelte sich immer wieder ungefragt in ihren Kopf. So eine unverschämte Tusnelda! Zoe schüttelte die Gedanken ab und schob sich den letzten Bissen Apfelküchlein in den Mund. Sie würde ihr nicht den Gefallen tun, über sie zu grübeln. Da konnte ja jeder kommen.

«Ach», rief Julius Hofmeister plötzlich leise. «Da bist du ja wieder. Hab mich schon gefragt, wo du heute bleibst.»

Zoe brauchte einen Moment, bis sie entdeckt hatte, mit wem Julius sprach. Der kleine, gelbe Vogel, der ihr gestern aufgefallen war, saß auf der schmiedeeisernen Rückenlehne eines Stuhls an einem freien Tisch. Er blinzelte Julius aus schwarzen Knopfaugen an und legte den Kopf schief.

Julius legte sein Buch auf den Tisch und rückte mit seinem Stuhl etwas näher zu dem Vögelchen hin. Das plusterte das Gefieder auf und tippelte zwei Zentimeter zurück.

«Schon gut, ist ja schon gut», sagte Julius leise. «Ich komm dir schon nicht zu nahe.» Er drehte sich zu Zoe um. «Sie ist scheu, Miss London. Hat ihre Erfahrungen schon machen müssen.» Er wandte sich wieder dem Vogel zu, da stieß der sich ab und flatterte davon.

«Da, ich sag es ja. Scheu und leicht zu erschrecken.» Er zuckte mit den Schultern, es wirkte eher resigniert als gleichgültig.

«Aber er kommt offenbar häufiger her», vermutete Zoe.

«Ja, sicher. Jeden Tag kommt sie her.»

«Sie? Sind Sie sicher, dass es ein Weibchen ist?»

«Ganz sicher, Miss London.»

«Und Sie füttern das Vögelchen, jeden Tag?»

Der alte Mann wiegte den Kopf. «Ich versuch's immer, aber egal, was ich hinwerfe, sie nimmt es nicht. Keine Körner, keine Brotkrumen – selbst Kuchenstückchen verschmäht sie. Weiß der Hahn auf dem Mist, was der komische Vogel so frisst.»

«Sie mag Sie, Julius.»

«Denkst du das, Miss London?»

«Ich bin sicher. Warum sonst sollte sie jeden Tag hierher zurückkommen?»

«Ach, Zoe.» Nina war schon halb durch die Tür, drehte sich aber noch einmal um und lehnte sich an den Rahmen. «Tobias wollte dich noch sprechen.» Sie schluckte. «Ist alles okay?»

Zoe spürte, wie ihr das Blut in die Wangen schoss. «Natürlich, alles bestens. Was sollte denn sein?»

Nina schüttelte rasch den Kopf. «War nur eine Frage. Weil ihr doch gestern erst ein Meeting hattet, wundert es mich, dass er heute schon wieder Redebedarf hat.»

Zoe ahnte, dass das nicht alles war. Hatte Nina irgendetwas mitbekommen? Der Chef hatte ihr doch nichts erzählt? Erschrocken fiel ihr die Möglichkeit ein, dass Nina die Diagramme mit den Quoten gesehen haben könnte. Zeigte das Schwanzende der Linien vielleicht doch ein bisschen weiter nach unten als im vollkommen harmlosen Normalbereich?

Was konnte Tobias von ihr wollen? Vor ihrer heutigen Sendung hatte er sie lediglich begrüßt, als wäre nichts zwischen ihnen passiert, und sie war erleichtert gewesen, dass er sich offenbar zu der gleichen Taktik entschieden hatte wie sie. Eine stillschweigende Vereinbarung, zu zweit Gedächtnisschwund vorzutäuschen, war für sie beide die beste Lösung. Immerhin wusste niemand, was in dieser Nacht geschehen war. Es wusste nicht einmal jemand, dass irgendetwas geschehen sein könnte.

Dabei musste es unter allen Umständen bleiben.

«Zoe?» Nina winkte ihr. «Erde an Zoe.»

«Entschuldige, Nina, ich plane schon die Sendung für

morgen.» Hastig kritzelte sie ein Mondgesicht auf ihren Notizblock, um schwer beschäftigt auszusehen. «Du kannst ihm ausrichten, dass ich gleich rüberkomme.» Nina nickte, ging, und Zoe malte aus dem freundlichen Mond- ein grimmiges Löwengesicht. Ob ihr etwas einfiel, das so fürchterlich wichtig war, dass sie darüber den Besuch beim Chef mit gutem Gewissen vergessen konnte, bevor sie nach Hause ging? Im Gegensatz zur Praktikantin würde er ihr leider keinesfalls abkaufen, dass sie plötzlich damit anfing, ihre Sendungen vorzubereiten. Auf dieses Gespräch hatte sie allerdings noch weniger Lust als auf Spinnenbesuch nach Mitternacht. Was immer er auch von ihr wollte – es würde in Peinlichkeiten enden.

Wenn nur Laura erreichbar wäre! Aber das Symbol unter Zoes letzter WhatsApp-Nachricht zeigte, dass sie sie noch nicht gelesen hatte. Vermutlich war sie tauchen oder ritt ein Bananenboot.

Zoe beschloss, Zeit zu schinden, indem sie die Büropflanzen goss. Einen grünen Daumen hatte sie nicht gerade, aber außer ihr kümmerte sich hier ja niemand um die armen Dinger. Sie holte sich die große Gießkanne aus der Rumpelkammer und ließ sie an der Küchenspüle volllaufen. Dummerweise kam dem Chef just in diesem Augenblick offenbar die Eingebung, etwas essen zu wollen. Er trat in die Küche, warf einen Blick in den Kühlschrank, schloss ihn unverrichteter Dinge wieder und lehnte sich gegen die Tür, die Arme verschränkt, den Blick auf Zoe gerichtet.

«Wir müssen reden», sagte er. Er hatte sein Arbeitsgesicht wieder aufgesetzt – die Superschurkenvisage. Von dem sanften, verwuschelten Mann, der ihr am Morgen Kaffee hatte kochen wollen, war nur wenig zu erkennen.

«Ich hatte es befürchtet», murmelte Zoe so leise, dass er es nicht hören konnte, solange das Wasser in die Gießkanne rauschte. Er sah sich um, während er den Kühlschrank wieder öffnete und eine Saftflasche herausnahm. Außer ihnen war keiner in der Küche, die um diese Uhrzeit besetzten Büros und Studios waren geschlossen. Zoe ahnte, was nun kam.

Tobias füllte Saft in zwei Gläser. «Bereust du es?»

«Nein!» Sie war gestern Nacht nicht so betrunken gewesen, dass sie mit jedem in der Kiste gelandet wäre, so war es nicht. Irgendjemanden abzuschleppen, womöglich noch einen Fremden, war überhaupt nicht ihr Ding. Der Chef war attraktiv. Jetzt, da sie wusste, wie seine Brust unter dem Beatles-T-Shirt aussah, vielleicht sogar noch ein wenig mehr als vorher. Und wenn er diesen Tom-Ellis-Blick aufsetzte, war er mehr als nur hübsch, dann wurde er augenblicklich *hot*. Leider, leider machte das die ganze Angelegenheit nicht einfacher. Es war einfach keine Option, mit einem Kollegen zu schlafen. Und mit dem Chef schon dreimal nicht! «Also … Nicht so, wie du denkst.»

«Du schleichst hier um mich herum, als wäre es grauenhaft gewesen. Traumatisch grauenhaft. Als müsstest du es unbedingt verdrängen, um nicht durchzudrehen.»

Zoe stellte das Wasser ab. «Ach, so ist das. Dein männliches Ego ist verletzt, sag das doch gleich.» Verflixt, sie hatte die Gießkanne viel zu voll gemacht. «Also, wenn es dir damit bessergeht: Es war nicht grauenhaft. Um ganz ehrlich zu sein – es war tatsächlich sehr schön. Du … weißt, wie's geht.»

Der Chef blinzelte sie an, als hätte sie etwas ganz und gar Absurdes gesagt. «Das ist alles?»

Ja, sollte sie ihn jetzt zum Sexgott erklären und vor ihm auf die Knie fallen, oder was stellte er sich vor?

«Aber ich … also …» Verflixt, warum begann sie nun auch noch zu stottern? «Ich mach so was normalerweise nicht. Nicht so schnell.»

«Glaubst du denn, ich?»

Himmelarschundzwirn, woher sollte sie das wissen? «Vor allem nicht mit Kollegen.» Und mit dem Chef erst recht nicht!

Tobias zuckte mit den Schultern. «Das sucht man sich halt nicht aus, Zoe.»

«Also, ich suche mir sehr wohl aus, mit wem ich ins Bett gehe. Dein männliches Ego kann noch ein Stück wachsen – ich mach's nicht mit jedem!»

«Du weißt, wie ich das gemeint habe! Ich habe mir deinen Job nicht ausgesucht, oder dass wir Kollegen sind.»

Aber er hatte *sie* ausgesucht wie sie ihn, oder? So überraschend konnte es ihn nicht erwischt haben, dass er zufällig ihr Chef war. Zoe wuchtete die Gießkanne aus der Spüle. Etwas Wasser schwappte über den Rand und auf ihre Füße. Sie zerbiss einen Fluch zwischen den Zähnen. Zum Glück hatte im Sender niemand Schuhe an – ihre dunkelblauen Wildlederpumps, die sie heute zum hellblauen Kleid mit Marinekragen getragen hatte, wären hin gewesen. «Wie auch immer. Es war eine schöne Nacht, aber nichtsdestotrotz war es dumm. Wir kommen da mit geringstem Schaden raus, wenn wir es einfach vergessen.»

«Geringstem Schaden», echote der Chef und wirkte für einen Moment perplex.

Plötzlich wurde die Tür geöffnet, und Nina steckte den Kopf herein. «Oh. Störe ich euch?»

«Nein», murmelte Zoe, gleichzeitig sagte der Chef laut und deutlich: «Ja.»

Nina bemerkte die Spannung im Raum offenbar sofort.

Sie sah irritiert zu Zoe rüber, und ihre Augen wurden weit. «Tobias – wenn du Zoe feuerst, dann kündige ich.»

«Raus», murmelte er. «Sonst feuere ich gleich jemand anderen.»

«Dann kündige ich!», sagte Zoe und verschränkte die Arme, als der Chef sie düster anstarrte. «Was denn? Du hast diese ‹Alle für einen›-Teambildungsseminare organisiert. Beschwer dich nicht, wenn sie etwas bewirken.»

Nina wedelte mit einer Hand, als hätte sie sich verbrannt, schloss die Tür von außen, und der Chef atmete vernehmlich durch.

«Wo waren wir stehengeblieben?», fragte Zoe. Sie sollten es so schnell wie möglich hinter sich bringen.

«Du sagtest so was wie: Vergiss es einfach», antwortete er und rieb sich mit Daumen und Zeigefinger die Nasenwurzel. «Aber Zoe, ist dir die Idee gekommen, dass ich es gar nicht vergessen will?»

Irgendetwas war in seinen Augen, das da nicht hingehörte. Er wirkte ... traurig. Und das gefiel Zoe ganz und gar nicht.

In ihrem Kopf sprang ein Warnlicht an. Mehr noch, es warf kreiselndes Licht wie eine Rundumleuchte auf einem Feuerwehrfahrzeug – bloß in Knallrot. Mayday. Mayday!

«Chef. Ähm, Tobias. Ich bin nicht der Typ Frau, die so was wiederholt.»

«So was.»

Was war nur los mit ihm, dass er alles, was sie sagte, nachplapperte, als hätte er sie schlecht verstanden? Und schämte er sich nicht für diesen Hauch Niedergeschlagenheit im Superschurkenblick? Der ging ihr an die Nieren, mehr noch, er stach sie irgendwo, wo sie empfindlich war.

Sie packte ihre Gießkanne und hievte sie zu dem Ficus, der

neben der Küchentür stand und sicher auch einen Schluck Wasser vertragen konnte. «Ich denke einfach, dass es besser ist, wenn wir uns eine Weile aus dem Weg gehen. Nur bis die Befangenheit wieder weg ist.» Sie zerrte die Gießkanne hoch. «Schöne Nacht hin oder her, aber als Frau mit dem Chef ... das ist einfach eine Schnapsidee.» Sie kippte die Gießkanne, und ein gewaltiger Schwall Wasser ergoss sich über dem Pflanzsubstrat, in dem der Ficus vor sich hin pflanzte – oder was Pflanzen so den ganzen Tag taten. Leider ging die Hälfte daneben und verdunkelte den Teppich. Na toll, gleich hatte sie die ganzen Küche geflutet. Warum hörte der Chef nicht damit auf, sie so nervös zu machen?

«Verstehe», sagte er.

Sie widerstand dem Drang, sich nach ihm umzudrehen oder etwas zu erwidern.

«Wir hatten vielleicht auch einfach keinen guten Start. Entschuldige. Es ist halt kein Klischee, dass wir Männer ... ach, du weißt schon.»

Zoe kippte einen zweiten Schwall Wasser in den Ficus. «Du hast nichts falsch gemacht», sagte sie hastig. «Wir haben es beide verkackt, du warst nicht mehr schuld als ich.»

Er murmelte etwas, das sie nicht verstand.

«Und ich muss jetzt wirklich die anderen Pflanzen gießen.» Sie wandte sich zu ihm um. Er sah deprimiert aus. Ein deprimierter Superschurke. Und es war ihre Schuld, sie allein hatte ihn verletzt. Ihr Mund wurde ganz trocken. «Also wenn sonst nichts mehr ist?»

«Nein, nur noch eine Kleinigkeit.»

«Und die wäre?»

«Der Ficus da. Der ist künstlich.»

Kapitel 3

Zoe hielt nicht viel von immer gleichbleibenden Ritualen. Eines war ihr dennoch heilig: Selbst wenn sie die ganze Nacht gefeiert hatte und erst kurz zuvor ins Bett gegangen war, stand sie sonntags um halb sieben auf, um einen Hefezopf zu backen. Experimente mit dem Rezept gab es am Sonntagmorgen nicht, und sie flocht den Zopf jedes Mal genau gleich und streute exakt einen Teelöffel Hagelzucker darüber. Dann packte sie ihn noch warm in einen Leinenbeutel und machte sich auf den Weg zu Pauline. Ritualisiert war auch der Zwischenhalt in dem kleinen Blumenladen an der Ecke, lediglich die Blumen wechselten je nach Jahreszeit. Heute entschied Zoe sich für drei Hortensien in einem kleinen Meer aus Wicken. Die Floristin Frau Schuhmacher – auch das hatte sich in den letzten Jahren ins Ritual geschlichen – erzählte in ihrer Singsangstimme etwas zur tieferen Bedeutung der von Zoe intuitiv ausgewählten Blumen, während sie sie zu einem Strauß band, um am Ende den Duft aus Zoes Tasche zu loben. Und Zoe erwiderte: «Hefezopf, frisch gebacken, wenn Sie ein Messer hierhaben, schneide ich Ihnen einen Stück ab», und fühlte sich so heimisch, als wäre sie noch einmal fünf Jahre alt und kaufte mit sorgsam auswendig gelernten Worten stolz für ihre Mama Brötchen und Marmelade ein.

Frau Schuhmacher hatte selbstredend immer ein sauberes

Messer griffbereit und gab Zoe im Tausch für das dicke Stück Hefezopf regelmäßig einen Rabatt auf die Blumen, für den sie vermutlich einen ganzen Hefezopf beim nächsten Bäcker bekommen hätte. Aber sie strahlte, als Zoe den kleinen Laden verließ.

Pauline wohnte im Erdgeschoss, in einer winzigen Zweizimmerwohnung, die morgens durch die Ostfenster komplett von der Sonne geflutet wurde. Wie jeden Sonntag saß sie schon auf ihrem Platz, und ihr Schatten fiel auf den für zwei gedeckten Frühstückstisch. Eine duftende Kanne Kaffee stand bereit, und die Bauernvase, die Pauline vor über sechzig Jahren zur Aussteuer bekommen hatte, wartete mit Wasser und einer Aspirin gefüllt auf die frischen Blumen.

Zoe umarmte Pauline zur Begrüßung, stellte die Blumen in die Vase und setzte sich Pauline gegenüber. Pauline war früher Lehrerin gewesen und auch heute noch aufrecht wie ein Zeigestock, was in charmantem Gegensatz dazu stand, dass sie fluchen konnte wie ein Hafenarbeiter. Ihre Beine machten leider nicht mehr ganz mit, sodass sie seit einiger Zeit einen Rollstuhl nutzen musste. Sie machte das Beste draus und scherzte immer, dass sie so zumindest immer schicke Schuhe ausführen konnte, ohne je Blasen befürchten zu müssen.

«Die sind ja wieder so schön, die Blumen», schwärmte Pauline. «Vielen, vielen Dank, Zoe.»

«Nicht dafür, Paulchen.» Zoe schnitt den Hefezopf in Scheiben und schob Pauline das erste Stück auf den Teller. «Frau Schuhmacher aus dem Blumenladen lässt dich schön grüßen.»

«Hat sie dir wieder etwas zu den Blumen erzählt?»

«Das würde sie nie vergessen. Und wenn doch, würde ich

fragen.» Pauline war immer so neugierig auf die Bedeutung der Blumen. Vielleicht war es Glück, dass sie diese jedoch immer wieder bis zur nächsten Woche vergessen hatte, so konnte Zoe sie jeden Sonntag aufs Neue überraschen. «Die Wicken symbolisieren Vertrautheit.»

Paulchen lachte leise auf. «Ja, das passt ja zu uns beiden, nicht?»

«Wohl wahr.» Zoe lächelte. «Die Hortensie steht für große Bewunderung.»

«Und auch das passt. Immerhin bin ich dein größter Fan, Zoe London.»

«Und ich deiner, Paulchen!»

«Ich muss dir nur gestehen, Liebchen, dass ich die Sendung am Montag verpasst habe. Du hast mir gar nichts von dem neuen Sendeplatz gesagt.»

«Konnte ich auch nicht», seufzte Zoe. «Ich habe es selbst erst im letzten Moment erfahren.» Sie erzählte bei Butterzopf und dem köstlichsten Filterkaffee der Stadt von den Konzeptänderungen, die der Chef ihr aufgedrückt hatte. «Du hast Montag rein gar nichts verpasst. Die Anruferin war ...» Ihr lag etwas Böses auf der Zunge, aber sie spülte es mit Kaffee runter. Die Frau war vermutlich bloß bemitleidenswert traurig. Damit wollte sie ihr Paulchen nicht belasten. «Es war kein so positives Gespräch. Zum Glück lief es an den anderen Tagen besser.»

«Na, siehst du, Liebchen. Du bist doch genau die Richtige für neue Herausforderungen. Und ich liebe es, dass man dich jetzt im Studio anrufen kann.»

«Wirklich?» Pauline strahlte so sehr, dass Zoe fast Gefallen an dem neuen Konzept fand. Es war tatsächlich gut gelaufen, und wenn es dazu führte, dass das Schwanzende ihrer Quotenlinie wieder fröhlich nach oben wedelte, sprach nichts dagegen, damit weiterzumachen. Und sei es nur, weil Pauline das neue Konzept so toll fand.

«Ja, ich versuche jeden Tag, auch mal durchzukommen. Ach, Menschenskind, jetzt hab ich mich verplappert. Das sollte doch eine Überraschung werden. Was macht denn überhaupt deine richtige Arbeit?»

Zoe rollte amüsiert mit den Augen. «Meine richtige Arbeit ist beim Radio. Die Torten sind nur ein Hobby.» Aber das würde Pauline nie verstehen.

Auch heute schüttelte sie entschieden den Kopf. «Liebchen, du bist Konditorin, und du bleibst Konditorin. Du hast deine Lehre doch nicht umsonst gemacht.»

Zoe nahm es nachsichtig hin. In Paulines Generation war es eben üblich, einen Beruf sein Leben lang auszuüben. Einen Job zu machen, den man weder geerbt noch erlernt hatte, war zwar möglich gewesen, aber alles andere als eine sichere Bank. «Es läuft gut», antwortete sie daher. «Ich bekomme viel mehr Anfragen, als ich annehmen kann. Diese Woche habe ich eine ganz großartige Torte für das Jubiläum eines Architekturbüros gemacht. Eine dreistöckige Topsy Turvey – das ist eine Torte, die bewusst ganz schief gestaltet wird. Warte, ich zeige dir ein Foto.»

Zoe zückte ihr Smartphone und hielt es Pauline hin. «Toll, Liebchen. Es ist ein Jammer, dass du dir nicht endlich eine gute Stelle bei einem Bäcker- oder Konditormeister suchst. Ich sehe immer die Aushänge, dass Mitarbeiterinnen gesucht werden!»

Zoe schüttelte nur lächelnd den Kopf. Sie hatte es aufgegeben, Pauline zu erklären, dass diese Jobs meist einfache Verkäufertätigkeiten waren, weil fast alle Bäckereien der

Stadt vom Großhandel beliefert wurden. Pauline war keineswegs senil, aber Dinge, die sie nicht wissen wollte, vergaß sie schnell wieder.

«Ich bin doch glücklich beim Radio, Paulchen», sagte sie und steckte sich das letzte Stück Hefezopf in den Mund. «Wir sollten jetzt auch langsam mal los. Der Gottesdienst fängt in einer halben Stunde an.» Sie hatte mit der Kirche so viel zu tun wie Elvis Presley mit Tabata-Fitness. Aber Pauline bedeutete der Sonntagsgottesdienst viel, und da der Weg ihr allein zu mühsam war, schob Zoe sie Sonntag um Sonntag zur Kirche, saß neben ihr die Zeit ab, sang höflich alle Lieder mit und rollte Pauline anschließend wieder heim.

«Gut, dass du es sagst. Bist du so lieb und holst mir vorher noch drei Flaschen Wasser, etwas Milch und ein Kilo Kartoffeln aus dem Vorratskeller? Ich wollte mir Kartoffelsuppe zum Abendessen kochen. Wir haben es gestern vergessen, und die Lydia vom Pflegedienst kommt ja erst morgen wieder her.»

«Sicher.» Zoe zwang sich ein Lächeln ins Gesicht. Sie hasste Paulines Keller. Das Haus war alt, aber mehrmals saniert. Allerdings hatte man dabei am Keller gespart. Der war muffig, feucht und düster. Und das unangefochtene Hoheitsgebiet haariger Spinnen, die so groß waren, dass sie mit hörbarem Getrappel die Wände hoch und runter liefen. Allerdings war es für Pauline natürlich ungleich schwieriger, die schiefen Treppenstufen hinunterzusteigen, daher riss sich Zoe zusammen, ging das Gewünschte holen und schaffte es sogar, den auf den Milchpackungen sitzenden Winkelspinnenkönig mit einer Fliegenklatsche in Richtung der Erbsendosen zu vertreiben, um an die Milch zu gelangen. Mehr noch: Sie war stolz darauf, sogar den Schrei unterdrücken zu können.

Das leise Wimmern hatte Pauline in ihrer Wohnung garantiert nicht gehört.

Wenig später schob Zoe den Rollstuhl in Richtung Kirche.

«Jetzt haben wir nur über deine Arbeit gesprochen», sagte Pauline und sah sich zu Zoe um. «Dabei erlebst du doch immer so viel. Hast du gar nichts zu erzählen?»

Zoe schluckte. Sie log Pauline nie an und konnte selbst über eine kleine Affäre offen mit ihr sprechen – aber die Sache mit dem Chef konnte sie ihr keinesfalls sagen. «Es war eine ruhige Woche», wich sie aus und hoffte inständig, dass Paulines siebter Sinn nicht anschlug. Schnell setzte sie nach: «Du weißt ja, dass meine beste Freundin Laura im Urlaub ist. Ohne sie ist einfach nicht so viel los.»

«Ach, Liebchen, du wirkst mir auch ein bisschen bedröppelt.»

«Gar nicht wahr.» Bedröppelt. Das war nun wirklich übertrieben. Gut, sie war vielleicht weniger unbeschwert als sonst; das brachte es halt mit sich, wenn man permanent dem Chef aus dem Weg gehen musste, um nicht in Situationen zu geraten, die ihnen beiden peinlich waren. Aber immerhin funktionierte es: Außer Roberta war niemandem im Sender etwas von der Spannung zwischen ihnen aufgefallen. Und Roberta schob es auf die Konzeptänderungen von *London Calling*.

«Wann kommt Laura denn zurück?»

«Das dauert leider noch.» Zoe konnte Lauras Rückkehr kaum erwarten. Laura war die Einzige, mit der sie sowohl über die Vorhaltungen, die Anne ihr in der Sendung gemacht hatte, als auch über die Chefgeschichte reden konnte. Doch Laura brutzelte auf Mauritius in der Sonne, und für Textnachrichten oder das Telefon waren diese Gespräche einfach zu umfangreich.

«Hm. Und so lange willst du mir wirklich nicht erzählen, was dich beschäftigt? Da ist noch was, ich merke das doch.»

Zoe rieb die Lippen gegeneinander. Paulchens Intuition war manchmal eine echte Plage.

«Wenn ich nicht genau wüsste», fuhr Pauline schmunzelnd fort, «dass du gegen so was vollkommen immun bist ...»

«Sprich's ja nicht aus! Davon will ich gar nichts hören.»

«... würde ich ja fast darauf wetten ...»

«Paulchen!»

«... dass du dein Herz verloren hast, Zoe!»

«Ach. Was du wieder denkst.»

«Dann hab ich recht, nicht wahr?»

«Hast du nicht. Nimm's mir nicht krumm, aber langsam nervt mich dieses ständige ‹Such dir einen Mann›. Ich will keinen! Und auch keine Frau, bevor du das fragst. Ich muss mich nicht verlieben – ich liebe mein Leben genug! Und wenn du nicht willst, dass ich dich in den Graben rolle, dann wechseln wir jetzt das Thema. Wie war denn eigentlich deine Fußpflege am Freitag?»

Pauline hob beide Hände, aber das bedeutete nicht, dass sie aufgab. «Ist ja gut, ist ja gut. Ich hab's ja verstanden. Nur eine Frage musst du mir erlauben.»

Zoe stieß die Luft aus. «Schieß los.»

«In einen Mann verliebt hast du dich also nicht.»

«Nein», knurrte Zoe durch die Zähne.

«Aber», sagte Pauline, und ihr Tonfall machte klar, dass sie die Antwort kannte, «du hast doch mit Sicherheit einen gevögelt?»

«Was ist das eigentlich für ein Vogel?», fragte Zoe Julius Hofmeister. Sie kam inzwischen fast jeden Tag vor oder nach der Arbeit zum Café, bestellte eine Kleinigkeit zu essen und einen Tee und wunderte sich, so selten andere Gäste zu sehen. Die Qualität des Essens war hervorragend – es gab keinen Grund, warum sich das charmante, kleine Café nicht längst zu einem Geheimtipp gemausert hatte. Bloß Julius Hofmeister war beinah immer da, wechselte ein paar nette Worte mit ihr, schmökerte in seinem Buch oder einer Tageszeitung, die meist drei Tage alt war, und hielt ein Schwätzchen mit dem Vogel, der ihn misstrauisch anblinzelte und früher oder später das Weite suchte.

Julius wiegte den Kopf hin und her. «Ich nehme mal an, es ist ein Kanarienvogel.»

Das war auch Zoes erste Annahme gewesen. Doch der Körper des Vögelchens war rundlicher als bei Kanarien, der Schnabel etwas breiter und die Flügel anders geformt. «In jedem Fall ist es kein einheimischer Vogel. Eher ein Ziervogel, der jemandem weggeflogen ist.»

«Ja, natürlich», warf Julius ein. «Mir ist sie weggeflogen. Ich hab ja immer den Käfig offen gelassen – ist auch nie etwas passiert. Aber einmal nicht aufgepasst und zu sehr herumgepoltert, da hat sie sich erschreckt und war auf und davon.»

«Oh, Julius. Das habe ich nicht gewusst. Das tut mir leid.» Jetzt verstand sie auch, warum er so hartnäckig versuchte, den Vogel anzulocken.

Der alte Mann schien ein Stück in sich zusammenzusinken. «Ich glaub ja nicht mehr daran, dass sie irgendwann zu mir zurückkommt, Miss London. Aber aufgeben kann ich auch nicht, weißt du?»

«Das darf man auch nicht – aufgeben. Haben Sie es mal

mit einem Kescher versucht? So einem überdimensionalen Schmetterlingsnetz? Damit müsste es doch gehen.» Sie musste ihn dann allerdings unbedingt dazu bringen, einen zweiten Vogel zu kaufen. Allein ging der bestimmt ein.

Julius sah sie an, als hätte sie vorgeschlagen, den Piepmatz in Marinade zu wenden und lebendig zu grillen. «Nein! Das kommt nicht in Frage! Das ist grausam. Auch ein Vogel hat Gefühle. Sie würde mich für immer hassen.»

«Wie Sie meinen», antwortete sie verunsichert. Stellte der alte Mann sich vielleicht ein kleines bisschen an? Sie hatte schon gehört, dass manche Haustierbesitzer ihre Lieblinge ein wenig vermenschlichten. Aber einen Vogel frei herumfliegen zu lassen, weil er einem das Einfangen übelnehmen würde? «Ich dachte nur, dass Sie zum Herbst vielleicht mal darüber nachdenken. Ich glaube kaum, dass so ein Vögelchen den Winter draußen übersteht.»

Julius lächelte nachsichtig. «Du hast eben nicht viel Erfahrung, Miss London. Du bist jung.»

«Denken Sie denn, sie würde Futter finden, wenn Schnee liegt?»

«Die kommt ohne mich zurecht. Kam sie ja immer. Ich dagegen ...» Er seufzte grabesschwer. «Ist schwer, ohne den dummen Vogel.»

Er war schon etwas sonderbar. Zoe fragte sich nicht zum ersten Mal, ob mehr dahintersteckte. Er wirkte manchmal ein wenig verwirrt. Im nächsten Moment war er aber immer wieder ganz klar, und so beließ sie es eben dabei, dass er ein wenig eigen war. Warum auch nicht? Sie mochte ihn nicht trotz seiner kleinen Merkwürdigkeiten, sondern ganz besonders deswegen. «Wie lange ist sie denn schon draußen?»

«Was meinst du, Miss London?»

«Wann ist Ihnen der Vogel weggeflogen?»

Julius blies langsam Luft aus. «Puh. Das ist schon ein Weilchen her. So genau weiß ich das natürlich nicht mehr.» Er trank von seinem Kaffee und sah eine Weile blicklos in die Baumkronen. Der Vogel war allerdings nicht mehr zu entdecken. «Aber an die dreißig Jahre wird das schon her sein.»

Auf dem Heimweg bekam Zoe Julius Hofmeister nicht aus dem Kopf. Er musste verwirrt sein, vielleicht eine erste Stufe von Altersdemenz. Hoffentlich gab es Menschen, die sich um ihn kümmerten. Sie würde ihn das nächste Mal fragen, ob er Familie hatte. Bislang machte er zwar nicht im Geringsten den Eindruck, mit seinem Leben überfordert zu sein – er war immer höflich, sehr gepflegt und hatte nicht ein einziges Mal desorientiert gewirkt –, aber man wusste ja nie. Sie las oft von Menschen, die im Alter in eine schlimme Lage gerieten und niemanden hatten, der es bemerkte. Eine fürchterliche Vorstellung, schon vor dem Tod in Vergessenheit zu geraten.

Sie schüttelte die Gedanken ab, als sie die Tür zu ihrer Dachwohnung aufschloss und durchatmete. Wann immer sie eine Last mit sich herumtrug, erinnerte sie sich daran, diese bildlich vor der Tür mit ihren Schuhen abzustreifen. Die Schuhe nahm sie mit hinein und stellte sie ins Regal – alles, was ihr schwer auf der Seele lag, musste draußen bleiben. Ihre Wohnung war eine kleine Oase der Unbeschwertheit, und das war auch dringend nötig. Ihr Dielenboden knarrte so, dass sie sich vorstellte, er würde einbrechen, wenn sie emotionale Lasten mit sich durch die Zimmer trug.

Zoe liebte ihre zweiundvierzig Quadratmeter. Die Wohnung mochte im Sommer brütend warm werden, und ab Herbst musste Zoe vor jede Tür einen ihrer selbstgehäkelten Zugluftdackel legen, damit der Wind ihr nicht die Bilder von den Wänden riss, aber der Blick über Köln und auf den bei Nacht beleuchteten Dom in der Ferne machte das mehr als wett. Sie hatte die einzige Wohnung in ganz Köln, die sowohl hübsch als auch bezahlbar war. Bloß die Küche war ein einziges Ärgernis: Sie war einfach viel zu klein. Wenn Zoe sich – wie heute – nur ihr Essen zubereitete, ging das noch in Ordnung. Eine Arbeitsplatte von der Größe eines besseren Frühstücksbrettchens und zwei kleine Herdplatten reichten aus, um das Gemüse für eine Couscouspfanne zu schnibbeln, Feta zu würfeln und alles in einer Pfanne zusammenzuwerfen. Auf den schmalen Esstisch passten exakt ein Teller, ein Wein- sowie ein Wasserglas, der Brotkorb und Salz- und Pfeffermühle – aber mehr brauchte sie ja auch nicht. Problematischer wurde es, das Equipment und die vielen unterschiedlichen Zutaten für ihre Tortenzubereitung aufzubewahren. Die Tortenringe und -platten in unterschiedlichen Größen verwahrte sie in einer Kiste, die im Wohnzimmer als Sitzgelegenheit diente, und die Paletten und Glätter, die sie zum Glattstreichen von Cremes, Ganaches und Fondantdecken brauchte, hatte sie wie Schwerter an die Wand gehängt. Auf dem Drehteller, der beim Dekorieren zum Einsatz kam, stand Chicka, ihre Chili, die einzige Topfpflanze, die ihr nicht einging, und die ihr Jahr für Jahr genau eine höllisch scharfe, winzige Frucht schenkte. Aber spätestens wenn es daran ging, unterschiedliche Füllungen und Teigschichten zuzubereiten und diese zu einer Torte zusammenzusetzen, musste sie wirklich improvisieren. Dann wurde der Wohnzimmertisch zur Arbeitsfläche, die Fensterbank sowie jede Sitzgelegenheit zur Ablage für die vielen Schüsseln und Tabletts, und auf allen Regalen mit den Büchern und Comics und dem sechzig Jahre alten Schallplattenspieler breitete sie Silikonmatten aus, damit kleine Kunstwerke aus Fondant und Blütenpaste darauf trocknen konnten. Zoe verkündete ihrer geliebten kleinen Wohnung bei jeder Torte, sich treulos eine neue zu suchen – eine, in der allein die Küche zweiundvierzig Quadratmeter hatte –, und sie entschuldigte sich immer, sobald alles Equipment wieder verräumt und die Torte abgeholt worden war.

Zoe schaltete ihr geliebtes Radio ein, das aussah wie ein antikes Grammophon. Wann immer ihr Blick darauf fiel, freute sie sich von neuem, das gute Stück auf einem Flohmarkt entdeckt und gleich mitgenommen zu haben. Zusammen mit Laura hatte sie es durch halb Köln getragen, von einer Straßenbahn in die nächste und zum Schluss, als sie beide schon schweißüberströmt und mit ihren Kräften am Ende waren, noch die sechs Etagen zu ihrem Apartment hoch. Der Aufzug war nicht für seine Zuverlässigkeit bekannt – aber er wusste, wann ein Ausfallen sich ganz besonders lohnte.

Kirstens Sendung *Radio 0-No* hatte schon begonnen, es lief aber gerade Musik. Zoe verpasste die Show nie. Sie war das Gegenteil von *London Calling* – sarkastisch, böse und voller spitzer Pointen –, kein Wunder, dass sie den besten Sendeplatz für sich beanspruchte. Die Fans nannten Kirsten die «Caroline Kebekus des Radios», und Zoe liebte *Radio 0-No* und Kirsten nicht trotz, sondern wegen der Unterschiede zu ihrer eigenen Sendung.

Sie tauschte ihr eng tailliertes Kleid gegen Haremshose und T-Shirt. Rockabilly war die Mode, die ihr stand und zu ihrem Leben passte, sie fühlte sich wohl darin. Aber abends war sie auch froh, die zumeist auf Figur geschnittenen Sachen gegen etwas Bequemes tauschen zu können. Bis sie umgezogen war, verkündete ein angenehmer Duft aus der Küche, dass ihr Essen fertig war. Mit einer großen Schale Couscous und Gemüse lümmelte sie sich aufs Sofa und ließ den Blick aus dem Fenster über die Stadt schweifen – Zoes Definition von Fern-Sehen. Sie wollte gerade ihren Rest in den Kühlschrank räumen, als das Handy summte und Lauras Profilbild – ihr strahlendes Gesicht vor einem bunten Sonnenschirm, Sand und türkisblauem Glitzermeer – auf dem Display aufleuchtete.

«Süße, wie schön, dass du anrufst!», rief Zoe, als sie das Gespräch angenommen hatte. «Wie geht es dir?»

«Oh, viel zu gut, Zoe. Sonne, Palmen, Meer, so viel das Herz begehrt! Und das Essen hier ist so lecker – ich hab bestimmt fünf Kilo zugenommen, kein Scherz!»

«In zehn Tagen?» Kaum zu glauben, dass Laura, die sämtliche Nährstoffangaben aller möglichen und unmöglichen Lebensmittel auswendig kannte und in Sekundenschnelle im Kopf auf die Portion berechnen konnte, auch nur ein Pfund zugelegt hatte. Sie übertrieb bestimmt maßlos. Hoffentlich tat sie das, denn ansonsten …

«Müssen wir jetzt wieder ein halbes Jahr lang dreimal täglich joggen und ständig ins Fitnessstudio zum Tabata-Kurs? Du weißt, ich tauge eher zum Bremsklotz als zum Motivator, wenn es um Sport geht.»

Laura lachte. «Du bist zwar immer langsamer als ich, aber dafür besser gelaunt.»

«Na gut, ich plane meine Aufträge für die nächsten Wochen schon mal um den Tabata-Kurs herum.» Zoe seufzte in gespielter Resignation. Wenigstens ging Tabata schnell – die Aquafitness damals hatte nicht nur den Faktor Lächerlichkeit auf die Spitze getrieben, sondern auch massenhaft Zeit verschlungen. Was tat man nicht alles, wenn die beste Freundin glaubte, es nötig zu haben?

«So bald ...», druckste Laura herum, «ist das noch gar nicht nötig.»

«Nicht?» Zoe setzte sich aufrecht hin und schielte zum Wandkalender, auf dem sie ein großes Kreuz an dem Tag gemacht hatte, wenn sie Laura am Flughafen abholen wollte. «Du wolltest doch nächste Woche Mittwoch nach Hause kommen, oder?»

«Eigentlich schon.»

«Und uneigentlich?» Im Hintergrund erzählte Kirsten im Radio etwas von einem Workshop, zu dem sie eingeladen worden war. Das Motto lautete: Überwinde deine Angst! Auf Laura konzentriert, konnte Zoe Kirstens Worten nicht folgen, sie bekam allerdings mit, dass dieser Workshop gehörig sein Fett wegbekam. Vor allem am Coach ließ Kirsten kein gutes Haar.

«Uneigentlich», in Lauras Stimme klang ein breites Grinsen, «hänge ich zwei Wochen dran und komme im Mai zurück.»

«Im Ernst?» Das war wirklich eine Überraschung. Vor der Reise hatte Laura beklagt, dass sie sich mit dem Urlaub finanziell schon ein wenig übernommen hatte.

«Ja, ich hab den Flug schon umgebucht. Du bist mir doch nicht böse, oder?»

«Was denkst du denn!» Zoe konnte nicht leugnen, dass Laura ihr schrecklich fehlte. So lange hatte sie noch nie auf ihre beste Freundin verzichten müssen. Sie hätte so gerne mit ihr eine Nacht durchgequatscht – sicher sähe danach die Chefsache schon ganz anders aus. Aber sie gönnte Laura die Erholung, das Meer und den Strand von ganzem Herzen. Und vielleicht konnte sie das Thema ja doch am Telefon ansprechen. Es war natürlich nicht dasselbe wie bei einer gemeinsamen Flasche Wein und einem Dutzend frisch gebackener Macarons, aber einen von Lauras hilfreichen Tipps gab es mit Sicherheit auch in der kurzen Variante durch die Leitung. «Ich freu mich natürlich total für dich. Aber wie bekommst du das denn jetzt doch noch hin? Hast du im Lotto gewonnen? – Gibt es überhaupt Lotto auf Mauritius?»

«Puh, keine Ahnung.» Lauras Lachen wirkte so unbeschwert und glücklich, wie Zoe es selten gehört hatte. «Aber nein, ich habe nichts gewonnen. Du kennst mich doch, ich ziehe sogar bei Glückskeksen die Niete.»

Bei der Erinnerung daran musste Zoe kichern. «Stimmt, ja. Das schaffst nur du.»

«Ich spare jetzt eine Menge Geld, weil ich kein Hotel mehr zahle.»

«Donnerlittchen! Bist du über Nacht Hotelchefin geworden oder was ist passiert?» Wundern sollte es Zoe nicht! Laura war ihren Freunden treu wie ein Königspudel – aber bisher hatte es keinen Job gegeben, in dem sie länger als ein Jahr hatte arbeiten wollen. Sie musste immer etwas Neues lernen, fand ständig etwas, das sie mehr interessierte.

«Nein. Ich …» Laura setzte eine Kunstpause, in der Zoe sie förmlich grinsen hörte. «… wohne bei Pascal. Schon seit einer Woche.»

Zoe klappte der Mund auf. Sie kannte ihre beste Freundin zu gut, um sofort zu wissen, dass diese *einen* Pascal meinte und nicht *eine* Pascale.

«Pech im Spiel, Glück in der Liebe», setzte Laura nach.

«Oh. Ähm ... schön. Und Pascal war wer noch mal?» Den Namen hatte sie definitiv noch nie gehört.

«Sei mir nicht böse, dass ich dir bisher nichts erzählt habe. Ich wollte es nicht in einer Nachricht schreiben, und das Telefonieren klappt über WhatsApp von hier aus nicht immer. Pascal ist ganz toll! Er arbeitet als Kellner im Hotel, wo ich zuerst war. Es war so unglaublich kitschig, Zoe. Wie im Film! Er hat mir eine Flasche Rotwein über mein Kleid gegossen. Wir haben uns in die Augen gesehen – und boom!»

«Er hat dir was übers Kleid gegossen?»

«Ja, Rotwein, Zoe!»

«Herrgott – warum hat er das getan?»

«Weil er gestolpert ist. Natürlich nicht mit Absicht. Es war ihm so peinlich – du glaubst nicht, wie süß er war. Es muss Schicksal gewesen sein. Er ist Franzose. Und so hübsch. Ich schick dir gleich Fotos! Und er riecht so gut!»

«Nach Rotwein?» Zoe fuhr sich vom Hinterkopf aus über die Haare und das Gesicht. Das Ganze roch nicht nach Wein, es stank jetzt schon nach Katzenjammer. Ihr fehlten die Worte – Laura musste doch merken, wie naiv sie war. Im Radio machte Kirsten einen nicht ganz ungemeinen Spruch über Menschen, die eine Phobie davor entwickelt hatten, von einer Ente beobachtet zu werden. Wobei auch immer Enten einen im Alltag so beobachteten. Das Problem hätte sie jetzt auch gern.

«Und was der alles im Bett kann. Wobei man vom Bett eigentlich nicht reden kann, denn eigentlich tun wir es überall, aber nicht im Bett, sondern ...»

Oje. Bitte. Nicht.

«Am Strand, im heißen Sand. In der Meeresbrandung oder

tiefer in den Wellen. Auf einer schwimmenden Luftmatratze, wenn die Wellen von unten stoßen und sein perfekter Körper …»

Zoe hustete. Das wurde langsam etwas zu detailliert für ihren Geschmack, und die malerischen Beschreibungen von Adonis' Körper in allen vorstellbaren und nicht vorstellbaren Stellungen, die Laura folgen ließ, machten es nicht besser. Sie hätte ihrer Freundin von Herzen einen heißen Urlaubsflirt gewünscht. Leider neigte Laura dazu, sich heftig zu verrennen. Solche Schwärmereien blieben bei ihr nie reine Bettgeschichten. Sie verliebte sich mit Haut und Haar und litt hinterher jedes Mal Höllenqualen, weil die Beziehungen nie so lange hielten, wie Laura sich das wünschte.

«Und du hältst das nicht für ein bisschen früh, um gleich bei ihm einzuziehen?», hakte Zoe zaghaft nach. «Du bist alleine auf Mauritius und kennst ihn doch gar nicht richtig.»

«Oh, es ist, als würde ich ihn schon jahrelang kennen. Und ihm geht es bei mir genauso. Wir müssen so was wie Seelenzwillinge sein.»

Zoe seufzte leise, aber Laura gluckste bloß. «Wart's mal ab, Zoe. Du wirst dich auch noch verlieben. Dann weißt du sofort, was ich meine.»

Ach, du grüne Neune, nun fing das wieder an! Als wäre sie ohne Partner nur eine halbe Zoe.

«Doch, doch», beharrte Laura, ohne dass Zoe etwas gesagt hatte. «Komm mir nicht wieder damit, eine Beziehung würde dein Glück bedrohen. Sie macht es erst perfekt.»

«Das denkst du.»

«Ich denke nicht, ich weiß es! Ich erlebe es gerade mit Pascal!»

Es war hoffnungslos. Zoe wusste aus Erfahrung, wann es

an der Zeit war, ihre Meinung für sich zu behalten. Sie konnte Laura jetzt nur das Beste wünschen. Und schon mal einen Vorrat an Seelentrost-Schokolade und Kummerfresser-Karamellbonbons anlegen.

«*London Calling*, hier ist eure Zoe London am Mikrophon, ich wünsche euch einen grandiosen Dienstag.
Gestern hatte ich ein Telefonat mit meiner besten Freundin, die sich derzeit die mauritische Sonne auf den Pelz scheinen lässt. Herrlich! Ich habe ihr mit schweren Konsequenzen gedroht, wenn sie mir nicht täglich Strand- und Palmenfotos schickt. Als ich heute Morgen aus meinem Schlafzimmerfensterchen gesehen habe, war da draußen leider nichts als grauer Regen. Regen wie aus Eimern und Kübeln. Und wir sprechen hier nicht von dem herrlichen, warmen Sommerregen mit Regenbögen und Schmetterlingen, sondern von sechs Grad Es-ist-deutlich-zu-kalt-für-den-Frühling-Regen. Brr. Und ich musste da raus, denn wer heute früh Radio Okay gehört hat, weiß es – ich habe heute die *Morning Show* moderiert. Ganz ehrlich, liebe Leute? Solches Wetter kann selbst mir gepflegt die Laune verhageln. Und als reichte es noch nicht, musste ich auch noch feststellen, dass ich meine letzte Flasche Milch gestern Abend auf der Arbeitsplatte stehengelassen habe, statt sie in den Kühlschrank zu stellen. Sauer geworden – und ich gleich mit ihr; so ein Morgen ohne Milch im Kaffee ist schon bitter.
Natürlich musste ich trotzdem los, auch wenn ich wirklich lieber auf besseres Wetter gewartet hätte. Und dann kam ich zum Kiosk an der Ecke. Vor dem Lädchen wartete ein kleiner

Zwerg, ein Junge von vielleicht vier oder fünf Jahren. Und der hatte gar keine Lust, es sich auf die sonnige Laune regnen zu lassen. Er zog sich kurzerhand Schuhe und Strümpfe aus, krempelte seine Hosenbeine über seinen kleinen, pummeligen Waden hoch und begann ein Kindergartenlied zu singen und in einer Pfütze herumzutanzen.
Ich bin noch mal ehrlich, ihr Lieben: Ich bin nah am Wasser gebaut. Als der Kleine da durch den Regen hopste und seinen Spaß hatte, kamen mir glatt ein paar Tränen, und ich sah das ganze Grau durch einen feinen, glitzernden Schleier. Und da fiel mir etwas auf! Grau mit etwas Glitzer ist eigentlich nichts anderes als Silber.
Ich ging in den Kiosk, schob dem Verkäufer meine Tasse rüber – ihr wisst ja, ich versuche, im Alltag unnötigen Müll zu vermeiden – und kaufte mir einen Kaffee zum Mitnehmen. Der Verkäufer bemerkte, dass ich immer noch lächelte. Er lächelte zurück, sagte mir, ich wäre der erste Kunde, der ihn an diesem Morgen angelächelt hätte, und erklärte mir, ich hätte damit einen Kaffee gratis gewonnen. Meine Lieben – es war der beste Kaffee, den ich je getrunken habe, und dazu hatte ich ein wunderbares Pläuschchen mit dem Kioskverkäufer! Und das alles nur, weil es heute früh wie aus Eimern und Kübeln geschüttet hat.
Ich spiele euch jetzt *Purple Rain* von dem von mir sehr geliebten Prince, der oberhalb des Regens im Trockenen sitzt. Danach kommt zum Stimmungsaufhellen noch Mark Forster mit *Wir sind groß*. Und im Anschluss freue ich mich auf meine heutige Anruferin oder meinen Anrufer. Vielleicht habt ihr heute auch unverhofft etwas Schönes erlebt? Dann ruft an und erzählt es mir.

London Calling, hier ist wieder Zoe London, aber nicht mehr lange allein. Ich drücke jetzt dieses entzückende neue Knöpfchen vor meiner Nase, und schon habe ich jemanden von euch in der Leitung.»
«Hallo, hier ist Zoe, mit wem spreche ich?»
«Hallo, Zoe. Mein Name ist Katja.»
«Katja, schön, dich kennenzulernen. Erzähl mal, von wo rufst du an?»
«Aus Bonn.»
«Regnet's da auch?»
«Ja, hier nieselt es schon den ganzen Tag. Aber darf ich ehrlich sein? Ich freu mich drüber.»
«Du magst den Regen, Katja? Regen kann auch etwas Wunderbares haben, da müssen wir uns auch immer mal wieder dran erinnern, oder? Das Trommeln von Regen auf dem Dach zum Beispiel, wenn man mit einem schönen Tee drinnen sitzt, ist doch herrlich, oder?»
«Irgendwie schon, ja. Aber es ist eigentlich gar nicht so, dass ich den Regen mag. Ich mag Sonne und Wärme einfach noch weniger.»
«Das musst du mir erklären.»
«Ich ... hab nicht die beste Figur.»
«Und du fühlst dich unwohl in sommerlicher Kleidung?»
«Ja, total. Ich mag nicht in Hosen und langärmligen Blusen schwitzen. Aber in kurzen Sachen wird man halt so angestarrt.»
«Verstehe. Letzte Woche war ich das übrigens – die Starrende. Vielleicht warst du das ja, die ich angestarrt habe, wenn das so war, dann tut's mir leid. Weißt du, warum ich gestarrt habe? Direkt auf den Hintern einer Frau vor mir an der Kasse?»

«Jetzt sag mir bitte nicht, weil der Hintern in Größe 50 so schön aussah. Das glaube ich dir nämlich nicht!»

«Keine Ahnung. Ich habe mir einfach gar keine Gedanken darüber gemacht, wie der Hintern aussah oder welche Größe er hatte. Mir gefiel einfach nur der Stoff, aus dem der Rock war.

Ist es nicht denkbar, dass zumindest einige Blicke, die du bemerkst, gar nicht gegen dich gerichtet sind? Vielleicht schauen manche Leute auch neugierig – oder sie schauen *gerne*. Und was die anderen betrifft: Muss es uns eigentlich kümmern, was Leute über uns denken, die uns gar nicht kennen und uns nur nach äußerlichen Schönheitsidealen beurteilen?»

«Vermutlich liegt es daran, dass ich mich selbst nicht schön finde, weißt du? Ich höre deine Sendung so gern und nehme mir immer wieder vor, etwas daraus mitzunehmen. Dieses: Du bist der tollste Mensch, den es von deiner Art gibt. Aber dann reicht ein Blick in den Spiegel, eine Rolle, die über den Hosenbund gerutscht ist, ein weiteres T-Shirt, das spack sitzt ...»

«Was genau siehst du, wenn du in den Spiegel schaust, Katja? Bist das du, oder hast du das Gefühl, dass du schon unter deinem Gewicht verschwunden bist?»

«Nein, das bin schon ich.»

«Der Grund, aus dem ich frage, ist folgender: Ich finde, dass jeder Mensch das Recht hat, glücklich zu sein. Egal ob man sehr dünn, sehr dick oder sehr durchschnittlich ist, ob man blonde Haare, gar keine Haare oder Haare im Gesicht hat, ob man Marathon läuft oder im Rollstuhl sitzt. Man kann auch mit Übergewicht glücklich sein – davon bin ich fest überzeugt, denn ich sehe solche Menschen.

Aber wenn man das nicht ist, dann kann man etwas daran ändern.»
«Ich weiß. Ich habe auch versucht abzunehmen, aber es dauert natürlich ewig, wenn man so viele Kilos abtrainieren muss wie ich.»
«Klar. Das ist schwer, das glaube ich sofort! Aber hast du etwas zu verlieren? Vielleicht musst du ein Jahr oder länger für dein Gewicht kämpfen. Aber auf der anderen Seite wärst du dieses Jahr sonst vermutlich nonstop unglücklich mit deiner Figur, oder?»
«Da ist etwas dran.»
«Die andere Variante wäre, dich damit zu arrangieren, wie du bist. Und dich lieben zu lernen. Man kann tatsächlich lernen zu lieben!»
«Und wie?»
«Ich fürchte, unsere Sendezeit ist für ein so komplexes Thema etwas knapp bemessen. Und ich bin nun auch weder Psychologin noch Coach. Aber allein das Internet gibt sehr viel her. Seminare, Coachings, Ratgeber. Was hältst du davon, wenn ich und mein Team uns gleich zusammensetzen und ein paar Links für dich zusammensuchen, Katja? Für dich und die vielen tausend Frauen und Männer, denen es genauso geht wie dir? Denn die gibt es, du bist mit dem Problem in bester Gesellschaft.»
«Das wäre wirklich nett. Ich schau mir in jedem Fall alles an!»
«Prima, ich wünsche dir ganz viel Glück, dass du etwas findest, was dir weiterhilft – in welche Richtung auch immer, das entscheidest allein du. Und denk so lange einfach an die goldene Regel des Bikinibodys.»
«Die kenn ich. ‹To get a bikini body put a bikini on your body.›»

«Das ist die silberne! Die goldene lautet: Lasst uns nackt schwimmen, dann braucht niemand einen Bikinibody.»

Obwohl es im Sender nicht warm war, fühlte sich Zoes Nacken vom Schweiß klebrig an. Sie drehte ihre Haare zusammen und fächerte sich Luft zu.

«Gute Sendung, Zoe», sagte Klaas im Vorbeigehen. «Lässt du uns wissen, wo du nackt schwimmen gehst?»

«Da komme ich auch mit», rief Roberta durch die offene Bürotür, ohne von ihrer Tastatur aufzusehen.

Zoe war nicht nach Scherzen zumute. «Lasst mal gut sein», murmelte sie und schob sich an Klaas vorbei in Richtung Küche, um sich einen Kaffee zu machen.

Roberta folgte ihr und legte ihr eine Hand auf die Schulter. «Hey, Honey, was hast du denn? Das war eine großartige Sendung. Ich helfe dir gleich gern mit den Links, die du versprochen hast. Tolle Idee!»

Klaas nickte. Ihm stand pures Unverständnis im Gesicht. «Ganz eloquent gelöst, ohne leere Phrasen oder Besserwisserei. Du kannst wirklich zufrieden sein!»

Zoe lehnte sich gegen die Küchenzeile und versuchte, ihren Frust abzuschütteln. Ihre Kollegen meinten es ernst, da konnte sie unmöglich einfach ein «Stimmt nicht!» erwidern. «Ich fühle mich in dieser Beraterfunktion einfach nicht wohl. Die Leute erwarten konkrete Hilfe von mir, und alles, was ich habe, sind nette Worte. Nun stellt euch mal vor, es ruft jemand mit einem wirklich schlimmen Schicksal an. Was ist denn, wenn jemand mit Suizidgedanken anruft? Soll ich dann sagen: Was hast du denn – das Leben ist schön – lächle einfach, und die Welt lächelt zurück?» Sie stieß ein humorloses Lachen aus.

«Aber du machst das großartig», versuchte Roberta sie zu trösten. «Und ich bin sicher, dir fällt auch bei schwierigen Anrufern etwas Mitfühlendes ein. Wenn jemand das kann, dann du, Zoe.»

«Ach, ich weiß nicht», widersprach Zoe. «Das ist einfach nicht mehr meine Sendung, versteht ihr? *London Calling* funktionierte wie eine humorvolle Komödie. Die bekommt auch Fettaugen, wenn man zu viel Realität reinkippt. Ich habe das Gefühl, für die Zuhörer war es viel zugänglicher, als ich noch Zoe-London-das-Pseudonym für sie war, wie die Kritiker immer schrieben.»

«Aber das bist du nicht», warf Klaas ein. «Du bist, wie du bist. Und die Zuhörer mögen es, das im Live-Talk bestätigt zu bekommen.»

«Meinst du?» Zoe war nicht überzeugt. Sie musste an Anne denken und das so faszinierende wie hässliche Wort, das sie benutzt hatte: Maske aus Glück – Glücksmaske. Sie schauderte. Aber was, wenn Anne nicht ganz falschlag? Konnte es sein, dass sie wirklich eine Maske trug und unbewusst von der echten Zoe London in ihrem Inneren zu einer Kunstfigur geworden war? Und wenn dem nicht so war – woher kam dann in der letzten Zeit ständig diese latente Schwermut? Aber sowohl Klaas als auch Roberta nickten begeistert, und so atmete sie tief durch und sagte: «Ich hoffe, der Einsatz lohnt sich wenigstens.»

Sie war heilfroh, als sich Kirsten zu ihnen gesellte, ein Tablet in der Hand und einen Ausdruck im Gesicht, als hätte sie soeben erfahren, dass ihr Lieblingseishockeyverein überraschend abgestiegen war. Sofort stand sie im Mittelpunkt der Aufmerksamkeit, und alle wollten wissen, was passiert war.

«Habt ihr mal in die sozialen Netzwerke geguckt? Die kriegen sich da alle nicht mehr ein.»

«Wann drehen die mal nicht ab?», fragte Klaas unbeeindruckt. «Worüber motzen sie diesmal? Flüchtlinge oder Fußball – Politik oder Pokémon?»

«Es geht um meine Sendung gestern Abend, du Lauch», erwiderte Kirsten pikiert. «Ich habe was über diesen Hysteriker-Workshop gebracht, zu dem gerade alle rennen, und offenbar hat der Guru davon Wind bekommen und seine Anhänger zu einem Shitstorm aufgefordert.»

«Gegen dich?», fragte Zoe erschrocken. Kirsten eckte häufiger mal bei ein paar Hörern an, aber genau das liebten ihre Fans. Zu einem Shitstorm war es allerdings noch nie gekommen.

«Ja, ich würde mich wohl kaum aufregen, wenn Heidi Klum die Mails bekäme. Das wäre verdient.»

«Ich weiß ehrlich gesagt überhaupt nicht, worum es geht», merkte Roberta an. Klaas und Zoe warfen sich Blicke zu; ihnen ging es nicht anders. «Was denn für hysterische Workshops?»

Klaas grinste über ihren Akzent bei *histerike workshops*.

Kirsten sah von einem zum anderen. «Ihr habt es gar nicht gehört, oder? Keiner von euch.»

Zoe schluckte. «Ich hab's verpasst, Kirsten. Das passiert mir sonst nie, aber meine Freundin hat aus dem Urlaub angerufen. Tut mir leid.»

«Ach, egal. Diese Workshops, wie man seine Ängste besiegt, sind doch gerade total angesagt. Ich kann nicht glauben, dass ihr noch nichts davon gehört habt. Es ist der totale Hype in der Stadt – und dementsprechend nervig. Das Schlimme daran ist aber, dass es psychologisch überhaupt nicht ausgearbeitet ist. Da stellt sich einfach dieser Freak in seinen bekloppten T-Shirts hin und macht einen auf Möchtegern-Lebensberater.»

Zoe verstand. Alles, was Kirsten als Hype empfand, bekam bei *Radio 0-No* gehörig sein Fett weg. Normalerweise nahmen die Fans es mit Humor. Diesmal offenbar nicht.

«Was schreiben die Leute denn?», fragte Roberta.

Kirsten schnalzte mit der Zunge. «Dummes Zeug! Ich wäre ja so respektlos, würde mich über die Ängste von Menschen lustig machen und Leute davon abhalten, die Chance ihres Lebens zu ergreifen und sich zu überwinden ... blablabla. Mimimi!»

«Hast du etwa diese komische Sache mit der Ente ausgepackt, über die wir neulich geredet haben?», fragte Roberta mit ungläubig aufgerissenen Augen, während Zoe immer neugieriger auf diese «Hysteriker-Workshops» wurde. Chance des Lebens klang doch mal nach einem Versprechen!

«Natürlich», antwortete Kirsten. «Anatidaephobie – die Angst, von Enten beobachtet zu werden. Ihr braucht gar nicht zu grinsen, das ist eine völlig ernstzunehmende Sache.»

«Gibt es auch schon die Angst, bei Facebook einen Shitstorm zu bekommen?», fragte Klaas.

Zoe nickte begeistert. «Falls ja – es gibt da jetzt diese Kurse, Kirsten. Da kannst du lernen, deine Angst zu überwinden.»

Klaas hob eine Hand zum High Five, und Zoe schlug ein. Kirsten schüttelte den Kopf, musste aber schon wieder lachen, und sie beschlossen, am nächsten Abend in einer netten Bar auf Kirstens ersten Shitstorm anzustoßen.

Hoffentlich lud niemand den Chef ein.

Als sie wenig später zu zweit im Büro saßen und das Internet nach den versprochenen Seiten durchstöberten, hakte Roberta noch einmal bei Zoe nach. «So ganz hast du Tobias die Änderungen bei *London Calling* noch nicht verziehen, oder?»

Ertappt. «Wie meinst du das?»

«Du gehst ihm aus dem Weg, Honey. Und er schaut so düster, wenn er dich vorbeigehen sieht. Die Kollegen reden schon darüber.»

«Oje.» Zoe kannte ihre Pappenheimer gut genug, um zu wissen, was das bedeutete. «Auf was wird gewettet?»

Roberta zählte an den Fingern mit und sagte: «Die einen behaupten, du hättest verkündet, den Sender zu verlassen.»

«Was?»

«Aber das sind nur wenige. Ein paar andere denken, er hätte dir die Kündigung angedroht. Aber die meisten sind in zwei etwa gleichgroße Lager gespalten. Lager eins wettet, er hätte sich unglücklich in dich verliebt, und Lager zwei setzt darauf, dass du unglücklich in ihn verliebt bist.»

«Bämm», flüsterte Zoe. Das war allerdings ein dicker Hund. Wie kamen die nur darauf? Sie hatte sich solche Mühe gegeben, damit niemand etwas von dem komischen Verhältnis zwischen ihr und dem Chef bemerkte. Bis eben hatte sie gedacht, sie wäre erfolgreich gewesen. Und jetzt zerrissen sich alle die Mäuler darüber und phantasierten wirre Geschichten zusammen?

«Und?» Roberta musterte sie und drehte zwei ihrer Rastasträhnen ineinander. «Was stimmt nun?»

«Nichts! Das wäre ja noch schöner.»

«Aber Honey! Dass da etwas knistert, ist unübersehbar. Ich bin nur nicht sicher, ob es da im positiven oder negativen Sinne knistert.»

«Kokolores!» Sie musste das unbedingt aus der Welt schaffen. Besser, sie redete noch mal mit dem Chef. Wenn sie sich darauf einigen konnten, dass es eine schöne, aber einmalige Nacht gewesen war – einmalig im Sinne der Anzahl –, musste es doch wieder möglich sein, normal miteinander umzugehen. Roberta war das beste Beispiel. Sie verstand sich hervorragend mit ihrem Exfreund, den sie Zoe als grandiosen besten Freund, aber untauglichen Partner vorgestellt hatte.

Zoe beschloss, den Plan direkt in die Tat umzusetzen – Schadensbegrenzung durfte man nicht aufschieben, das tat sie schon viel zu lange.

«Ich geh mal zu ihm rüber», sagte sie zu Roberta, die langsam erst die eine und dann die andere Braue nach oben zog.

«Was hast du vor? Ist es eine gute Idee oder ein hysterischer Schnellschuss?» Roberta verfügte leider über entlarvend gute Menschenkenntnis.

«Eine schnell geschossene, hysterisch gute Idee», sagte Zoe und ging zum Büro des Chefs.

Dort klopfte sie an und trat ein, ohne zu warten. Tobias saß weit vorgebeugt und mit angespannter Stirn vor seinem Monitor, auf dem Zoe ein Excel-Dokument erkannte. Er blickte auf und tippte rasch eine Taste an, sodass der Bildschirmschoner sich über die Tabelle legte. Der war aber plötzlich empfindlich! Sie würde ihm schon nicht seine Quote weggucken.

Sie schloss die Tür hinter sich, trat zu seinem Schreibtisch und atmete durch. «Wir sollten uns noch mal unterhalten», sagte sie. Ihre Stimme klang kratzig, sie räusperte sich, hatte aber nicht das Gefühl, dass es half. Blöder Zeitpunkt, um erste Anzeichen von Halsschmerzen zu bekommen; ganz blöder Zeitpunkt.

Wortlos deutete er auf den Stuhl, neben dem sie stand. Er

hatte sein Jackett wie meist bei der Arbeit ausgezogen und über den Stuhl gehängt. Heute trug er kein Band-T-Shirt, sondern ein einfaches graues, das seinen Brustkorb und die gut trainierten Arme betonte. Das Tattoo, das meist nur ansatzweise herausblitzte, war in seiner Gänze zu bewundern. Es handelte sich um einen Schriftzug, der sich in Form einer gemusterten Schlange um seinen Oberarm wand. Die Worte waren vermutlich Spanisch … oder nein, wahrscheinlich waren sie Portugiesisch. Sie hatte ihn in der verhängnisvollen Nacht fragen wollen, was sie bedeuteten, es dann aber aus irgendeinem Grund nicht getan. Zoe blinzelte und starrte auf die Tischplatte. War ihr vor dieser Nacht je der Zustand seines Oberkörpers aufgefallen? Wenn nein – warum nicht?

Sie räusperte sich ein weiteres Mal. «Ich würde gerne in Ruhe mit dir sprechen, ohne die Gefahr, dass jemand reinkommt oder an der Tür lauscht.»

Er zog die linke Augenbraue hoch. «Wer sollte …?»

«Sie reden», erklärte Zoe knapp. «Alle.»

Tobias seufzte. «Na toll. Wem hast du was erzählt?»

Eine Sekunde stand Zoe wie vom Donner gerührt. «Wie bitte?!», fuhr sie dann auf. «Was sollte ich wem erzählt haben? Spinnst du? Hältst du mich für ein Tratschweib, oder was willst du mir damit sagen? Wie kommst du überhaupt darauf, dass ich etwas erzählt haben könnte, du … du … du Chef!»

«Autsch», antwortete er. «Ist ja schon gut. Spätestens nach dem Geschrei wissen jetzt ohnehin alle, was Sache ist.»

«Ich schreie nicht!», rief Zoe. «Außerdem müsste ich auch gar nicht schreien, wenn du mich nicht so provozieren würdest!»

«Ich habe dich provoziert? Mit zweieinhalb Sätzen?»

Zweieinhalb Worte würden bei dir ausreichen, dachte Zoe.

«Ich muss ja mächtig Talent haben.»

Sie rollte mit den Augen. «Bilde dir was drauf ein. Was ist nun? Können wir reden?» Die Vorstellung, dass nach einem Gespräch alles wieder wie zuvor sein könnte, erschien ihr nach dem kurzen Wortwechsel kaum mehr möglich. Aber sie konnte jetzt unmöglich umdrehen und das Büro ohne Ergebnis wieder verlassen.

«Natürlich», antwortete Tobias harmlos. «Ich könnte mir nächste Woche eine Stunde am Abend für dich frei halten. Vielleicht am Donnerstag?»

Zoe schoss heiße Wut in den Kopf. Sie fühlte sich wie ein Dampfkochtopf kurz vor dem Platzen. Betont langsam stieß sie die Luft aus. «Es ist mein Ernst, Tobias.» Nur nicht weiter provozieren lassen. Er legte es doch bloß drauf an, sie zu ärgern.

«Dann nächste Woche Mittwoch?»

«Heute!», entschied Zoe. «Du darfst dir aussuchen, wo. Schaffst du zwanzig Uhr?»

Er zuckte mit den Schultern. «Okay. Sind Cocktails in Ordnung?»

«Nein! Keine Cocktails, kein Rotwein und kein Tanzen. Ansonsten hast du freie Wahl.» Sie sah ihn an, während sie auf seine Antwort wartete. «Ach – und kein Fado!» Und vor allem kein Sex!

«Natürlich nicht», seufzte Tobias, schrieb eine Adresse auf einen Zettel und reichte ihn ihr.

«Zwanzig Uhr.»

Roberta machte keinen Hehl daraus, dass sie Zoes Miene zu analysieren versuchte, als sie zurück in ihr Büro kam. Sie pinselte sich sogar grüblerisch mit dem Ende eines Zöpfchens das Kinn, während sie in Zoes Gesicht forschte.

«Wie gerne wäre ich jetzt ein Mäuschen gewesen», sagte sie, und Zoe musste über das Wort *Maus-schen* grinsen.

«So interessant war es nicht. Ich will bloß unseren Konflikt aus der Welt schaffen, und er tyrannisiert meine Nerven.»

«Ich verstehe. Scheint so, als wolle er den Konflikt in der Welt behalten.»

Zoe sah irritiert zu ihr rüber. «Meinst du? Aber warum sollte er ...»

Roberta wedelte abwehrend mit den Händen. «Woher soll ich das wissen, Honey? Ich weiß ja nicht einmal, was für ein Problem ihr plötzlich miteinander habt.»

«Ist wohl besser so», murmelte Zoe. «Nimm es mir nicht übel, aber ich möchte nicht darüber reden.» Am liebsten hätte sie nicht einmal daran gedacht. Aber ihr Hirn scherte sich nicht um ihre Wünsche. Der Chef rotierte darin herum wie ein verrückt gewordener elektrischer Rasenmäher. Er erreichte jede Ecke, säbelte jeden anderen Gedanken kurz oberhalb der Grasnarbe ab und häckselte alles kurz und klein, was ihm dabei in den Weg geriet.

Als Zoe London vier Jahre alt war, liebte ihre Mutter den Mann, der eine Straße weiter wohnte.

Er stand immer schon draußen, wenn sie vom Kindergarten oder vom Supermarkt kamen, und Zoe drückte die Hand ihrer Mutter dann immer zwei- oder dreimal ganz schnell, aber aus irgendeinem Grund ignorierte ihre Mutter die Warnung.

Stets blieb Susan London stehen, wenn der Mann aus seinem Haus trat, um ein paar Worte mit ihr zu wechseln;

anfangs über das Wetter und den letzten *Tatort*, später über den Brandanschlag von Oranienburg und den Tod von Willy Brandt und noch ein bisschen später über den Familienstand und Susans Lieblingsblumen. Zoe blieb skeptisch, auch wenn der Mann ihr am Tag, als er Susan einen Strauß Sonnenblumen schenkte, ein paar Margeriten überreichte. Die hatte er im Blumenladen umsonst bekommen und nie erfahren, für den Strauß zwei Mark mehr bezahlt zu haben als üblich.

Susan traf den Mann, der eine Straße weiter wohnte, ging mit ihm essen und ins Kino, und schließlich küsste er sie zum Abschied und stellte sich dabei recht ungeschickt an. Beim nächsten Treffen wollte der Mann mit ihr ins Autokino. Susan hatte zwar kein Auto, wusste aber aus den Erzählungen ihrer Freundinnen sehr gut, wozu Männer mit Mädchen ins Autokino fuhren … Sie befand die Liebe für doch nicht so überbordend und beendete die Beziehung, bevor sie offiziell begonnen hatte.

Wenig später stand der Mann wieder draußen vor seinem Haus, wenn Susan und Zoe vom Kindergarten oder vom Supermarkt kamen, und versuchte, mit Susan über das Wetter und den letzten *Tatort* zu reden. Zoe drückte die Hand ihrer Mutter, und endlich verstand Susan die Warnung, brach das Gespräch rasch ab, und sie gingen nach Hause. Bis der Mann in Susans und Zoes Straße stand. Und wenig später vor ihrem Haus, gleich neben der Kastanie, auf dem Platz, wo Zoe mittwochs die Mülltonnen hinrollen durfte. Von dort aus konnte man ins Schlafzimmer ihrer Mutter gucken, wenn sie vergaß, die Rollos runterzulassen.

Susan vergaß es nicht mehr, und so begann der Mann, an der Tür zu klingeln.

Eine Weile fand Zoe es lustig, dass der erwachsene Mann

Klingelmännchen an ihrer Tür machte wie die Kinder aus dem Haus gegenüber. Aber spätestens an dem Tag, als Susan zum ersten Mal deswegen weinte, begriff sie, dass dieses Spiel ganz hässliche Regeln hatte, und von da an fand sie nichts daran mehr lustig. Kurz darauf begann das Telefon immer wieder zu klingeln, und ihre Mutter, blass und wund im Gesicht, verbot Zoe, den Hörer abzunehmen.

Susan ging zur Polizei. Unter dem Tisch bohrte sie die Fingernägel in ihre Handflächen, während sie die Fragen des Polizisten beantwortete.

Nein, der Mann hatte ihr körperlich nichts getan, sie auch nicht gegen ihren Willen berührt.

Ja, sie war mit ihm ausgegangen.

Nein, es gab keine Drohungen, er sah sie nur zu jeder Tages- und Nachtzeit an, tauchte überall auf und atmete ins Telefon.

Ja, sie hatte ihm gesagt, dass sie trotz eines guten ersten Eindrucks nun doch kein Interesse an ihm hatte.

Nein – sie konnte nicht hinnehmen, dass man ihr nicht helfen konnte, solange der Mann keine Straftat beging.

Ändern konnte sie daran allerdings nichts.

Der Mann tauchte längst nicht mehr bloß eine Straße weiter auf. Er war im Park. Beim Spielplatz. Im Supermarkt. Ja, er kam sogar zum Kindergarten. Hin und wieder, wenn Tante Gabi die Kinder vor der Abholstunde nach draußen auf den Spielplatz scheuchte und auf der Bank eine Zigarette rauchte, sah Zoe ihn hinter dem Zaun stehen. Irgendwann sprach er sie an, fragte sie, ob er sie heute abholen und zur Mutti bringen sollte. Zoe rannte weg, an Tante Gabi vorbei bis ins Bad. Neben den extrakleinen Toiletten hockte sie sich hin und traute sich erst wieder heraus, als ihre Mutter kam.

Und dann half Susan sich selbst. Sie kündigte ihre Stelle im Büro und suchte sich eine neue; 426 Kilometer entfernt.

«Wenn der Mann wieder auf der Straße steht», fragte Zoe eines Abends nach dem Baden, beim Fußnägelschneiden, «müssen wir dann wieder in eine neue Wohnung?»

Die Nagelschere pikte ihr in den Zeh und fiel dann mit einem Klappern zu Boden.

«Nein, Zoe», sagte Susan ganz laut. «Du brauchst keine Angst zu haben. Er ist weit weg und kann uns hier nicht finden. Ich beschütze dich vor dem Mann!»

Und Zoe fühlte sich sicher und geborgen, stellte sich allerdings kurz die Frage, wer ihre Mutter eigentlich beschützte. Doch dann lachte sie über den Gedanken.

Mama war schließlich schon groß und stark genug, um Zoe und sich selbst allein zu beschützen.

Kapitel 4

Es war Zufall, dass Zoe das Kleid mit den weißen Polkadots auf petrolfarbenem Grund ausgewählt hatte. Ihre Bluse war nach der Arbeit nicht mehr ganz frisch gewesen, und sie hatte sich vor dem Treffen mit dem Chef umziehen müssen. Erst an der Bahnhaltestelle erinnerte sie sich an den Tag, als sie es zum ersten Mal getragen hatte. Tobias hatte ihr ein Kompliment gemacht, sie wusste nicht mehr genau, was seine genauen Worte gewesen waren, aber sie erinnerte sich an seinen Blick. Er war ein schwer einzuschätzender Typ, aber nun, eine Nacht an Erfahrungen reicher, ahnte sie, dass er sie damals schon anziehend gefunden hatte. Ihr Magen kribbelte. Nicht, dass er es falsch verstand, wenn sie das Kleid heute trug. Ob sie besser noch mal umdrehte und sich etwas anderes anzog? Aber dann würde sie zu spät kommen und wenn es eins gab, was sie hasste, dann war es Unpünktlichkeit.

Zoe stieg in die Bahn und suchte sich einen freien Platz. Jemand hatte eine Zeitung auf dem Sitz liegen gelassen. Um nicht über Tobias zu grübeln, faltete sie sie auf und überflog die Artikel. Eine Annonce zog ihre Aufmerksamkeit auf sich.

Überwinde dich.
Stell dich deiner Angst.

Stecke deine Grenzen neu.
Enge – Höhe – öffentliche Plätze – Mäuse –
Krankheiten – Spinnen – Menschen.
Phobien können vielfältig sein. Aber unsere
Möglichkeiten, sie zu überwinden,
sind grenzenlos.

Das war eine Anzeige für diese Workshops, über die Kirsten hergezogen hatte. Zoe verstand sofort, warum sich Kirsten daraufgestürzt hatte. Das Foto der Frau, die den Werbetext mit einer kraftvoll geballten Faust untermalte, lud jemanden wie Kirsten geradezu zu Spott ein. Dabei war der Gedanke, seine Ängste unter Anleitung zu bekämpfen, wirklich nicht schlecht. Im Gegenteil, es klang ganz einladend. Und war Zoe nicht seit Jahren selbst von ihrer Spinnenphobie genervt?

In der Annonce stand eine Telefonnummer. Zoe rief spontan an, um sich unverbindlich zu informieren. Eine freundliche Dame erklärte ihr, dass es Einzelcoachings und Gruppenworkshops gab, der nächste Workshop begann schon am Wochenende, und rein zufällig war durch einen Krankheitsfall kurzfristig ein Platz frei geworden. Zoe zögerte. Am Samstag schon … Und Spinnen kamen vermutlich gleich als Erstes dran – schließlich hatte jeder Zweite Angst vor Spinnen. Vielleicht ließ sie sich lieber für einen späteren Kurs vormerken, oder sie überlegte es sich noch einmal. Doch aus irgendeinem Grund musste sie an Anne denken, die ominöse Anruferin mit ihrem Vorwurf, Zoe würde nie aus ihrem Wohlfühlbereich heraustreten. Und Anne irrte sich definitiv.

«Hören Sie?», sagte Zoe und presste die Augen zu. «Ich komme am Samstag.»

Über die Aufregung, sich wirklich spontan bei diesem Workshop angemeldet zu haben, verpasste Zoe fast ihre Haltestelle. Was hatte sie sich dabei gedacht? Mit Laura zusammen hinzugehen wäre kein Problem gewesen, gemeinsam füllten sie jeden Blödsinn mit Begeisterung – aber allein? Nun ja, jetzt war sie angemeldet und neugierig. Wenn die Spinnen zu groß und zu haarig waren, konnte sie immer noch nach Hause gehen.

Tobias hatte sie zu einer Adresse in der Nähe des Zoos bestellt. Die Straße sah wie ein abgelebtes Wohngebiet aus, nur ein kleines, unbeleuchtetes Schild mit der wenig einladenden Aufschrift *Collapsed* deutete vage darauf hin, dass man in Hausnummer 56 etwas zu essen oder zu trinken bekam. Zumindest für gewöhnlich. Denn heute hing ein handbekritzelter Zettel schief und windbedroht an der Tür.

«Koch krank. Heute zu», entzifferte Zoe mit etwas Mühe. Na wunderbar, und jetzt? Wo blieb eigentlich der Chef, es war doch schon fünf vor acht.

Tobias kam um fünf nach acht. Im Gegensatz zu ihr hatte er sich nicht die Mühe gemacht, sich umzuziehen, er hatte bloß sein Sakko wieder drübergezogen.

«Es ist leider geschlossen», erklärte Zoe und wies auf den Zettel.

Er trat näher, und Zoe hatte den Eindruck, er würde blass werden. Hatte er solchen Hunger? Er blinzelte beim Versuch, die Schrift zu lesen. «Hoch krau? Hante zn? – Was soll das heißen, was ist das überhaupt für eine komische Sprache?»

«Brauchst du eine Brille?», fragte Zoe, trat neben ihn und deutete wie eine Lehrerin auf die Buchstaben. «Koch krank. Heute zu.» Die Tür war schmal. Auf einmal stand sie sehr nah neben Tobias. Elektrisierend nah. Diese Nähe machte irgendetwas mit der Luft, sodass sie sich plötzlich kaum noch richtig einatmen ließ. Zoe räusperte sich und machte einen Schritt zurück. «Komischer Laden. Haben die nur einen Koch? Und warum bekommt man nicht wenigstens etwas zu trinken?»

«Gesundheitsamt», erklärte Tobias wissend, aber unter einer Maske aus Gelassenheit wirkte er fahrig. «Wenn kurzfristig mit dieser Begründung geschlossen wird, war das Gesundheitsamt da.»

Zoe verzichtete auf einen Kommentar, dass der Chef sie in ein Etablissement bat, das vom Gesundheitsamt spontan geschlossen wurde. Und das offenbar regelmäßig, wenn er bereits über Erfahrungswerte verfügte. Wollte er sie jetzt vergiften, um das Thema elegant vom Hals zu bekommen?

«Macht nichts. Ich habe ohnehin keinen Hunger.»

Er nickte. «Okay. Stört es dich, wenn ich kurz telefoniere? Ich habe eine ... wichtige Sache vergessen.»

«Alles gut, telefonier ruhig!»

Dass er für dieses Telefonat um die nächste Ecke bog und sie allein auf der Straße stehen ließ, fand sie dann allerdings doch komisch. Aber Tobias kam relativ schnell zurück und mit einem Ausdruck, der sie nicht daran zweifeln ließ, dass das Gespräch wirklich wichtig gewesen war. Wichtig und unangenehm. Er sah aus, als hätte er einen Kaffee mit saurer Milch getrunken. Als er ihr wieder gegenüberstand, ließ er das Handy in seine hintere Hosentasche rutschen, und gleichzeitig glitt ihm auch die angespannte Miene aus dem Gesicht, und er lächelte verlegen.

«Was machen wir nun, wenn der Laden dicht ist und du gar nicht hungrig bist?»

Was hatte er denn vor? Ohne zu wissen, warum genau sie

sich hier gegenüberstanden und von einem Bein aufs andere traten, konnte sie kaum einen sinnvollen Vorschlag machen. «Vielleicht gehen wir einfach eine Runde um den Block?»

Er war einverstanden, und sie trotteten eine Weile nebeneinanderher. Mit jedem Schritt wog das Schweigen mehr.

«Gut, dass wir die Sache jetzt endlich klären können», sagte Zoe. Gleichzeitig fragte Tobias: «Darf ich dir etwas sagen, wofür mich der gesamte Sender morgen verspotten wird?»

Sie blickten sich einen quälend langen Moment an.

«Klären», wiederholte er Zoes Wort.

«Verspotten?», hakte Zoe im selben Moment nach.

Wieder sahen sie sich an wie zwei Rehe, die sich gegenseitig mit superhellen, scheinwerfergleichen Taschenlampen bestrahlten. Und dann musste erst Zoe lachen und dann Tobias, und sein Lachen setzte aus irgendeinem Grund Wärme in ihrem Bauch frei, die sich dort wohlig ausbreitete.

«Du zuerst», sagte er.

Doch Zoe wurde bei der Vorstellung, ihm ein für alle Mal klarzumachen, dass sie kein Interesse an ihm hatte, der Mund ganz trocken. Die Worte blieben irgendwo kleben, und bloß ein weiteres, nervöses Lachen kam ihr über die Lippen. Sie stellte sich vor, er würde diese Worte zu ihr sagen: *Ich habe kein Interesse an dir – sieh es ein und lass uns endlich wieder zum Alltag übergehen.* Es versetzte ihr schon in ihrer Phantasie einen Stich. Wo kam dieses Gefühl denn nur her? Es schien ihr bedeutsamer als gekränkte Eitelkeit.

«Nein», sagte sie schließlich. «Erst du. Ich bin zu neugierig, warum der Sender dich verspotten sollte. Solange ich das nicht weiß, kann ich mich gar nicht konzentrieren.»

Er seufzte gespielt. «Und ich hatte auf ein paar Minuten Schonzeit gehofft.»

Was für eigenartige Worte aus seinem Mund. Sie klangen fast unsicher. So kannte sie ihn gar nicht. Normalerweise war er selbstbewusst, zielstrebig und souverän. Davon war jetzt nichts zu spüren. Selbst sein schiefes Tom-Ellis-Lächeln wirkte eher fragend und längst nicht so von sich überzeugt wie sonst.

«Ich habe das Gefühl», begann er leise, «dass du in der letzten Woche einen vollkommen falschen Eindruck von mir bekommen hast.»

Er machte eine Pause, und seine Stimme wirkte in Zoe nach.

«Der Tag, als wir in meinem Bett landeten, war weder für dich noch für mich leicht, und bevor er zu Ende ging, hatten wir beide ziemlich viel getrunken.»

Wort für Wort tröpfelte eine Ahnung in Zoes Bewusstsein und mischte sich wie ein Farbstoff in ihre Gedanken. Wollte er ihr womöglich sagen, dass sie sich in etwas hineingesteigert hatte? Moment mal! *Hatte* sie sich in etwas hineingesteigert? Vielleicht empfand er ja gar nichts für sie, und sie hatte alles falsch verstanden. War er womöglich einfach nur wegen dem ganzen Alkohol mit ihr im Bett gewesen und schämte sich jetzt, sie in dieser Nacht ausgenutzt zu haben? Ihr Magen fühlte sich an, als würde er die Form verlieren.

«Alles okay, Zoe?»

Oh nein, merkte er ihr jetzt noch an, wie sehr sie seine Worte schockierten? Das musste er falsch verstehen – und dann fühlte er sich nur noch schlechter. «Ja. Ja, natürlich, alles gut. Ich war ... kurz in Gedanken. Entschuldigung. Was hattest du gesagt?»

Immerhin war es doch recht praktisch, wenn sie die Angelegenheit auf diese Weise klären konnten. Praktisch. Praktisch wie ... antibakterielle Toilettenreinigungstücher.

Er blickte sie irritiert an. «Ich sagte, dass viel Alkohol im Spiel war, als wir –»

«Cocktails», unterbrach sie ihn, «es waren diese Cocktails. Der portugiesische Wein hätte mir nichts ausgemacht, aber Cocktails bin ich einfach nicht gewohnt.»

«Ich auch nicht.»

«Aber du bist doch Brasilien-Fan.»

«Ja, aber ich trinke selbst am Strand der Copacabana eigentlich am liebsten ein Glas Wein oder mal ein Xingo Black Beer. Brasilien hat großartiges Bier!» Er räusperte sich. «Sag mal, Zoe, betreibst du hier Ablenkungsmanöver?»

Erwischt.

Sein Lächeln wurde zunehmend gezwungener, der letzte Rest seiner Souveränität war dahin, und Zoe fand ihn entzückend, wenn er hilflos war, und schämte sich dafür.

«Es war also Alkohol im Spiel und unter Alkohol ... also wir sind nun natürlich keine fünfzehn mehr, aber –»

«Ich versteh schon», beeilte Zoe sich zu sagen. «Angetrunken macht man verrückte Dinge. Dinge, die man nüchtern niemals tun würde; nein, die man nüchtern sogar bereut. Das passiert doch jedem mal, mach dir bloß keine Gedanken. Ich ...»

Der Chef fasste Zoe an der Schulter, sodass sie neben ihm stehen bleiben und ihn ansehen musste. «Zoe, ich liebe es, wie schnell und unberechenbar du in alle Richtungen denkst. Aber halt bitte kurz an und lass mich ausreden.»

Er sah ihr beinah beschwörend in die Augen.

«Ich war betrunken. Zum Glück. Anderenfalls hätte ich mir noch ein weiteres halbes Jahr vorstellen müssen, dich endlich an mich zu ziehen und einfach zu küssen.»

«Du ...» Hatte er das jetzt wirklich gesagt? Oder bekam sie

Halluzinationen? In ihrer Erinnerung tanzten Bruchstücke aus der verhängnisvollen Nacht herum. Seine geflüsterten Worte. Schöne Worte. Zu schön eigentlich, um sie an eine Affäre zu verschwenden. «Aber du hast Prinzipien!»

Ja, richtig! Auch an diese Worte erinnerte sie sich genau. Er hatte ihr früher einmal erzählt, dass er nie – niemals – etwas Ernstes mit einer Kollegin anfangen würde. One-Night-Stands waren etwas anderes und gehörten in der Medienwelt fast schon zum guten Ton. Aber in eine Kollegin verlieben? Eher ...

«Eher stürzt der Himmel ein», rief Zoe. «Das hast du damals gesagt.»

«Und genau aus dem Grund wollte ich mit dir in Bodos Kneipe. Dort ist die obere Etage eingestürzt – sieht wild aus, ich zeig es dir bei Gelegenheit. Es kommt vor, dass Himmel einstürzen, Zoe. Um konkret zu werden ...» Er räusperte sich und richtete sich ein wenig auf. «Es tut mir leid, was passiert ist. Es war schön, so ist es nicht, aber es ging zu schnell. Ich hätte unseren ersten Sex lieber weniger betrunken erlebt. Weniger missverständlich.»

Unser erster Sex, dachte Zoe mit einer Mischung aus Irritation und Faszination. Er wollte also auch zweiten Sex. Dritten, vierten ... Ihr wurde ein wenig flau. Die Vorstellung war ... heiß. Und das nicht nur im Unterleib. Auch im Herzen brannte es. Zum Glück bemerkte sie es sofort. Diese Hitze konnte ihr Glück verbrennen, sie sollte sie schleunigst löschen.

«Ich möchte, dass du weißt, dass die Nacht mit dir kein One-Night-Stand war.» Er konnte ihren Blick nicht halten und sah zu Boden. Seine Mundwinkel zuckten, aber offenbar gelang ihm kein Lächeln mehr. «Zumindest nicht für mich. Aus mir ist einfach herausgebrochen, was ich seit Monaten zu unterdrücken versuche, Zoe. Dass ich mich verdammt ungewollt, aber darum nicht weniger unumgänglich in dich verliebt habe.»

«Und dann?» Julius Hofmeister hing wie gebannt an Zoes Lippen. «Miss London, spann mich doch nicht so auf die Folter. Was hast du deinem Chef geantwortet?»

Zoe konnte sich rückblickend nicht mehr erklären, wie es dazu gekommen war, dass sie ausgerechnet dem verrückten alten Mann von dem seltsamen Gespräch gestern Abend erzählte. Vielleicht, weil sie dringend einen Rat brauchte. Laura war weit weg, Pauline musste mittwochs immer zu ihrer Physiotherapie, und von den lieben Tratschtanten im Sender kam niemand in Frage. Selbst Roberta nicht, sie war zu nah dran und würde das letzten Endes noch *sugarsweet and superromantic* finden. Als Julius ihr dann sofort angemerkt hatte, dass irgendetwas sie schwer beschäftigte, war es einfach aus ihr herausgesprudelt.

«Ich sagte: Tobias», sagte Zoe.

Julius stand ein Stück auf und setzte sich bequemer hin. «Ach. Und weiter?»

«Tobias, sagte ich, es tut mir sehr leid, aber ich bin einfach kein Beziehungsmensch.»

«Kein ... aber Miss London!» Julius drehte seinen Stuhl ein wenig weiter zu ihr hin. Wie immer hatte sie sich an den Tisch neben ihm gesetzt, sodass sie ihn nicht störte, wenn er sich in sein Buch vertiefte, sich gleichzeitig aber gut mit ihm unterhalten konnte.

«Ja, was soll das denn heißen – du bist kein Beziehungsmensch?», fragte er erschüttert. «Das kann ich überhaupt nicht glauben. Ich kenne dich ja noch nicht so lange, aber ich sehe jetzt schon, dass du ein Mensch mit viel Liebe und Mitgefühl im Herzen bist.»

«Sie haben recht», sagte Zoe und stach mit ihrer Gabel ein Stück vom Marmorkuchen auf ihrem Teller ab, ohne es essen zu wollen. «Das bin ich vermutlich. Und ich bin noch etwas – ich bin glücklich, richtig kompromiss- und makellos glücklich. Das bin ich, weil ich mich nicht mit Beziehungssorgen belaste. Denn früher oder später – das ist nun mal statistisch und auf allen Erfahrungen und Beobachtungen basierend eine vollkommen klare Geschichte – gehen Beziehungen den Bach runter. Dann streitet man nur noch oder mag sich nicht mehr, beide leiden, man belügt und betrügt sich und im schlimmsten Fall …»

Julius zog fragend die Stirn in Falten.

«In den meisten, den absolut aller-allermeisten Fällen wird es einfach hässlich!» Sie hatte eigentlich gar keinen Hunger mehr, schob sich aber dennoch etwas Kuchen in den Mund. «Und dann ist es für lange, lange Zeit vorbei mit dem Glück.» Tobias war so ein toller Mann. Ihn erst zu lieben und dann zu verlieren – ob langsam und nagend, indem einer den anderen einfach nicht mehr weiterliebte, wie es nun mal die Art der Liebe war, oder mit einem Knall, weil einer nicht treu war, oder auf die giftige Weise, weil aus Liebe eifersüchtige, kranke Besessenheit wurde – würde ihr das Herz brechen. Und, was noch schlimmer war, das Glück gleich mit dazu. Herzen heilten sicher, immerhin waren sie aus Fleisch und Blut. Glück aber war wie aus Glas. Einmal zerbrochen, würde man es nie wieder ohne einen Makel zusammensetzen können.

«Das stimmt wohl», sagte Julius zu ihrer Überraschung.

«Im schlimmsten Fall weint man jemandem ein halbes Leben lang nach. Aber, Miss London, ist dir denn nie der Gedanke gekommen, dass es das wert sein könnte?»

«Na ja», erwiderte Zoe hilflos und grinste gequält. So würde sie es nicht ausdrücken. Aber eine gewisse Neugier, was eine Partnerschaft hatte, dass alle Menschen außer ihr sie so unerlässlich fanden, konnte sie nicht mehr leugnen.

«Wie hat denn der junge Mann auf deine Eröffnung reagiert?», fragte Julius.

Allein die Erinnerung ging Zoe an die Nieren. «Er war niedergeschlagen. Ich konnte es nur einen kurzen Moment erkennen, er hat sich gleich wieder zusammengerissen und gesagt, dass es okay wäre, wenn ich ihn nicht will. Aber eine Sekunde lang, da sahen seine Augen aus, als würde ihm das Herz brechen.» Ganz schön pathetisch. Aber es war ihre erste Assoziation gewesen, und keine andere Formulierung reichte nur annähernd an den Moment heran. «So betrachtet muss ich wohl davon ausgehen, dass meine Vorsicht berechtigt war. Glücklich sah er nämlich nicht aus.» Sie allerdings in dem kurzen Moment vermutlich auch nicht.

Julius zuckte mit den Schultern. «Aber Miss London! Wenn einem nie das Herz brechen würde, dann hätte man doch keins.»

«Aber doch nicht wegen mir!», erwiderte sie hitzig. «Ich will nicht dafür verantwortlich sein, dass er unglücklich ist. Das widerspricht all meinen Prinzipien! Ich mache Menschen glücklich, wissen Sie? Alles, was ich tue, sei es im Radio oder in meiner Küche, hat das Ziel, Menschen ein klitzekleines bisschen glücklicher zu machen, als sie vorher waren. Und nun bewirke ich das Gegenteil. Ausgerechnet bei ihm ...»

«Das geht dir richtig nah, oder?»

«Ja, was denken Sie denn? Sehen Sie, wie dick ich mich heute geschminkt habe? Wissen Sie, warum? Weil ich in der Nacht sogar geheult habe.»

Julius lachte leise. «So viel bedeutet dir der junge Mann?»

Zoe warf ihre Gabel auf den Tisch. «Nein!» – Doch. «So ein Quatsch!» – Voll ins Schwarze.

Sie resignierte. Sie konnte ihm nun einen Vortrag halten, dass sie sich bei jedem anderen ebenso schlecht gefühlt hätte, aber der amüsierte Zug um seine Lippen verriet, dass Julius ihr kein Wort glauben würde. Warum also einen Streit riskieren; zumal er vielleicht recht hatte. Zumindest ein winziges bisschen. Natürlich tat es ihr leid, jemanden zu verletzen. Aber in diesem Fall war da noch etwas anderes – da war mehr. Es tat ihr überhaupt nicht nur leid. Es tat ihr *weh*.

Menschen zu verletzen, würde sie nie unbekümmert lassen. Aber Tobias zu verletzen, das musste sie sich wohl eingestehen, hatte ihr ganz besonders viel ausgemacht. Irgendwie hatte sie sich tief im Inneren selbst verletzt. Warum hatte sie sich auch in seinen Armen so verflixt wohl fühlen müssen – Himmelarschundwolkenbruch!

«Es ist ja nur», sagte sie, «weil ich ihn ganz anders kenne. Er ist sonst so überlegen, alles perlt von ihm ab, als hätte er eine Teflonbeschichtung – eine von der richtig guten, teuren Sorte.»

«Und du hast einen Kratzer reingemacht.»

«Ja! Ausgerechnet ich. Dabei würde ich nie etwas anderes als einen Holzlöffel bei Teflon verwenden!»

Julius lachte auf. «Verletzende Dinge sind meist noch viel weicher als Holz, Miss London. Es gibt nichts, das weicher und härter, glatter und kratziger, zarter und schärfer zugleich ist als die Liebe.»

Das klang schön, fand Zoe. Kitschig vielleicht, aber es traf zu und erklärte die Faszination aller Welt für die Liebe. Vor allem bestätigte es, lieber die Finger davon zu lassen, wenn einem das eigene Glück etwas bedeutete.

«Was hast du denn jetzt vor?»

Zoe zuckte mit den Schultern. «Es ist einfach zu riskant, etwas mit ihm anzufangen. Mal von dem Risiko abgesehen, ist er mein Chef. Das verzehnfacht die Wahrscheinlichkeit, dass es in einer Katastrophe endet.» Die Entscheidung fiel nicht leicht, aber es war die einzig vernünftige. «Sie werden mir vermutlich etwas anderes raten, oder?»

«Wer bin ich denn?», erwiderte Julius Hofmeister. «Du bist kein Mensch, dem man sagen muss, was er zu tun hat. Du wirst schon wissen, was du tust. Und egal, wie du dich entscheidest, wirst du das Beste daraus machen.»

«Danke», sagte Zoe. Eben noch hatte sie auf einen Tipp von jemandem mit mehr Lebenserfahrung gehofft. Aber nun bemerkte sie, dass Julius' Worte ihr mehr halfen als ein Rat, was sie tun oder lassen sollte.

«Oh, Miss London!» Julius sah an ihr vorbei, und seine Augen schienen heller zu werden. «Schau doch mal, wer da ist», flüsterte er. «Aber sachte, schön sachte.»

Auf der Rückenlehne des Stuhls neben ihr saß der gelbe Vogel, blinzelte und begann, sein Gefieder zu putzen.

«Es ist schon erstaunlich», sagte Julius nachdenklich. «Sie wagt sich zu niemandem so nah hin. Ich habe Jahre gebraucht, um auf zwei Meter an sie ranzukommen. Und dann setzt sie sich einfach so dicht zu dir hin, dass du sie fast berühren kannst. Woher kommt das, Miss London?»

Zoe zuckte mit den Schultern und lächelte. «Glück», sagte sie. «Nur Glück.»

«Passt du deshalb so gut auf dein Glück auf, Zoe London? Beschützt es wie eine Löwin ihr einziges Junges, weil es so strahlend ist, dass es eine Schande wäre, es zu gefährden?»

«Ob es strahlend ist, weiß ich nicht», sagte Zoe leise. «Aber es ist mein Glück, wissen Sie. Ich bin dafür verantwortlich. Und ich brauche es.»

Der alte Mann nickte. «Verstehe, Miss London. Es kam nicht von allein zu dir, dein Glück, nicht wahr? Du musstest darum kämpfen.»

«Wissen Sie was, Julius?», fragte Zoe statt einer Antwort. «Ich versuche es. Ich versuche, Ihren Vogel für Sie zu zähmen. Und wenn er zahm ist, können wir ihn einfangen, ohne dass wir ihm Angst einjagen müssen. Und dann haben Sie ihn zurück, bevor es Herbst wird.» Das war vermutlich für beide das Beste: Der Vogel konnte den Winter im Freien nicht überleben. Und der alte Mann würde sicher einsam sein, wenn es zu kalt wurde, um im Café auf der Terrasse zu sitzen. Sie musste ihn nur überreden, einen zweiten Vogel zu kaufen, denn diese Tierchen gingen zugrunde, wenn man sie allein hielt.

Sie betrachtete den Vogel, der sich gerade eine Kralle mit dem Schnabel stutzte, und misstrauisch, aber auch neugierig zu ihr blickte.

Sie würde es schaffen. Wie schwer konnte es schon sein, einen kleinen gelben Vogel zu zähmen?

Am Wochenende erschien Zoe trotz leichtem Nieselregen bester Dinge beim Workshop. Turnschuhe und bequeme, wetterfeste Kleidung hatte die nette Frau am Telefon empfohlen und ihr den Treffpunkt durchgegeben: einen Parkplatz am Höhenfelder See. Dort versammelte sich bereits eine Gruppe von zehn Personen. Vier Männer, sechs Frauen. Von gerade frisch erwachsen bis kurz vorm Seniorenalter, von durchtrainiert bis nur sportlich verkleidet war alles vertreten, und man musterte sich mit freundlicher Neugierde. Hinter der einen oder anderen lockeren Bemerkung glaubte Zoe, Angst zu erkennen. Davon fühlte sie selbst ein wenig im Nacken kribbeln, immerhin wusste niemand, was ihnen bevorstand.

«Vielleicht geht es in eine alte Bunkeranlage», mutmaßte eine sehr schlanke Frau mit blonden Haaren. «Dunkelheit und Enge, ihr wisst schon.» Sie grinste, aber ihr schmales, leicht umschattetes Gesicht verriet ihr Unbehagen.

Schlagartig wurde ein älterer Mann mit eckiger Statur bleich wie Fetakäse.

«Das glaub ich nicht, das wäre etwas gemein für den ersten Tag», widersprach eine andere Frau, die am Boden kniete und ihre Schnürsenkel nachzog.

«Ich glaub ja, es geht heute um Hunde», warf ein junges Mädchen ein, dem man nicht nur anhand ihrer schmutzigen Laufschuhe ansah, dass sie häufiger Sport trieb.

«Hunde?», fragte ein gemütlich wirkender Mann mit Bart und Brille, der vor allem durch seinen Jogginganzug in marineblau glänzendem Polyester auffiel. «Wer hat denn bitte Angst vor Hunden?»

Das Sportmädchen warf ihm ein freudloses Lächeln zu. «Jogger zum Beispiel.» Was sie daraufhin nicht aussprach, aber dachte, sah man in dem abschätzigen Blick, der an dem rundlichen Mann herabglitt. Offenbar konnte ihm Sport ihrer Meinung nach nicht schaden.

Die blonde Frau, die das Gespräch begonnen hatte, trat an Zoes Seite. Sie war so groß, dass sie auf Zoe herabsah. «Wir werden es wohl bald erfahren, nicht wahr? Warum bist du hier?»

«Der Klassiker: Spinnen. Ich bin übrigens Zoe.»

«Chiara.» Sie nahm Zoes ausgestreckte Hand, aber auf ihr Lächeln antwortete sie nur mit einem vorsichtigen Zucken der Mundwinkel, als befürchtete sie insgeheim eine Falle. Das Händeschütteln war kurz, gleich darauf strich sie sich in einer gestresst wirkenden Bewegung die knapp schulterlangen Haare hinter die Ohren.

«Schön, dich kennenzulernen, Chiara.»

Ein winziger Hauch Lächeln mehr. «Ja, das denken alle am Anfang. Bei mir sind es übrigens auch die Viecher. Spinnen, Mäuse, Ratten, Kröten – aber in erster Linie alles, was fliegt. Libellen, Fledermäuse, Schmetterlinge ...»

«Schmetterlinge?», unterbrach Zoe sie erstaunt. «Was hast du denn gegen Schmetterlinge?»

Chiara grinste, was wohl kühl wirken sollte, aber durch erneutes, eiliges Zurückstreichen ihrer Haare eher unbeholfen rüberkam. «Insektenspray.»

Bevor sie das Thema weiter vertiefen konnten, hielt ein protziger SUV neben ihnen und ein großer blonder Mann Mitte dreißig stieg aus. Unter seiner geöffneten Funktionsjacke war ein Sprüche-T-Shirt zu erkennen, auf dem groß «Der Preis für Erfolg ist im Voraus zu entrichten» stand. Sein Blick schweifte über die Gruppe und ohne, dass er mehr tun musste, als anwesend zu sein und dabei gut auszusehen, wurde er sogleich zum Zentrum aller Aufmerksamkeit. Das Gesicht der jungen Joggerin leuchtete auf wie angeknipst.

«Na dann, ihr Helden», sagte er, und Zoe war nicht sicher, ob sie Anerkennung oder Spott in seiner Stimme ausmachte. «Ich bin Lars, euer Coach, und wer ihr seid, interessiert mich erst beim nächsten Mal, wenn ich weiß, wer überhaupt dabeibleibt. Anfangen kann jeder. Heute sehen wir, ob ihr überhaupt etwas ändern wollt – ob ihr bereit seid, mutiger zu werden und Grenzen zu überwinden. Wer das nicht vorhat, und mir nicht beweisen kann, dass er es ernst meint, für den ist hier kein Platz. Noch Fragen? – Nicht, dann los.» Und damit setzte er sich im Laufschritt in Bewegung.

Zoe sah sich irritiert in der Gruppe um. Einige Stirnen lagen in ratlosen Falten, und so mancher zuckte mit den Schultern.

«An ein Fitnesstraining hatte ich ja nun nicht gedacht», sagte eine Frau.

«Komischer Typ», ein Mann.

Die junge Joggerin schüttelte den Kopf. «Wir müssen uns vor dem Joggen erst aufwärmen!», rief sie, aber da Lars einfach weiterlief, als interessierte es ihn nicht im Geringsten, was die Gruppe machte, stieß sie noch ein kurzes «Tzz» aus und folgte ihm dann. Die anderen schlossen sich an. Zoe wechselte noch einen kurzen Blick mit Chiara, die zog eine Grimasse, setzte sich aber mit ihr in Bewegung.

Zuerst joggten sie ziemlich weit am Ende der Gruppe durch den Wald, was ihnen die Möglichkeit gab, ein paar Worte über den Coach und seine seltsame Begrüßung zu wechseln, ohne dass der mithörte. Die Baumkronen schirmten sie vor dem Nieselregen ab, doch hin und wieder klatschten ihnen dicke Tropfen auf die Köpfe, die sich in den Ästen gesammelt hatten. Eine nasse Haarsträhne, die sich aus ihrem kurzen Zopf gelöst hatte, ging Zoe auf die Nerven, weil sie ihr ständig wie ein Blutegel im Gesicht haftete. Sie ließ sie schließlich kleben und lief mit Absicht durch eine Pfütze, dass es spritzte. Das Wetter würde ihr nicht die Laune verderben, und richtig klatschnasse Füße waren besser als eklig feuchte Socken. Lars und die junge Joggerin liefen so weit voraus, dass sie meist schon um die nächste Kurve und nicht mehr zu sehen waren. Die ersten der anderen Kursteilnehmer wurden langsamer oder begannen vernehmlich zu keuchen, nur Chiara an Zoes Seite und zwei andere liefen noch mühelos.

«Glaubt, weil er gut aussieht, kann er sich alles erlauben, dieser Coach», fasste Chiara schließlich ihre Meinung über Lars zusammen, nicht ohne sich ein weiteres Mal nervös die Haare hinter die Ohren zu stecken. «Solche Typen kenne ich zur Genüge. Weißt du, was das eigentliche Problem ist?»

«Sag», japste Zoe. Sie war nicht unsportlich – höchstens ein ganz kleines bisschen –, aber im Joggen war sie untrainiert. Lange würde sie nicht mehr durchhalten.

«Die kommen immer damit durch!»

Seite an Seite überholten sie den Mann im blauen Polyesteranzug.

«Vielleicht», erwiderte Zoe, «steckt ja was dahinter ... und wir hecheln hier ... nicht ohne Grund ... durch die Walachei.» Es war kaum vorstellbar, dass diese Workshops so beliebt waren, wenn der Coach seine Teilnehmer aus purem Sadismus Strafrunden laufen ließ, obwohl noch niemand etwas falsch gemacht hatte. «Bestimmt ... kommt gleich ... die logische ... Erklärung.»

«Schätzchen, glaub mir. Diese Typen denken, ihr Sixpack und das Bleaching-Lächeln wären logisch und Erklärung genug.»

Warum tust du dir das Gerenne dann an?, wollte Zoe fragen, aber inzwischen brauchte sie ihren pumpenden Atem allein zum Weiterlaufen. Ihre Beine fühlten sich schwer an, die Brust eng und die Kehle wund. Die Antwort ahnte sie ohnehin: Chiara war genauso neugierig wie sie, was sie gewissermaßen zur Komplizin machte.

Vor ihnen lief eine Frau aus und stützte sich schwer auf die Oberschenkel. «Kann nicht mehr», keuchte sie, ein eher verzweifelter Versuch zu rufen, um vom Coach gehört zu werden. Keine Chance, der war viel zu weit vor ihnen.

Zoe hielt bei ihr an. «Alles in Ordnung?» Als die Frau nickte, sah Zoe sich über die Schulter um. Der Mann, den sie eben überholt hatten, war weiter zurückgefallen. Nun beugte auch er sich schwer atmend vor, schwankte und sackte auf dem Stumpf eines abgesägten Baumstammes nieder. Der würde doch nicht vor aller Augen zusammenbrechen?

«Sofort anhalten!», rief Zoe den Vorauslaufenden mit rauer Kehle nach, drehte sich um und eilte zu dem Mann. Er saß breitbeinig auf dem Stamm, die Ellbogen auf die Knie gestützt, den Kopf fast dazwischen. Seine Schultern hoben und senkten sich mit jedem schweren Luftholen, und aus seinen kurzen Haaren tropften Regen und Schweiß auf den Boden.

«Hey», sagte Zoe leise, «ich bin Zoe. Ist alles okay?»

Er hob den Kopf mühevoll und warf ihr ein verzweifelt höfliches Lächeln zu. «Theobald. Aber alle sagen Teddy.» Das passte zu ihm. Er erinnerte an einen gemütlichen Bären, der sich in sein altes Sportzeug gequetscht hatte, das ihm in den Achtzigern mal gepasst hatte. «Und es geht gleich wieder, brauch nur eine Sekunde.» Seine Stimme widersprach den Worten.

«Du solltest lieber aufstehen und langsam herumgehen. Ist besser für den Kreislauf. Wenn du den Kopf so hängen lässt, wird dir unter Garantie schwindelig.» Wenn es dazu nicht schon längst zu spät war. Er war so rot im Gesicht, als würde ihm gleich der Schädel platzen. «Komm, ich helfe dir!»

«Was ist denn hier los?» Der Coach war hinter Zoe aufgetaucht und zog ein Gesicht, als beleidigte die ungewollte Pause ihn persönlich. Hinter ihm joggte die junge Läuferin auf der Stelle und machte ebenfalls keinen Hehl daraus, wie genervt sie war. «Ah, ich verstehe schon. Der Erste hat bereits keine Lust mehr.»

«So ist es nicht», widersprach Teddy. «Ich kann gleich weitermachen, brauch nur ...» Er brach ab, und Zoe befürchtete, er würde gleich auf den Waldboden kippen.

«Er ist fertig», sagte sie leise zum Coach. «Seine Grenze ist überschritten, schon seit mehreren hundert Metern.»

Der Blick, den sie retour bekam, war pure Herablassung. «Ja, ich seh's. Also bleibt er hier. Kein Grund für dich, ihn zu demütigen, indem du dich als sein Kindermädchen aufspielst.»

Bamm. Das hatte gesessen. Zoe öffnete den Mund und schloss ihn wieder. Teddy, auf seinem Baumstamm sitzend, tat dasselbe, holte aber gleichzeitig vernehmlich Luft.

«Was soll das hier eigentlich werden?», mischte Chiara sich ein. Drei vorbeispazierende Hundebesitzerinnen gingen langsamer. Anscheinend hatten sie gewittert, dass es einen Konflikt zu beobachten gab.

«Eine Vorauswahl», gab der Coach zurück und schenkte Chiara dabei den Hauch eines Lächelns, das an irgendeiner nur vage durchschimmernden Stelle aussagte, dass er es gut meinte. «Ich will sehen, wer bereit ist, sich anzustrengen. Mit allen anderen» – ein Blick zu Teddy – «hat das, was wir vorhaben, keinen Sinn.»

«Das ist doch totaler Schwachsinn», entgegnete Chiara so leise, als würde sie zu sich selbst sprechen, und strich sich die Haare hinters Ohr, obwohl sich kein einziges aus seiner Position gelöst hatte. Ein Windstoß fuhr durch die Baumkronen und ließ Blätter auf sie herabsegeln. Eine hellgrüne Ahornfrucht propellerte auf ihre Schulter und blieb dort liegen. «Er hat sich doch angestrengt», sagte sie etwas lauter. «Schau ihn nur mal an! Es ist ja wohl offensichtlich, dass diese Rennerei hier für ihn eine ganz andere Hausnummer ist als für ein paar andere Teilnehmer. Das ist nicht fair!»

Einige stimmten ihr zögerlich nickend zu, nur die junge Joggerin stieß entnervt die Luft aus. «Regeln sind nun mal Regeln und für alle gleich!»

«Nur auf diese Art ist es fair», sagte der Coach.

«Das ist es nicht», widersprach Zoe, «weil wir eben nicht alle gleich sind. Körperliche Fitness hat doch nichts mit der Bereitschaft, sich zu überwinden, zu tun.»

Chiara nickte. «Wir sind nicht beim Militär.»

Mit einem schiefen Lächeln musterte der Coach erst Zoe, dann Chiara. «Ihr beiden gehört zu der Art von Leuten, die ihre Ängste nie überwinden werden», erklärte er, als wäre es eine sorgfältig gestellte Diagnose, an der die Patienten leider auch mit allem guten Willen nichts ändern konnten. «Weil ihr auf alles eine Antwort habt – eine *Ausrede*, um es konkret zu sagen. Ihr werdet es nie schaffen.»

«Langsam reicht es. Sie sind –», begann Zoe entrüstet, aber er unterbrach sie sogleich.

«Du bist!»

«Wie bitte?»

«Du. Hier gilt das Du. Was also bin ich?»

Zoe hob das Kinn. «Sie sind eines Dus überhaupt nicht würdig. Sie sind ein … Sie!» Potzblitz. Wenn das mal nicht die eleganteste Beleidigung war, die ihr je eingefallen war. «Und Sie bleiben ein Sie!»

«Und du bist ein hoffnungsloser Fall. Geh nach Hause. Für dich kann ich nichts tun.»

Damit ließ er sie stehen und trat zu Teddy, um wie aus großer Höhe auf ihn herabzublicken. «Du kannst also nicht mehr, was?»

«Es ... es geht wirklich gleich wieder.»

«Hm. Wie heißt du?»

«Theobald. Alle nennen mich Teddy.»

«Alle sollten damit aufhören.» Er wandte sich dem Rest der Gruppe zu, Teddy, Chiara und Zoe schienen aus seiner Wahrnehmung verschwunden zu sein. «Für die anderen geht es weiter, los jetzt, zeigt mal, dass ihr stärker seid als der innere Schweinehund.»

«Passiert das gerade wirklich?», fragte Zoe Chiara, als sich außer den beiden und dem keuchenden Teddy die gesamte übrige Gruppe entfernte. Hätte sie doch Kirsten um ihre Meinung gebeten, bevor sie diesen verrückten Kurs gebucht hatte. Sie hätte sich das Geld und die Zeit gespart, wenn sie vorher von den gemeinen Methoden gewusst hätte.

Chiara zuckte mit den Schultern. «Ich sagte es doch. Ich kenn solche Typen. Die wichsen auf ihr eigenes Spiegelbild.»

«Er macht es sich ganz schön leicht», sagte Zoe. Wenn sie sich in Lars hineinversetzte, ergab sein Verhalten plötzlich auf eine gewisse Weise Sinn. «Es geht ihm um seine Erfolgsquote, nicht um den wirklichen Erfolg, Menschen zu helfen, versteht ihr? Er ekelt die Leute weg, von denen er denkt, dass sie es am Ende nicht schaffen, ihre Ängste zu überwinden. So kommt er am Ende zu seiner Erfolgsbilanz.»

«Zumindest bekommt man sein Geld zurück, wenn man aussteigt», sagte Teddy betrübt. «Tut mir leid, Mädels, dass ihr wegen mir –»

«Das war reine Schikane und nicht deine Schuld!», widersprach Zoe energisch. «Und ich will mein Geld auch gar nicht wiederhaben! Wisst ihr, warum? Weil ich nicht aussteige. Das will der doch bloß.»

«Für mich ist der Kurs beendet», erklärte Chiara. «Das ist verschwendete Lebenszeit.»

Damit hatte sie sicher nicht ganz unrecht. Aber Zoe bekam diese Anne nicht aus dem Kopf. Ihre Vorhaltungen, Zoe wäre nur glücklich, solange sie ihre Komfortzone nicht verließ. Sie hatten sich in ihre Gedanken gebohrt wie kleine, feine Splitter, die ständig zwickten. Dieser Workshop hier mit dem hundsgemeinen Coach war so weit außerhalb ihrer Komfortzone, wie Köln von Brasilien entfernt war.

«Ich weiß nicht recht», sagte Teddy und stemmte sich von seinem Baumstamm hoch. «Ich hab sicher noch weniger Lust als ihr, da übermorgen wieder aufzutauchen. Aber andererseits ... dieser Lars würde schon ganz schön dumm gucken, oder?»

Und damit war es für Zoe entschiedene Sache. Bloß Chiara musste sie noch überreden. Und zwar dringend. «Ich hätte jetzt ziemliche Lust auf eine Tasse Tee und ein schönes Stück Kuchen. Mit Sahne, aufs Wohl von Drill-Sergeant Lars. Was meint ihr, suchen wir uns ein nettes Café?»

Chiara mochte nichts mit ihr gemeinsam haben – ihre sarkastische, distanzierte Art fühlte sich an, als wäre sie das pure Gegenteil von Zoe. Das änderte allerdings nichts an der Tatsache, dass sie ihr sympathisch war und Zoe gern mehr von ihr erfahren wollte.

Der trübe Regennachmittag verdunkelte sich zu einem ungemütlichen Abend, was ein guter Grund war, im Café zu bleiben, auch wenn dieses durch seine hektischen Kellner, die enorme Lautstärke und den lauwarmen Kaffee nur halb so heimelig war, wie es von draußen den Anschein hatte. Chiara und Zoe waren allein gegangen, Teddy hatte sie aufs nächste Mal vertröstet. «Ich habe gefühlt alle in Frage kommenden Peinlichkeiten mit netten Frauen im Laufe der letzten zweiundvierzig Jahre durchgemacht», hatte er schmunzelnd gesagt. «Aber noch nie bin ich in einem durchgeschwitzten Polyesterstrampler mit einer ausgegangen – geschweige denn mit zwei. Damit werde ich jetzt nicht anfangen.»

Zoe mochte seinen trockenen Humor und seine selbstironische Art, auch wenn sie das Gefühl hatte, dass er seine Unsicherheiten damit nur oberflächlich abdeckte. Hoffentlich zog er seinen Plan durch, weiter zum Workshop zu kommen.

Chiara war ganz anders und für Zoe noch schwer einzuschätzen. Sie beobachtete sie unauffällig, wie sie auf der Lauer nach Möglichkeiten lag, um einen spitzen Kommentar loszulassen. Dann wurden Chiaras dunkle Augen schmal, und sie schürzte leicht die Lippen, als würde sie flirten. Ein Flirt mit ihrer eigenen Unzufriedenheit und sämtlichen Unzulänglichkeiten, von denen dieses halbherzig geführte Café jede Menge bot – von den eiskalten, schlecht gereinigten Toiletten bis zum angeschlagenen Geschirr. Zoe mochte Sarkasmus bei den meisten Menschen nicht, aber Chiara stand er gut zu Gesicht, zumal sie sich über andere Menschen keinen Hauch mehr lustig machte als über sich selbst.

«Mir wird klar, wie sich der Laden halten kann», meinte sie, zog einen Schmollmund und stocherte in ihrer Aprikosen-Mandelschnitte herum. «Der Kuchen ist so trocken, dass die Gäste literweise Getränke nachbestellen, um nicht an den drögen Krümeln zu ersticken. Darüber lachen die sich doch in der Küche selbst kaputt, oder? Die haben großes Vergnügen darin, dieses Vergnügen anderen vorzuenthalten – anders kann ich mir so etwas nicht erklären.»

Zoe schob einen Happen Marzipan-Apfeltorte auf dem Teller hin und her. «Meiner schmeckt leider auch überhaupt nicht. Schade um die schönen Zutaten.»

«Und schade um die gute Lage. Aus dem Laden könnte man richtig was machen.» Chiara seufzte. «Ich habe früher immer davon geträumt, ein Café aufzumachen.»

Überrascht legte Zoe ihre Gabel zur Seite. «Wirklich? Ich auch! Ich bin gelernte Konditorin und habe eine Weile in der Gastronomie gearbeitet, um Erfahrungen zu sammeln. Mein Traum war eine Confiserie. Es scheiterte bei mir aber lange am Startkapital. Um ehrlich zu sein, spare ich seit fast zehn Jahren darauf.» Nun ja. Zumindest nahm sie sich jedes Jahr zu Silvester konsequenteres Sparen vor und hielt es auch jedes Mal so lange durch, bis ein Plattenladen, eine Vintage-Boutique oder eine Buchhandlung vor ihr auftauchten und mit ihren Versuchungen so viel stärker waren als gute Vorsätze. «Leider kann ich besser Geld ausgeben als sparen. So hat nun mal jeder sein eigenes Talent.»

«Ist ja ein Ding! Ich hatte früher ganz ähnliche Pläne. Aber dann ...» Die Pause, die Chiara setzte, wirkte erstaunlicherweise nicht wehmütig, sondern eher glücklich. «Dann wurde ich schwanger. Und als alleinerziehende Mutter überlegt man sich zweimal, ob man sich selbständig macht. Inzwischen ist meine Tochter Lena schon acht, aber irgendwie bin ich in meinem Büro festgewachsen.»

«Was machst du denn jetzt?»

«Buchhaltung.» Chiara nahm einen Schluck Kaffee, als müsse sie Zeit schinden. «Ich weiß, das klingt schrecklich, aber du musst mir kein Beileid aussprechen. Ich mag meine Zahlen. Sie sind zuverlässig, ehrlich und diskutieren nicht mit mir herum. Außerdem» – ein weiterer Schluck Kaffee – «wird der Job gut bezahlt.»

«Das ist wichtig, wenn man Familie hat.»

«Familie.» Chiaras Blick wanderte aus der großen Fensterfront ins Dunkel draußen. «Das klingt groß. Mehr als eine Mutter mit ihrer Tochter.»

Zoe schüttelte den Kopf. «Wer sagt denn, dass es mehr zu einer Familie braucht? Meine Mutter war auch alleinerziehend.»

«Manchmal ist das sicher besser, als ein zweites Kind mit durchzufüttern, nur um nicht ohne Mann dazustehen.» Chiara schüttelte den Kopf, als hätte sie etwas Dummes gesagt. Für einen kurzen Moment erschien sie viel älter als zuvor, doch dann lächelte sie, und der Eindruck verschwand so schnell, wie er gekommen war. «Magst du ein Foto von Lena sehen? Sag nicht nein, du musst!»

«Unbedingt!»

«Warte.» Chiara wischte auf ihrem Handy herum und hielt es Zoe dann vor die Nase. «Schau. Ist sie nicht bildschön?»

«Das ist gar kein Ausdruck!» Das Mädchen trug ein weißes Balletttrikot, die Haare hatte es zu einem Dutt hochgesteckt, aus dem sich einzelne Locken stahlen und vermuten ließen, dass die Haare im offenen Zustand einer wilden Löwenmähne glichen. Chiara hatte ihrer Tochter ihre hohe Stirn und die prägnanten Wangenknochen vererbt, was ihr eine herbe Schönheit jenseits von hübsch verlieh. «Du bist bestimmt so stolz, dass du fast platzt, oder?»

«Das kann man wohl sagen.» Chiara lächelte das Foto an, ehe sie das Handy wegsteckte. «Was ist mit dir, Zoe? Willst du Familie? Hast du einen Mann? Oder einen Freund?»

«Ich bin glücklicher Single und werde es bleiben.» Die Worte kamen zu schnell, fühlten sich halbgar und zu süß im Mund an, und zu allem Überfluss versetzte ihr ein plötzlicher und unerwarteter Gedanke an Tobias einen Stich. Sie schob sich eine Gabel voll Kuchen in den Mund, auch wenn das krümelige, übersüßte Backwerk es nicht besser machte. Eine Schande! Kuchen sollte es besser machen – jeder Kuchen sollte das schaffen. Dafür war es Kuchen!

Chiara schien nichts bemerkt zu haben. «Das ist nur vernünftig. Letztlich verzichtet man mit einer Beziehung auf jede Menge Individualität und freie Entscheidungen. Und auch wenn Wolke sieben sich zweifelsfrei ganz wundervoll anfühlt – der Fall ist tief.»

«Das klingt nach schmerzlichen Erfahrungen.»

«Das kannst du laut sagen. Der Vater meiner Tochter war ein verantwortungsloser Vollpfosten vor dem Herrn. Ich habe Jahre gebraucht, um mich danach wieder auf einen Mann einzulassen. Und der …» Sie massierte sich die Stirn. «Sprechen wir nicht drüber, lohnt sich nicht.»

«Männer!», rutschte es Zoe ungewollt heraus.

«Du sagst es. Ich bin keine Männerhasserin – keineswegs. Ich mag Männer. Aber ich mag auch Gnus, Zebras und Elefanten und möchte trotzdem mit keinem zusammenleben. Man gewöhnt sich zu schnell daran. An ihre Eigenheiten, die Tatsache, nicht allein zu sein, und sogar an den Geruch, den sie verströmen. Man gewinnt all das lieb. Und dann passt man einmal nicht auf, und plötzlich bricht ihr Instinkt durch, und sie sind weg. Unaufhaltsam wie eine Stampede.»

«Und dein Glück», sagte Zoe und hob ihre Tasse mit lauwarmer Plörre darin, um Chiara zuzuprosten, «gerät unter die Hufe und wird niedergetrampelt.»

«Da wächst kein Gras mehr. Besser, man zieht einen Zaun um das, was man behalten möchte.»

Zoe stützte die Ellbogen auf den Tisch und sah sich um. Am Nebentisch giftete sich ein Pärchen über die Kerzen und staubige Stoffblumendeko hinweg an. Denen schmeckte der Kuchen auch nicht, aber anstatt zu gehen, gaben sie sich gegenseitig die Schuld daran.

Ich wäre ohnehin lieber … Ja, du weißt natürlich alles besser … Alles muss nach deiner Nase … Immer dasselbe, erst keine Meinung und dann motzen …

Etwas weiter in Richtung der Eingangstür saß eine farblose Frau zwischen drei zankenden Kinder, und gab sich größte Mühe, die krakeelenden Kehlen abwechselnd mit zu großen Waffelstücken vollzustopfen.

«Man sollte sich wirklich überlegen, ob man sich das antun muss.» Chiara schob ihren Kuchen von sich. «Es zeigt sich nämlich immer wieder: Frauen sind allein am Ende doch besser dran. Du musst nur mal Rentner beobachten, die das ganze Drama hinter sich haben. Alleinstehende ältere Frauen gehen zum Kegelclub, zum Bridge, oder sie belagern in schwatzenden Gruppen sämtliche Cafés, wo der Kaffee schmeckt. Sie stehen morgens auf, halten ihre Wohnung in Schuss, sitzen regelmäßig beim Friseur und stehen ihre Frau, selbst wenn die Umstände schwierig sind. Und Männer? Die werden im Alter einfach noch sonderbarer als vorher.»

Zoe musste grinsen. Pauline und Julius – die einzigen alten Leute, die sie näher kannte – trafen diese Schablone, als hätte Chiara sie um sie herum gezeichnet.

«Und bei Paaren ist es noch viel schlimmer, wenn sie wirklich so lange beisammenbleiben», fuhr Chiara fort. «Dann entwickelt sich der Mann nämlich zurück, und die Frau wird wieder zur Mutti, die sich kümmert und Schnittchen schmiert und daran erinnert, dass die Socken rechtzeitig gewechselt werden.» Sie schüttelte den Kopf, ihre hinters Ohr geklemmten Strähnen lösten sich, und sie strich sie sofort wieder zurück. «So gern ich Mutter bin – aber als ewiges Mütterchen für ein zahn- und haarloses Riesenkleinkind möchte ich niemals enden!»

«Ich glaube, du bist die erste Frau, die ich treffe, die das auch so sieht.»

«Die erste, die es zugibt», korrigierte Chiara mit erhobenem Zeigefinger. «Die meisten haben halt Angst vor dem Alleinsein und nehmen alle Widrigkeiten auf sich, um es nicht sein zu müssen.»

Dabei kann man sich gut daran gewöhnen, dachte Zoe, sprach es aber nicht aus, um nicht biestig zu wirken. «Und was entgegnest du Leuten, die dir sagen, dass sich doch insgeheim jeder nach Partnerschaft, Liebe und Familie sehnt?» Ihr selbst fiel darauf meist keine Antwort ein, außer einem lapidaren: Mir fehlt im Augenblick nichts davon – warum sollte ich mir Sorgen über ungelegte Eier machen.

«Jeder», wiederholte Chiara sarkastisch und schnaubte. «Ich glaube, neben Gier nach Macht oder Geld ist das größte Problem der heutigen Zeit die Tatsache, dass Leute sich herausnehmen, besser darüber Bescheid zu wissen, was ihr Gegenüber denkt, braucht oder will, als dieses Gegenüber selbst. Die Leute behaupten alle, ach so tolerant zu sein. In Wahrheit ist ihre Toleranz aber nur Mitleid, und sie warten darauf, dass derjenige, der anders lebt, zur Besinnung kommt und von ihrem guten Vorbild auf die richtige Spur geführt wird. Die wenigsten Leute akzeptieren es doch aus vollem Herzen, wenn man sich für eine andere Lebensart entscheidet.»

Da sprach Chiara ein wahres Wort gelassen aus. Wie oft hatte Zoe schon den Satz gehört, dass sie sicher umdenken würde, wenn erst der Richtige käme. Und wer es nicht aussprach, der legte die Aussage in einen milden, nachsichtigen Blick: Irgendwann kommst du zur Vernunft, Zoe.

«Entschuldigung», unterbrach Chiara plötzlich Zoes Gedanken und sah sie ertappt an. «Ich wollte dich nicht mit meinen Ausführungen langweilen. Smalltalk liegt mir nicht so, ich gehe manchmal etwas zu forsch ans Eingemachte. Tut mir leid, wenn ich dich damit überfallen habe.»

«Muss es wirklich nicht!», erwiderte Zoe, und auf Chiaras Gesicht entstand ein Lächeln, als sie weitersprach. «Ich finde das Eingemachte viel interessanter als die Oberfläche.» Vor allem, da sie trotz unterschiedlichem Charakter viel gemeinsam zu haben schienen. Chiara zählte mit Sicherheit zu den Menschen, die über *London Calling* nur sarkastische Bemerkungen äußern und dafür die Lacher einstecken würde. Trotzdem fühlte Zoe eine Verbundenheit, wie sie sie nur ganz selten bei jemandem entdeckte, und der Eindruck, Chiara würde das ebenso sehen, verstärkte das noch.

«Ich auch», stimmte Chiara zu. «Ich weiß gern sofort, woran ich bin und wie mein Gegenüber denkt. Man verschwendet doch viel zu viel Zeit dabei, Menschen scheibchenweise hinter die Maskerade zu blicken, um am Ende zu merken, dass da drunter jemand ist, mit dem man gar nichts anfangen kann.»

Die Montagmorgen-Kundin kam zwanzig Minuten zu früh, und Zoe trug noch Haremshose, Schlabbertop und Plüschsocken. Daran war nun nichts mehr zu ändern, sie nutzte die Zeit, in der die Kundin die Treppen nach oben stieg, um sich zumindest einmal kurz durch die Haare zu kämmen. Hoffentlich hatte sie keine Nutellareste vom Frühstück im Mundwinkel.

Die Dame war überraschend streng zurechtgemacht für den Anlass. Graues Kostüm, schmale, goldene Brille, streng hochgesteckte Haare. Hätte Zoe nicht gewusst, dass die Kundin gleich zur Hochzeit ihres Sohnes gehen würde, hätte sie an eine Scheidung gedacht. Selten, dass solche Leute ihr Aufträge erteilten, aber Zoe hatte bereits für die älteste Tochter der Familie, eine unkonventionelle, kreative Frau in ihrem Alter, eine Torte gebacken, und vermutlich hatte die sie ihrer Mutter weiterempfohlen und war dabei so überzeugend gewesen, dass diese nicht einmal Kostproben hatte probieren wollen. Man müsse schließlich auf seine Linie achten.

«Kommen Sie bitte herein, Frau Garlinger. Ihre Torte steht bereits gut verpackt auf der Anrichte.» Zum Glück hatte sie das gute Stück nicht in der Küche stehen. Allein der kurze Blick, den die Kundin auf sie richtete wie eine Waffe, signalisierte ihr, dass hier große Erwartungen schwer enttäuscht wurden. Vermutlich hatte Frau Garlinger nicht mit einer kleinen Privatwohnung gerechnet, sondern mit einer Patisserie. «Möchten Sie vorher einen Blick darauf werfen?»

Das Gesicht der Dame ließ Zoe bereuen, überhaupt gefragt zu haben. Egal – nur nichts anmerken lassen. Die Torte würde über alle Bedenken erhaben sein – sie war wunderschön geworden.

«Wer von Ihnen ist aufgeregter, Ihr Sohn oder Sie selbst?»,

fragte Zoe lächelnd, während sie die Schleife um den Karton löste und den Deckel anhob. Die Kartonage in Form einer großen, perlweißen Hutschachtel kam schon als kleines Kunstwerk aus dem Großhandel, aber Zoe hatte auch hier mit ein paar filigranen Mustern und Perlen in Creme, Cappuccino und Rosé nachgeholfen, damit sie individueller wurde und zum einzigartigen Inhalt passte.

«Ach», erwiderte Frau Garlinger und tat die Frage mit einer Handbewegung ab, «das ist doch nichts Großes mehr. Die Hochzeit fand am Wochenende statt, die Feierlichkeiten heute sind nur für meine Mitarbeiter. Mein Sohn und seine Frau werden immerhin die Firma erben.»

«Natürlich.» Ein bisschen mulmig war Zoe schon zumute, als sie den Deckel anhob und die Torte zum Vorschein kam. Hoffentlich gefiel sie der Kundin. Sie stellte den Deckel zur Seite und sah Frau Garlinger an. Deren Blick löste sich gerade von der Torte, streifte über den Boden und wurde scharf, als er Zoe erfasste.

«Frau London.» Die Kundin räusperte sich.

Zoe schlug das Herz plötzlich bis zum Hals. Hier stimmte etwas nicht. Hatte die Torte eine Delle abbekommen? War der Fondant flüssig geworden? Sie trat näher und betrachtete alle Seiten. Nein, alles wunderbar. Ein süßer Traum in cappuccinofarbenem Fondant. Die untere und obere Etage hatte sie klassisch rund gestaltet und mit eher nüchternen, symmetrischen Mustern in Rosé verziert, die Mitteletage war quadratisch und als Kontrast zu den scharfen Linien mit Schnörkeln und dem einen oder anderen Herz dekoriert. Einzelne schimmernde Perlen vervollständigten das Ganze und wogen die Torte aus: romantisch, aber nicht kitschig. Modern, aber nicht kühl.

«Frau London», wiederholte Frau Garlinger, und an den Fältchen um ihren Mund ließ sich nun auch ohne jegliches Talent im Lippenlesen erkennen, dass sie alles andere als zufrieden war. «Das sieht ja zweifelsfrei ganz nett aus. Aber das ist doch keine Hochzeitstorte!»

Ei der Daus! Was sollte das sonst sein? Zoe biss sich auf die Zunge, denn alles, was ihr im ersten Moment einfiel, war reichlich ungeeignet, um die Kundin irgendwie doch noch zufriedenzustellen. «Hatten Sie andere Vorstellungen?», fragte sie beherrscht und kramte in ihrer Handtasche an der Garderobe nach ihrem Notizbuch, in das sie alle Kundenwünsche bei den Planungen notierte. Sie wusste noch auswendig, was Frau Garlinger gesagt hatte, aber es war eine gute Idee, ihre Hände zu beschäftigen, die ansonsten sicher zitterten. Es war noch nie vorgekommen, dass sich eine Kundin so bodenlos unzufrieden äußerte.

«Das», sagte die Garlinger, als sei die Torte irgendetwas Ekelerregendes, «ist dem Anlass einfach nicht angemessen. Wir feiern die Vermählung meines Sohnes. Des neuen Inhabers meiner Firma! Verstehen Sie mich bitte, aber da braucht es doch eine klassische Torte.»

Zoe wandte sich der Kundin wieder zu und schielte dabei einen Moment auf ihr Spiegelbild über der Kommode. Na also, das Lächeln saß noch. «Wir hatten ein Briefing bei Ihnen im Büro, Frau Garlinger. Ich kann mich noch gut erinnern, aber ich habe natürlich auch noch die Notizen hier. Die Beispielvorlagen klassischer Hochzeitstorten, die ich Ihnen gezeigt habe, konnten Sie nicht überzeugen.» In Wahrheit hatte sie die Mappe kaum angesehen. Vermutlich war ihr ihre Zeit zu schade gewesen. «Sie baten mich, ganz kreativ zu sein, und etwas nach meinem Geschmack zu gestalten, weil Sie den

Anschein hatten, dass dieser mit dem Ihrer Schwiegertochter übereinstimmen könnte.»

Oha. Da, Zoe hatte es gesehen. Bei der Erwähnung der Schwiegertochter flogen kleine, messerscharfe Falten über die Augenpartie der Kundin. Die beiden hatten sich offenbar schnell in die Wolle bekommen – die arme frisch verheiratete Frau war zu bemitleiden.

«Trotzdem», beharrte Frau Garlinger und zog die Brauen hoch. «Hochzeit! Verstehen Sie? Da braucht es Rosen. Und so ein ... ein Pärchen obendrauf, das gehört einfach dazu.»

In Gedanken holte Zoe ein Brautpaar aus Plastik aus der Küche, um es mit einem herzlichen «Voilà!» vor Frau Schwiegermutters Augen bis zu den Hüften in die obere Tortenebene zu rammen. Zur Umsetzung dieser verlockenden Phantasie kam sie nur deshalb nicht, weil sie solch altbackenen Schnickschnack nicht im Haus hatte. Wie schade. Sie würde das noch heute ändern. Eine gute Vorbereitung war alles!

«Rosen, sagen Sie. Und ein Pärchen.» Zoe überflog die Notizen in ihrer Kladde, wissend, dass sie nichts davon darin finden würde – und zwar keineswegs, weil sie versäumt hatte, es aufzuschreiben. «Tut mir leid, Frau Garlinger, aber davon haben Sie bei der Planung nichts gesagt, sonst hätte ich das gern für Sie umgesetzt. Sie sagten, Sie würden mir völlig freie Hand lassen. Und ich solle eine Torte gestalten, wie – ich zitiere – ich sie selbst bei meiner Hochzeit gern hätte.» Die Höflichkeit untersagte ihr, darauf hinzuweisen, dass sie ihr nach der Planung der Torte ein Konzept geschrieben und per E-Mail geschickt hatte, um unangenehme Überraschungen zu vermeiden. Frau Garlinger hatte allerdings nicht darauf reagiert, lediglich ihre Sekretärin hatte ihr einen freundlichen Einzeiler geschrieben und den Erhalt der Mail bestätigt.

Die Kundin atmete hörbar aus. «Aber Blumen, Frau London. Blumen will ja wohl jede Frau auf ihrer Hochzeitstorte.»

Zoe musste an Chiara denken, und fast hätte sie losgelacht. Ein erneuter Blick in ihre Unterlagen lenkte sie davon ab. «Sie haben beim Briefing leider kein Wort über Blumen verloren. Ich versuche wirklich sehr, auf die Wünsche meiner Kunden einzugehen – aber dazu muss ich sie natürlich kennen.»

«Das da», Frau Garlinger deutete mit einem spitzen Zeigefinger auf die Torte, als wolle sie ihn gleich tief in das verhasste Objekt bohren, «trifft meinen Geschmack leider in absolut keiner Weise. Damit kann ich den Mitarbeitern in meiner Firma nicht unter die Augen treten.»

Zoe atmete durch. Einundzwanzig, zweiundzwanzig, dreiundzwanzig. Es war leider keine Option, dieser Nörglerin die Torte ins Gesicht zu klatschen wie in einer billigen Sitcom. Manchmal war es zu bedauerlich, nicht in einer billigen Sitcom zu leben. «Schauen Sie, ich möchte ja, dass Sie zufrieden sind. Für eine Modellage aus Blütenpaste ist es nun leider zu spät – so etwas muss gut durchtrocknen, damit es hält.» Davon abgesehen würde es auch nicht besser zum Design dieser Torte passen als ein Plastik-Kitschpärchen. Aber wer weiß, auf welche geschmacklosen Ideen diese Frau kommen würde. «Wenn Sie mir allerdings eine Stunde Zeit geben, könnte ich die Ornamente floral umgestalten und mit ein paar angedeuteten Blüten, Ton in Ton –»

Frau Garlinger schüttelte entsetzt den Kopf, als hätte Zoe vorgeschlagen, die Torte wie beim Kindergeburtstag mit bunten Schokolinsen und Gummibärchen aufzupimpen. «Nein, Frau London, aber das geht so nicht. Ich fürchte, so kommen wir nicht zusammen.»

«Und das bedeutet nun?»

«Dass ich mich leider anderweitig umsehen muss. Ich hatte eine Hochzeitstorte bestellt. Da werde ich Ihnen diesen Kuchen sicher nicht abnehmen.»

Gegen Mittag verließ Zoe mit der riesigen Schachtel das Haus, schleppte sie über die Straße und bugsierte sie in die Bahn, wo die Torte in ihrer edlen Verpackung auf einem Sitzplatz thronte wie eine Königin am besten Platz der Tafel, während Zoe einer schüchternen Zofe gleich daneben stehen blieb und entschuldigend Leute anlächelte, die auf der Suche nach einem freien Platz weiter nach hinten durchgehen mussten. Als sie ausstieg, hatte der Wind aufgefrischt, einmal blies er so stark gegen die Schachtel, dass sie ihr fast aus der Hand gefallen wäre. Wie durch ein Wunder bekam sie die Torte unfallfrei in die Redaktion.

«Hab Kuchen mitgebracht!», brüllte sie und drückte Nina den Karton in die Hände.

Nina antwortete mit einem erstaunten «Uff, ganz schön schwer. Hast du Geburtstag, Zoe, und ich habe es vergessen? Warte mal, bei dem Gewicht muss ich mich korrigieren. Haben wir alle Geburtstag und haben es vergessen?»

Zoe streifte sich die Schuhe von den Füßen, kickte sie ins Regal und eilte zu ihrem Büro. «Heute haben bestimmt unglaublich viele Leute Geburtstag», sagte sie im Vorbeigehen zu Nina. «Also jede Menge Grund zu feiern – und für Torte sollte es auch keinen Grund brauchen. Schneid sie doch schon mal an, bitte.»

Nina blieb verdattert zurück, aber Zoe würde ihr später erklären, wo der Kuchen herkam. Ihr war während der Bahnfahrt ein Gedanke gekommen – sie musste rasch telefonieren. Roberta saß an ihrem Laptop und sah nur für ein kurzes «Hallo» auf, während Zoe sich noch in ihrem dünnen Mantel an den Schreibtisch sinken ließ, ihre Handtasche auf ihrem Schoß platzierte und ihre Kladde ausgrub, um eine Telefonnummer herauszusuchen. Da waren die Notizen, die sie gesucht hatten: die Kontaktdaten von Maurice.

Hinter ihrem Rücken wurde die Bürotür geöffnet, und Nina sah sie aus großen Kulleraugen an. «Die Torte ist kein Ausstand, oder?»

«Sapperlot, wie kommst du darauf?»

Nina zog einen Mundwinkel zu einem schiefen Grinsen hoch, wodurch sie jedes Mal wie ein frecher Junge aussah. Ein bildhübscher, frecher Junge. «Ich dachte halt ... ich meine ... er könnte dich wirklich gefeuert haben.»

«Tobias?», rief Roberta erschrocken, während Zoe gleichzeitig «Der Chef?» ausstieß.

«Nein», fuhr sie schnell fort. «Niemand hat mich gefeuert, keine Angst.»

Nina atmete erleichtert aus, schloss die Tür und stieß sie dann wieder auf. «Und gekündigt hast du auch nicht, oder?»

Lachend schüttelte Zoe den Kopf. «Hol dir ein Stück Torte, Nina. Ich schwöre dir, sie ist absolut ungefährlich. Ich erzähle dir gleich, wo sie herkommt, ich muss erst einen Bekannten anrufen.»

«Als ob Tobias Zoe feuern würde», murmelte Roberta und beugte sich mit einem Lächeln wieder über ihre Tastatur.

Maurice hieß im wahren Leben Moritz, aber als Hochzeitsplaner entsprach der französisch angehauchte Name ebenso wie der leicht nasale Akzent, den er seinen Kunden gegenüber hören ließ, einem Klischee, das seinen Erfolg, wenn nicht ausmachte, dann doch zumindest vergrößerte. *Maurice* hatte jede Menge Hochzeiten organisiert, in jedem Fall die von Frau Garlingers ältester Tochter. Womöglich auch die des Sohnes. Mit der Torte, die eben während der Bahnfahrt völlig deplatziert neben ihr gestanden hatte – buchstäblich bestellt und nicht abgeholt –, war Zoe ein Verdacht gekommen, den sie nun bestätigt oder ausgeräumt haben wollte. Und was mache ich dann mit der Erkenntnis?, fragte sie sich kurz, während sie wählte, doch da erklang schon das erste Freizeichen, und Maurice hob nach dem zweiten ab.

«Hier spricht Maurice, was kann ich für dich tun?», näselte er durch die Leitung.

«Hallo, Moritz, hier ist Zoe.»

«Zoe! Hi, schön von dir zu hören. Wie geht es dir?» Schlagartig knipste er den Akzent aus – aus Maurice, der Herr über Glamour und Glitter, wurde Moritz, ein freundlicher, aber knallharter Geschäftsmann. Sobald seine Kunden außer Reichweite waren, dachte er vor allem an Zahlen, Finanzen und Gewinnspannen, und Traumschlösser, Feuerwerk, Brautsträuße sowie langsame Walzer waren nur mehr Handelswaren, mit denen er seine Ziele erreichte. Zoe hatte sich bereits das eine oder andere Mal gefragt, ob er tatsächlich so für seine Arbeit brannte, wie es den Anschein hatte, wenn er gelassenen Schrittes, aber mit vor Aufregung geröteten Wangen zwischen Pfarrer, Catering und Band hin und her lief und jeden Beteiligten zur Perfektion antrieb, oder ob es zur Gänze Show war und er die Maske nach Feierabend erleichtert abstreifte und genervt in eine Ecke warf. Aber da sie ihn nie ein böses Wort über einen anderen Menschen hatte verlauten hören, mochte sie ihn, egal, wie die Antwort ausfallen würde.

«Ganz gut», sagte Zoe und legte sehr bewusst einen Unterton in die Worte, der Zweifel in Moritz wecken würde. Tut mir leid, dachte sie, aber ich komme jetzt nicht um eine kleine Notlüge herum, ohne die Kundin völlig bloßzustellen. Und das wäre zutiefst unprofessionell und rächte sich in ihrer Branche immer früher oder später. «Moritz, ich hab ein Problem! Ich fürchte, ich habe großen Mist gebaut.»

«Was ist denn passiert?» Moritz klang besorgt.

«Es ist wegen der Feier heute bei Frau Garlinger – der für ihre Belegschaft. Du organisierst die doch auch, oder?» Oh, hoffentlich!

«Ja», erwiderte er verwirrt. «Aber dass du dabei bist, wusste ich gar nicht. Und, Zoe, du weißt ... Datenschutz und so, nicht wahr?»

«Oh, es ist nicht, was du denkst! Ich will keine Kundendaten von dir.»

«Hatte mich schon gewundert.»

Zoe musste grinsen. Sie wusste sehr gut, dass alle gefragten Hochzeitsplaner ziemlich genervt von den Freelancern waren, die ständig deren Kontakte nutzen wollten. Darauf hatte sie vom ersten Tag an verzichtet, und vermutlich wurde sie genau deshalb so gerne von Moritz empfohlen. «Du kennst mich doch», schimpfte sie amüsiert, um dann gleich wieder ernst zu werden. «Nein, mir ist wirklich was ganz unverzeihlich Blödes passiert. Ich habe heute in meiner Ablage die Notizen zu einem Planungsgespräch mit Frau Garlinger gefunden – es ging um eine Torte. Für heute!»

Moritz gab nur ein ahnungsloses Brummen von sich.

«Ich bin nicht mehr ganz sicher, ob sie den Auftrag storniert hat oder ob ich ... Mensch, Moritz, ich fürchte, ich habe die Torte vergessen.» Zoe biss sich auf die Lippen. Nur eine

Notlüge, entschuldigte sie sich vor sich selbst. Niemand kam zu Schaden.

Moritz lachte erleichtert auf. «Nein, da machst du dir völlig umsonst einen Kopf, keine Sorge. Die Garlingers hatten sich sowohl für die Hochzeitstorte am Wochenende als auch für die heutige Feier für die Konditorei Weißmann entschieden. Die Torte ist da, die kam heute Morgen schon ganz früh. Und unter uns: Sie ist – genau wie die am Samstag – geschmacklos, in jedem nur erdenklichen Sinne. Aber sie war billig.» Er gab ein kleines, herablassendes Geräusch von sich, das Zoe vermuten ließ, dass Frau Garlinger in mehreren Punkten von den Planungen abgewichen war, um preiswerter zu feiern.

«Da bin ich erleichtert», sagte sie und meinte es auch so. Schwiegermutter war also verstimmt und hatte den Brautleuten das Budget gekürzt. Das machte ihr Verhalten Zoe gegenüber nicht besser – sie erst arbeiten und dann mit der Torte stehen zu lassen, statt einfach rechtzeitig abzusagen, war eine Frechheit –, aber Zoe war froh, Gewissheit zu haben, dass sie nicht schuld war. Sie verabschiedete sich von Moritz.

«Wir sehen uns, wenn es die Nächsten nicht lassen können», sagte sie scherzhaft, legte auf und blickte zu Roberta, die sich zurückgelehnt hatte, um sie anzusehen. «Torte?», fragte sie.

Roberta strahlte zunächst auf wie ein Scheinwerfer, dann runzelte sie die Stirn. «Wart mal, Zoe. Sagtest du nicht, du hättest eine Torte vergessen? Hast du sie in deiner Handtasche vergessen und mit in die Redaktion gebracht?»

«Vergiss es einfach», erwiderte Zoe seufzend und ging mit Roberta zur Küche, wo sich bereits der größte Teil der Redaktion um Nina versammelt hatte, die Tortenstücke auf Teller schaufelte. Hinter dem Rücken der Kollegen blieb Zoe stehen. Sie setzte gerade dazu an, Roberta zu erklären, warum die Torte wirklich übrig geblieben war, da hörte sie ihre Kollegen spekulieren und hielt sich einen Finger an die Lippen, damit Roberta einen Moment still war.

«Sie tut mir so leid», sagte Nina gerade. «Wie mag sie sich jetzt fühlen? All die Vorbereitungen umsonst. Arme, arme Braut.»

«Ach was», erwiderte Kirsten kühl. «Klar, die ernährt sich jetzt ein paar Tage lang von Schokoladeneis und Rotwein, aber am Ende wird sie einsehen, dass sie im letzten Moment noch mit heiler Haut davongekommen ist. Der war bestimmt ein Arsch.»

Klaas stöhnte. «Ihr seid heute gar nicht sexistisch, oder? Da fällt eine Hochzeit aus – und schon ist für euch klar, dass die Braut zu bemitleiden ist und der Kerl dementsprechend ein Arschloch sein muss. Es lebe das Vorurteil. Vielleicht hat sie ihn ja sitzengelassen, und er isst jetzt Vanilleeis mit Rotwein.»

«Klar», sagte Kirsten sarkastisch und verstrubbelte Klaas die Frisur; eine beinah liebevolle Geste, wenn auch etwas rabiat ausgeführt. «Und er heult sich gerade die Augen nach ihr aus. So was kommt ja ständig vor.»

«Viel häufiger, als du denkst. Du hast einfach überhaupt keine Vorstellung, wie grausam Frauen sein können.»

«Und du meinst, das wüsste ich nicht selbst? Hey, ich date Frauen!»

Zoe wollte auf sich aufmerksam machen, da bemerkte sie Tobias, der ein großes Stück Torte auf dem Teller balancierte und sich den ersten Bissen zwischen die Zähne schob. «Euch geht die Phantasie durch», sagte er mit vollem Mund. «Hm, das schmeckt echt gut. Aber ihr irrt euch leider alle.»

«Wieso?», fragte Klaas, Nina zog fragend die Brauen hoch,

und Kirsten grinste provokant. «Weißt du es mal wieder besser, Chef?»

Tobias sah von den Kollegen zur Torte und zurück. «Klar. Niemand heult, weil überhaupt keine Hochzeit ausgefallen ist.»

Der Chef sprach das derart selbstsicher aus – er wusste sicher ganz genau Bescheid. Aber woher? Ob er das Brautpaar kannte? Oder gar die fiese Frau Garlinger? Papperlapapp – das machte keinen Unterschied. Zoe wollte seine Aussage gern bestätigen, doch der Chef war noch nicht fertig.

«Vermutlich haben wir irgendeinen verdammt wichtigen Geburtstag vergessen. Leute, denkt mal bitte nach, welchen. Das sieht nicht mal annähernd wie eine Hochzeitstorte aus.»

«*London Calling*, meine Lieben, hier ist eure Zoe London aus der überzuckertsten Redaktion diesseits des Rheins. Hier bei uns torkeln alle wie trunken über die Gänge und reiben sich die Bäuche, und das nur, weil jemand sehr, sehr gemein zu mir war.

Meine Rache war fürchterlich: Ich brachte Torte mit zur Arbeit.

Und wir reden hier nicht von einer Käsesahnetorte, eigenhändig aus der Tiefkühltruhe gehoben und selbst aufgetaut. Nein. Wir sprechen von einer ganz hinterhältigen Gemeinheit – dreistöckig. Buttercreme mit Pfirsich und Maracuja unten. In der Mitte Schokoladencreme in drei verschiedenen Schichten mit unterschiedlichem Kakaogehalt – durchzogen von zartem Nougat. Und oben französische Buttercreme mit Zitrone und frischen Himbeeren.

Ich kann ein Biest sein, wenn ich möchte. Hier kommt den restlichen Nachmittag niemand mehr schneller voran als ein Zombie aus *The Walking Dead*, denn jede unbedachte Bewegung lässt Hosenknöpfe wie Champagnerkorken durch die Gegend schießen. Die haben sich allesamt überfressen. Und außer mir ist niemand geübt im Sich-an-Torte-Überfressen. Demnach gehört diese Redaktion für die nächsten Stunden mir – und mit ihr auch die Songauswahl, denn niemand kann mich aufhalten. Muhahahar! Ich lasse sie mit den Augen rollen und ihre Ohren zuhalten – aber ich spiele euch nun eine meiner Lieblingsbands – die Stray Cats mit *Rockabilly Rules*. Wir hören uns danach – bis gleich, eure Rockabella-Superheldenschurkin mit ihrer Weltherrschaftstorte!

Da bin ich wieder, meine Lieben, ihr seid immer noch mittendrin in *London Calling* mit einer wildgewordenen Zoe London.

Bevor ich meine Redaktion mit Unmengen Torte schachmatt setzte, hatte ich mir für die heutige Sendung eigentlich etwas ganz anderes ausgedacht. Ich wollte euch einen kleinen Schwank aus meinem Leben erzählen: eine Geschichte von Blumen und warum ich neulich ziemlich sauer wegen ihnen war.

Richtig gehört. Ich war sauer. Wegen Blumen.

Jemand hatte mir Blumen geschenkt – Tulpen in Apricot und Rosa. Das ist nun wirklich nichts Schlimmes, ich selbst verschenke jede Woche Blumen an eine liebe Freundin. Nur ist es so, dass ich mir – im Gegensatz zu dieser Freundin – nichts aus Blumen mache, die man abgeschnitten hat, damit sie für ein paar Tage in einer Vase vor sich hinsterben. Der Anblick macht mich immer ein bisschen traurig, weil man gar nichts dagegen machen kann, dass sie bald die Köpfe hängen lassen und dann ihre Blütenblätter verlieren. Und eigentlich weiß mein gesamtes Umfeld das – diese eine Person wusste es garantiert. Ich bin absolut überzeugt davon, es ihr mal gesagt zu haben. Trotzdem schenkte sie mir Blumen.

Das ist kein Grund, sauer zu sein, findet ihr? Immerhin kann man sich nicht die Vorlieben von allen Menschen merken, vielleicht hatte die Person es vergessen, oder ich habe mich geirrt, und sie konnte es wirklich nicht wissen? Vielleicht hat sie sich auch überhaupt keine Gedanken gemacht und ist davon ausgegangen, dass man mit Blumen nichts falsch machen kann?

Ihr habt recht. Ich war nicht auf die Person sauer – ich war auf mich sauer. Denn anstatt die Chance zu nutzen, dieser Person freundlich zu sagen, dass ich keine Blumen mag, habe ich Freude vorgespielt.

Oh, die sind ja wunderschön – vielen Dank –, ich freue mich sehr.

Und ich habe überhaupt nicht daran gedacht, was das für die Zukunft bedeutet. Nämlich, dass die Person mir vermutlich spätestens an meinem Geburtstag im Mai wieder Blumen schenken wird, für die sie Geld ausgeben wird und an denen ich mich am Ende nicht erfreuen werde. Ehrlich zu sein hätte mich Überwindung gekostet, und ganz sicher hätte ich mich um Feingefühl und den richtigen Ton bemühen müssen, um nicht undankbar zu erscheinen. Aber am Ende hätten wir mehr Klarheit übereinander gehabt, unsere Beziehung wäre dadurch intensiver geworden – eine Spur tiefer, weiter weg von der stets höflichen Oberfläche und tiefer in den wahren, inneren Kern hinein. Und die Blumen? Vielleicht würden sie dann bei dieser Person im Wohnzimmer stehen, die sich – so wie ich sie einschätze – sicher sehr viel mehr über den Anblick gefreut hätte als ich.

Wenn ich meinen Blumen jetzt beim Verwelken zusehe, frage ich mich manchmal, ob man Beziehungen mit freundlicher Höflichkeit nicht einfriert wie einen See, auf dessen Oberfläche man irgendwann sicher stehen kann. Aber die Tiefen, der Grund des Sees und die Schätze, die da liegen, werden dann unerreichbar.

Vielleicht möchte jemand mit mir am Telefon darüber sprechen? Ruft mich an, solange ihr nicht ausgerechnet die Person seid, die mir die Blumen geschenkt hat. Ich spiele euch derweil Bon Jovi mit *Bed of Roses*. Bett aus Rosen ... nun ja, ob sich das so romantisch anfühlt, wie es klingt? Geschmackssache, vermute ich. In jedem Fall schmerzhaft. Heute kennen wir so was unter dem Roman- und Filmtitel *Shades of Grey*.»

«Was ist los mit dir?», fragte Kirsten, während Zoe den Kühlschrank nach einem Joghurt durchsuchte, der noch nicht allzu lange abgelaufen war.

«Warum?», gab sie harmlos zurück. Nein, keiner der Joghurts konnte ihr Vertrauen erwecken, aber wenigstens fand sich noch ein Glas mit eingelegten Peperoni – die würden ihr nach dem Buttercreme-Berg ohnehin besser tun. Vor der Besprechung mit Tobias über die *Morning Show* am nächsten Tag galt es noch eine gute Stunde Zeit totzuschlagen.

Kirsten betrachtete aus zusammengekniffenen Augen, wie Zoe sich an dem Glas abmühte, das sich einfach nicht öffnen ließ. «Du wirkst heute ein wenig ... emotional verschnupft.

Diese Blumengeschichte eben ... die war so gar nicht flauschig und süß und rosa-zuckerwattig wie sonst.»

«Danke», presste Zoe zwischen den Zähnen hindurch, während sie mit aller Kraft am Glasdeckel zu drehen versuchte. «Dass du mir für meine Sendung mal Komplimente machst!»

«Oh, keine Sorge», flötete Kirsten, «das war keins.»

Zoe musste grinsen. Die kleinen Foppereien mit Kirsten waren wie Peperoni: ziemlich scharf, aber genau das mochte sie an ihnen.

Kirsten suchte im Schrank nach einer sauberen Tasse, fand keine und wusch sich an der Spüle eine benutzte aus. «Wer hat es denn überhaupt gewagt, dir Schnittblumen zu schenken?», fragte sie unschuldig. «Kenne ich ihn?»

Bevor Kirsten das Geschirrtuch nehmen konnte, um ihre Tasse abzutrocknen, schnappte Zoe es ihr vor der Nase weg, hielt es unter den laufenden Wasserhahn und wrang das Tuch wieder aus.

«Hey, was soll das denn?»

Zoe legte es um den Glasdeckel – und endlich ließen die Peperoni die Gegenwehr sein und gaben sich geschlagen. «Niemand hat mir Blumen geschenkt», sagte sie und hielt Kirsten das offene Glas hin, damit sie sich Peperoni herausfischen konnte. Die wedelte angewidert mit der Hand. «Und selbst wenn – ich habe doch gar nichts gegen Blumen. Das war eine Metapher. Ein Bild zur Verdeutlichung.»

«Aah.» Kirsten zog den Laut wie erleuchtet in die Länge und setzte dann nach: «Hab ich leider nicht verstanden.»

Zoe seufzte. Die Anruferin hatte es auch nicht verstanden und ihre Radiozeit dafür genutzt, eine flammende Rede gegen ausbeuterische Blumenfarmen in Afrika zu halten. Am

Ende hatte Zoe ein richtig schlechtes Gewissen bekommen, weil sie sich nie Gedanken über die Herkunft von Blumen gemacht hatte. Sie würde Frau Schuhmacher darauf ansprechen müssen, wenn sie Paulchen am Sonntag Blumen besorgte. Und wenn Frau Schuhmacher nicht ausschließen konnte, dass mit ihrer Ware afrikanisches Grundwasser vergiftet und Menschen ausgebeutet wurden, würde Paulchen in Zukunft mit Kakteen oder Stoffblüten vorliebnehmen müssen. Manchmal war Ahnungslosigkeit ein paradiesisch schöner Zustand.

«Ich frage bloß, weil du normalerweise nicht in Bildern sprichst, Zoe. Ich war ein bisschen irritiert.»

Zoe biss sich auf die Lippe und unterdrückte ein weiteres Seufzen. Ihr ging es nicht anders. Aber ihre Spontanität hatte sie heute im Stich gelassen, und um sich zu öffnen und frei von der Leber weg zu sprechen, wie sie es sonst tat, beschäftigten sie im Moment zu viele Dinge, die einfach nicht für die Öffentlichkeit bestimmt waren.

Kirsten ließ nicht locker. «Sag mal, Zoe. Du wirst doch nicht etwa langsam … erwachsen?»

«Nee. Ich mache ja jeden Scheiß mit, aber irgendwo ist auch mal Schluss.»

«Irgendwann holt es uns aber alle ein. Wirst du nicht auch bald dreißig? Wärst nicht die Erste, die in dem Alter überraschend feststellt, dass die bunten Kleckse draußen gar keine Blumen auf der Sommerwiese sind, sondern weggeworfener Müll auf Asphalt.»

«Ach, deshalb reagieren alle so komisch, wenn ich mich zum Sonnen auf die Straße lege!» Zoe warf ihrer Kollegin einen entnervten Blick zu, die ihre Kaffeetasse in Ermangelung eines trockenen Geschirrtuchs nun kurzerhand an ihrer Bluse abtrocknete. Kirsten frotzelte gerne etwas herum, das gehörte zu ihr wie die Doc Martens an ihren Füßen. Aber heute wirkten ihre Kommentare anders als sonst. Irgendwie giftiger. Beinah ernst gemeint.

«Mein Tag war mies», sagte sie unumwunden und zählte ihre Sorgen an den Fingern ab. «Erstens: Dieses neue Konzept mit den Anrufern ... ist einfach nicht meins und wird nie meins sein. Es läuft recht entspannt, und es geschehen keine Katastrophen. Aber ich fühle mich einfach nicht mehr zu Hause. Zweitens: Meine beste Freundin ist im Begriff, sich den Urlaub zu ruinieren und zur Sommerbräune einen fetten Liebeskummer mit nach Hause zu bringen. Und ich kann mir aussuchen, ob ich ohne eine Warnung zusehe, wie sie sich in die Jauche reitet, oder ob ich etwas sage und sie dann wütend auf mich ist. Drittens: Samstag bin ich einem unfreundlichen, arroganten und klugscheißenden Schnösel auf den Leim gegangen.» Und sie würde es wieder tun – heute Abend bereits – und dafür als Krönung auch noch Geld bezahlen. «Und dann habe ich auch noch diese schöne Torte gemacht, doch die Kundin hat es sich anders überlegt, mir aber nicht Bescheid gesagt, sondern Unzufriedenheit vorgespielt, indem sie meinte, das sei gar keine Hochzeitstorte.»

«Die hat sie hoffentlich trotzdem bezahlt!», unterbrach Kirsten empört, starrte Zoe ins Gesicht und stöhnte dann laut auf. Dabei rollte sie so übertrieben mit den Augen, dass sie sicher Kopfschmerzen davon bekommen würde. «Lass mich raten: Hat sie nicht. Ich kenne dich doch.»

«Ich habe keine Lust, wegen so was am Ende noch eine fiese Bewertung im Internet zu bekommen», murmelte Zoe. Das war allerdings nur die halbe Wahrheit. Das weit größere Problem war, dass sie die Garlinger ja nicht hatte am Kragen festhalten und schütteln können, bis sie die Moneten herausgerückt hatte. «In Zukunft arbeite ich nur noch mit Anzahlung. Aber das war noch nicht alles.» Es war noch nicht mal das Schlimmste.

«Noch mehr?», fragte Kirsten ungläubig.

«Ja. Denn kaum bin ich hier, sagt einer der Kollegen dasselbe wie die blöde Kundin. Dass das wirklich keine Hochzeitstorte ist!»

Kirsten sah sie mitfühlend an. Erstaunlich. Sie arbeiteten schon Jahre zusammen, waren beinah ebenso lange befreundet, doch zum ersten Mal nahm Zoe ein solches Gefühl an ihrer Kollegin wahr. Kirsten nahm sogar Zoes Hand in ihre Hände, während der Kaffeeautomat ihre Tasse vollzischte. «Tut mir echt leid, Zoe. Es sollte eigentlich nur ein Scherz sein, aber ich hatte wirklich recht. Du *wirst* erwachsen.»

Zoe riss sich von ihr los, drehte das Peperoniglas wieder zu und stellte es zurück in den Kühlschrank. «Mach dich nur lustig über mich.»

«Tu ich ja gar nicht. Sei nicht sauer, sonst erkenne ich dich wirklich nicht wieder. Gehen wir heute Abend noch etwas zusammen trinken?»

Zoe schüttelte den Kopf. «Da musst du die anderen fragen, ich habe leider schon was vor.» Hoffentlich fragte Kirsten nicht nach. Nachdem sie sich in ihrer Sendung über diese Anti-Ängste-Workshops amüsiert hatte, wollte Zoe ungern zugeben, dass sie nun selbst hinging.

«Ach so», erwiderte Kirsten, aber irgendetwas an ihrer Stimme kam Zoe merkwürdig vor. Sie klang doch sonst nicht so hoch. Fast, als wäre Kirsten enttäuscht.

«Wir waren doch nicht verabredet, oder?» Hatte sie vielleicht etwas vergessen?

«Nein, ich dachte nur … ist ja auch egal.»

«Nein, ist es nicht.» Zoe wies an den kleinen Frühstückstisch, an dem man zu zweit sitzen konnte, und Kirsten nahm ihre Kaffeetasse und ließ sich gehorsam auf einen Stuhl sinken. «Okay», seufzte sie. «Ich hatte gehofft, mit dir reden zu können.»

Mehr als ein erstauntes «Aha» bekam Zoe nicht über die Lippen, während auch sie sich setzte. Kirsten war nicht unbedingt der Typ Frau, die sich mit anderen zum Reden traf. Zum Trinken – gern. Zum Playstation zocken – auch. Aber zum Reden? «Was ist denn los? Ist etwas passiert?»

Kirsten war anzusehen, dass sie sich ein wenig sträubte. Nervös blickte sie sich in der Küche um, aber alle angrenzenden Türen zu den Büros oder Aufnahmeräumen waren angelehnt oder geschlossen. Solche Ruhe herrschte im Sender nicht oft. Vermutlich sind alle noch im Fresskoma, dachte Zoe mit einem kurzen Blick auf die Torte. Gefühlt schienen nur ein paar Stücke zu fehlen – aber das täuschte bei so großen Backwerken immer. Jeder Anwesende musste mindestens einen Nachschlag verdrückt haben.

«Meine Schwester heiratet», sagte Kirsten schließlich und starrte in die Kaffeetasse, als stünde ihre Zukunft darin geschrieben. «Und ein Baby bekommt sie auch.»

«Herzlichen Glückwunsch?» Zoe spürte das kleine Fragezeichen am Ende des Satzes, das sie nicht hatte dort platzieren wollen. Aber wo lag das Problem? «Hilf mir mal eben – welche deiner Schwestern meinst du denn?»

«Die jüngste», sagte Kirsten, als wäre ihre Antwort ein riesiges Problem. «Damit sind sie alle drei unter der Haube und haben Familie. Und ich», sie seufzte, «ausgerechnet die älteste, bin die ewige alte Jungfer.»

Ihr enttäuschtes Gesicht machte Zoe Sorgen. Kirsten hatte nie Familie gewollt, oder? Ganz im Gegenteil. Ließ sie sich nicht ständig mit scharfen Spitzen darüber aus, wie einengend es war, wenn man Kinder bekam? Als inzwischen fünf-, nein, bald sechsfache Tante musste sie das am besten wissen.

«Lässt dich irgendwer denken, dein Lebenskonzept sei nicht in Ordnung, wie es ist? Machen deine Eltern dir Druck?»

«Das nicht. Aber ich merke doch selbst, dass da etwas fehlt. Etwas, das nun für immer fehlen wird.»

«Jetzt übertreibst du aber. Nur weil deine Schwestern vor dir –»

«Zoe, ich bin siebenunddreißig! Denkst du, da würde noch etwas laufen? Selbst wenn ich jetzt sofort die Frau meines Lebens finden würde – und wie wahrscheinlich ist es, dass die nach all den Jahren gerade jetzt auftaucht? –, glaubst du, die lässt sich binnen Wochen darauf ein, mit mir ein Baby zu bekommen, was für uns ohne Kerl – ich sag's nur ungern – mit gewissen Schwierigkeiten verbunden ist, nur weil meine innere Uhr tickt?»

«Bis zum Countdown ist es ja noch ein Weilchen hin.»

Kirsten lächelte, aber es war nicht echt. «Das sagt meine jüngste Schwester auch. Sie ist aber auch erst zweiundzwanzig, Herrgott, sie war neulich noch ein mit Eis verschmiertes Kleinkind und kriegt nun selber eins. Und ich gönne ihr das Glück ja auch, aber ich bin eben ...» Sie verbarg das Gesicht kurz hinter den Händen; eine Geste, die so hilflos wirkte, dass sie an der sonst so selbstbewussten Kirsten vollkommen fremd wirkte. «Neidisch», führte sie den Satz leise, zweifelnd und beschämt zu Ende.

«Das tut mir leid», sagte Zoe leise. «Es hilft dir vermutlich jetzt nicht, wenn ich dir sage, dass deine Schwestern vermutlich liebend gern mit dir tauschen würden, wenn sie nassgesabbert, vollgeplärrt oder mit Milch bespuckt werden, während du Medienpreise absahnst oder Nächte mit Stars und Sternchen durchfeierst, oder?»

Kirstens Lächeln wurde ein wenig ehrlicher, bevor es wieder verschwand. «Nee. Obwohl ich weiß, dass du recht hast.»

«Hast du mal mit deinen Schwestern darüber gesprochen, wie es dir geht?»

«Noch nicht.» Kirsten holte tief Luft, stieß sie langsam wieder aus und rührte im Kaffee, als wäre es ein heiliges Ritual. «Aber das muss ich wohl, bevor sie mich nicht mehr einladen, weil ich mich aufführe wie die verbitterte, gemeine, alte Klischeetante, die es in unserer Familie nie gab. Im Moment verstehe ich mich selbst nicht. Ich will sie ständig alle sehen und mich über ihre glücklichen Familien freuen – und gleichzeitig werde ich bei jedem Familientreffen immer giftiger und giftiger. Kannst du dir das vorstellen?»

Zoe schüttelte entschlossen den Kopf. «Nein, absolut nicht. Schwer vorstellbar, dass du jemals oder zu irgendjemandem mal nicht giftig gewesen bist!»

Kirsten, die gerade zum Trinken angesetzt hatte, verschluckte sich am Kaffee, würgte hustend ein «Ey, du spinnst wohl!» hervor, musste dann aber doch endlich lachen.

Am Abend kam Zoe beinah zu spät zum Workshop, weil sie doch noch mit Kirsten auf ein Bier in eine verrauchte Bar gegangen war, die die Siebziger offenbar in einer unbedeutenden Nebenstraße vergessen hatten. Kirsten war es gewohnt, sich, ihr Leben und alle Gefühle im Griff zu haben. Mit dem Elend, das ihr jetzt das Herz schwermachte, kam sie allein unmöglich zurecht. Also war Zoe an ihrer Seite geblieben, hatte sich ihren Kummer angehört und dabei zugesehen, wie Kirsten sich einmal die Getränkekarte runter und zur Hälfte wieder rauf trank. Als die Zeit knapp wurde, hatte sie Roberta eine SOS-Nachricht geschickt, und erst nachdem Roberta zum Wachwechsel an Kirstens Seite erschienen war, hatte Zoe es übers Herz gebracht zu gehen. Eilig hetzte sie nun quer durch den Mediapark, wurde von den Menschenmengen vor dem Cinedom aufgehalten und erwischte sich bei dem stets leicht feindseligen Blick zur Flagge vor den Senderäumen von 1Live – dem großen Konkurrenten. Der Park hinter den rund um den Brunnenplatz angeordneten Gebäuden roch verlockend nach frisch gemähtem Gras und brutzelnden Steaks einiger tapferer Grillfreunde, die sich von feuchter Wiese und dem Regenrisiko nicht abschrecken ließen, trotzdem lief Zoe zielstrebig zur Volkshochschule und drückte dreimal hektisch den Fahrstuhlknopf, damit der Aufzug sich auch wirklich beeilte. Zwei Minuten nach acht. Na toll. Der Plan, einfach lässig und vollkommen selbstverständlich im Kursraum zu sitzen, als hätte es die Diskussion im Wald nie gegeben, war so schön gewesen. Leider konnte sie den jetzt knicken. Ihr Handy vibrierte. Zoe sah nach, während sie auf der Suche nach Raum 514 den Gang entlangeilte, und entdeckte eine Nachricht von Chiara.

Wo bleibst du denn?

Frrr. Da vibrierte bereits die nächste Nachricht.

Du kneifst, oder? Na toll!

Endlich hatte sie den richtigen Raum gefunden. Die Tür

war natürlich schon geschlossen, klar. Sämtliche Möglichkeiten, sich unauffällig in den Kurs zu schleichen, dahin.

Egal, dachte Zoe, straffte die Schultern und klopfte so laut gegen die Tür, dass ihre Fingerknöchel schmerzten. Schwungvoll riss sie die Tür auf und lächelte mit einem freundlichen «Guten Abend allerseits» in Richtung der Teilnehmer. «Ich kneife nicht», sagte sie laut zu Chiara, zwinkerte ihr quer durch den Raum zu und ging zu dem Tisch, wo ihre neue Freundin bereits mit Teddy saß und ihr dankenswerterweise einen Platz frei gehalten hatte. Kursleiter Lars, heute erneut mit einem Sprüche-T-Shirt bekleidet – «Wer anderen die Schuld gibt, gibt anderen die Macht» –, ignorierte sie weitestgehend, bloß ein Zurückwerfen ihrer Haare, als sie ihn passierte, konnte sie sich nicht entgehen lassen.

«Oh, eine neue Teilnehmerin», sagte Lars und grinste spöttisch. «Dich habe ich noch nie hier gesehen, oder täusche ich mich? Sagst du uns bitte, wie du heißt?»

Was für ein albernes Spiel er da zu spielen versuchte. Er hatte sie zweifelsfrei erkannt, auch wenn sie am Samstag Sportsachen getragen hatte und heute einen Tellerrock mit Petticoat und Schleifchenpumps. Zoe lächelte bloß zuckersüß und freute sich still, dass sein Grinsen von Sekunde zu Sekunde, in der sie schwieg, schiefer geriet.

«Wie dem auch sei. Schön, dass du dich auch hergetraut hast. Das ist ein Anfang. Nur schlagfertig scheinst du ja nicht zu sein, oder?»

Zoe befand ein allessagendes Schweigen für den Augenblick beredter als jedes Wort. Teddy grinste in sich hinein, und Chiara bekam vor Amüsement rosafarbene Wangen.

«Fangen wir also an», entschied Lars. «Ich bin überaus glücklich, dass alle gekommen sind, auch jene hoffnungslosen Fälle, die am Samstag durch desaströse körperliche Fitness aufgefallen sind. Aber ich sage ja immer, dass jeder irgendetwas besonders gut können muss. Und wenn nicht, dann schadet es zumindest nicht, besonders schlecht zu sein – niemandem nützt das Mittelfeld, und die Letzten erheitern zumindest die Leute.»

«Das geht ja schon wieder gut los», stöhnte Chiara leise. «Sollen wir jetzt danke schön dafür sagen, hier permanent beschimpft zu werden?»

«Dünger-Theorie», murmelte Zoe zurück. Teddy schüttelte den Kopf und legte den Finger an die Lippen, aber zu spät. Lars hatte schon wieder seine Aufmerksamkeit auf sie gerichtet.

«Du möchtest etwas beitragen. Toll! Lass uns an deiner Erkenntnis teilhaben!»

War dieser fleischgewordene Ken ohne Barbie etwa bei ihrem alten Physiklehrer in der Lehre gewesen? Die Masche kam ihr so bekannt vor. «Ich erklärte meiner Tischnachbarin gerade, welche psychologische Theorie Sie hier gerade anwenden, um dafür zu sorgen, dass wir für unsere Kursgebühren auch einen Vorteil erhalten.»

«Ach. Wirklich?»

Ein paar Teilnehmer wandten sich auf ihren Stühlen zu Zoe um. In der ersten Reihe saß die junge Joggerin, die dem Coach schon am Samstag nicht von der Seite gewichen war, und gab sich größte Mühe, Zoe mit Blicken zu erdolchen. Sie hatte sich geirrt: Ken hatte seine Barbie sehr wohl dabei.

Zoe nickte freundlich. «In der Psychologie nennt man es die Dünger-Theorie. Dabei lädt man haufenweise Mist auf Menschen ab, schüttet sie regelrecht zu mit verbalen Ausscheidungen. Nun erwartet man, dass sie daran wachsen.

Eine interessante Theorie, aber – verzeihen Sie mir, wenn ich kurz meine persönliche Meinung dazu verlauten lasse – mir stinkt sie ziemlich.»

Die Jogger-Barbie spuckte ein verächtliches «Tzz» aus, was Zoe nicht weiter irritierte. Sie war sicher, dass die junge Frau heute noch nach der Dünger-Theorie googeln würde, um herauszufinden, ob es tatsächlich etwas Derartiges gab. Eigenartig war das unbehaglich verkniffene Gesicht von Teddy. Er sah drein, als hätte sie etwas unsagbar Dummes getan – dabei gehörte er doch zu denen, die Lars mit seinen Worten beleidigt hatte.

«Spannend», erwiderte Lars, räusperte sich und blickte auf seinen Notizzettel.

Offenbar hatte sie ihn zumindest ein wenig aus dem Konzept gebracht. Fein! Damit waren sie quitt, und Zoe musste sich über sein Verhalten am Samstag nicht länger ärgern. Entspannt lehnte sie sich zurück.

«Worauf ich hinauswollte», fuhr Lars ein wenig stockend fort, «war, euch allen zu erklären, warum wir überhaupt joggen waren. So ein Lauftraining schadet natürlich nie» – kurzer Blick zu Zoe –, «aber mit Ängsten und Überwindungen hat es auf den ersten Blick nicht viel zu tun.»

Na, sieh mal einer an. Zoe sah zu ihren Tischnachbarn. Chiara schien genau so überrascht wie sie, bloß Teddy schmunzelte.

Die älteste Teilnehmerin, eine zierliche, elegant gekleidete Frau mit silbergrauem Zopf, rief: «Vor diesen Turnschuhen kann einem durchaus angst und bange werden!», und alle lachten.

«In Wahrheit», fuhr Lars fort, «ging es mir nie darum, herauszufinden, wer am Ziel ankommt oder nicht. Das ist mir vollkommen gleichgültig – ich bin ja nicht von der Fitness-Stasi. Eigentlich hat mich nur eines interessiert: Wer von euch hat den Mut, den Mund aufzumachen, wenn jemand vor euren Augen asozial behandelt wird. Wer ergibt sich dem Gruppenzwang und wird ebenfalls asozial, indem er entweder aktiv mitmacht oder zusieht, wie ein Mensch, der sich nicht wehren kann, gedemütigt wird? Und wer greift ein? Das war alles, was ich herausfinden wollte.»

Zoes Blick schoss zwischen Lars und Teddy hin und her. Sie fühlte einen Funken Erleichterung, aber viel größer war die Wut auf den Coach, weil er sie vorgeführt hatte. «Das war ein Experiment auf deine Kosten», flüsterte sie Teddy zu. Fast wäre sie aufgesprungen und hätte die Worte laut wiederholt, aber Teddy lachte leise und tätschelte ihr den Arm.

«Schon gut», gab er fast lautlos zurück und wies nach vorn. Die Barbie-Joggerin war auf ihrem Stuhl zusammengesunken. Zoe konnte ihr Gesicht nicht erkennen, da sie sich nicht umdrehte, aber das war auch nicht nötig, um sich vorzustellen, wie sehr das junge Mädchen sich schämte. Das war doch eine vollkommen miese Nummer! Und für diese lächerliche Scharade hatte sie Kirsten allein gelassen!

Lars kam zwischen den Tischreihen nach hinten. «Glückwunsch an die beiden Damen, die am Samstag Courage bewiesen haben», sagte er, ohne Chiara oder Zoe dabei länger als unbedingt nötig anzusehen. «Und ein herzliches Dankeschön an Theobald Schmidt, der sich freundlicherweise bereit erklärt hat, den Lockvogel zu spielen.» Teddy und Lars schüttelten sich freundlich die Hände, und Teddy stand auf und zwinkerte Chiara und Zoe zu.

«Tut mir echt leid, dass ich euch nicht aufgeklärt habe. Das fiel mir richtig schwer, wo ihr so nett wart.»

«Gute Show, das muss man dir lassen, Teddy», gab Chiara zurück. «Könntest Karriere als Schauspieler machen.»

«Wobei ich dabei bleibe, was ich Samstag gesagt habe, Theobald.» Lars klopfte ihm ruppig auf die Schulter. «Du solltest dich wirklich nicht Teddy nennen lassen. Kein erwachsener Mensch nimmt einen Teddy ernst.» Dann wandte er sich wieder an die anderen Teilnehmer, die ihn teils ertappt und verlegen, teils amüsiert und erleichtert ansahen. «Theobald ist heute übrigens nicht allein gekommen. Er hat ein paar Freundinnen mitgebracht, die wir heute näher kennenlernen wollen.»

Teddy ging in einen Nebenraum, während in Zoes Kopf eine Sirene mit Blaulicht loszujaulen begann. Was mochte er holen? Spinnen, schoss es ihr durch den Kopf.

Spinnen.

Mit langen, gewinkelten Beinen und dicken Haaren darauf.

Und acht glotzenden Augen.

Und so großen Leibern, dass man ihr Tappern hörte, wenn sie über den Tisch krabbelten ...

Spinnen. Spinnen! SPINNEN!

Das war das Einzige, woran sie denken konnte. Das, und die Flucht natürlich. Warum war sie so dumm gewesen, sich ganz nach hinten zu setzen, statt nah an der Tür zu bleiben?

Als Teddy zurückkam, entwich ihr ein lautes «Uff», und für einen Moment war die Erleichterung so riesig, dass ihr glatt ein wenig schwindelig wurde und sie sich mit den Ellbogen auf dem Tisch abstützen musste.

«Alles in Ordnung?», fragte Chiara und rieb ihr den Rücken.

Zoe sah auf und bekam gerade noch mit, wie Renate, die ältere Frau mit dem silbergrauen Haar, aus dem Raum stürzte. Wie eine Fahne wehte ihr Pferdeschwanz hinter ihr her, und mit geringem Abstand Lars, der erfolglos versuchte, sie zu beruhigen.

«Ach du Scheeeiiiiße», quiekte die Jogger-Barbie langgezogen. «Die sind widerlich!»

«Überhaupt nicht!» Teddy wirkte ernsthaft brüskiert. Er ließ sich am freien Tisch, der wie ein Lehrerpult ganz vorne stand, nieder und setzte seine drei Freundinnen auf die Tischplatte. «Es sind *Ratten*», erklärte er und betonte das letzte Wort dabei so, als hätte niemand im Raum auch nur die geringste Ahnung, um welche Tierart es sich handelte. Eine Frau kreischte auf, als die Albinoratte bis an den Rand der Tischplatte flitzte und ihr nackter, rosafarbener Schwanz hinter ihr herglitt. Zoe musste sich zusammenreißen, um nicht ebenfalls loszuquietschen – allerdings vor lauter Entzücken.

«Ich liebe Ratten», sagte sie, sprang auf und ging zum vorderen Tisch. «Die sind so niedlich und schlau.»

In Teddys Gesicht machte sich ein stolzes Strahlen breit. «Nicht wahr? Sie sind kein bisschen eklig, wie viele Leute sagen. Die meisten Ratten sind schneller stubenrein als Hunde.»

«Darf ich sie streicheln?», fragte Zoe und ließ die graue sowie die braun-weiße Ratte an ihren Fingerspitzen schnuppern. Wie neugierig sie waren! Ihre Schnurrhaare an den zuckenden Näschen kitzelten und weckten einen lange vergessenen Kindheitswunsch in Zoe.

«Klar. Nimm sie gern auf den Arm, sie mögen das. Die beiden da heißen übrigens Fritte und Nudel. Der Albino – Schröder – ist Fremden gegenüber ein bisschen scheu, dafür kann er die meisten Kunststücke. Ratten sind nämlich sehr intelligent, und man kann sie ebenso gut dressieren wie Hunde.»

Fast alle versammelten sich nun um den Tisch, und da Zoe hingebungsvoll mit zwei Ratten kuschelte, wagten die meisten anderen ebenfalls, das weiche Fell zu streicheln. Sogar Barbie lauschte Teddys Worten, der – Albinoratte Schröder auf der Schulter tragend – einen kleinen Vortrag darüber hielt, wie klug, sozial und reinlich Ratten waren, woher die gesellschaftlich verankerten Ängste stammten und dass es für diese keine Gründe gab, da eine Hausratte auch nicht mehr Krankheitserreger übertragen konnte als eine Katze.

Irgendwann stand Barbie neben Zoe, als die sich gerade Ratte Nudel in den Blusenärmel krabbeln ließ.

«Böse sind sie ja nicht», sagte sie, und ihre Stimme zitterte nur noch ganz leicht. «Aber dieser», sie stockte und sprach leiser, «dieser ekelhafte nackte Schwanz!»

Zoe lockte Nudel aus dem Ärmel, sodass nur ihr Kopf herausguckte, und der Rest vom geblümten Stoff bedeckt blieb. «Welcher Schwanz?», fragte sie harmlos und zwinkerte ihr zu.

Barbie wurde an diesem Abend nicht mehr zum Rattenfan, aber sie brachte es über sich, Nudel mit weit ausgestrecktem Arm mit der Spitze ihres Zeigefingers zwischen den Ohren zu berühren. Und auch wenn sie danach zum Waschbecken stürzte und ihre Hände erst desinfizierte, dann wusch und im Anschluss noch einmal desinfizierte, bemerkte Zoe durch diese winzige Geste der Überwindung eine Veränderung in der gesamten Gruppe. Die Erste von ihnen hatte etwas zuvor vollkommen Undenkbares geschafft. Selbst Lars wirkte zufrieden.

Der nächste Tag war typisch für den April: windig und voller grauer Wolken, die jeden Moment loszuregnen drohten, es aber bis zum Mittag nicht taten. Zoe hatte mit Tobias zusammen die *Morning Show* moderiert. Es war ihr bei keinem einzigen Dialog gelungen, das auszublenden, was zwischen ihnen stand. Seit sie die Show gemeinsam machten, gehörten kleine, gespielte Flirts und Neckereien dazu, aber heute blieb Tobias seltsam förmlich, und das irritierte sie. Sie hatte das Gefühl, verkrampft um ihn herumzueiern. Offen darüber sprechen konnte sie in der Redaktion natürlich nicht, so schob sie ihre Unzufriedenheit mit ihrer Leistung auf Müdigkeit und schlechten Schlaf, weil sie von Ratten geträumt hatte, die sich plötzlich in Spinnen verwandelten.

«Geht dieser verrückte Kurs heute Abend schon weiter?», fragte Roberta in ihrem breiten amerikanischen Akzent.

«Nein, morgen erst.»

«Und kommen morgen», Roberta krabbelte mit den Fingernägeln über die Tischplatte, und in Zoes Nacken richteten sich abrupt alle Haare auf, «schon die spiders?»

«Wenn ich wüsste, wann die Spinnen dran sind, würde ich an dem Tag nicht hingehen, und alles wäre in bester Ordnung. Aber dieser Sadist von Coach warnt uns ja nicht vor.»

«Wäre auch schön blöd von ihm!»

Zoe stöhnte und drückte die Handballen gegen ihre Augen.

«Honey, du bildest dir bloß ein, schlechte Arbeit abzuliefern», tröstete Roberta sie. «Du warst heute großartig wie immer.»

«Meinst du wirklich?»

«Nein.» Roberta lächelte unschuldig. «Das sage ich nur so, damit du dich besser fühlst. Jesus – natürlich meine ich das so! Man ist immer kritischer mit sich selbst. Aber kein Mensch außer dir hat gemerkt, dass du nicht ganz bei der Sache warst.»

Als Zoe kurz darauf in die Küche ging, um ihre Teetasse in die Spülmaschine zu räumen, bemerkte sie allerdings einen fragenden Blick von Tobias, und bevor sie vor dem Unvermeidlichen flüchten konnte, stand er auch schon neben ihr.

«Was ist denn los heute, Zoe? Alles okay? Du bist überhaupt nicht bei der Sache.»

Autsch.

«Alles bestens», schwindelte sie. Ihm würde sie sicher nicht auf die Nase binden, was ihr im Kopf herumging. Dann würde er sich nur wieder Hoffnungen machen oder sich etwas einbilden. Und für die Ausrede, die sie bei Roberta bemüht hatte, würde es bei ihm sicher Spott hageln. «Ich hatte eher den Eindruck, dass du heute etwas wortkarg warst», fuhr sie fort und musterte ihn. «Du siehst ehrlich gesagt auch ziemlich müde aus. Hast du die Nacht durchgefeiert?»

Er lehnte sich zu ihr rüber und grinste träge. Mit rauer Stimme gestand er: «Wild und hemmungslos.»

Warum auch immer – ihr fuhr ein wenig wütende Röte in die Wangen, aber sie tat das mit einem Lachen ab, drehte sich um und beugte sich hinab, um ihre Tasse in den letzten freien Platz in der Spülmaschine zu zwängen.

«Wie sieht es aus – bestellen wir etwas zu essen?», rief Tobias, sodass man ihn in allen Büros hören konnte. Die Kollegen strömten aus ihren Büros und versammelten sich um den Chef, um ihre Stimmen für den jeweiligen Wunschlieferanten abzugeben.

«Zoe?», fragte er über ein paar Köpfe hinweg. «Was möchtest du?»

Sie schüttelte den Kopf. «Danke, nichts. Ich nutze meine Pause und gehe ein bisschen um den Block.»

Er antwortete ihr nicht, aber sie bemerkte, dass er ihr nachsah, als sie sich ihre Handtasche über die Schulter hängte, in die Schuhe stieg und die Redaktion verließ.

Eigentlich hatte sie wirklich vorgehabt, nur ein wenig spazieren zu gehen, frische Luft und Wind zu tanken. Doch während sie die Gedanken schweifen ließ, legten ihre Füße sich ungewollt auf ein Ziel fest – sie bemerkte es erst, als sie vor dem Café stand. Julius war natürlich auch da, allerdings hatte er sich – dem Wetter angepasst – nicht mittig auf die Terrasse gesetzt, sondern unter die Markise in den Windschatten der Backsteinwand. Dort mühte er sich damit ab, seine Zeitung zu bändigen, die in jeder Böe davonzukommen versuchte.

«Miss London!», rief er erfreut, als er sie über die Terrasse kommen sah. «Wie schön, dass du da bist, setz dich doch!»

Es lagen heute keine Polster auf den Stühlen, vermutlich wären sie auch weggeflogen. Julius faltete seine Zeitung zusammen, legte sie auf eine Sitzfläche und klopfte einladend darauf. «Willst du etwas essen, Miss London? Ich hätte Appetit und würde dich einladen.»

Zoe warf einen Blick auf ihre Armbanduhr. Essen war keine schlechte Idee, aber ihre Mittagspause war begrenzt und die Wartezeiten in diesem Café so unkalkulierbar wie die Zugverbindungen der Deutschen Bahn. «Ich habe leider nicht so viel Zeit.»

«Oh, das ist doch kein Problem», erwiderte Julius, und ehe sie etwas sagen konnte, rief er: «Marina! Können wir bestellen?»

Ach, so ging das hier? Offenbar. Denn nur Sekunden später kam die junge rothaarige Bedienung heraus, Stift und Notizblock bereits in der Hand haltend. Der Wind zauselte ihr Haar und wehte ihren Geruch von einem angenehmen Parfüm vermischt mit Backwaren in Fett zu Zoe.

«Was darf's denn sein?», fragte sie. «Kann ich vielleicht etwas empfehlen? Wir haben eine Art herzhafte Berliner Ballen ganz neu im Programm. Sind eben fertig geworden und noch warm.»

Julius murmelte etwas Unverständliches in sich hinein und schüttelte den Kopf, als wären herzhafte Berliner ein Frevel vor dem Herrn, aber Zoe ließ sich zu einem mit Spinat und Gorgonzola überreden. Überraschenderweise kamen Speisen und Tee nur Minuten später – und der eigenartige Berliner war nicht nur tatsächlich noch warm, er schmeckte auch zum Niederknien gut. Zoe hatte nicht erwartet, dass Hefeteig, Spinat und Käse ihre Laune derart zu heben vermochten. Nicht, dass Marina da noch etwas anderes reingemischt hatte.

Allerdings konnte sie in den höchsten Tönen schwärmen – Julius blieb bei seiner Meinung und wollte nicht einmal ein winziges Stückchen probieren. Er erklärte ihr gerade sehr energisch, dass ein Berliner zwingend eine dicke Zuckerschicht bedeutete – ob in Form von Puderzucker oder Zuckerguss, war ihm Auswahl genug –, als seine Stirnfalten plötzlich verschwanden und sein Blick ganz weich wurde. Zoe brauchte einen Moment, bis sie feststellte, dass er gar nicht mehr sie ansah, sondern irgendetwas schräg hinter ihr. Sie wandte sich langsam um, eine Ahnung schon als gelben Schemen im Augenwinkel. Und da saß er: der kleine gelbe Vogel. Er hockte auf der eisernen Begrenzung der Terrasse, kämpfte dagegen an, weggeweht zu werden, und sah halb missmutig, halb neugierig mit schwarzen Knopfaugen an ihr vorbei auf den Tisch. Der Wind zauste ihm das Gefieder und ließ ihm eine Feder auf dem Kopf hochstehen, sodass er aussah wie ein Kakadu.

«Hallo, kleines Vögelchen», flüsterte Zoe. Dabei lehnte sie sich etwas zur Seite, was dem Vogel offenbar die Sicht auf die Teller versperrte. Er öffnete den Schnabel, was wie ein entrüstetes Nach-Luft-Schnappen wirkte. Dann legte er den Kopf schräg. Als das auch nicht half, trippelte er auf der Balustrade nach links. Zoe konnte nicht widerstehen und lehnte sich ebenfalls nach links, woraufhin der Vogel nach rechts tänzelte.

«Mögen Sie Tango, Julius?», fragte sie leise. «Ich glaube nämlich, Ihr Vogelmädchen möchte mit mir Tango tanzen, sehen Sie?»

Sie verlagerte ihr Gewicht, worauf der Vogel jedes Mal reagierte. Lang – lang – kurz – kurz – lang – kurz – kurz – lang. Dazu sang Zoe leise den berühmten Tango Milonga: «*Oh, Donna Clara, ich hab dich tanzen geseh'n … und deine Schönheit hat mich toll gemacht.*» So stolz, wie die kleine Dame in Gelb den Kopf erhoben hielt, gab sie eine ganz hervorragende Tangotänzerin ab. Zum Glück war Zoe spontan der Tango eingefallen. Wie gut, dass ihr kein Fado in den Sinn gekommen war! Im Fado hätte die Schönheit von Donna Clara vermutlich niemanden toll gemacht, sondern ganze Familien miteinander brechen lassen – und der Vogel wäre vor Seelenpein tot vom Ast gefallen. Sapperlot – ein rassiger Tango war wirklich besser! Zoe lehnte sich weit auf ihrem Stuhl zurück, streckte den Arm aus und warf den Kopf seitlich in den Nacken, um Julius anzusehen.

«Miss London, sieh mich in stehender Ovation wild applaudieren», sagte er, seine Fingerspitzen gegeneinander stupsend. «In Gedanken tu ich's, ich bleib nur sitzen, weil ich's im Kreuz hab. Und damit mein Vogel nicht erschrickt.»

Zoe lachte lautlos und beugte sich wieder zum Tisch, um einen Schluck Tee zu nehmen. Hinter ihr flatterte es gelb auf, und als sie vorsichtig über ihre Schulter blickte, hatte sich der gelbe Vogel auf der Rückenlehne ihres Stuhls niedergelassen. Bewegungslos blieb sie sitzen.

Julius regte sich ebenfalls kaum. Bloß seine Lider wirkten etwas unruhig. Hatte er etwa feuchte Augen? «Du hast wahrlich ein Händchen dafür, Miss London», murmelte er.

«Für den Tango?», wisperte sie amüsiert.

Er nickte in Richtung Vögelchen. «Für die Liebe, Miss London.»

«Für die ... was?!» Es platzte ungewollt so laut aus ihr heraus, dass der Vogel aufflatterte und davonflog. «Ach, so ein Mist. Ich dachte, mit den Krümeln vom Berliner könnte ich ihr noch etwas mehr Vertrauen einfüttern. Liebe geht ja durch den Magen, sagt man.»

Liebe – da war dieses Wort schon wieder. Was hatte Julius nur damit gemeint? Was hatte Liebe bitte schön mit diesem Vogel zu tun? Natürlich war Zoe tierlieb, aber von Liebe zu sprechen war wohl etwas vollkommen anderes. Selbstredend fand sie das Vögelchen sehr niedlich und wollte helfen, es einzufangen, damit es im Winter nicht jämmerlich erfror. Aber von Liebe zu sprechen, war ein wenig überzogen. Wenn man Tiere überhaupt lieben konnte, dann vermutlich nur die eigenen Haustiere, mit denen man seinen Alltag verbrachte. Ungewollt musste Zoe an früher denken, an die Geburtstage und die Briefe an den Weihnachtsmann im Advent. Sie hatte sich immer ein Tier gewünscht – eine Katze, Kaninchen oder ein Pony und hinterher, als sie älter war, ein Rattenpärchen –, aber ihre Mutter war rigoros geblieben. «Das Geheule, wenn die Viecher sterben, nachdem man sie gerade liebgewonnen hat, kann ich mir nicht antun», hatte sie immer gesagt. Und dabei war es geblieben.

«Nimm's nicht so schwer, Miss London», sagte Julius und tätschelte aufmunternd ihre Hand. Sie erschrak – woher wusste er, woran sie dachte? Doch dann fiel ihr auf, dass er sich natürlich überhaupt nicht auf ihre Erinnerungen bezog, sondern darauf, dass der Vogel getürmt war. Sie blickte in die Bäume, aber obwohl sein leuchtendes Gefieder normalerweise gut zwischen den frühlingsgrünen Blättern zu erkennen war, sah sie ihn nicht mehr.

«Sie kommt zurück. Sie kommt ja immer zurück, ob man bereit dafür ist und sie haben will, oder auch nicht. Sie kommt immer zurück und zeigt sich. Aber zähmen lässt sie sich nur, wenn sie es will.»

«Woher wissen Sie eigentlich, dass es eine Sie ist?», fragte Zoe. Sie hatte keine Ahnung, woran man bei Vögeln das Geschlecht erkannte.

Julius schob seine Kuchengabel zur Seite, legte seine Hände ineinander und nickte dann, als bejahte er eine Frage, deren Antwort doch allen klar war. «Die Liebe muss wohl eine Sie sein», sagte er. «Bist du denn schwer von Begriff, Miss London? Sie ist doch die Liebe!»

«Die Liebe?», hakte Zoe nach. «Verstehe ich Sie richtig, Julius? Der Vogel – das ist die Liebe?» Sie biss sich auf die Unterlippe.

Julius schien mit einem Mal in Gedanken weit weg. «Ja. Sie ist die Liebe. Und mir weggeflogen. Lass es mal zwanzig Jahre her sein, Miss London. Vielleicht auch dreißig. Man vergisst, wie viele Jahre es sind, weißt du? Weil es nicht wichtig ist. Irgendwann vergisst man alles, was nicht wichtig ist. Dafür hat der Kopf dann mehr Platz für die bedeutsamen Dinge im Leben.»

Zoe zwang sich zu lächeln. Ganz normal im Kopf klang das alles nicht. Aber was schadete es schon, wenn Julius Hofmeister einen entflohenen gelben Vogel für seine verlorene Liebe hielt?

Der Kurs am Mittwoch fand erneut in der Volkshochschule statt. Lars, mit einem T-Shirt mit der Aufschrift «Ein großes Problem ist immer ein guter Anfang» bekleidet, referierte in aller Ausführlichkeit über Ängste wie Haphephobie (Angst vor Berührungen, niemand in der Gruppe war betroffen), Agoraphobie (Angst auf großen Plätzen oder in Menschenmengen, niemand war betroffen) und Dentophobie (Angst vor Zahnarztbehandlungen, einige hoben abrupt die schwer gewordenen Köpfe oder fassten sich ertappt an die Münder). Zoe fand es unhöflich, während der Vorträge auf dem Handy zu spielen, aber erstens war Lars so sehr auf seine Texte konzentriert, dass er kaum vom Blatt aufsah, zweitens taten es eh alle – und sie zumindest sehr unauffällig –, und drittens kam von Laura gerade eine Nachricht nach der anderen. Und da Zoe sich Sorgen machte und das Schlimmste annahm, musste sie die natürlich sofort lesen. Zum Glück waren es bloß Schwärmereien von ihrem sexy, sensiblen, humorvollen Freund, und als Zoe vom Display aufsah, handelte Lars' Litanei gerade von der im ostasiatischen Raum häufiger auftretenden Tetraphobie – der Angst vor der Zahl vier. Zoe gab sich ergeben wieder die volle Dröhnung «Pascal ist sooo süß!».

Erst als sich die komplette Gemeinschaft einträchtig von den Stühlen erhob, sah Zoe wieder auf. Direkt in Lars' eisblaue Augen unter missbilligend erhobenen Augenbrauen.

«Ein kleiner Notfall», entschuldigte sie sich, griff nach ihrer Jacke und folgte Chiara, um einen Moment später festzustellen, dass alle anderen ihre Jacken zurückgelassen hatten.

«Willst du schon gehen?», fragte Lars tonlos.

Natürlich, der wollte sie unter Garantie immer noch loswerden! Sie lächelte. «Nein, es wird bloß langsam ein bisschen frisch, finden Sie nicht auch?» Sie hatte nicht geplant, das «Sie» wieder so vielsagend zu betonen, aber als sie sich dabei erwischte, gefiel ihr die Aussage dahinter sehr gut. Als Lars sich mit einem «Ach so» abwandte, fasste Zoe Chiara am Arm und beugte sich zu ihrem Ohr. «Wo gehen wir eigentlich hin?»

Chiara lachte. «Wo warst du denn in Gedanken?»

«Mauritius», flötete Zoe.

«Du Glückliche! Wir gehen jetzt Aufzug fahren.»

«Aufzug ... was, bitte? Warum?»

«Klaustrophobie», erwiderte Chiara unschuldig. «Angst vor engen Räumen. Bist du betroffen?»

Zoe fasste sich an den Kopf. Sie hatte sich geschworen, das durchzuziehen – und das würde sie auch tun, selbst dann, wenn die Spinnen kamen. Aber der Tag war einfach zu aufreibend gewesen, um sich jetzt in einen Aufzug mit schwitzenden, nervösen Menschen zu zwängen und ohne einen Grund wild hoch und runter zu fahren.

«Ich habe eine bessere Idee», sagte sie, stoppte und sah sich um. Der Gruppenraum war noch offen. «Du holst deine

Jacke, wir nehmen ganz rebellisch die Treppen, gehen zu mir nach Hause und bezwingen die weitgehend unbekannte Schampusphobie – die Angst vor Prosecco.»

Als Zoe London sieben Jahre alt war, liebte ihre Mutter einen Lehrer.

Der Lehrer hieß Markus Schnarmann, und er liebte Susan London aus tiefstem Herzen, das war allen drei Beteiligten – Zoe London, Susan London und dem Lehrer – schon nach dem ersten Elternsprechtag vollkommen klar. Nur wussten zwei dieser drei Personen auch recht gut, dass sie in einem kleinen, stockkonservativen Ort lebten, in dem jedes Kind eine Mutter und einen Vater hatte, wie es nun mal seine Richtigkeit hatte. Ein Ort, in dem es eine alleinerziehende Mutter schwer hat und eines tunlichst vermeiden sollte: eine Beziehung mit dem Lehrer ihres Kindes. Nicht ganz unerwähnt bleiben darf der missgünstige Umstand, dass der Lehrer zwar in sengender Liebe entbrannt, aber, wie es der kühle Schauer der Realität wollte, verheiratet war.

So kam es also, dass die Liebe ein Geheimnis bleiben musste.

Geheimnisse lieben siebenjährige Kinder natürlich sehr, auch Zoe London stellte keine Ausnahme dar, und so war sie eine der Ersten, die dahinterkamen, was vor sich ging. Zuerst war es nur eine hoffnungsvolle Ahnung, ähnlich dem um einen halben Takt beschleunigten Herzschlag, wenn die Mutter zwei Kilo Möhren kaufte, statt nur einem. Waren all die Möhren etwa für das Pony gedacht? Dem großen, größten, allergrößten Traum, der sich bald – vielleicht, hoffentlich, bestimmt – endlich erfüllen würde? Hatte sie es etwa schon gekauft und irgendwo versteckt? Oder bedeuteten die vielen Möhren doch nur wieder Möhrensuppe? Drei Tage lang – lange drei Tage.

Die erste hoffnungsvolle Ahnung, die Zoe London in ihrem Herzen spürte, war die neutrale Temperatur im Blick ihres Lehrers. Das war neu, Zoe kannte ihn so nicht. Meist sah er die Schüler voll freundlicher Wärme an, wenn er lobte oder tröstete oder einfach nur einen guten Morgen wünschte. Er sandte Wärme aus, die einem wohlig im Bauch werden ließ. Selten wurde sein Blick kalt, wenn ein Schüler ihn enttäuschte, indem er gemein zu anderen Kindern war oder über die Fehler anderer lachte, statt über die eigenen, wie Herr Schnarmann es lehrte. Er verursachte Kälte in der Brust, man schauderte ein wenig und musste warme Spucke runterschlucken, gegen das frostige Gefühl.

Der neutrale Blick war weder warm noch kalt, und Zoe hatte nie erlebt, dass der Lehrer ein anderes Kind so ansah. Bloß sie. Immerzu. Jeden Tag. Da ahnte, hoffte und wünschte Zoe bereits, dass es etwas zu bedeuten hatte. Und natürlich hatte sie recht, wie Siebenjährige so häufig recht haben, auch wenn die Erwachsenen davon nichts hören wollen.

Ein wenig später wurden ihre Hoffnungen dadurch genährt, dass ihre Mutter sie wieder häufiger von der Schule abholte, dabei konnte sie den Weg doch längst schon allein gehen. Schön sah ihre Mutter aus, wenn sie da vor der Tür stand. Die schlabberigen Stoffhosen waren wieder engen Jeans oder schwingenden Röcken gewichen, und sie trug Rouge, Wimperntusche und hin und wieder sogar ein wunderschönes Lächeln, gekrönt von einem Tupfer Lippenstift. Zoe war unendlich stolz auf ihre hübsche Mutter und zu allem bereit, um deren Rückverwandlung zu unterstützen, so gut sie nur konnte. Ihre Idee war so einfach wie genial. Sie wusste längst, dass Herr Schnarmann regelmäßig die Eltern jener Kinder zu sich bestellte, die sich besonders schlecht benahmen, im Unterricht herumschrien, die Hausaufgaben nicht machten oder Mädchen an den Haaren zogen. Pragmatisch, wie sie war, schrie Zoe London im Unterricht herum, machte ihre Hausaufgaben nicht und zog Jungs an den Haaren. Nun ja, sie zog Sebastian Kaiser an den Haaren – und sie erklärte ihm vorher, dass sie es tun musste, um etwas in Bewegung zu bringen, was dringend bewegt werden musste.

«Dann helfe ich dir!», erklärte Sebastian Kaiser ritterlich. «Du kannst mir an den Haaren ziehen. Ich werde auch nicht schreien!»

«Doch, das musst du!», erwiderte Zoe. «Du musst schreien wie bescheuert, als hätte ich dir alle Haare ausgerissen. Am besten wäre, du heulst auch!»

Sebastian Kaiser überlegte eine Weile.

«Es ist wichtig!», beharrte Zoe.

«Okay», sagte Sebastian Kaiser und atmete tief durch. «Aber du darfst nicht lachen!»

Und so zog Zoe London Sebastian Kaiser an den Haaren, und er schrie wie bescheuert und tat so, als würde er heulen, und sie lachte nicht, obwohl ihr das sehr, sehr schwerfiel.

Und dort, wo Woche für Woche Mütter mit verkniffenen Mündern wartend auf zu kleinen Stühlen im Schulflur saßen, tauchte nun ihre Mutter auf, brachte ihr hübsches Lächeln mit und setzte sich nicht hin, sondern blieb stehen.

Es folgten Telefongespräche, die ihre Mutter abbrach, wenn Zoe in den Raum kam. Wenig später durfte Zoe an manchen Abenden sehr lange Videokassetten ansehen. Manchmal zwei Filme hintereinander. Ihre Mutter kam danach wach und glücklich heim, oft ohne den Lippenstift, den sie am frühen Abend aufgetragen hatte, aber trotzdem mit gerötetem Mund.

Zoe London war sieben Jahre alt, hatte ein Geheimnis in ihrem Herzen versteckt und fühlte sich glücklich wie selten zuvor, denn ihre hoffnungsvolle Ahnung hauchte ihr immer offensichtlicher ein Bild in die Gedanken, das so schön war, dass nicht einmal ein eigenes Pony mithalten konnte. Denn von der Liebe verstand Zoe bereits so einiges, immerhin beobachtete sie alle Liebespaare, die sie kannte: Die Nachbarn, Tim und Lina aus der Vierten und Sebastian Kaisers Eltern, die ihn manchmal zusammen von der Schule abholten, an der Eisdiele um die Ecke hielten und dort auch Zoe eine Kugel Schlumpfblau spendierten, wenn sie *zufällig* den gleichen Weg ging. Eins stand fest: Wenn sich zwei liebten, dann heirateten sie irgendwann – Tim und Lina aus der Vierten würden das sicher auch noch tun, wenn sie erst erwachsen waren. Und wenn zwei heirateten, dann lebten sie zusammen. In einer Wohnung. Und dann durften die Kinder, die auch da wohnten, Papa sagen. Oder Vati – das war Zoe London ziemlich gleichgültig; Herr Schnarmann würde ihr dann schon sagen, was ihm lieber war.

Allerdings dauerte die Sache mit der Liebe länger, als Zoe gedacht hatte, und langsam, aber sicher wurde sie ungeduldig, denn auch wenn ihre Mutter immer schönere und schönere Kleider kaufte und glücklicher und glücklicher zu werden schien – manchmal sang sie sogar –, blieb es bei heimlichen Telefonaten mit dem Lehrer sowie Treffen, von denen außer den beiden niemand etwas wissen durfte. Zoe

London hatte sich geschworen, eine gute Geheimnisbewahrerin zu sein und niemandem ein Sterbenswörtchen zu verraten. Nicht einmal ihre Mutter oder der Lehrer wussten, dass Zoe von ihrer Liebe wusste. Leider wurde das in ihr Herz gesteckte Geheimnis immer unruhiger und zappeliger. Es wollte ausbrechen und ließ sich kaum noch kontrollieren.

Und dann kam der Tag, als das Geheimnis ihr entwischte.

«Ich habe auch bald wieder einen Papa!», sagte sie, als Sebastians Vater ihr eine Kugel Schlumpfblau im Hörnchen reichte. «Oder einen Vati. Das weiß ich noch nicht.»

«Das ist ja prima», sagte er lächelnd, und vielleicht wäre das Gespräch damit schon erledigt gewesen und kein Schaden entstanden, aber leider hatte auch Sebastians Mutter ihre Worte gehört, und die beließ es nicht bei einem «Prima», sondern fragte, fragte, fragte. Das Geheimnis wurde richtig wild und immer wilder, und irgendwann platzte es heraus.

«Der Herr Schnarmann wird mein Papa!»

Daraufhin entfernten sich Sebastians Eltern, redeten leise miteinander und sahen hin und wieder zu Zoe und Sebastian rüber, die schweigend ihr Eis schleckten.

«Ich fänd's cool, glaube ich», sagte Sebastian nach einigem Nachdenken. «Meinst du, er gibt dir dann bessere Noten? Kann er mir dann auch bessere Noten geben, weil ich dein bester Freund bin?»

Zoe hielt sich einen Finger vor die Lippen. Sie wollte hören, was Sebastians Eltern sagten. Verstehen konnte sie nur einen Satz von seinem Vater.

«Ach, lass doch», sagte er zu seiner Frau. «Sie steigert sich da bloß in etwas rein, weil sie es sich wünscht.»

Unsinn!, dachte Zoe. Was Sebastians Mutter erwiderte, konnte sie nicht verstehen, aber ihrem Gesicht war deutlich anzusehen, dass sie nicht seiner Meinung war. Wenigstens sie glaubte Zoe.

Ein paar Tage geschah nichts. Das Geheimnis hatte sich wieder brav in Zoes Herz zurückgezogen und schien zu schlafen, so ruhig war es. Doch dann, sie aßen gerade Schleifchennudeln mit Hühnchen und Erbsen, klingelte das Telefon, ihre Mutter ging ran und verließ zum Telefonieren die Küche. Offenbar ging sie ins Schlafzimmer, denn Zoe hörte keinen Laut mehr, nicht ein einziges Wort. Sie spießte ein Stück Fleisch auf die Gabel und wartete. Und als Susan London zurückkehrte, die Augen gerötet, die Lippen nicht, da saß sie immer noch so, das Fleisch auf der Gabel, der Mund trocken. Ihr Herz hämmerte. Sie fing sich einen Blick wie eine Ohrfeige ein und wusste im gleichen Moment, dass sie das Geheimnis von nun an nicht mehr festhalten musste. Weil es kein Geheimnis mehr gab.

Chiara hatte zur Flucht aus der Langeweile nicht nein gesagt, und so schloss Zoe wenig später ihre Wohnungstür auf und ließ sie eintreten.

«Du darfst nicht vergessen, meine Chilipflanze Chicka zu begrüßen», sagte sie mit einem Zwinkern. «Sonst werden ihre Früchte sauer statt scharf. Komm, ich zeig dir alles.»

«Hübsche Wohnung», meinte Chiara nach einer kurzen Führung. «Wohnst du schon lange hier?»

Mein ganzes Leben lang, hätte Zoe fast geantwortet, aber das war natürlich bloß eine gefühlte Wahrheit. «Knapp zwölf Jahre. Damals war im Erdgeschoss noch kein Nagelstudio wie heute, sondern eine Kneipe von den Bandidos.»

«Sind das nicht die Motorradrocker, die im ewigen Krieg mit den Hells Angels leben?»

«Genau die. Und auch wenn einige von denen echt liebe Kerle sind – sobald die im Rudel auftreten, trifft jedes noch so abgenutzte Klischee voll zu!»

«Das klingt ja schrecklich!»

«Im Gegenteil. Das war großartig. Ich hätte mir die Wohnung damals nie leisten können, wenn die nicht gewesen wären!»

Chiara zog eine Grimasse. «Du kannst nicht älter als achtzehn gewesen sein! Und da ziehst du über das Hauptquartier einer Rockerbande? Was haben deine Eltern dazu gesagt?»

Zoe winkte ab und öffnete auf der Suche nach einem Getränk den Kühlschrank. «Meine Mutter war natürlich zunächst nicht so begeistert. Aber dass mein Budget begrenzt war, ließ sich nun mal nicht ändern. Ich bin ja noch zur Schule gegangen, und mit Kindergeld und Schülerjobs allein kommt man nicht so weit und muss das Billigste nehmen, was man finden kann.»

Eine Falte grub sich zwischen Chiaras Augenbrauen. «Hat deine Mutter dich nicht unterstützt?»

«Natürlich», antwortete Zoe schnell, «aber nur zu Anfang. Sie ist dann selbst recht bald weggezogen.» Hoffentlich hakte Chiara nicht nach. Es machte Zoe nicht viel aus, über ihre Mutter zu sprechen – mit dem Leid, dass sie verschwunden war, hatte sie abgeschlossen –, aber die Erfahrung zeigte, dass es anderen Leuten meist sehr naheging. Näher als ihr. Und es war ihr unangenehm, wenn jemand ihretwegen traurig war. «Als ich dann in der Ausbildung war, hatte ich mich einfach schon zu sehr eingewöhnt, um umzuziehen. Und wenig später haben die Rocker dann auch das Feld geräumt, die süße asiatische Großfamilie zog ein und machte das Nagelstudio auf. Das war jedes Mal ein Ereignis, wenn einer der Rocker, der seinen eigenen Umzug verpennt hatte, plötzlich mitsamt Motorrad vor der Tür stand und wissen wollte, wo seine Kumpels waren.» Bei der Erinnerung musste sie so kichern, dass sie beim Einschenken des Proseccos fast gekleckert hätte. «Einmal haben die Geschwister es sogar geschafft, einen der Rocker dazu zu überreden, sich sein Club-Emblem auf alle zehn Fingernägel lackieren zu lassen!»

«Du verarschst mich!», rief Chiara und nahm ihr Glas entgegen.

«Ich schwöre, dass es wahr ist! Geh mal während der Öffnungszeiten unten rein und schau über den Tresen. Da hängt das Beweisfoto!»

«Meine Güte. Hier wird dir sicher nie langweilig, oder?»

«Wohl kaum, nein.» Sie prostete Chiara zu. «Cheers!»

Kapitel 5

Am nächsten Morgen war Kirsten erstaunlich wenig von ihrem Zusammenbruch am Tag zuvor anzumerken. Lediglich die Tatsache, dass sie ihre Augen mit Kajal und Lidschatten geschminkt hatte, war ein dezenter Hinweis auf den Kater, der ihr zweifelsfrei in den Gliedern steckte. Zoe und Roberta gegenüber war sie ein wenig distanziert und Zoe beschloss, sie nach *London Calling* in Ruhe anzusprechen.

Die Sendung verlief katastrophal – etwas, das Zoe seit ihrer Zeit als blutige Anfängerin beim Radio und den allerersten Live-Shows nicht mehr passiert war. Einmal verlor sie mitten im Satz den Faden, zweimal verhaspelte sie sich, plötzlich fehlte auch noch ein Wort – lag ihr auf der Zunge, wollte aber nicht hinaus –, und zu guter Letzt bekam sie vor lauter Ärger über ihre dummen Fehler auch noch einen nervösen Lachkrampf, was die Zuhörer zwar sicher amüsant fanden, sie selbst aber leider überhaupt nicht. Sie war erleichtert, als die Zeit endlich vorüber war und sie das Aufnahmestudio verlassen konnte.

Tobias erwartete sie in der Küche, wo er an den Tisch gelehnt stand, den Kopf gesenkt, den Blick auf sie gerichtet.

Himmel hilf, bitte jetzt nicht noch eine Standpauke vom Chef.

«Sag nichts, ich weiß, dass es grottenschlecht war», kam sie ihm zuvor. «Tut mir leid. Keine Ahnung, was los ist.»

Er lächelte bloß und sah auf seine Füße. Na, wenigstens machte er keinen zum Scheitern verurteilten Versuch, es schönzureden oder sie zu trösten. Das wäre jetzt das Letzte, was ihr helfen würde. Erst recht von ihm – immerhin ging dieses ganze neue Konzept auf seine Kappe.

Erst als er leise «Alles okay, Zoe?» fragte, wurde ihr bewusst, dass sie die Lippen krampfhaft zusammenpresste.

«Zoe?», rief Roberta aus dem Büro heraus. «Dein Handy hat geklingelt!»

«Eine Minute?», bat der Chef, und Zoe rief in Robertas Richtung, dass sie gleich kommen würde.

«Was gibt es denn?», fragte sie, verschränkte die Arme und löste die Haltung sofort wieder, weil sie sie ungewollt patzig fand. Zusammenreißen!, ermahnte sie sich. Er hatte ihr nichts getan. Es gab nicht den geringsten Grund, nervös zu werden, nur weil er mit ihr reden wollte.

«Ich will dich gar nicht lange aufhalten», sagte er. «Wollte dich nur fragen, ob du zum Tanz in den Mai in die Wasserburg kommst.»

Er wollte sie zum Tanz in den Mai einladen? Ihr schoss heißes Blut in die Wangen, und sie fand das so albern, dass sie sich vor Wut über sich selbst gleich noch tiefer erröten spürte. «Ich weiß nicht recht», erwiderte sie zögernd, «ob das eine so gute Idee ist.»

Der Chef zuckte mit den Schultern. «Warum denn nicht?»

«Ich –»

«Zoe!», rief Roberta erneut. «Dein Handy!»

«Himmelarschundzwirn», fauchte sie. «Ich hab doch gesagt, dass ich gleich komme!»

«Ich will dich gar nicht überreden, wenn du keine Lust hast.» Tobias wirkte, als hätte er etwas anderes erwartet. Er musste doch einsehen, dass sie den Korb, den sie ihm gegeben hatte, ernst gemeint hatte? Das hatte sie, denn sie war vernünftig. Er mochte noch so attraktiv sein, aber eine Beziehung war es nicht wert, die Freundschaft mit ihm zu riskieren. Glaubte er wirklich, es sei eine gute Idee, dass sie jetzt gemeinsam Party machten? «In jedem Fall sollten wir noch mal miteinander sprechen», fuhr er mit einem plötzlichen Lächeln fort, das sie stach, so höflich war es. «Über das Konzept von *London Calling* und die Frage, wie es damit weitergehen soll.»

Zoe musste schlucken. Seine Worte klangen beinah bedrohlich. «Ich komm schon klar», beeilte sie sich zu sagen. «Hab mich echt daran gewöhnt. Fast.»

«Aber glücklich bist du nicht, oder?»

Sie atmete sehr tief ein und wieder aus. «Tobias. Ich bin sehr glücklich. Mein Glück ist nicht so fragil, dass es sofort zusammenbricht, wenn ich im Job mal Kompromisse machen muss. Das ist in Ordnung – dazu bin ich Profi genug. Das heute ... das war bloß ...» Verdammt, sämtliche Souveränität war dahin, weil ihr klarwurde, dass sie nicht die geringste Ahnung hatte, was das heute nun wieder war. Stattdessen fühlte sie es schlimmer werden, dieses Gefühl, dass irgendetwas Wichtiges fehlte. Wie hatte er das nur wieder so schnell geschafft? Ach, dieser vermaledeite Tag war doch zum Mäusemelken!

«Nein», sagte er, «es geht mir nicht um –»

«Zoe!» Roberta zum Dritten. «Ich glaube, es ist richtig wichtig. Dein Handy klingelt nonstop!»

«Geh doch ran!», rief Zoe über den Flur.

«Geh doch ran», murmelte der Chef zeitgleich. Dann musste er grinsen. «Geh schon ran, Zoe. Und danach komm kurz in mein Büro und erzähl mir, wie sich unser Baby entwickelt.» Er zwinkerte, stieß sich vom Tisch ab und schlenderte Richtung Kaffeemaschine.

Unser Baby. Zoe seufzte lautlos und eilte in ihr Büro. Kaum, dass sie durch die Tür trat, begann ihr Handy schon wieder zu bimmeln. Roberta packte es, zog eine Grimasse und gab vor, das arme Telefon in den Händen zu erwürgen.

«Es macht mich wahnsinnig – ich versuche mich seit einer Stunde auf meinen Text zu konzentrieren!» Damit warf sie Zoe das Handy zu, und Zoe fing es auf. Im gleichen Augenblick verstummte es. Nummer unterdrückt – na toll.

«Was ist nur los?», fragte Roberta und musterte sie mit gerunzelter Stirn. «Du machst ein Gesicht ... so lang wie eine Geige.»

«Eine Geige? Zum Musikspielen steht mir gerade echt nicht der Sinn.»

Roberta kratzte sich nachdenklich am Kopf. «Ein langes Gesicht wie ... viele Tage Regenwetter. As long as a fiddle. Warum bist du traurig?»

«Bin ich nicht.» Zoe fuhr sich über das besagte lange Gesicht und drückte ihre Handballen gegen die Augenhöhlen. Sie musste sich dringend besser in den Griff bekommen. «Ich bin nur etwas gestresst. Er ... der Chef ... hat mich zum Tanz in den Mai eingeladen.» Sie warf Roberta einen vielsagenden Blick zu. «Ich glaube, er macht sich irgendwelche Hoffnungen, und es schmerzt so, ihn enttäuschen zu müssen.»

Roberta blinzelte zweimal. Dann formten ihre Lippen lautlos das Wort «Hoffnungen», bevor sie hastig den Kopf schüttelte, dass ihre Rastas hin und her pendelten. «Wir müssen dringend reden, ich glaube, da gibt es etwas, was du mir sagen musst, Zoe. Aber vorher ein Tipp von mir: Steiger dich bitte nicht in etwas rein.»

«Was meinst du damit?» War es so undenkbar, dass irgendjemand oder ein gewisser Chef im Speziellen Interesse an ihr hatte?

«Den Tanz in den Mai!», erwiderte Roberta, als hätte Zoe etwas sehr Offensichtliches übersehen. «Sag nicht, du hast es vergessen?»

«Vergessen?»

Erneut schüttelte Roberta den Kopf, diesmal leichter, mit einem kleinen Tadel darin. «Dear, wir haben doch auf der Weihnachtsfeier beschlossen ...»

«Dass wir alle zusammen dorthin gehen», vervollständigte Zoe den Satz. Es fiel ihr wie Schuppen von den Augen. Sie hatte es wirklich vergessen. Das Lachen, das sie ausstieß, geriet ungewollt hoch, beinah hysterisch, in jedem Fall aber nervös.

Tobias hatte sie überhaupt nicht zu einem Date eingeladen. Er hatte wissen wollen, ob sie – wie alle anderen aus dem Sender – zu der gemeinsamen Party kam. Wie peinlich war das denn?

«Und ich dachte schon ...», sagte sie zu Roberta, die bereits wieder eine Hand auf ihre Tastatur und die andere auf die Maus gelegt hatte, Zoe aber immer noch musterte.

«Aber das ist nicht der einzige Grund für deine ... Hoffnungen», sagte sie. Es war keine Frage. «Da läuft doch etwas zwischen dir und Tobias.»

Da lauft doch etwas, sagte sie, aber Zoe hatte keine Nerven übrig, um darüber zu grinsen. «*Ich* mache mir doch keine –» Zum Glück klingelte ihr Handy erneut und entband sie vorerst von der Notwendigkeit, ihrer Kollegin mehr zu sagen, als klug gewesen wäre, weil sie trotz aller Vernunft gern ihren Rat gehabt hätte.

«Hallo, hier ist Zoe», meldete sie sich, während Roberta sich wieder über ihre Tastatur beugte.

«Guten Tag. Hier spricht Stationsschwester Cornelia Winter vom Eduardus-Krankenhaus, Unfallchirurgie. Spreche ich mit Frau London?»

«Ja», antworte Zoe. Ihr Mund war schlagartig staubtrocken. Warum rief eine Krankenschwester bei ihr an? Eine Stunde lang – fast permanent?

«Frau London, wie gut, dass ich Sie endlich erreiche. Wir haben heute Morgen eine Patientin aufgenommen, die gut mit Ihnen bekannt ist. Frau Pauline Sachs. Sie hat uns Ihren Namen genannt.»

Oh Gott, Paulchen … Sie war doch nicht etwa … tot? Zoe schüttelte den Kopf und den Gedanken ab. Wäre sie tot, hätte sie wohl kaum ihren Namen nennen können.

«Wir wenden uns im Normalfall an Familienangehörige, aber Frau Sachs verweigert uns die Herausgabe von Daten.»

Es gab niemanden außer ihr. Aber wenn Paulchen das den Schwestern nicht verriet, hatte sie sicher ihre Gründe.

«Wie geht es ihr?», fragte sie tonlos. Auf der anderen Seite des Schreibtisches bekam Roberta tellergroße Augen, so sehr erschreckten sie die Worte.

«Sie ist am frühen Morgen aus dem Rollstuhl gestürzt», erklärte die Schwester. Zoe fiel der seltsame Unterton in ihrer Stimme auf. Sie klang, als würde sie bei jeder Sprechpause brüskiert den Mund verziehen. «Zum Glück kam ihr sofort jemand zu Hilfe.» Verkniffene Pause. «Allerdings hat sie sich Prellungen zugezogen, außerdem eine Jochbeinfraktur und ein paar Schürfwunden.» Pause. «Wir können derzeit auch nicht ausschließen, dass sie eine Gehirnerschütterung davongetragen hat.»

«Gestürzt», wiederholte Zoe leise. «Warum denn das? Und wo?»

«Auf der morgendlichen Spazierfahrt, nehme ich an», antwortete die Schwester spitz. «Mehr weiß ich auch nicht. Wir benötigen in jedem Fall Frau Sachs' Krankenkassenkarte, die hatte sie nicht bei sich. Und es wäre auch gut, wenn jemand ihr ein paar Sachen aus ihrer Wohnung holen könnte. Wir werden sie ein paar Tage zur Beobachtung hierbehalten müssen.» Die Krankenschwester tat einen Atemzug wie einen Seufzer.

«Das ist kein Problem. Ich komme sofort. Geht es Paulch... Frau Sachs denn so weit gut?»

«Der geht es bestens», sagte die Schwester.

Donnerlittchen, die war ja komisch drauf. Vermutlich notorisch überarbeitet.

Zoe ließ sich die Zimmernummer nennen, notierte die Zahl zitterig auf einem abgerissenen Stück Papier und beendete das Telefonat.

«Was ist passiert?» Roberta rief die Worte fast, kaum dass sie aufgelegt hatte.

Zoe sprang auf, pfefferte Schlüssel, Handy und Portemonnaie in ihre Handtasche und erklärte kurz, wohin sie musste. Robertas Gesicht wurde steinern. Sie hatte Paulchen bei Zoes letztem Geburtstag kennengelernt – sie war eine der drei Frauen, die sie samt Rollstuhl all die Treppen hochgeschleppt hatten, weil der Aufzug mal wieder außer Betrieb gewesen war.

«Mein Paulchen!», rief sie besorgt, und Zoe hätte beinah über ihre Betonung – *Paulschn* – geschmunzelt. «Wenn sie irgendetwas braucht, dann gib mir Bescheid. Und sag ihr, dass ich sie morgen besuchen komme, wenn ich frei habe.»

Dankbar nickte Zoe, dann flitzte sie aus dem Büro. Tobias stand noch immer an der Kaffeemaschine und versetzte gerade dem danebenstehenden Schrank einen Stoß mit dem Handballen.

«Jedes Mal, wenn ich den Kaffee echt nötig habe, ziehe ich den Jackpot», sagte er zu ihr. «Wie oft muss dieses Mimöschen von Kaffeemaschine eigentlich entkalkt werden?» Ihr plötzlicher Aufbruch schien ihm erst jetzt aufzufallen, denn er zog die dunklen Brauen zusammen. «Gehst du schon?»

«Ja, wir müssen uns später unterhalten», erwiderte sie, während sie mit den Zehenspitzen ihre Schuhe aus dem Regal angelte und so vor sich platzierte, dass sie reinschlüpfen konnte. «Es gibt einen Notfall mit einer guten Freundin.»

Er kam etwas näher. «Du bist weiß wie ein Blatt Papier. Was ist denn passiert?»

Sie zuckte mit den Schultern. Wenn sie es doch nur genau wüsste! «Paulchen ist im Krankenhaus», sagte sie leise.

«Paulchen?»

«Meine Freundin, meine älteste Freundin. Als ich ein Kind war, waren wir Nachbarn. Ich kenne sie seit zwanzig Jahren.»

«Ist es schlimm?»

«Weiß ich nicht.» Und *das* fühlte sich sehr schlimm an. «Die Schwester sagte, sie sei aus dem Rollstuhl gestürzt. Sie ist schon alt und ...» Sie rieb sich das Gesicht. Das durfte doch alles nicht wahr sein!

Tobias griff an ihr vorbei nach ihrer Jacke, schob sie ihr in die Hände und nahm dann seine eigene vom Haken.

«Was machst du?», fragte sie, als auch er in seine Schuhe stieg.

«Dich fahren, was sonst?»

«Das musst du nicht.»

«Ist kein Problem, ich mach das gern. Ich bin heute mit dem Auto da, du bist dann viel schneller bei deinem Paulchen, als wenn du die Öffentlichen nimmst.»

Da hatte er recht, also sagte Zoe zu und saß wenig später im Opel des Chefs und nannte ihm die Adresse des Krankenhauses. «Du hast echt eine richtige Familienkutsche», bemerkte sie, um sich mit Smalltalk von ihrer Sorge abzulenken. «Breite Rückbank für drei Kindersitze, riesengroßer Kofferraum – wofür brauchst du so ein großes Auto?»

Er lächelte, aber dahinter lag irgendetwas Ernstes. «Als ich den Wagen gekauft habe, brauchten wir etwas Platz für den Kindersitz und das kleine Fahrrad im Kofferraum.»

«Du hast ...» Nein, das hätte er doch mal erwähnt, oder? «Ein Kind?»

«Nein, aber meine Exfreundin. Das ist eine Weile her, und die Beziehung ist gescheitert. Allerdings hab ich festgestellt, dass der große Kofferraum doch ganz praktisch ist, wenn ich mal für meinen Bruder zum Großmarkt fahre.»

Ach ja, der Bruder führte irgendwo eine kleine Gaststätte, Tobias hatte es mal beiläufig erzählt.

Zoe erwischte sich dabei, auf den Fußballen zu wippen und mit den Fingern auf ihren Knien zu trommeln. Schnell steckte sie die Hände unter die Oberschenkel.

«Du machst dir große Sorgen, oder?»

Sie schaute aus dem Fenster, damit er nicht sah, dass sich Tränen in ihren Augen ansammelten. «Sie ist schon über achtzig, und in den letzten Jahren sind ihre Arme und Beine so dünn wie Stöcke geworden. Sie wirkt so zerbrechlich. Und trotzdem kann ich mir das Bild von ihr in einem Krankenhausbett überhaupt nicht vorstellen. Das passt gar nicht, das ist, als … als würdest du erfahren, dass deine Katzen plötzlich im Aquarium leben müssen.»

Trotz ihrer Nervosität musste sie mitlächeln, als Tobias über ihren Vergleich grinste.

Er strich ihr kurz und warm über den Handrücken. «Sie erholt sich bestimmt wieder.» Dann zog er seine Hand zurück und schaltete einen Gang hoch.

Schwester Cornelia, zu erkennen an einem Namensschild am Kittel, saß hinter der Anmeldung der Chirurgie, als Zoe sich anmeldete, redete aber gerade mit einer jungen Ärztin. Zoe versuchte nicht zu lauschen. Sie bereute es, Tobias gesagt zu haben, er solle zurückfahren und sie würde lieber allein ins Krankenhaus gehen. Im Moment fühlte sich das Alleinsein schrecklich einsam an, und das würde sicher nicht besser werden, wenn sie erst vor dem richtigen Krankenzimmer stand und anklopfen musste.

«Wie kann ich Ihnen helfen?» Die Schwester blickte sie auffordernd und freundlich an, Zoe begriff erst jetzt, dass sie vor sich hingestarrt hatte. Die junge Ärztin war längst weg. Sie räusperte sich.

«Ich komme, um Frau Sachs zu besuchen. Ist das jetzt möglich?»

Das Gesicht der Schwester verdüsterte sich abrupt. Zoes Herz begann zu rasen, und sie hörte plötzlich ihr eigenes Blut in ihren Ohren rauschen. Um die Worte zu verstehen, die die Krankenschwester zu ihr sagte, musste sie sich stark konzentrieren. Und sich gleichzeitig davon abhalten, ihre Finger in die Ohren zu stecken, um nichts hören zu müssen.

Bitte, bitte keine schlechten Nachrichten!

Aber die Miene der hinter der schmalen Brille sorgfältig geschminkten Schwester sagte doch alles, oder?

«Es wäre eine große Hilfe, wenn Sie frische Wäsche für Frau Sachs herbringen könnten. Und ihre Toilettenartikel. Wir haben natürlich immer etwas hier, aber ...» Die Schwester seufzte, statt ihren Satz zu Ende zu führen. «Sie wünscht sich außerdem ihr übliches Mineralwasser – in ungeöffneten Flaschen. Und ...» Ein weiteres Seufzen. «Wenn Sie Frau Sachs ein paar Worte dazu sagen könnten, dass der Aufenthalt hier für einige Tage wirklich ratsam wäre, dann würden Sie *uns* sehr helfen. Wir reden mit Engelszungen auf sie ein, nicht gegen ärztlichen Rat nach Hause zu gehen, was in ihrer Situation wirklich unklug und mit großen Risiken behaftet wäre. Vielleicht hört sie auf Sie – uns nimmt sie nicht ernst, und wir können sie natürlich nicht gegen ihren Willen hier festhalten.»

Es dauerte entsetzlich lange, bis die Bedeutung der Worte in Zoes Gedanken eingedrungen war und das Schreckgespenst einer schwerstverletzten Pauline vertrieb. Die Schwester blickte gar nicht aufgrund schlimmer Nachrichten so düster, sondern weil Paulchen offenbar eine unbequeme Patientin war.

Das machte es leichter, wenige Augenblicke später an die Tür zu klopfen, hinter der Pauline sein musste, und sie dann zaghaft zu öffnen. Trotzdem gab sie sich kurz dem wärmenden Gefühl hin, Tobias wäre doch mitgekommen.

«Was wollt ihr denn jetzt schon wieder von mir?», fauchte eine böse Stimme vom Bett aus. Zoe zuckte zusammen und dachte zunächst, sie hätte sich in der Tür geirrt, doch dann sagte die Stimme: «Ach, du bist das, Liebchen, komm schnell rein und mach die Tür zu!»

Langsam trat Zoe näher. Sie rang die Hände, um sie nicht erschrocken vor den Mund zu schlagen, als sie Pauline erkannte. Außer der Stimme erinnerte nicht viel an ihre Freundin, die das Zimmer, in dem drei Betten standen, für sich allein hatte. Sie saß aufrecht im letzten Bett vor dem Fenster, bekleidet mit einem zartgelben Krankenhausnachthemd und zugedeckt bis zur Hüfte. Ihre Haare standen struppig in alle Richtungen ab und ihr Gesicht … Zoe schluckte mehrmals schwer.

«Paulchen, was machst du denn für Sachen», kiekste sie, trat ans Bett, nahm Paulines rechte Hand und betrachtete ihre Freundin näher. Allein das Hinsehen schmerzte. Die gesamte linke Kinnseite ihrer Freundin war aufgeschürft, über der Augenbraue sowie am Jochbein prangten große, blauviolett schimmernde Beulen, und unter beiden Augen lagen Ringe von dunkelstem Blau, teilweise schon schwarz. An ihren Nasenlöchern klebte noch verkrustetes Blut, und die linke Hand war verbunden.

«Ach», grummelte Paulchen und schüttelte unwirsch den Kopf. «Mir ist gar nichts passiert!»

«Das nennst du gar nichts?», entfuhr es Zoe. «Hast du mal in den Spiegel geschaut?»

«Leider.»

«Was hast du getrieben? Hast du an einem illegalen Boxkampf teilgenommen?»

Paulchen schmunzelte.

«Wenigstens gewonnen?» Damit umarmte Zoe sie und drückte sie fest an sich.

«Na, na, zerquetsch mich mal nicht, Liebchen. Brauchst dir keine Sorgen um mich zu machen, ich bin wirklich nur gefallen und dumm aufgekommen.»

«Wo wolltest du denn hin?» Zoe war sich bewusst, dass die Frage sie auf dünnes Eis führte. Paulchen war nur noch zu sehr kurzen Wegen in der Lage, aber das wollte sie sich und anderen einfach nicht eingestehen. Und noch weniger wollte sie gesagt bekommen, was sie zu tun oder zu lassen hatte.

Auch jetzt grub sich ein schnippischer Zug in ihre Mundwinkel. «Bloß zum Bäcker auf die andere Straßenseite – das wird man doch wohl noch dürfen, oder?»

Zoe spürte, wie ihr die Farbe aus dem Gesicht wich. Der Weg zum Bäcker war zwar wirklich nicht weit, führte aber über eine stark befahrene, vierspurige Hauptstraße, und dass Pauline einen weiten Umweg machte, um diese an einer Fußgängerampel zu überqueren, konnte sie sich kaum vorstellen. Sich auszumalen, wie Paulchen mit dem Rollstuhl hastig durch eine kleine Lücke zwischen den vorbeibrausenden Autos rollte, ließ sie flau im Magen werden. «Und ... wo genau bist du gefallen?», hakte sie vorsichtig nach.

Pauline schnalzte mit der Zunge. «Gleich vor der Bäckerei. Ich bin den Bordstein nicht richtig hochgekommen. War wohl einfach zu flott unterwegs.»

Ja, kein Wunder, anderenfalls wäre sie vermutlich überfahren worden. «Puh. Das hätte schiefgehen können.»

«Ach, Unsinn! Es sind auch schon Leute vom Klo gefallen und haben sich den Hals gebrochen. So was passiert nun mal.»

«Aber du forderst es auch ganz schön heraus, oder? Lydia sagt doch auch immer, dass du besser in Begleitung ausfährst.»

«Ach, die!», entfuhr es Pauline. «Die hätte es am liebsten, wenn ich ganz zu Hause bliebe. Die denkt, ich schaffe gar nichts mehr allein. Fehlt nur, dass sie mir noch den Hintern abputzen will, wenn ich auf dem Pott war! Weißt du, was Lydia gesagt hat, als ich sie angerufen hab, damit sie weiß, dass sie heut früh nicht kommen musste? Dass das ja passieren musste! Als hätte sie es gewollt.»

Zoe musste tief durchatmen und tat es sehr unauffällig. Die Fachkraft vom mobilen Pflegedienst spürte also auch, dass Pauline langsam unselbständiger wurde. «Das hat sie definitiv nicht gewollt. Nur befürchtet.»

«Die will, dass ich ins Heim gehe!»

«Hat sie das gesagt?» Das wäre mehr als ungeschickt und würde Pauline sicher nur wütend machen.

«Nicht direkt», gab Pauline zu und blickte zur Seite. «Aber sie schlägt mir immer solchen Unsinn vor, ich solle doch mit einer Freundin zusammenziehen. Eine *Mädels-WG* – als wären wir Studentinnen!»

«Die Idee finde ich gar nicht schlecht», wagte sich Zoe vor, aber Pauline verschränkte sofort die Arme vor der Brust; sie schnappte zu wie eine Auster.

«Liebchen, jetzt mach dich mal nicht lächerlich. Mein Mann ist seit siebenunddreißig Jahren tot. Seit siebenunddreißig Jahren, zwei Monaten und vierzehn Tagen, wenn du es genau wissen willst, lebe ich allein. Meinst du, ich würde es nach all der Zeit ertragen, im Bad das zu riechen, was jemand anderes in die Schüssel gemacht hat?»

«Es gibt Wohnungen mit zwei Bädern», entgegnete Zoe lahm, wissend, dass das nicht der Punkt war. «Ich mache mir doch bloß Sorgen. Würdest du doch auch tun, wenn ich verletzt wäre, also nimm es mir nicht übel.»

Daraufhin lächelte Pauline, löste ihre verkrampfte Haltung und strich Zoe durch die Haare. «Hast recht», sagte sie. «Hast ja recht. Aber wer bin ich denn noch, wenn ihr mich nicht die sture, alte Pauline sein lasst? Ich mag nicht umziehen und erst recht mit niemandem zusammen in eine Wohnung und noch weniger in ein Altenstift. Aber vielleicht kauf ich mir einen heruntergekommenen Bauernhof, den ich wieder fit machen kann, wenn die Hand wieder heile ist.» Sie klopfte auf ihr bandagiertes Handgelenk und lachte in sich hinein.

Zoe seufzte, musste aber ebenfalls lächeln. «Schauen wir mal. Jetzt sag mir erst mal, was ich dir von zu Hause holen soll. Die Schwestern sagen, du hättest gern dein Wasser?»

Pauline richtete sich abrupt in ihrem Bett auf. «Du musst mir nichts holen!»

«Das mache ich aber gern.»

«Ist aber unnötig. Sobald der Doktor noch mal da war, können die mir ein Taxi rufen, und dann fahre ich nach Hause.»

Zoe rieb sich über die Wangenknochen, als müsste sie Tränen abwischen. Nun wurde es ernst. «Paulchen, du hast womöglich eine Gehirnerschütterung. So was kann aus dem Nichts zu plötzlichem Schwindel oder sogar Ohnmacht führen. Willst du noch mal umfallen?»

«Mein liebes Schlaumeierchen», sagte Pauline mit erhobenem Zeigefinger, «aus dem Grund warte ich ja auch auf den Doktor. Der wird mir das schon sagen können.»

Zoe straffte die Schultern und spielte eine Souveränität vor, die sie nicht ansatzweise fühlte. «Nein, das kann man erst nach einer gewissen Beobachtungszeit erkennen, schließlich kann dir keiner unter deine Hirnschale gucken. Du musst einfach ein, zwei Tage hier bleiben und die Ärzte ihre Untersuchungen machen lassen.»

«Ach, Zoe», sagte Pauline und lehnte sich weiter zu Zoe hin, als fürchtete sie, belauscht zu werden. «Die wollen mir hier einreden, ich sei dement. Und hundert Untersuchungen wollen sie machen, die beweisen sollen, dass ich es wirklich bin. Damit sie mich in ein Heim stecken können.»

«Aber Paulchen. Warum sollten sie das tun? Was hätten sie davon?»

Pauline winkte ab. «So was erfahren wir doch nicht. Vielleicht zahlen die Feierabendresidenzen denen eine Kopfgeldprämie, wenn die leer stehende Betten haben.»

«Das glaube ich nicht.»

«Die Untersuchungen mit ihren Stromkäppchen, die einem die Haare ruinieren, können die in jedem Fall vergessen!», entschied Pauline entschlossen. «Da können die mir sonst was unterschieben, und ich trau hier niemandem! Ich vertraue meinem Doktor Al-Assam, zu dem geh ich seit fast vierzig Jahren, und der wird mich auch erst los, wenn er selbst ins Gras beißt.»

Der arme alte Arzt versuchte vermutlich seit einem Jahrzehnt, in Rente zu gehen – aber Pauline ließ ihm nicht mal den Gedanken an Altersruhe durchgehen.

«In Ordnung», stieß Zoe aus. «Ich sehe zwei Möglichkeiten. Du kommst mit in meine Wohnung, wo ich dich über Nacht im Auge habe. Und falls du dich dazu entscheidest, dann bedenk bitte, dass ich im sechsten Stock wohne und der Aufzug kaputt ist. Ich werde dich hochtragen müssen. Huckepack!»

Pauline antwortete nicht, sondern wurde aus Entrüstung rot wie ein Hummer im Kochtopf, wodurch sich noch weitere bläulich schimmernde Hämatome zeigten, die bisher unauffällig im Hintergrund geblieben waren.

«Die Alternative ist, dass du einfach hier bleibst und ich dir alles hole, was du brauchst», schlug Zoe vor. Sie hasste es, mit Pauline zu streiten, aber mit einem Seufzer gab die sich geschlagen, und damit war Zoe klar, dass sie das Richtige getan hatte.

«Drei Flaschen Sprudelwasser», sagte Pauline. Wie mürrisch sie das Zugeständnis machte, klang nur sehr subtil in ihrer Stimme mit, sie gab sich ganz bestimmt große Mühe, nicht unfair zu Zoe zu sein. Allerdings wollte Zoe gar nicht so genau wissen, wie ihr Paulchen mit den armen Schwestern umsprang, denen sie so schlimm misstraute. «Das ist besonders wichtig, wichtiger als meine Zahnbürste. Denn ich glaube, die tun mir ein Schlafmittel ins Wasser, damit ich keine Fragen stelle und weniger Arbeit mache.»

«Wie kommst du denn darauf?»

«Na ja. Ich bin so müde, weißt du?»

Zoe rieb sich das Gesicht. Paulchen hatte doch mehr abbekommen, als sie sich eingestand. Es war Zeit, dass sie sich aufmachte, um die Sachen ihrer Freundin zu holen; auch, damit diese sich endlich ausruhen konnte.

Pauline diktierte ihr, was sie brauchte. «Vergiss nur mein Smartphone und das Ladekabel nicht, du kennst ja das schreckliche Fernsehprogramm, und mit dem Ding kann ich wenigstens auf Facebook chatten und Bilder bei Instagram angucken! Und nimm bitte in jedem Fall das Wochenblättchen aus dem Briefkasten, wenn das drin bleibt, klingeln gleich alle Nachbarn Sturm, weil sie wissen wollen, ob ich schon den Löffel abgegeben habe.»

In Zoes Kopf pulsierte ein kleiner Schmerz hinter den Schläfen, der bereits diskret verkündete, dass er sich zu Größerem bestimmt sah, als sie das Krankenhaus verließ. Tief atmete sie die frische Luft ein und massierte mit kreisenden Fingern den äußersten Punkt ihrer Augenbrauen.

«Alles in Ordnung, Zoe?»

Sie schrak zusammen und fuhr herum. Schräg hinter ihr stand Tobias, er musste auf der Bank neben dem Ausgang gesessen haben.

«Was … was machst du denn hier?» Hatte er etwa die ganze Zeit gewartet?

«Ich habe gewartet.»

«Die ganze Zeit?»

Er blickte auf eine kleine, noch halbvolle Colaflasche, die er in der Hand hielt. «Einen Kaffee und eine halbe Cola lang.»

«Auf … mich?»

Er zuckte mit den Schultern. «Wenn jemand ins Krankenhaus muss, bringt irgendwer ihm seine Sachen. Ich habe vermutet, dass du für deine Freundin dieser Irgendwer bist. Und da ich weiß, dass du kein Auto hast …»

Er hatte auf sie gewartet. Der Superschurke Mister Workaholic hatte während seiner Arbeitszeit ernsthaft darauf gewartet, sie ein weiteres Mal durch den nervenzehrenden Kölner Nachmittagsverkehr zu kutschieren. Tief in Zoes Brust schmolz etwas dahin, von dem sie nicht wollte, dass es da war.

«Ist wirklich alles in Ordnung, Zoe?» War das Besorgnis in seinem Blick? Er, der sie ständig alle Nerven kostete, sorgte sich ernsthaft um sie? «Willst du etwas trinken? Du siehst aus, als könntest du gerade kaltes Koffein vertragen.»

Sie nahm ihm die angereichte Cola ab, die tatsächlich noch angenehm kühl war und nach etwas schmeckte, das sie nicht benennen konnte. Am ehesten hätte sie es Geborgenheit genannt. Donnerlittchen – langsam wurden ihre Gedanken wirklich lächerlich. Geborgenheit war nichts, das man schmecken konnte. Und wenn, dann allenfalls im warmen Apfelkuchen einer beschürzten Großmutter mit schlohweißem Haarknoten – einer Großmutter, die Zoe nie gehabt hatte –, aber ganz gewiss nicht in einer halbleeren Flasche Cola.

«Das nimmt dich ganz schön mit, oder?»

Sie zuckte mit den Schultern, eilig. Dann ein zweites Mal,

langsamer nun, weil er recht hatte. «Ja.» Es nahm sie mehr mit, als sie sich je hatte vorstellen können. «Ich … halt's kaum aus, dabei ist Paulchen mit dem Schrecken davongekommen.»

«Ich verstehe das.»

«Wirklich?» Sie verstand es ja selbst nicht. «Es fühlt sich an, als könnte ich nun nie wieder auch nur einen Moment lang ohne die Sorge leben, dass ihr erneut etwas Schlimmes passiert. Diesmal vielleicht in ihrer Wohnung, wo sie erst drei Tage später gefunden wird, oder mitten auf der Straße, wo der nächste Autofahrer womöglich gerade auf sein Handy schaut oder …»

«Die Sorgen sind die Risiken und Nebenwirkungen zwischenmenschlicher Beziehungen», warf Tobias ein, und obwohl seine Worte lakonisch oder sogar sarkastisch hätten klingen müssen, fand sich davon nichts in seiner Stimme. Und Zoe wurde klar, dass er recht hatte. Erschreckend war, wie unvertraut ihr diese Sorgen bis heute gewesen waren.

«Na komm.» Für einen Moment – zu lang für flüchtig, zu kurz für bedeutsam – legte er ihr eine Hand auf den Oberarm. «Holen wir die Sachen deiner Freundin.»

Sie fuhren los. Zoe schwieg, und Tobias' Anwesenheit schmiegte sich wie ein schützender Kokon um ihr Schweigen. Schirmte es ab, sodass sie nicht sprechen musste und in Ruhe nachdenken konnte. Und der Stau im Kölner Spätnachmittagsverkehr kam zum ersten Mal, seit Zoe in dieser Stadt lebte, genau zur rechten Zeit.

Als Zoe London neun Jahre alt war, liebte ihre Mutter Zoes Reitlehrer. Das war nicht weiter verwunderlich, denn alle

Mütter der Mädchen, die freitags um vierzehn Uhr zur Reitstunde kamen, himmelten ihn an. Die einen offensichtlicher mit Sprüchen, über die die Mädchen reflexartig grinsten, bevor ihnen einfiel, dass sie schnell noch einmal die Hufe ihrer Ponys auskratzen oder den Schweif entwirren mussten, die anderen still und scheu, mit Blicken, so harmlos wie ein Windstoß, der bloß ein wenig Stroh über den Hof fegte und ansonsten nichts bewegte.

Mit neun Jahren glaubt man an die einmalige, große und damit auch letzte Chance im Leben. Zoe sah sie gekommen. Für ihre Mutter, die so verzweifelt nach mehr Liebe suchte, als eine kleine Tochter sie einer Mutter geben kann. Ein bisschen auch für sich, wobei die Phantasien von einem Weihnachts- oder Osterfest zu dritt schwerer wogen, viel, viel schwerer als der heimliche Traum, vielleicht irgendwann ein eigenes Pony zu haben, wenn man erst einen Reitlehrer als Papa hatte.

Doch die Erfolgsaussichten, so viel wusste Zoe London inzwischen über die Liebe, waren auch bei einer einmaligen, großen und letzten Chance gering, wenn der eine Part einer Liebesgeschichte so schön und begehrt war wie ihr Reitlehrer, und der andere Teil so schüchtern und leise wie ihre Mama. Passte das denn überhaupt zusammen? Zoe malte Herzen in den Sand der Reithalle. Herzen, deren eine Hälfte rund und prall und perfekt geschwungen war, und die andere flach und eckig. Verkrüppelt sah das aus, aber diesen Gedanken verbot sie sich. Ihre Mama hatte sich an den Erfahrungen verletzt, das ließ sich nicht leugnen, aber das würde schon wieder zuwachsen. Und wer sagte denn, dass Herzen perfekt und symmetrisch sein müssen? Ihr würde schon etwas einfallen, um ihren Reitlehrer auf ihre Mama aufmerksam zu machen.

Insgeheim suchte er zwischen all den laut lachenden Frauen doch nur nach der einen, die anders war. Sie musste es geschickt anstellen. Nie wieder würde sie eine einmalige, große und letzte Chance ruinieren.

Doch an jedem Freitag, wenn das Leichttraben, Durch-die-ganze-Bahn-Wechseln, das Gevolte und Gezirkel sowie das Umsitzen und Aussitzen vorbei war, sie ihr Pony nach dem Unterricht versorgt hatte und es Zeit war, nach Hause zu fahren, sah sie ihre eigenen Gefühle als Spiegelung in den Blicken ihrer Mutter.

Wieder nichts.

Erneut versagt.

Nichts gewagt. Und nichts gewonnen.

Und eine weitere Woche der Planung und der Vorbereitung brach an, eine weitere Woche, die am Freitagspätnachmittag begann und am darauffolgenden Freitag gegen vierzehn Uhr ihren Höhepunkt hatte. Zur einmaligen, großen, letzten Chance.

Bis eines Freitags im Herbst eine fremde Frau am Eingang der Reithalle stand, wo auf einer Tafel festgehalten war, welches Kind auf welchem Pony reiten sollte. Zoe nahm zunächst nur wahr, dass sie Bandita reiten musste – die freche braune Stute, die angeblich jedes andere Kind schon gebissen hatte und die nicht selten die Reiter in den Sand feuerte, wenn diese die komplizierte Geschichte mit dem äußeren Zügel und dem inneren Schenkel noch nicht richtig zustande brachten. Erst als der Schreck über das Pony abebbte, gelangte ihr ins Bewusstsein, wer die fremde Frau in den schmutzigen Lederstiefeln war: die neue Reitlehrerin. Weil der Reitlehrer, den ihre Mutter liebte, nun in einem anderen Stall arbeitete; in einem Reitverein, wo talentierte Jungs und ehrgeizige

Mädchen auf richtigen Turnierpferden trainierten. Zoe war bereits dort gewesen. Bei einem Dressurturnier. Zum Zuschauen und Klatschen.

Und obwohl Bandita sie in der ersten Reitstunde zweimal in den Sand schoss und sie nach der Stunde beim Abtrensen auch noch in die Hand biss und Zoe London heulte und ihre Mama mehr brauchte als je zuvor, kam diese ab der folgenden Woche nicht mehr mit zu den Unterrichtsstunden, sondern ließ Zoe nur noch am Stall aussteigen und holte sie später wieder ab.

«Herzlich willkommen bei *London Calling*, meine lieben Zuhörerinnen und Zuhörer. Hier spricht wieder eure Zoe London.

Ihr kennt ganz sicher diese Augenblicke, wenn eure Welt einen Moment lang wackelt und ihr das Gefühl habt, die Zeit müsse in sich verharren, bis jeder Mensch gemerkt hat, dass etwas Schreckliches passiert ist. Etwas Trauriges, etwas Schlimmes oder etwas, das euch einen Moment lang mehr ängstigt, als ein breit grinsender Clown es könnte, wenn er plötzlich nachts in eurem Schlafzimmer stünde. Die Wahrheit ist, dass die ganze Welt sich weiterdreht, als wäre überhaupt nichts passiert. Nur ihr verharrt wie eingefroren, weil das, was passiert ist oder wovor ihr fürchtet, dass es passiert sein könnte, euch schlagartig alle Energie und Wärme entzieht, sodass ihr zu Eis werdet. Kennt ihr das? Ein Gefühl wie ein Anblick, der so schrecklich ist, dass ihr euch nicht mal abwenden könnt?

Ach, wie müsst ihr euch über diese Worte aus meinem Mund

wundern. Normalerweise beginne ich meine Sendung nicht so schwermütig. Und normalerweise füge ich sie auch nicht schwermütig fort, und erst recht ende ich nicht schwermütig. Habe ich euch eigentlich je von der kleinen Postkarte erzählt, die an meinem Kühlschrank hängt? Charlie Brown und Snoopy sitzen beisammen, und Charlie Brown sagt: ‹Eines Tages, Snoopy, müssen wir alle sterben.› Und Snoopy erwidert: ‹Ja. Aber an allen anderen Tagen nicht.› Diese kleine Karte passt so gut zu mir, dass ich sie, um ehrlich zu sein, nicht nur am Kühlschrank habe, sondern in hundertfacher Ausführung im Schrank lagere, um sie jedem zu schicken, den ich kenne. Ich war immer total verliebt in diesen optimistischen, lebensklugen kleinen Beagle Snoopy.
Gestern hatte ich zum ersten Mal in meinem Leben eine Antwort für Snoopy. Ich fühlte mich wie Charlie Brown, und ich wollte dem Hund auf seinen möchtegern-klugen Spruch eine Antwort geben. Ich wollte sagen, rufen, schreien: ‹Du dummer Köter! Aber an all den anderen Tagen sterben andere Menschen. Menschen, die uns wichtig sind, Menschen, die wir lieben, Menschen, ohne die wir ...
Ohne die wir ... Ohne ... die wir ... so ... allein ...›»

Zoe schrak auf, war einen Moment entsetzt, fühlte sich dann so erleichtert, dass sie laut auflachen musste, und am Ende kamen ihr die Tränen.

Ein Albtraum. Und was für einer! Auf einer Skala von eins für «niedlich-harmlos» bis zehn für «auf Horrorfilm-Niveau» war dieser hier eine neun Komma drei.

In ihrer Show, live auf Sendung vor all den Zuhörern, die am unteren Schwanzende der hinterlistigen Quotenschlange übrig geblieben waren, waren ihr die Gäule durchgegangen, ihre Gefühle völlig eskaliert. Sie hatte sogar beinah geheult in dieser Albtraum-Show – ihre Stimme hatte gebebt. Sie musste sich korrigieren – der Traum war eine neun Komma fünf. Sapperlot, wie gut, dass sie aufgewacht war! Wenn dieser Traum weitergegangen wäre, hätte sicherlich noch Anne angerufen. Neun Komma sieben!

Besser, sie stand auf; was machte es denn, dass die garstig grünen Weckerziffern behaupteten, es wäre erst zwanzig nach zwei. Der Wecker war womöglich stehengeblieben. Und selbst wenn nicht, war zwanzig nach zwei eine gute Zeit zum Aufstehen, wenn die Alternative war, sich im Radio ein weiteres Mal im Traum vor der ganzen Welt vollkommen lächerlich zu machen.

Kapitel 6

Zoe war selten einem Anblick so dankbar gewesen wie dem des Cafés. Wie im Reflex sogen ihre Lungen den Duft der Birken ein, sie roch Erde, Blüten und einen Hauch von Kuchenduft aus der Küche, und beim Ausatmen konnte sie sich endlich, zum ersten Mal seit über vierundzwanzig Stunden, einen Moment lang entspannen. Versetzt hinter den Birken ragten Kirschbäume in die Höhe wie gewaltige weiße Pusteblumen, deren Samen sich nun im Wind verstreuten. Selbst auf den Tischen und Stühlen lagen weiße Kirschblättchen. Die Bienen, die heute geschäftig zwischen den wenigen Gästen herflogen, waren aber vermutlich gekommen, weil jemand die Blumenkübel des Cafés mit farbenfrohen Pflanzen neu bestückt hatte.

«Ist das entzückend hier!», rief Roberta. *Entzuckend.*

Kirsten feudelte mit der Handfläche die Stuhlfläche frei, bevor sie sich setzte, und einen Moment lang befürchtete Zoe einen der berüchtigten sarkastischen Sprüche von ihrer Kollegin, für die sie nach ihrer fast schlaflosen Nacht heute keine Nerven übrig hatte. Eine Sekunde lang dachte sie, dass es ein Fehler gewesen war, Roberta und Kirsten mit herzubringen, nachdem Tobias ihre Frage nach einer gemeinsamen, reichlich späten Kaffeepause abgelehnt hatte, da er wegmusste. Irgendwohin – er hatte ihr keine Details genannt.

Doch sie hatte Glück, auch Kirsten lächelte und stimmte Roberta mit einem Nicken zu.

«Ich habe es durch Zufall entdeckt», sagte Zoe. «Und kaum glauben wollen, dass es so nah am Sender liegt. Es fühlt sich an, als wäre die Realität hier eine andere.»

«Ja, schaut nur, dort!» Roberta wies aufgeregt in die Zweige einer Birke. «Das ist aber keine heimische Vogelart!»

«Du siehst ihn also auch», entfuhr es Zoe ungewollt, und sie musste kichern. Der kleine gelbe Vogel war so eigenartig, dass sie manchmal gedacht hatte, er wäre vielleicht bloß ihrer und Julius' Phantasie entsprungen. Apropos Julius: Wo war er denn eigentlich? In den letzten Tagen war er jedes Mal hier gewesen, wenn sie gekommen war, doch heute war sein üblicher Platz leer, nicht einmal eine Zeitung oder einer seiner zerlesenen Romane lag dort auf dem Tisch. Sie überlegte, die junge Bedienung nach ihm zu fragen, als sie ihnen die Karten brachte, ließ es dann aber doch.

Kirsten bestellte Café au lait mit fettreduzierter Milch, Roberta Eiskaffee und «exakt den Kuchen, dessen Duft hier in der Luft schwebt und mir den Mund wässrig macht».

«Und du?», fragte die Bedienung, und Zoe bemerkte zu spät, dass sie zu lange abwesend in Richtung der Bäume gestarrt hatte.

«Das Gleiche», sagte sie schnell, «einfach das Gleiche.» Ein Nicken, ein Lächeln, und Marina war wieder verschwunden und Zoe im Fokus der Blicke ihrer Kolleginnen.

«Na, spuck schon aus, Honey.» Roberta tätschelte ihr die Hand. «Was ist los mit dir?»

Zoe seufzte, fuhr sich durch die Haare und blieb in einer Locke hängen – eine weitere Katastrophe. Denn da sie die Nacht kaum geschlafen und daher zu viel Zeit gehabt hatte, war ihr der grandiose Plan gekommen, mal etwas Neues mit ihrem Haar auszuprobieren und es versuchsweise mit reichlich Lockenzauber-Haarfestiger auf Papilloten zu drehen. Das Föhnen hatte dann dummerweise so lange gedauert, dass für eine rettende weitere Haarwäsche danach keine Zeit mehr geblieben war.

«Deine neue Frisur sieht übrigens ganz großartig aus!», tönte Roberta übertrieben begeistert, als hätte sie Zoes Gedanken gelesen.

«Ganz großartig?», echote Zoe und lachte – zumindest versuchte sie es. «Ich sehe aus wie eine Krähe, nachdem sie in eine Flugzeugturbine geraten ist.»

«Nope», korrigierte Kirsten. «Da bleibt nicht so viel übrig. Huhn im Windkanal trifft es besser.»

«Danke. Das ist der Trost, den eine Frau braucht, wenn sie ...»

«Nein, aber der kommt da», unterbrach Kirsten und deutete auf die Bedienung, die noch nie so schnell gewesen war wie heute.

«Wenn sie ... was?», hakte Roberta nach. «Wirklich, Zoe, was hast du denn nur? Selbst in deiner Sendung heute warst du ...»

Zoe wurde urplötzlich kalt in ihrer dünnen Jacke. «So schlecht? Ich war abgelenkt, ich weiß, und zu der Anruferin heute hat mir total der Draht gefehlt. Ich hab es versucht, aber ...»

«Da warst du machtlos», warf Kirsten ein und probierte an der Löffelspitze ihren Kaffee, als befürchtete sie, die Milch wäre aufgrund der ganzen Fettreduktion sauer geworden. «Wer auf die Frage, was sie heute Schönes erlebt hat, antwortet, dass der Exfreund glücklicherweise krank ist, braucht keinen Draht zu dir. Die würde dich nur vergiften.»

Tröstlich, so was von Kirsten zu hören. Zoe probierte ihren Kuchen, und ihr nächster Seufzer geriet verzückt.

«Ich finde einfach», sagte Roberta zwischen zwei Bissen, «dass du mit Tobias reden musst.»

Das finde ich auch, dachte Zoe. Dringend sogar. Aber er hatte ja keine Zeit für sie gehabt. Was gab es da nur so Wichtiges, dass er schon wegmusste und ihr nicht einmal verriet, wohin. Nicht, dass es sie etwas anging. Aber ...

«Das Konzept ist einfach nicht deins», fuhr Roberta fort, und Zoe bemerkte, dass sie zwar beide an den Chef dachten – aber an völlig unterschiedliche Gesprächsthemen mit ihm. Was bedeutete – und diese Erkenntnis fühlte sich an wie ein Eimer eiskaltes Wasser, der ohne Vorwarnung über ihr ausgekippt wurde –, dass *London Calling* gerade überhaupt nicht ihre oberste Priorität war, sondern ... nun ja, so was wie ihr geringstes Problem.

Ei der Daus!

«Soll ich mal mit ihm reden?», bot Kirsten an und überwand sich zu einem vorsichtigen Schluck aus ihrer Kaffeeschale. «Wenn ich mit ihm fertig bin, kümmert er sich freiwillig selbst um seine Anrufer. Wir machen einen neuen Domian aus ihm, mit Psychos kennt er sich ja aus.»

Zoe schüttelte den Kopf. Kirsten konnte schon biestig sein und übertrieb gern mal. Dass Tobias sich vor manchen Worten ekelte, war eine harmlose, kleine Macke – irgendwie süß. Psycho konnte man das ja wohl nicht nennen. «Nee, lass mal. Er hat ja irgendwie auch recht.»

«Das sind ja ganz neue Töne!», rief Kirsten fassungslos. «Hat er dir das Gehirn gewaschen? Oder sind es etwa ... die Quoten?»

Zoe beschloss, dass es am wenigsten Schaden anrichtete,

wenn Kirsten die Quoten für verantwortlich hielt. Die würde sie wenigstens nicht unschuldig zur Minna machen können. Doch bevor sie ein möglichst frei interpretierbares Brummen von sich geben konnte, fragte Roberta:

«Oder ist es dieser Angst-Kurs, den du besuchst, der dich so unglücklich macht?»

«Sag nicht, sie geht tatsächlich zu diesem lächerlichen Kurs!»

«Doch, das macht sie. Und es ist noch schlimmer, als du von dem Wochenendkurs berichtet hast.»

«*Sie* ist anwesend», wagte Zoe einzuwerfen. «Und der Kurs ist … na gut, der Coach ist ein Spinner. Aber sonst ist es ganz lustig dort.»

«Warte ab», sagte Roberta und drohte über ihrem leeren Kuchenteller mit dem Zeigefinger. «Warte ab, bis die spiders kommen!»

Wenn Zoe London jemals um Geld wetten würde, hätte sie ein kleines Vermögen darauf gesetzt, dass die Spinnen noch am selben Abend auf sie warteten. Der Tag war derart blöd gelaufen, dass er sicherlich nicht gnädig auf die ultimative Gelegenheit verzichtete, ihr zum Abschluss noch mal richtig eins reinzuwürgen! Auch wenn es gar nicht ihrem Naturell entsprach, sich auf Wetten einzulassen, hatte sie den Wunsch, nein, fast schon den zwanghaften Drang, Geld auf die Spinnen zu setzen. Aber Pauline weigerte sich zu wetten, als sie sie mit Roberta zusammen im Krankenhaus besuchte, und Roberta hätte ebenfalls auf die Spinnen gesetzt.

Chiara wurde bei der bloßen Erwähnung des Wortes Spinne bleich, als Zoe sie vor der VHS traf – wetten wollte auch sie nicht. Gemeinsam gingen sie in den Kursraum, und Chiara atmete vernehmlich aus, weil dort keine Terrarien aufgebaut waren. Auch Zoe erlaubte sich einen Anflug von Erleichterung, blieb aber auf der Hut. Lars empfing sie in einem T-Shirt mit der Aufschrift «Glück ist eine Überwindungsprämie», und dieser Spruch passte auf irgendeine perfide Weise nicht zu dem Grinsen, das er heute spazieren trug, als erwarte er von den nächsten eineinhalb Stunden die allerbeste Unterhaltung.

«Ich glaube ja inzwischen, der macht den Job nur, weil er Freude daran hat, Leuten dabei zuzuschauen, wie sie sich in die Hosen machen», raunte sie Chiara zu, während die anderen Kursteilnehmer eintrafen und zu ihren Plätzen gingen.

«Da könntest du recht haben», flüsterte Chiara zurück. «Um ehrlich zu sein, frage ich mich die ganze Zeit, warum so ein Typ mit der Empathie eines Bulldozers unbedingt solche Trainings geben muss. Seine Erfolge sind ja nicht gerade berauschend. Oder hast du Renate mal wiedergesehen, nachdem sie hysterisch vor den Ratten weggelaufen ist?»

Zoe schüttelte den Kopf. Die arme Renate ging ihr immer mal wieder durch den Kopf. Ihre Angst war nach der Aktion sicher größer als zuvor, sie kam in jedem Fall nicht mehr. «Sag mal, Chiara, wo wir gerade so ehrlich zueinander sind: Was machen wir eigentlich hier?»

«Warum ich überhaupt noch herkomme? Aber versprich, dass du mich nicht auslachst!»

«Niemals!»

«Ich finde dich einfach total nett und mache mir Sorgen, dass wir den Kontakt verlieren, wenn wir nicht mehr zusammen zu diesem albernen Kurs gehen.»

Trotz ihres Versprechens musste Zoe laut auflachen und Chiara spontan umarmen. «Ist das dein Ernst? Du bist so süß! Ich komme doch auch bloß noch wegen dir her!»

Lars räusperte sich. Die anderen saßen inzwischen alle an ihren Plätzen. «Schön, dass alle da sind», sagte Lars und klatschte zweimal kurz in die Hände. «Heute freue ich mich ganz besonders, dass wir vollzählig sind, denn es steht eine ausgesprochen beliebte Kurseinheit an. Auch die beiden Grazien aus der letzten Reihe werden sich heute Abend vermutlich nicht allzu schlimm langweilen.»

Grazien aus der letzten Reihe? Meinte der etwas sie und Chiara?

«Arschloch», hauchte Chiara, gerade so leise, dass es sicher alle Kursmitglieder hören konnten, Lars aber nicht, denn der verschwand gerade im Nebenraum.

«Wie kommt er eigentlich darauf, wir wären vollzählig?», flüsterte Zoe Chiara zu. «Hat er Renate schon vergessen?»

«Jemand wie Lars bemerkt weder die An- noch die Abwesenheit von jemandem wie Renate. Er registriert sicher nicht mal ihre Existenz.»

In dem Moment kam Lars zurück in den Kursraum, begleitet von einer jungen, sehr zarten und sehr hübschen Frau mit langem Flechtzopf. Sie hätte wohl ausgesehen wie eine Elfe, hätte sie nicht ebenso wie Lars einen kleinen pinken Plastikkäfig in jeder Hand getragen. Ein leises Raunen ging durch den Raum und Zoe atmete sehr bewusst sehr langsam aus und sagte sich, dass Mäuse in den Käfigen saßen. Ganz sicher Mäuse. Sie hatten zwar kürzlich schon Ratten gehabt, aber Mäuse oder andere Vierbeiner waren doch viel naheliegender als jedes Tierchen mit mehr Beinen. Sie hörte nur sehr rudimentär dabei zu, wie Lars die junge Frau vorstellte und eine rührende Geschichte darüber erzählte, wie sie selbst vor gar nicht langer Zeit noch eine Angstkandidatin gewesen war, die durch seine Kurse nun geheilt war und ein normales Leben führen konnte.

Zoe fragte sich, wie ein normales Leben zu den pinken Plastikkäfigen passte. Gern hätte sie diese Überlegung an Chiara weitergegeben, aber sie traute sich nicht zu reden, denn wenn sie Lars nun auf sich aufmerksam machte, würde er sich die Gelegenheit, sie vorzuführen, sicher nicht entgehen lassen. Wenn sie nur wüsste, wie man sich unsichtbar machte. Vielleicht schaffte sie es auch unbemerkt zur Tür?

Lars wies die Teilnehmer an, sich in vier Gruppen um je einen Tisch aufzuteilen. Chiara und Zoe gerieten an einen Tisch mit zwei recht gelassen wirkenden Männern, die an einen schlanken Bud Spencer und an einen korpulenten Terence Hill erinnerten, sowie der Jogger-Barbie, die Lars seit dem ersten Treffen am Waldrand anhimmelte. Chiara schien so nervös, dass Zoe ihre Hand nahm und drückte. Es war gar nicht auszumachen, wer von ihnen die kälteren Finger hatte.

«Dann fangen wir doch bei euch an, euch kann ein bisschen Gekrabbel doch sicher nicht erschrecken!», rief Lars und stellte sich vor ihren Tisch. Als wäre es eine heilige Reliquie, positionierte er mit bedachten Bewegungen einen der Plastikkäfige auf der Tischplatte. «Es wird euch freuen zu erfahren, dass es keine acht Beine hat.» Damit löste er zwei Kunststoffklemmen an der Seite des Behälters, hob den Deckel an und sagte: «Euer Job: Lasst es nicht vom Tisch fallen!» In dem Moment schoss etwas Lackschwarzes von der Dicke und Länge eines durchschnittlichen Wiener Würstchens unter der Abdeckung hervor und flitzte mit Dutzenden kleiner Klapperfüße auf dem Tisch herum.

Der dicke Terence Hill gab ein entsetztes Grunzen von sich, Barbie warf beim Aufspringen ihren Stuhl um, und auch Zoe entwich vor Schreck ein spitzer Schrei. Noch während sie sich selbst quieken hörte, registrierte sie allerdings schon, dass die Situation gar nicht so schlimm war wie befürchtet. Es war nämlich gar keine Spinne. Bloß ein Tausendfüßler. Ein verflucht großer Tausendfüßler, okay, aber immerhin ein Tausendfüßler. Erleichtert atmete Zoe aus und hinderte Mister Tausendfuß mit der Hand daran, sich in suizidaler Absicht vom Tisch zu stürzen. Entsetzt legte er einen U-Turn hin und tausendfüßlerte in die andere Richtung.

«Der Arme», brach es aus Zoe hervor. «Der hat bestimmt die größte Angst von uns allen. Und die berechtigtste. Ich mag es ehrlich gesagt nicht, dass Tiere für solche Experimente herhalten müssen.»

«To-total gemein», bestätigte Chiara stotternd. Sie wirkte ein wenig blass um die Nase und zuckte zusammen, als am Nebentisch im Chor aufgekreischt wurde. Offenbar entließ Lars auch dort gerade einen Tausendfüßler.

Barbie warf gehetzte Blicke im Raum umher, als auch am dritten Tisch jemand schrie, und in jenem Moment, wo eine von den Frauen anfing, quiekend von einem Fuß auf den anderen zu springen, als wären soeben tausend Kakerlaken auf den Fußboden gerasselt, kletterte sie vorsichtshalber auf einen Stuhl.

«Ich glaub, mir wird gleich schlecht», murmelte der schlanke Bud Spencer. Zoe hatte ihm die stärksten Nerven zugetraut, aber die Blicke, mit denen er Mister Tausendfuß betrachtete, der immer noch wie aufgezogen von einer Tischkante zur anderen wuselte und nur deshalb nicht abstürzte, weil Zoe ihm ihre Hand in den Weg stellte, sprachen nicht gerade von friedlicher Koexistenz. Sie hatte nicht erwartet, dass sich die freundlichen Augen so raubtierhaft zusammenziehen konnten. Herrschaftszeiten, nachher musste sie in diesem verrückten Kurs noch einen Tausendfüßler vor dem Exitus retten.

«Ich finde ihn ja sehr niedlich», sagte sie laut, deutlich und sehr demonstrativ. «Er erinnert mich an die Kuscheltier-Tausendfüßler aus meiner Kindheit. Ich hatte einen in Lila und einen in Apfelgrün.»

«Meine Mutter hat mir nie einen gekauft, weil sie sie eklig fand.» Chiaras Stimme war eine Oktave höher als sonst. «Weil sie alles, was mehr als vier Beine hat, eklig fand. Und eigentlich auch alles, was vier Beine hat. Oder zwei Beine und zwei Flügel.»

«Ah, verinnerlichtes elterliches Verhalten», rief Lars und trat von hinten an Chiara heran. «Quasi ein Klassiker. Kinder übernehmen oft die Angststörungen oder entwickeln ähnliche Ängste wie die Eltern. Man geht inzwischen davon aus, dass der Mensch von Natur aus nur ein paar Urängste hat. Die Angst vor dem Fallen oder plötzlichen lauten Geräuschen gehört dazu. Aber die meisten heutigen Ängste und Phobien sind anerzogen. Gut, dass dir bewusst wird, woher deine Ängste stammen. Das ist der erste Schritt, sie loszulassen.»

«Und wie sieht der zweite Schritt aus?», erkundigte sich Chiara. Ihr Blick klebte noch immer voller Skepsis an Mister Tausendfuß. Immer wenn Zoe ihre Hand in seine Nähe brachte, sog sie vernehmlich die Luft ein, und jedes Mal, wenn sein Kopf Zoes Haut anstieß, schien Chiara ein angewidertes Schluchzen zu unterdrücken.

«Was antrainiert wurde, kann auch wieder abtrainiert werden», sagte Lars. «Aber nur durch Praxis. Wir programmieren dein Gehirn um wie einen Computer. Durch einen einzigen Befehl, der die alte Information – Gefahr! – simpel mit der neuen – Harmlos! – überschreibt.» Er lächelte selbstgerecht, offenbar war er ausgesprochen zufrieden mit seiner Erklärung und glaubte sich selbst jedes Wort. «Nimm ihn in die Hand!»

«Was?», kreischten Chiara und Zoe synchron. Aus Zoe platzte ein Lachen, Chiara wurde kreidebleich.

«Nein!» Chiara schüttelte entschlossen den Kopf. «Auf keinen Fall! Niemals – und danach in hundert Jahren nicht!»

«Wenn du deine Angst überwinden willst, musst du es tun», erwiderte Lars gelassen.

«Nein!»

«Es gibt keinen anderen Weg.»

«Damit hier eins klar ist», mischte Zoe sich ein, um ihrer Freundin beizustehen. Die Arme hatte schon Tränen in den Augen. «Chiara wird diesen dicken Tausendfüßler sicher nicht in die Hand nehmen – und auch sonst nichts, was sie nicht in die Hand nehmen will!»

«Noch mal», sagte Lars und seufzte, als langweile ihn die Diskussion zwischen all den halbhysterischen Menschen im Raum fast zu Tode. «Es ist der einzige Weg, ihre Angst zu besiegen. Sie muss sich ihr stellen und sie überwinden. Damit programmiert sie ihr Hirn neu. Das muss nicht heute sein, aber es wird meist nicht besser, wenn man es hinauszögert und wartet. Heute ist so gut wie jeder andere Tag.» Er sah Chiara auffordernd an. «Nimm ihn und setz ihn zurück in die Transportbox.»

«Oh-oh!», machte plötzlich der schlanke Bud Spencer, und der dicke Terence Hill erhöhte sofort den Sicherheitsabstand zum Tisch. «Es türmt, es türmt!»

Zoe schlug sich erschrocken die Hand vor den Mund. Abgelenkt von Lars und Chiara hatte sie einen Moment nicht aufgepasst. Mister Tausendfuß hatte die Gelegenheit beim Schopf ergriffen, war zur anderen Seite des Tisches gekrabbelt und warf sich mit dem Mut der Verzweiflung über die Tischkante. Chiara schrie auf, Lars fluchte, der dicke Terence kommentierte die Flucht mit einem aufgeregten: «Genau, Alter! Tod oder Freiheit!»

Sein Kumpan, der dünne Bud, hob dagegen in einer unmissverständlichen Bewegung einen Fuß vom Boden und zielte mit der Stiefelsohle.

«Mach ihn tot!», kreischte Barbie und stieg von ihrem Stuhl auf die nächstgelegene Tischplatte um.

«Iiieh, nein, dann knackt das – dannknacktdas!», schrie Chiara zurück. «Wenn es knackt, muss ich kotzen! Bitte nicht drauftreten, bitte nicht!»

Lars schüttelte frustriert den Kopf, und Mister Tausendfuß, der den Sturz offenbar unbeschadet überstanden hatte, versuchte ein weiteres Mal, seinem Dasein ein Ende zu bereiten, und eilte in kräuselnden Bewegungen in Richtung Bud, den ein weiteres «Mach es tot!» von Barbie mehr zu beeindrucken schien als Chiaras Knack-Phobie. Zoe blieb keine Zeit zum Nachdenken. Sie schubste Lars zur Seite, dachte mit aller Vorstellungskraft an American Football, nahm Schwung und rempelte den dünnen Bud an, so fest sie konnte. Dieser hatte, auf einem Bein stehend wie ein Flamingo, nicht den besten Stand gehabt und flog – Zoe in einer erschrockenen Umklammerung mit sich ziehend – auf den Hintern. Mister Tausendfuß hätte wohl die Hände über dem Kopf zusammengeschlagen, in Ermangelung von Armen wechselte er bloß die Richtung und verschwand zwischen etlichen Schuhen, die zu den Teilnehmern der anderen Gruppen gehörten, woraufhin diese auseinanderstoben.

«Alles okay, Zoe?», fragte Chiara. Lars hielt ihr eine Hand hin, um ihr aufzuhelfen, die sie, mit einem bösen Blick kommentiert, ignorierte. Was für eine Schnapsidee, den unschuldigen Krabbler auf eine Horde Hysteriker loszulassen. Dachte hier irgendjemand an das arme Tier?

Sie klopfte dem verdatterten dünnen Bud entschuldigend die Schulter, rappelte sich auf und entdeckte das junge Mädchen, das die Transportboxen mit Lars zusammen in den Raum getragen hatte. Sie folgte Mister Tausendfuß, schob die Kursteilnehmer beiseite und bettelte, niemand möge auf ihren Archispirostreptus gigas treten. Als Zoe zu ihr ging, wollte sie sie zunächst wegschicken, ließ sich aber rasch überzeugen, dass Zoe ihr beim Einfangen helfen wollte. Nachdem endlich alle Platz gemacht hatten und Mister Tausendfuß in der Ecke des Raums angekommen war, ging alles sehr schnell. Die junge Frau verhinderte einen Fluchtversuch zur Linken, und Zoe griff beherzt zu. Ein kurzes Kribbeln auf der Innenseite ihrer Finger, und schon rollte sich Mister Tausendfuß auf ihrer Handfläche wie eine Bratwurstschnecke eng zusammen, und die Show war beendet. Vorsichtig legte sie ihn in die Transportbox zurück und schloss den Deckel.

«Ich glaube, der hat genug von Insektenphobikern», sagte sie und reichte der jungen Frau den Plastikkäfig. «Vermutlich hat er jetzt eine Menschen-Phobie.»

Die atmete durch. «Ich hatte gleich ein blödes Gefühl bei der Aktion, hab mich aber von Lars bequatschen lassen. Sein Name ist übrigens Manolo Blahnik. Sein Freund dahinten am Tisch heißt Louis Vuitton.»

«Interessante Namen für Tausendfüßler.»

«Perfekte Haustiere für Schuhliebhaber. Ich habe vier afrikanische Riesentausendfüßler. Zusammen haben sie immerhin tatsächlich tausend Füße.»

«Na, Flucht erfolgreich verhindert – ist alles gutgegangen?», fragte Lars und tat so, als würde er weder die anklagenden Blicke des Tausendfüßler-Frauchens noch die von Zoe bemerken. «Nicht, dass beim Sprung vom Tisch noch ein Füßchen verstaucht wurde.»

«Nicht witzig, Lars», sagte die junge Frau, und in allem, was sie nicht sagte, klang durch, dass da noch ein ernstes Gespräch folgen würde.

«Ich bin ziemlich überrascht von Miss Rockabella hier», fuhr Lars ungerührt fort und nickte Zoe anerkennend zu. «Ich hatte dich als eine von denen eingeschätzt, die sofort kreischend auf dem Tisch stehen.»

«Da haben Sie sich offenbar verschätzt. Ich bin eine von denen, die jetzt geht.»

«Wie bitte?»

«Sie haben mich schon verstanden. Mir gefällt es nicht, wie Sie das hier aufziehen. Es ist gemein. Den Menschen gegenüber, den Tieren aber noch mehr.»

«Zoe», sagte Lars ruhig, und Zoe erschrak regelrecht, weil er ihren Namen kannte. «Zweifelsfrei ist das hier unangenehm. Aber niemand kann etwas an seinem Leben ändern, wenn er nicht bereit ist, eine unangenehme Situation zu durchleben.»

«Manche wollen ihr Leben vielleicht gar nicht ändern!», schoss Zoe zurück.

«Dann wären sie nicht hier.»

«Ach! Haben Sie Manolo Blahnik etwa um seine Meinung gebeten?»

Lars schüttelte verwirrt den Kopf. «Manolo ... was? Du redest dich schon wieder heraus, statt dich einfach mal zu überwinden.»

Verärgert stemmte sie beide Hände in die Hüften. «Darf ich Sie daran erinnern, wer den Tausendfüßler eingefangen hat? Ich habe nicht mal gefragt, ob Tausendfüßler beißen oder stechen können.»

«Können sie nicht», warf das Tausendfuß-Frauchen ein. «Zumindest nicht diese Art. Ein paar Skolopenderarten können beißen und sind sogar richtig giftig, die habe ich aber zu Hause gelassen.»

«Glück hat hier nur, wer richtig giftig ist», entfuhr es Zoe, aber sie ärgerte sich sogleich über ihren Zynismus.

«Der Archispirostreptus gigas kann höchstens ein stinkendes Sekret zu seinem Schutz absondern.»

«Igitt», stöhnte Chiara und rückte wieder ein Stück von Zoe ab. Zoe fasste sich mit den Fingerspitzen demonstrativ an die Stirn und konnte es leider nicht vermeiden, dabei unauffällig an ihrer Handfläche zu schnuppern. Zum Glück war alles, was sie roch, ein Hauch ihrer Kaktusfeige-Kokos-Handcreme. Manolo Blahnik konnte sich zusammenreißen, wenn man es gut mit ihm meinte.

Lars blieb verbissen wie ein Terrier an ihr dran. «Diese Masche zieht bei mir nicht, Zoe. Du versuchst immer noch, dich an deinem Problem vorbeizureden. Ich kann mir gut vorstellen, dass du damit sehr erfolgreich durchs Leben kommst, aber erkennst du die Gefahr nicht selbst? Du umschiffst deine Ängste und redest dir ein, du hättest keine. Sie sind aber da. Du solltest ihnen endlich entgegentreten, statt wegzulaufen.»

«Wegzulaufen?» Langsam wurde es ihr zu bunt.

«Wer hat denn dieses Krabbelvieh eingefangen?», unterstützte Chiara sie und warf Barbie einen herablassenden Blick zu. «Weggelaufen sind hier ja wohl andere.»

«Die da», Barbie deutete auf das Tausendfüßler-Frauchen, «hat selbst gesagt, dass manche von denen giftig sind!»

Lars legte den Kopf schief, blickte Zoe nach wie vor unvermittelt an und störte sich offenbar nicht im Geringsten daran, dass sein gesamter Kurs gerade einem einzigen Tohuwabohu glich. «War es schwer, den Tausendfüßler anzufassen?»

«Nein», erwiderte Zoe. Was wollte der Typ denn bloß von ihr.

«Überhaupt nicht? Dann kann es nicht schwer sein, einen kleinen Schritt weiterzugehen. Komm.»

Sie war nicht sicher, warum sie ihm nachging. Ein bisschen ärgerte sie sich sogar, dass sie es tat, aber zum einen war sie zu neugierig darauf, was er nun wieder von ihr wollte, und zum anderen hatte die Vorstellung, ihm zu beweisen, dass er mit all seinen Spekulationen über sie gründlich falschlag, etwas außerordentlich Verlockendes. Ja, zum Henker noch mal, sie wollte es ihm zeigen und diesen chaotischen, stümperhaft geleiteten Kurs dann mit hoch erhobenem Kopf verlassen. Sie musste Kirsten einen riesigen Strauß Blumen kaufen, als Wiedergutmachung, dass sie ihrem Urteil nicht vertraut hatte. Oder nein, keine Blumen, Kirsten machte sich nichts aus Blumen. Besser, sie schenkte ihr eine Flasche Whisky, eine Flasche Wein und dazu ein Kilo Schokolade. Chiara würde ebenfalls Schokolade bekommen, als Dankeschön, weil sie es nur wegen ihr im Kurs ausgehalten hatte. Und die Blumen ... nun, die arme Renate, die Lars schon vergrault hatte, mochte Blumen ganz gewiss. Und zu Frau Schuhmachers Blumenlädchen musste sie ohnehin, Paulinchens Krankenhauszimmer sah so weiß und steril und leer aus ohne Blumen.

«Öffne deine Hände», sagte Lars, hob einen der anderen Plastikkäfige an und machte sich am Verschluss zu schaffen.

Wie im Reflex schlossen sich ihre Hände zu Fäusten, am liebsten hätte sie sie hinter ihrem Rücken versteckt. «Ich denk gar nicht dran!»

«Gerade eben warst du so mutig. Und jetzt?» Lars sah sie mit gespieltem Mitleid an, so schlecht gespielt, dass Wut in ihr aufkochte. Der wollte sie doch bloß in die Irre führen! Hatte das Tausendfüßler-Frauchen nicht eben von vier afrikanischen Riesenfüßlern gesprochen? Hockte in diesem Behälter etwa Louis Vuitton? Oder Prada, Gucci, Stella McCartney oder wie die anderen heißen mochten? Durch die Luftlöcher konnte sie bloß etwas Dunkles erahnen. Gut möglich, dass es sich um einen harmlos zusammengerollten Tausendfüßler handelte.

«Vertrau mir», sagte Lars. «Es ist eine kurze Überwindung, ein Schuss Adrenalin. Danach sind deine Ängste vorbei.»

Ja, klar. Indem sie einen fetten Tausendfüßler in die Hand nahm, verschwanden all ihre Ängste auf Nimmerwiedersehen. Was bildete sich dieser Möchtegernpsychologe eigentlich ein? Da gab das Horoskop in jeder beliebigen Frauenzeitschrift ja klügeren Rat.

«Du weißt dann, dass du dich überwinden kannst», erklärte Lars und wandte sich den anderen Kursteilnehmern zu, die sich im Halbkreis um sie versammelt hatten. «Das ist alles, was ihr hier lernen könnt und sollt. Euch ein einziges Mal euren Ängsten zu stellen und euch zu überwinden, egal, was dann geschieht. Wenn ihr es ein einziges Mal schafft, könnt ihr es jederzeit wieder tun.»

«Sehr schön», erwiderte Zoe zuckersüß, «denn ich habe den Tausendfüßler bereits angefasst. Damit wäre das Ziel wohl erreicht.»

Lars wiegte den Plastikbehälter in seinen Händen. «Sicher,

dass ein Tausendfüßler hier drin ist? Wo wäre die Herausforderung?»

Er bluffte! Zoe erlaubte sich einen knappen Blick zur Tausendfüßler-Besitzerin, die ihr ermutigend zulächelte. Vier afrikanische Riesenfüßler – vier Transportboxen. Sie war absolut sicher, dass Lars bluffte. Er hatte perfiden Spaß daran, sie mit etwas zu stressen, das ihr überhaupt keinen Stress verursachte.

«Gib schon her», sagte sie, öffnete die Hände zu einer Schale und fühlte sich verdammt verwegen. In ihrem Rücken leises Murmeln und spürbare Spannung.

«Respekt», erwiderte Lars und lächelte sein Zahnpastalächeln. Er hob den Deckel der Plastikbox, hielt seine Hand jedoch so über die Öffnung, dass Zoe nichts erkennen konnte. Dann kippte er den Behälter knapp über ihren Händen sehr langsam zur Seite.

Zunächst geschah nichts.

Dann geschah immer noch nichts.

Und dann ging es schnell. Denn an der geöffneten Luke erschien ein haariges Bein und eine reflexartig durchgeführte Rechnung, die Zoes Hirn ohne ihr bewusstes Zutun startete, ergab, dass ein Bein dieser Größe niemals in dreistelliger Anzahl in so eine kleine Plastikbox passte. Davon abgesehen hatten Tausendfüßler nicht solche Beine und erst recht nicht solche Haare auf den Beinen. Während Zoe diese Informationen im Kopf zu einer Erkenntnis zu verflechten versuchte, auf die eine sinnvolle Reaktion möglich wäre, tat ihr Körper einfach, was am nächsten lag: Sie kreischte sehr laut und sehr schrill und sprang aus dem Stand einen Meter zurück.

«Das ist eine Spinne, du … du … *Sie* Saftsack!», entfuhr es ihr. «Eine verdammte Riesenspinne!»

«Ich habe nie behauptet, dass es keine verdammte Riesenspinne ist.» Lars feixte. «Aber jetzt sieh dich bitte mal hier im Raum um: Wer von euch allen würde die verdammte Riesenspinne in die Hand nehmen?»

Zwei Hände hoben sich, nach einigem Zögern noch eine dritte.

«Und wer von euch würde den niedlichen Tausendfüßler in die Hand nehmen?»

Alle Hände sanken.

«Die Spinne ist viel harmloser», sagte Lars und ließ das Insekt ganz langsam aus der Box auf seine Handfläche rutschen. Zoe hatte das Gefühl, jedes ihrer Härchen an Nacken und Rücken würde sich aufrichten. «Alle hier finden die Spinne harmloser. Warum also stellst du dich so an?»

Hatte er das gerade wirklich gefragt? Jesses Maria und das ganze Bibelpersonal – das war eine desserttellergroße Vogelspinne mit acht scheußlichen mehrgliedrigen, hellbraunschwarzen Beinen, riesigen Tastern, dazwischen furchterregenden Beißklauen, einem dicken Körper und winzigen Augen, die fast menschlich wirkten – sah man mal davon ab, dass es sich um acht Augen handelte: eindeutig viel zu viele für einen einzigen Kopf. Zoe schlang die Arme um ihren Oberkörper, um das Schaudern zu unterdrücken. Erfolglos. Jeder hier konnte ihr beim Fürchten zusehen, und auch wenn nahezu alle Teilnehmer ihren Ekel nachvollziehen konnten, spürte sie die Erwartung aller wie einen Geruch im Raum hängen.

Na los, Zoe. Beweise uns, dass es bloß etwas Überwindung braucht!

«Du könntest sie streicheln», schlug Lars vor. Das Grinsen hatte sich aus seinem Gesicht verzogen, er spottete nicht mehr. Er schien den Vorschlag ernst zu meinen, was Zoe flau im Magen werden ließ. «Nur so, mit der Spitze des Fingers hier am Rücken.» Er machte es ihr vor, und die Spinne bewegte gemächlich zwei ihrer zu vielen Beine. Eine fast schon gemütliche Bewegung, ihr dickes Hinterteil rutschte ein Stück über Lars' Handfläche. Sie sah gar nicht so aus, als würde sie gleich auf Konfrontation gehen und aggressiv die Vorderbeine heben und die Klauen spreizen. Zoe sah sie aus irgendeinem Grund dennoch in dieser Position, wie ein doppelt belichtetes Foto.

«Na, komm schon. Nur ein Stück näher ran.»

«Die Brachypelma smithi, die mexikanische Rotknie-Vogelspinne, ist eine ganz entspannte Art», erklärte das Tausendfüßler-und-Achtbeiner-Frauchen leise.

Rotknie-Vogelspinne? Zoe wurde währenddessen zum Weichknie-Homo sapiens.

«Und Hermione ist die coolste Socke, die ich jemals hatte. Selbst wenn man es darauf anlegt, lässt sie sich kaum reizen, sie ist wirklich total freundlich und verschmust. Eine waschechte Therapiespinne. Du kannst bedenkenlos näher gehen. Diese Vogelspinnen können übrigens nicht springen.»

Zoe überzeugte das kaum. «Lars könnte sie werfen.»

«Ich würde ihm den Hals umdrehen, und das weiß er.»

In Millimeterschritten bewegte Zoe sich vorwärts und verringerte den Abstand zu Lars' Hand mit der Spinne darauf auf einen halben Meter. Theoretisch musste sie nun nur noch den Arm ausstrecken, und ... Donnerunddoria, allein der Gedanke schüttelte ihren Körper durch. Dabei sah das Fell der Spinne nicht einmal eklig aus. Ganz im Gegenteil. Weich umschloss es ihren Körper und die dicken Beinglieder. Beinah flauschig. Aber allein der Gedanke, ein Adjektiv wie flauschig mit einer Riesenmonsterspinne zu kombinieren, verursachte ihr ein solches Ekelgefühl, dass sie am liebsten schreiend aus dem Raum gerannt wäre. Ach was. Aus dem Gebäude! Wenn man es ganz genau nahm, war jetzt der richtige Zeitpunkt, die Stadt zu verlassen. Köln war nicht groß genug für sie und diese Spinne.

«Es ist ganz leicht», sagte Lars ruhig und kraulte den Rücken der Monsterspinne mit der Spitze seines Zeigefingers. «Nur etwas Überwindung, und dann weißt du, dass du es schaffst. Du wirst danach all deinen Ängsten leichter gegenübertreten.»

«Ich habe keine Ängste», erwiderte Zoe, was selbst in ihren eigenen Ohren lächerlich klang, weil ihre Stimme vor Panik bebte. «Ich ekel mich bloß. Und nur vor Spinnen. Man kann ganz gut leben mit einer Spinnenphobie.»

«Du machst dir doch etwas vor.»

«Gar nicht wahr!»

«Wohl wahr, aber womöglich weißt du es noch nicht besser. Fakt ist: Jeder Mensch hat Ängste, die dem Glück im Wege stehen.»

Ich nicht, dachte Zoe, ich bin glücklich, so glücklich jemand sein kann. Sie schwieg allerdings vorsichtshalber, weil eine Diskussion hier zu nichts führte und sie niemanden reizen wollte, solange derjenige eine Monsterspinne wurfbereit in der Hand hatte. Und Lars, dem sie jede nur erdenkliche Dummheit zutraute, erst recht nicht.

«Gib mir eine ehrliche Antwort, Zoe. Findest du die Vorstellung, deine Angst jetzt einfach aus freien Stücken und nur aus deiner eigenen Willenskraft heraus zu überwinden, denn nicht verlockend?»

Sie wollte das abstreiten, verbot sich aber eine schnelle

Antwort und überlegte. So gut man eben überlegen konnte, Auge in Augen mit diesem Biest, das sich genüsslich den Buckel reiben ließ und das gut zu finden schien. Meine Güte, sie wölbte sogar leicht den Rücken wie eine winzige Katze. Eine Katze mit acht Beinen und Beißklauen ...

«Ich finde das nicht verlockend, nein», sagte sie schließlich, aber das war nur die halbe Wahrheit. Was sie nämlich außerordentlich verlockend fand, war die Phantasie, sie könne Lars und allen anderen jetzt beweisen, wie sehr sie sich in ihr täuschten. Sie könnte das Riesenvieh einfach anfassen, kurz das Fell streicheln, sich einreden, es wäre Katzenfell und dann mit stolzgeschwellter Brust diesen blöden Kurs verlassen, um nie mehr wiederzukommen.

Allein Lars' dummes Gesicht wäre es wert ...

Es war doch nicht mal eine richtige Spinne. Keine dieser supergruseligen Hauswinkelspinnen, die so schnell von einer Ecke in die andere krabbelten und mit ihren harten Beinchen auf dem Boden taperten. Diese hier hatte glänzendes, glattes Fell. Flauschig. Sie hatte einen Namen – Hermione. Und sie war freundlich. Wenn das nicht sympathisch war – was dann?

Zoe sah sich um und fand sich im Fokus gespannter Blicke. Aber in den Augen der anderen Teilnehmer stand mehr als reine Neugierde, ob sie sich traute. Bei vielen erkannte sie eine gewisse Hoffnung. *Wenn Zoe es schafft, dann schaffe ich es auch.* Auch Lars schien dieses Gefühl wahrzunehmen, auch er sah sich flüchtig um und blickte Zoe dann beinah bittend an, während er sich, wie in tiefer Konzentration, auf die Innenseite der Unterlippe biss.

Zoe kam der Gedanke, sie könne den Endorphinschub und das Gefühl, eine Sekunde lang eine Superheldin zu sein, jetzt gerade gut brauchen. Eine Superheldin, die es mit einem Superschurken aufnehmen konnte – Herrgott, wo kam denn dieser schräge Gedanke plötzlich her?

«Ich mach's», hörte sie sich sagen. «Ich fass sie an.» Laut und deutlich. Souverän. Wäre sie nicht selbst Zoe London, diese Zoe London hätte sie schwer beeindruckt.

Sie atmete sehr tief ein. Und sehr langsam aus.

Und dann trat sie näher und hob die Hand, um es allen zu zeigen.

«*London Calling*, hier ist eure Zoe London, und ich hoffe, euch geht's gut!

Ich möchte heute mit euch über Mut sprechen. Nein, um ehrlich zu sein, *muss* ich heute mit euch über Mut sprechen, denn seit gestern Abend denke ich permanent darüber nach, was das eigentlich ist: Mut.

Der Duden beschreibt die Bedeutung von Mut als die Fähigkeit, in einer gefährlichen, riskanten Situation seine Angst zu überwinden; als Furchtlosigkeit angesichts einer Situation, in der man Angst haben könnte, oder als grundsätzliche Bereitschaft, angesichts zu erwartender Nachteile etwas zu tun, was man für richtig hält.

In einer solchen Situation war ich gestern. Ich brauchte Mut, um etwas zu tun, was sich für mich unvorstellbar anfühlte. Wir sprechen hier über eine subjektiv wahrgenommene Angst, vermutlich, nein, ganz gewiss eine vollkommen irrationale Angst, denn reale Gefahr bestand nicht. Eine Art von Angst übrigens, für die man von vielen belächelt wird, dabei habe ich das Gefühl, dass es auf der Welt nur sehr wenige Menschen gibt, die nicht zumindest eine irrationale Angst spüren. Vorm Fliegen vielleicht, auch wenn das heutzutage sehr sicher ist. Vor Gewitter, auch wenn im Haus absolut nichts passieren kann. Vor Enge – was soll in einem engen Raum schon passieren? Oder eben – hier trifft es bei mir ins Schwarze – vor Spinnen, die doch viel mehr Angst vor uns haben müssten als wir vor ihnen. Wusstet ihr, dass weltweit jedes Jahr mehr Menschen durch Sektkorken sterben als durch Spinnenbisse?

Gestern stand ich also da, vor mir diese Spinne, die gar nicht so schrecklich schien wie die Spinnen in meiner Vorstellung, und um mich herum ein knappes Dutzend Menschen, die ihre Hoffnungen in mich setzten, die mich als Vorbild brauchten, um ihre eigene Angst zu überwinden. Es ist immer leichter, etwas zu wagen, wenn es uns jemand vormacht. Menschen begeben sich sogar in reale Gefahr und machen echt Dummheiten, wenn ihnen jemand vorangeht, und fühlen sich dadurch sicherer. Denkt als Beispiel mal an eine wackelige, instabil wirkende Brücke irgendwo in den Bergen Nepals, wo mit Gewissheit noch nie der TÜV vorbeigekommen ist. Wer von euch traut sich, voranzugehen? Ich bin ehrlich, ich würde erst mal abwarten, schauen, was die anderen aus der Reisegruppe machen und vermutlich die Brücke überqueren, nachdem der Reiseführer und ein, zwei andere sicher auf die andere Seite gekommen sind. Ich würde mich sicherer fühlen und hätte zwar Muffensausen, aber keine unüberwindliche Angst. Statistisch gesehen wäre aber sogar mehr Angst angebracht, denn auch wenn eine Sache hundertmal gutgeht und die Brücke für hunderttausend Überquerungen hält, kommt ja irgendwann meist der Fall, bei dem es schiefläuft und die Brücke einstürzt. Je mehr Leute uns vorangehen, desto größer wird das statistische Risiko.

Gestern hatte ich also die Verantwortung des Vorangehens, ich war sicher: Wenn ich es schaffe, fällt es den anderen leichter, und ich wusste zudem, dass keine reale Gefahr bestand. Alles, was ich brauchte, war Mut.
Ich spiele euch einen Song, bevor ich erzähle, wie es weiterging, vorher gebe ich rasch zu meinem Kollegen Fabian Herrschle aus den Verkehrsnachrichten, der hat eine wichtige Meldung für euch.

Meine Lieben, hier ist wieder eure Zoe London. Schön, dass ihr noch dran seid und nicht wütend abgeschaltet habt, wie ich das immer tue, wenn jemand versucht, eine Geschichte durch einen billigen Cliffhanger spannender zu machen, als sie wirklich ist.
Ich hatte euch die Geschichte meiner Spinne versprochen, und ich plustere das jetzt auch nicht länger auf, versprochen. Nur so viel Zeit muss sein: Es war eine Vogelspinne! Eine Rotknie-Vogelspinne, Spannweite zwanzig Zentimeter, und sie hieß Hermione. Der Biss einer solchen Spinne ist übrigens harmlos und entspricht ungefähr einem Wespenstich, wobei von einer handzahmen Spinne kein Biss zu erwarten ist, außer, man will ihr ans Leben.
Die Spinne war friedlich, die Spinnenbesitzerin vertrauenswürdig, und ich fühlte mich stark genug, etwas Mutiges zu tun.
Und ich … ich bin gegangen. Die Spinne habe ich nicht angefasst. Ich war ganz dicht dran, es fehlten nur noch Zentimeter, und das Tier blieb ganz ruhig und machte es mir leicht. Aber ich konnte es nicht. Wobei … das stimmt nicht ganz. Ich hätte es vielleicht gekonnt. Aber plötzlich war da dieses Gefühl, es überhaupt nicht zu wollen.

Und dann habe ich allen Mut gebraucht, zu dem ich fähig bin – wesentlich mehr Mut, als ich gebraucht hätte, um mit meinem Finger diese Spinne anzurühren –, und habe gesagt, dass ich es nicht mache.
Ich fühlte mich wie eine Versagerin. Die anderen waren enttäuscht von mir; das haben sie nicht gesagt, aber ich konnte es deutlich spüren. Mein Coach, dem ich so gern bewiesen hätte, dass ich es schaffe, hat abfällig gegrinst und den Kopf geschüttelt. Und ich ging nach Hause, frustriert und voller Gedanken und Ärger. Ganz lange lag ich wach und habe aus meinem Dachfenster geschaut. Wolken, Mond, Wolken, Mond. Und irgendwann, nachdem ich mich dann lange genug für eine Vollversagerin hielt und ich meine Gedanken wieder befreite, statt sie in die selbstverachtende, negative Richtung zu drängen, kam mir eine Erkenntnis. Winzig klein zuerst, wie eine dieser Minispinnen, die man manchmal im Auto hat und die sich ganz schnell wieder irgendwo versteckt, nachdem sie durch den Rand deines Blickfeldes gekrabbelt ist. Du weißt dann aber, dass sie da ist, und kannst ihre Anwesenheit unmöglich ignorieren, denn sie könnte wieder auftauchen, während du gerade bei hundertfünfzig Sachen auf der linken Spur überholst. Du musst dich damit beschäftigen.
Und nachdem ich dann die halbe Nacht gegrübelt habe, wurde diese winzige Erkenntnisspinne ganz groß und unübersehbar: Ich war überhaupt nicht feige. Ganz im Gegenteil. Ich habe Mut bewiesen, sehr viel Mut, meine Grenzen zu akzeptieren und trotz der Erwartungen und Enttäuschungen der anderen nein zu sagen.
Erinnert ihr euch an die dritte Definition aus dem Duden? Die Bereitschaft, angesichts zu erwartender Nachteile etwas zu tun, was man für richtig hält?

Das trifft zu. Ich brauche nicht mutig nach einer Definition von anderen zu sein, und ich muss kein Mensch werden, der frei von Ängsten ist. Gibt es so was überhaupt? Menschen, frei von Ängsten? Ist das nicht ein Widerspruch in sich? Wem schadet es, wenn ich mich vor Spinnen fürchte, außer mir selbst? Den Spinnen, denkt ihr vielleicht. Aber ich töte sie nicht, selbst wenn sie in mein Schlafzimmer krabbeln und sich über meinem Bett abseilen. Die werden alle quicklebendig nach draußen gebeten, denn meine Angst ist ja mein Problem, nicht das der Spinnen.
Vielleicht hat jemand von euch Lust, mit mir über Mut und Ängste zu sprechen? Nach dem nächsten Song schalte ich wieder jemanden von euch da draußen dazu. Vorab spiele ich euch aber noch *Chöre* von Mark Forster. Meine Kollegen ziehen jetzt ganz irritierte Gesichter, denn normalerweise mag ich den Song nicht besonders. Mich stört dieses aggressive «Nun lach doch mal!», und ich frage mich immer, was daran falsch sein soll, ein ernster Mensch zu sein. Aber heute, nur heute, brauch ich das auch mal. Bis später, eure Zoe.»

Tobias lungerte auffällig unauffällig an der Obstschale herum, als Zoe nach der Sendung in die Küche trat.

«Schöne Show», sagte er schlicht, und Zoe spürte ein wenig Röte in ihre Wangen steigen.

«Du hast sie angehört?»

Er warf ihr einen dieser Blicke zu, bei denen sie sich immer fragte, ob sie etwas sehr Offensichtliches vergessen hatte. Vielleicht hörte er sich ja alle Live-Sendungen von Radio Okay an, und jeder außer Zoe wusste es? Nein, unwahrscheinlich, dass er die Zeit dazu fand. Aber vielleicht hörte er ja jedes Mal zu, wenn sie mit *London Calling* auf Sendung war?

«Danke», erwiderte sie ehrlich. Mal davon abgesehen, dass Tobias nicht zu schönen Worten, sondern eher zu Kritik neigte, wenn es auch nur das Geringste zu kritisieren gab, fühlte sie selbst, dass es gut gelaufen war. Besser als die Tage zuvor, viel besser. «Selbst die Anruferin war okay. Auch wenn ihr Musikwunsch mich ein bisschen verstört hat.»

Sein Mundwinkel zuckte, und auf seiner Wange wurde kurz ein Grübchen sichtbar. «Du hast mal geschworen, niemals Helene Fischer zu spielen.»

«Nein, ich hatte geschworen, niemals *Atemlos* zu spielen.»

«Genau das hast du aber eben.»

«Ja.» Zoe seufzte amüsiert. «Aber sie hat es sich halt gewünscht und nachdem sie mir gerade erzählt hatte, wie viel Mut sie brauchte, um sich einzugestehen, den geerbten Familienbetrieb gegen den Wunsch ihrer Eltern nicht weiterführen zu wollen, konnte ich ihr nichts abschlagen. Dagegen kam mir meine Spinne total harmlos vor, und ich fühlte mich fast demütig. Da konnte ich doch schlecht schmollig ihren Musikwunsch …»

Tobias fuhr zusammen und verzog leicht den Mund.

«Alles okay?»

Er schüttelte den Kopf. «Ja, natürlich, tut mir leid. Es war nur dieses Wort. Es kam so unvorbereitet.»

«Welches Wort denn?» Musikwunsch? Wenn das zu seiner Liste an Worten gehörte, vor denen er sich ekelte, hatte er eine perverse Berufswahl getroffen.

«Schmollig», sagte Tobias sehr langsam und vorsichtig, als könne das Wort aus seinem Mund platzen und ihn anfallen. Er schauderte sogar sichtlich. «Eigentlich alles mit

S C H M, vor allem, wenn es ohne Vorwarnung daherkommt. Die Kombination klingt für mich wie das Kratzen von Fingernägeln auf einer Tafel.»

«Sogar bei so Worten wie Schmuck?», rief Zoe aus, und er schluckte hart, bevor er nickte.

«Schmerzen?» – Er nickte heftiger, die Zähne zusammengebissen, die Lippen verkniffen.

«Schmiegen? Schmelzen? Schmeicheln?» Wortlos hielt er ihr seinen Unterarm vor die Nase. Er hatte schöne Unterarme, leicht gebräunt, und man sah ihnen an, dass er irgendeinen Sport machte. Die Härchen darauf waren genau in der Menge vorhanden, dass es männlich wirkte, ohne zu sehr an einen Neandertaler oder einen Affen zu erinnern – und sie alle standen hoch.

«Das ist … ein bisschen …» Verrückt, wollte sie sagen. Allerdings war es vermutlich auch nicht verrückter, als Riesentausendfüßler nett und sympathisch zu finden und bei zweihundert Beinen weniger und ein paar Augen mehr gleich hysterisch zu werden.

«Das ist mehr als nur ein bisschen bescheuert», kam Tobias ihr zuvor. «Und ziemlich peinlich.»

Sie musste lächeln. «Niedlich, wollte ich sagen.»

Tobias nahm einen Apfel aus der Schale und rieb ihn an der Hose ab. «Ist es nicht der Traum aller Männer, Frauen mit Niedlichkeitsfaktor um den Finger zu wickeln?»

«Ich muss einen äußerst leicht-Finger-wickeligen Tag haben. Immerhin habe ich nicht nur Helene Fischer, sondern auch Mark Forster gespielt. Freiwillig. Was mag das sein, bei mir? Kommt mit fast dreißig schon die Altersmilde in Betracht?»

«Irgendwann», sagte Tobias, warf seinen Apfel in die Luft,

fing ihn wieder auf und drehte sich weg, um zu seinem Büro zu gehen, «wird vermutlich auch das härteste Herz mal einen Moment lang weich.»

Und aus irgendeinem Grund war es nun Zoe, die furchtbar schlucken musste.

Tobias' eigenartige Aussage beschäftigte sie noch, als sie zwei Stunden später mit Paulchen zusammen in der Cafeteria des Krankenhauses an einem der mit puderig weißen Sonnenschirmen überspannten Außentische saß und den Tag mit einem Tee und Vogelgezwitscher ausklingen ließ. Die Sitzgelegenheiten erinnerten sie an eine kleine Herde Fesselballons, und sie stellte sich permanent vor, ein Windstoß würde in die Schirme fahren, worauf die Tische abhoben und eine Runde um den Park drehten. Leider war es vollkommen windstill, und die langsam tiefer wandernde Sonne sowie die noch milden Temperaturen hatten außer ihnen noch jede Menge Menschen nach draußen gezogen.

«Ich weiß wirklich nicht, was er mir damit sagen wollte», überlegte Zoe und spielte mit einem langstieligen Löffel in ihrem Teeglas, wo sich zwischen der frischen Minze der Kandis auflöste.

«Männer.» Paulchen lächelte nachsichtig. «Vermutlich, mein Liebchen, bedeutet es einfach gar nichts.»

«Ich denke schon», erwiderte Zoe. «Tobias ist keiner von denen, die etwas sagen, nur um des Redens willen. Und so, wie er mich mit diesem Satz zurückgelassen hat, denke ich fast, dass er mich damit treffen wollte. Dabei habe ich ihm nun wirklich nichts getan.»

Pauline trank von ihrem Tee, setzte die Tasse behutsam wieder ab und schoss dann ein absolut unironisches, freundliches und damit umso schärfer wirkendes «Da hat er wenigstens ins Ziel getroffen» auf Zoe ab.

Sie hob erschrocken beide Hände. «Findest du mich etwa hartherzig? Mich?!»

«Ja. Ziemlich.»

«Aber ... wie kommst du denn darauf? Ich bin doch nicht –»

«Und ob du das bist! Nicht mit anderen, nein. Nach außen ist dein Herz so freigiebig wie eine nie versiegende Wasserquelle. Aber was ist mit dir selbst? Im Geben bist du ganz groß. Aber wenn es ans Nehmen geht, da machst du sämtliche Schotten dicht.»

«Ich weiß ehrlich gesagt nicht, wovon du –»

Wieder ließ Pauline Zoe nicht aussprechen. «Nun rede dich nicht heraus. Du weißt genau, was ich meine, du bist doch nicht blöd! Dein Herz, Zoe, das ist zu einer Hightech-Quatsch-Funktionsjacke geworden. Alles kommt raus, aber nix rein. Atmungsaktiv von innen, Lotuseffekt von außen.»

Das funktioniert doch nie mit diesen Jacken, schoss es Zoe durch den Kopf. Egal, was die Werbung sagt, entweder man schmilzt davon und gart im eigenen Sud, oder der Regen kommt durch. Aber darüber wollte Paulchen nun bestimmt nicht diskutieren. Außerdem fiel ihr auf die Vehemenz ihrer alten Freundin auch nichts ein.

«Ich hab doch recht, nicht wahr? Oder wann hattest du zuletzt eine Beziehung? Und komm mir nicht mit einem Mann, mit dem du aus warst. Ich rede von Gefühlen. Gefühlen, die du an dein Herz ranlässt. Liebe.»

Unbehaglich musste Zoe feststellen, dass Paulines nicht gerade dezente Lautstärke inzwischen dazu geführt hatte, dass sämtliche Leute an den umliegenden Tischen zum einen schwiegen und zum anderen herüberguckten. Am liebsten hätte sie «Werfen Sie einen Euro ein, um die Show weiter zu verfolgen» gerufen. Wo war nur Kirsten, wenn man sie brauchte?

«Na?», bohrte Pauline weiter und wurde dankenswerterweise etwas leiser. «Wann warst du zum letzten Mal verliebt, Zoe? Kannst du dich daran überhaupt erinnern? Warst du es je?»

Zoe verbot sich, mit den Augen zu rollen, aber dieses Ding mit der hochgezogenen Augenbraue, das ließ sich nicht unterdrücken. «Seit wann ist man weniger wert, nur weil man Single ist?»

«Das ist man nicht!» Paulines Stimme wurde wieder lauter. «Aber man ist weniger glücklich.»

«Und das sagt wer? Hollywood, wo ein Film ohne kitschig zusammengefügtes Pärchen keine Daseinsberechtigung hat? Deine Kirche, die auf Ehe besteht, der aber das richtige Geschlecht der Beteiligten wichtiger ist als deren Gefühle? Oder ... oder ... Ed Sheeran?»

«Wer ist das denn? Einer von Instagram? Wer auch immer – du willst wissen, wer das sagt? Nun, dein Chef zum Beispiel. Und nach allem, was du mir bisher über ihn erzählt hast, kennt er dich ganz gut, würde ich meinen.»

Zoe lag ein Widerspruch auf der Zunge. Sie hatte Pauline überhaupt nichts ... na ja, sie hatte nicht viel von Tobias erzählt. Nicht regelmäßig. – Zumindest nicht immer.

Und selbst wenn – warum merkte Pauline sich das, wenn sie doch in den letzten paar Jahren alles andere gerne vergaß?

«Und ich hab dir das bestimmt schon häufiger gesagt, Zoe. Der junge Mann hat vollkommen recht!»

Zoe schnaubte. «Bitte, Paulchen, ich will nicht mit dir streiten. Erst recht nicht vor all den Leuten. Die denken jetzt sicher, wir würden ständig streiten und uns anbrüllen, und die Hämatome in deinem Gesicht stammen daher, dass ich dich verhauen habe.»

Paulchen schlug sich eine Hand vor den Mund und sah sich um. Die Gaffer blickten allesamt rasch zur Seite, hatten Paulines schnelle Auffassungsgabe allerdings unterschätzt. «So war das nicht!», erklärte sie in die Runde. «Sie würde mich nie schlagen. Sie hat mich bloß», sie tätschelte das Rad ihres Rollstuhls, «die Treppe runtergeschubst.»

«Pauline!», quiekte Zoe. Manchmal war es schwer zu unterscheiden, ob ihre Freundin einen ihrer unangebracht bösen Momente hatte oder langsam ernsthaft senil wurde.

Pauline lachte bloß, ihr atemloses Lachen, ein Nachhall dessen, wie sie früher gelacht hatte. Frei und laut und offen, und es versetzte Zoe einen kleinen Stich. Trink einen Schluck, hätte sie gern gesagt, als Pauline husten musste. Aber sie wusste, wie ungern Pauline Anweisungen hatte, waren sie auch noch so gut gemeint.

Nachdem der Husten abgeebbt war, rieb Paulchen sich den Mund umständlich mit einer Serviette ab, legte diese dann neben ihren Teller und fragte: «Mal unter uns, Zoe. Wovor hast du nur solche Angst?»

«Vor überhaupt nichts!», entgegnete Zoe energisch, um ein kleines, leises «Außer Spinnen vielleicht» nachzusetzen. Aber das hatte ihre Freundin natürlich nicht gemeint, und das ließ ihr Blick mehr als deutlich erkennen. Pauline trommelte sogar ungeduldig mit Zeige- und Mittelfinger auf der Armlehne ihres Rollstuhls herum. Da war es wohl keine Option, einfach stur zu schweigen. Oder zu schmollen. Bei dem Gedanken spürte sie ihre Mundwinkel zucken, weil sie an Tobias denken musste. Seine seltsame kleine Macke in allen

Ehren, aber so ein schönes Wort wie *schmollen* nicht zu mögen, war schon … mehr als niedlich.

Sie schüttelte die ungebetene Erinnerung ab und konzentrierte sich darauf, Paulchen eine möglichst nachvollziehbare Antwort zu geben. Sie wirkte immer noch so schwach und zerbrechlich. Zoe wollte nicht, dass Pauline sich Sorgen machte, sie hatte genug mit sich selbst zu tun. Die Ärzte hatten beschlossen, sie noch zwei oder drei weitere Tage zur Beobachtung in der Klinik zu behalten. Pauline verriet zwar nichts, aber Zoe konnte sich nicht vorstellen, dass das geschah, wenn die Untersuchungen vorbildliche Resultate zeigten.

«Sieh mal, Paulchen», sagte sie versöhnlich. «Ich kann mich doch wirklich glücklich schätzen. Mein Leben ist gut so, wie es ist.»

Pauline schnaubte verärgert. «Wenn das so ist, dann hab ich mich wohl geirrt, und deine Mutter hat weit größeren Schaden angerichtet, als ich immer dachte. Wundern sollte es mich nicht.»

«Lass sie aus dem Spiel. Was sie getan hat, ist okay. Sie hatte ihre Gründe.»

«Richtig!» Pauline war im Begriff, nach ihrer Teetasse zu greifen, richtete nun aber einen Zeigefinger auf Zoe. «Sie hatte ihre Gründe. Du hast keine!»

«Keine Gründe wozu?»

«So zu leben.»

«Aber ich will so leben!» Sie musste sich Mühe geben, die Stimme nicht zu erheben. «Ich bin glücklich. Grundsolide glücklich. Warum sollte ich mein Glück riskieren, für ein paar Tage oder Wochen Euphorie, auf die immer und in jedem Fall irgendwann ein Absturz folgt? Ich sehe es doch ständig bei Laura. Ja, sie quillt über vor Glück, wenn sie sich mal wieder Hals über Kopf in jemanden verliebt. Es sprudelt dann regelrecht aus ihr heraus, färbt ab und steckt jeden, den sie trifft, mit guter Laune an.»

«Und du ...», begann Pauline, aber Zoe war noch nicht fertig.

«Und ich bin diejenige, die sie sieht, wenn alles wieder vorbei ist. Dann vergeht sie fast vor Kummer, verliert sämtliche Energie und igelt sich wochenlang ein wie ein sterbenskrankes kleines Tier. Sie trinkt dann zu viel und isst zu wenig, und all ihre Freunde würden sich die größten Sorgen um sie machen, wenn sie nicht wüssten, dass Laura diese Phasen bisher noch jedes Mal irgendwie überstanden hat.» Sie stützte die Ellbogen auf den Tisch und legte die Hände ineinander.

«Liebeskummer tut weh, sicher», gab Pauline zu und atmete tief aus. «Aber ...»

«Aber das ist es nicht wert», fuhr Zoe ihr mit ruhiger Stimme dazwischen. «Zumindest nicht für mich, denn mir fehlt nichts. Ich halte ein permanentes, gesundes Level auf der Glücksskala für erstrebenswerter als dieses hysterische Auf und Ab zwischen himmelhochjauchzend und zu Tode betrübt. Ist es falsch, sich so einfach wohl zu fühlen?»

«Ewig kannst du so aber nicht weitermachen.» Paulchen klang nun ernsthaft betrübt, als wäre sie enttäuscht, und Zoe spürte ein seltsames Stechen im Herzen, als ein wenig Wut gegen ihr Bedürfnis stieß, nicht ausgerechnet ihre älteste Freundin traurig zu machen. Aber warum mischte die sich plötzlich so sehr in ihr Leben ein?

«Und warum nicht?», entgegnete sie tonlos.

Paulchen registrierte gewiss, dass die Frage rhetorischer Natur gewesen war, beantwortete sie aber trotzdem: «Irgendwann tickt die innere Uhr, Zoe.»

Zoe presste ein Lachen hervor, dabei war ihr gar nicht danach. «Willst du mir jetzt eine Agenda aufstellen, laut der ich mich vermehren soll? An was hattest du denn gedacht, ein Kind oder zwei? Hast du dich schon für ein Geschlecht entschieden?»

«Zoe, Liebchen.»

«Nee, lass mal. Du wirst gerade ein bisschen übergriffig, Pauline. Wie kommst du denn nur auf so was? Du hast doch auch keine Kinder, und ...» Zoe verstummte. Was, wenn genau das der Punkt war? Bereute Pauline ihre Kinderlosigkeit? Oder setzte sie ihre Hoffnung in so etwas wie Enkelkinder von Zoe? Gefühlte Enkelkinder, da sie selbst niemals eigene haben würde? «Wenn du dir da etwas von mir erhoffst», sagte sie leise, «dann muss ich dich vermutlich enttäuschen.»

«Ach was!», rief Pauline und machte eine wegwerfende Handbewegung. «Ich will nicht die Ersatzoma von deinen kleinen Hosenscheißern sein. Ich habe mein ganzes Leben lang mit Kindern gearbeitet und auch wenn ich meinen Beruf geliebt habe, bin ich ganz froh, dass diese Zeit vorbei ist.»

«Was ist es dann?»

«Du bist es, Zoe!»

Diese vier Worte klangen so selbstverständlich, dass Zoe sich einfältig fühlte, weil sie nicht begriff, was Pauline meinte. «Ich?»

«Ja, sicher. Du.» Pauline lächelte mit einem milden Kopfschütteln wie über ein begriffsstutziges Kind, und so kam sich Zoe auch vor. «Du bist vollkommen anders, als ich in meinen jungen Jahren war. Du bist viel weicher, Liebchen, viel herzlicher. Du hast Freude daran, andere Menschen glücklich zu machen. Das lässt dich aufblühen.»

So weit ging Zoe mit. Dagegen gab es nichts einzuwenden.

«Und Menschen wie du – lass dir das von mir sagen, denn ich habe in meinen Jahren doch recht viele Menschen gesehen – die sind nicht fürs Alleinsein geschaffen!»

Es war kühl geworden. Zoe griff nach einer der auf einem freien Stuhl liegenden Wolldecken und reichte sie Pauline, damit sie ihre empfindlichen Beine zudecken konnte. Anschließend schlüpfte sie in ihre Jeansjacke. Der Tee war nur noch lauwarm, und das Glas taugte nicht mehr dazu, ihre Finger aufzuwärmen.

«Vielleicht hast du recht», sagte sie schließlich. «Vielleicht ist das alles richtig. Aber ich bin nicht mal dreißig und habe noch jede Menge Zeit, mich anders zu entscheiden. Für den Moment besteht dazu einfach kein Anlass. Ich bin jetzt glücklich, wie es ist, und ich will das nicht kaputt machen, nur um Bedürfnisse zu erfüllen, die ich vielleicht in drei oder fünf oder zehn Jahren haben werde. Ich bestelle mir doch jetzt kein Eis, auch wenn ich ahne, dass ich bald das erste Frühjahrseis im Freien essen möchte. Aber jetzt nicht, das wäre mir jetzt zu kalt.»

Pauline hörte eine Weile zu, trank ihren Tee aus und sah an Zoe vorbei in Richtung Park. Zoe folgte ihrem Blick. Auf der Wiese vor ein paar Sträuchern pickte eine Amsel nach einem Wurm, ließ ihn beim Abheben fallen, landete und fischte ihn erneut zwischen den Grashalmen hervor. Armer Wurm. Vermutlich dachte er gerade, noch mal davongekommen zu sein.

«Ich glaube, du machst dir etwas vor, Zoe.»

«Was hätte ich davon?»

«Du kannst dich sicher fühlen. Aber zu welch hohem Preis. Ja, du machst dir etwas vor.»

Ein Déjà-vu flog dicht an Zoe vorbei, streifte sie nur flüchtig, aber das reichte aus. Sie hatte sich wirklich bemüht, Paulchens Rat anzuhören, ihn ernst zu nehmen und ihrer Freundin dafür dankbar zu sein, egal, auf welche Entscheidung es hinauslief. Nun spürte sie Ärger in sich aufwallen.

«So was in der Art habe ich schon mal gehört. Hast du zufällig eine Freundin namens Anne, die du kürzlich in dieser Angelegenheit in meiner eigenen Radiosendung auf mich angesetzt hast?»

«Wie bitte? Anne? Ich kenne eine Anne, eine Annegret, zwei Annemaries. Aber die haben doch mit Radio nichts am Hut.»

«Vergiss es.» Ernst gemeint hatte sie das ohnehin nicht. Es war wohl nur Zufall, dass Paulines Worte sie so sehr an diese Anne erinnerten, die sie in der ersten Sendung mit zugeschalteter Hörerin so kalt erwischt hatte. Sie zog ihre Jacke vor der Brust zusammen und bemerkte, dass fast alle umliegenden Tische inzwischen leer waren. «Es wird langsam frisch.»

«Ja.» Pauline sah voller Sehnsucht zum Park. Die Amsel war verschwunden, der arme Wurm hatte seinen höheren Zweck vermutlich bereits erfüllt. «Er hält selten, was er verspricht.»

«Wen meinst du?», fragte Zoe, bekam aber keine Antwort. Nur dieses Starren an ihr vorbei, irgendwohin. Irgendwie traurig.

«Was sagtest du?», fragte Pauline dann unvermittelt.

«Wer hält selten, was er verspricht?»

«Ach, das ist nicht so wichtig.»

Zoe stutzte, verbot sich aber, darüber nachzudenken. Paulchen hatte vermutlich vergessen, über wen oder was sie gesprochen hatte, und womöglich war ihr das nun peinlich.

«Ist ja auch egal. Wollen wir reingehen?»

«Du könntest mich auch nach Hause begleiten. Um ganz ehrlich zu sein, wäre mir das lieber.»

Wortlos erhob sich Zoe und brachte das Tablett mit Teetasse und Glas zur Ablage. Dann zog sie Paulchens Rollstuhl vom Tisch weg und wendete ihn in Richtung Eingang. Erst jetzt antwortete sie: «Mach ich aber nicht. Wenn du gegen ärztlichen Rat gehen willst, kannst du das natürlich tun, aber ich werde dir nicht dabei helfen.»

«Wenn es dir so wichtig ist, dass ich hier versaure … bitte.»

«So schnell versauert eine taffe Frau wie du schon nicht. Außerdem kommt Roberta dich morgen wieder besuchen.»

«Na gut, überredet, bis morgen bleib ich noch.» Puh, hoffentlich würde es Roberta gelingen, einen weiteren Tag auszuhandeln. Sie mussten morgen in der Redaktion in jedem Fall gemeinsam einen Plan schmieden.

«Versprichst du mir etwas?»

«Was denn?» Zoe hörte den misstrauischen Unterton in ihrer Stimme selbst. Sie schob Pauline mit Schwung über die Türschwelle, und von einem Moment auf den anderen waren da nur noch Linoleumböden, blassgrüne Wände, dezente Bilder in dünnen Rahmen und der Geruch von Reinigungsmitteln. Der Park, das Vogelgezwitscher und die Fesselballontischchen schienen schlagartig so weit entfernt, als hätte sie eben bloß davon geträumt.

«Denkst du mal in Ruhe über das nach, was ich dir gesagt habe?», bat Pauline. «Ganz … wie sagt ihr das heute … ergebnisoffen?»

Nur noch wenige Schritte, dann musste Zoe den Rollstuhl vor dem Fahrstuhl bremsen und den Knopf drücken. Dabei riskierte sie einen langen Seitenblick auf ihre Freundin. Eine kleine böse Stimme ätzte in ihrem Kopf, dass Pauline sich aus ihrem Leben herauszuhalten hatte, bitte schön. Sie war immer bestens allein zurechtgekommen – nein, so stimmte das nicht. Sie war immer bestens zurechtgekommen, seit sie ihre Entscheidungen allein traf. Andererseits konnte sie Pauline den Gefallen ruhig tun, in Gedanken ein anderes Lebensmodell durchzuspielen. Sie würde weder tagelang grübeln noch in den Nächten deshalb wachliegen. Aber mal überdenken – das war drin.

Bevor sie antworten konnte, sagte Pauline plötzlich: «Ich hab den Frühling gemeint.»

«Den Frühling?» Manchmal war es schwer, Pauline zu folgen, und jedes Mal machte Zoe sich ein paar Gedanken mehr. Sich die kerzengerade kleine Frau senil und verwirrt vorzustellen, tat schrecklich weh.

«Dummerchen! Als ich eben sagte, er würde seine Versprechen nie halten. Was dachtest du denn?» Ihre Themenwechsel waren beeindruckend, und hin und wieder war Zoe nicht so sicher, wessen Denkleistung wirklich nachließ – Paulines? Oder vielleicht ihre eigene? «Der Frühling verspricht immer einiges mit seinen lauen Nachmittagen, aber dann – zack – erfrieren dir die Blumen auf dem Fensterbrett. Hab ich Blumen auf dem Fensterbrett stehen, Zoe? Zu Hause, in meiner Wohnung?»

Zoe schüttelte den Kopf. «Hast du nicht. Nur drinnen, und ich gieße sie regelmäßig.»

«Sehr gut. Was ist nun? Denkst du drüber nach, was ich gesagt habe? Ganz sicher?»

«Ich verspreche es.»

Pauline verengte skeptisch die Augen. «Das sagst du jetzt nur so, damit ich Ruh gebe.»

Entrüstet hob Zoe beide Hände. «Nein! Ich meine es auch so. Wenn es dir so wichtig ist und du dann heute Nacht besser schlafen kannst, dann ...»

«Du nimmst meinen guten Rat nur aus Mitleid an?» Pauline lachte, ein Lachen wie ein Cocktail aus Amüsement und Entrüstung.

«Eher aus Sorge um dich», gab sie zu. Der Aufzug kam, und Zoe schob den Rollstuhl hinein.

Pauline gab kleine, zischende Laute von sich. «Tztztzz. Als wäre ich schon so alt und klapperig, dass man mir nach dem Mund reden müsste!»

Über die verspiegelte Fahrstuhlwand zwinkerte Zoe ihr zu. «Bist du nicht. Es liegt an mir. So, wie du vorhin eben beschrieben hast, ist es wohl meine Pflicht, mich zu sorgen.»

«Vielleicht hast du recht, Zoe.» Pauline legte die Hände ineinander. «Ich nenne das allerdings anders.»

«Wie denn?»

«Eine äußert fiese Masche von dir, damit ich dich jetzt in Frieden lasse.»

Solange Pauline noch in der Klinik blieb, besuchte Zoe sie jeden Tag, und als sie entlassen wurde, begleitete sie sie nach Hause und hielt die resolut-herzliche Lydia vom Pflegedienst davon ab, Pauline erst für ihre Leichtsinnigkeit übers Knie zu legen und dann in ihren Armen platt zu drücken. Über Zoes Lebenswandel sprachen sie nicht mehr, als hätte es die Diskussion nie gegeben, und abends, wenn Zoe im Bett lag, ihr Buch beiseitelegte oder den Laptop ausschaltete, fiel ihr meist ein, dass ihr Versprechen immer noch offen war: Sie hatte noch nicht ernsthaft über ihr Leben nachgedacht. Nicht, weil sie es überhaupt nicht vorhatte. Es hatte sich einfach nicht ergeben, sie hatte viel zu tun und nicht daran gedacht. Und jetzt war sie schon wieder zu müde dafür. Pauline hatte es verdient, dass sie das Ganze nicht bloß hastig im Kopf abhandelte, um am Ende auf ihrer Meinung zu bestehen. Zwar glaubte sie keinesfalls, dass das Resultat sich ändern würde, wenn sie erst länger darüber grübelte, aber um ihrer Prinzipien willen und aus Respekt wollte sie sich trotzdem Zeit nehmen.

Tobias gab ihr Rätsel auf. Im Sender war er höflich und ein wenig reserviert wie früher. Aus irgendeinem Grund verschob er seine Arbeitszeiten, und Zoe moderierte die Frühstücksshow die komplette Woche zusammen mit Kirsten statt mit ihm. Er schien ihr aus dem Weg zu gehen, und Zoe war sich nicht sicher, wie sie das finden sollte. Einerseits verstand sie, dass er Abstand von ihr brauchte, andererseits schmerzte es unterschwellig. Aber was erwartete sie denn? Dass er nach der Abfuhr, die sie ihm erteilt hatte, noch Wochen und Monate hinter ihr herschwärmte? Himmel, sie fühlte sich schrecklich egoistisch und verstand nicht, warum. Es war doch nur in ihrem Interesse, dass er wieder zu dem wurde, der er früher für sie gewesen war: der Superschurke, der sein Ding durchzog, sich von niemandem in die Karten schauen ließ und nur hin und wieder mit einem überlegenen Lächeln daran erinnerte, dass er hier jeden Faden in der Hand hielt. Mehr als dieses Lächeln brauchte es nie, dass sich alle wieder bewusst wurden, wer die wichtigen Entscheidungen traf.

Am Freitag jedoch kam er zu ihr ins Büro, lehnte sich an das, was Roberta respektvoll «die große Höllendampfmaschine» nannte, was in Wahrheit aber nur ein klobiger, altersschwacher Drucker war, und sein Lächeln bekam für einen Augenblick eine Idee davon, dass man ihn vielleicht doch noch auf die Seite der Guten bekehren konnte. «Das gemeinsame Essen heute Abend», begann er unvertraut unzusammenhängend, «kommst du?»

Zoe nickte irritiert. Sie verpasste es nur in absoluten Ausnahmefällen, wenn sich die Kernredaktion zum Essen traf, erst recht, wenn es zum Lieblingsportugiesen ging. Sentimentale Fado-Klänge hin oder her, die Abende waren immer ein wundervolles Beisammensein. Man konnte mit den Kollegen übergangslos – und vollkommen unabhängig von der Anzahl der geleerten Weingläser – über Friedensaktivitäten und Soap Operas reden, von Weltliteratur und Instagram erzählen oder über die anstehenden Landtagswahlen und gleich darauf die Verhaltensauffälligkeiten seiner letzten Dates diskutieren. Nie würde sie das gemeinsame Essen verpassen, wenn es keinen zwingenden Grund dafür gab.

Am Abend war er es, der nicht kam.

«Wollen wir ihn mal anrufen?», wandte Zoe sich leise an Roberta, wozu sie sich im Gewirr von Stimmen und Gelächter weit zu ihrer Kollegin hinüberlehnen musste. Das Restaurant war gerammelt voll.

«Den Kellner?» Roberta stieß sie freundlich am Arm. «Der kommt bestimmt gleich. Bist du am Verhungern?»

«Ich meine den Chef.»

«Den Chef ... warum? Ach so. Aber du weißt, Zoe, dass er recht unregelmäßig dabei ist.»

«Ja, schon. Aber heute wollte er kommen.»

«Hat er das gesagt?»

«Nicht direkt. Aber er hat gefragt, ob ich komme.»

Roberta legte den Kopf schief, und in ihrem Blick glitzerten ihre unausgesprochenen Vermutungen. «Ich glaube nicht, dass ihm etwas passiert ist. Vielleicht ist ihm nur die

Arbeit dazwischengekommen. Du kennst ihn.» Lag da eine Warnung in ihren Worten? «Er ist halt ein unverbesserlicher Workaholic.»

«Ja, so wird es sein», sagte Zoe ohne Überzeugung und lehnte sich auf ihrem Stuhl zurück, denn der Kellner trat an den Tisch, begrüßte seine Lieblingsstammgäste mit Aperitifs aufs Haus und nahm die Bestellungen auf. Zoe hatte irgendwie nicht so recht Appetit.

Am darauffolgenden Samstag war das abschließende Workshop-Treffen, und Lars hatte sich dafür eine letzte Herausforderung ausgesucht, die es in sich hatte.

«Jetzt weiß ich, warum der Kurs so teuer war», murmelte Chiara, die Zoe in ihrem Auto bis nach Duisburg zum Sportpark Wedau mitgenommen hatte. Sorgenvoll blickte sie in den strahlend blauen Himmel.

Zoe folgte ihrem Blick, und ihr Herz sank kurzzeitig eine Etage tiefer, wo es leichte Übelkeit verursachte. «Ist das …?»

«Jepp. Unsere Vermutung, dass wir tauchen gehen oder es etwas anderes mit Wasser zu tun hat, war naiv. Der Kran sieht verdächtig danach aus, als erwarte Lars, dass wir da runterhüpfen.»

«Bungee-Jumping», flüsterte Zoe ehrfürchtig. Die Übelkeit legte sich, und zurück blieb ein nicht ausschließlich unangenehmes Kribbeln im Magen. «Eigentlich wollte ich das immer schon mal machen.»

«Eigentlich, verstehe.»

«Ja. Uneigentlich hab mich nie getraut.»

Chiara hob wortlos die Hand, und Zoe schlug ein, bevor

sie sich auf den Weg zum Treffpunkt machten, wo bereits ein paar andere Teilnehmer das Für und Wider diskutierten.

«Also ich werde das nicht tun – auf keinen Fall.»

«Es kann ja nichts passieren.»

«Ich hab mal gehört, man könne sich im Seil verwickeln und ...»

«... immer die Vorstellung, dass das Seil einen Meter zu lang sein könnte ...»

«... wenn ich mich übergeben muss?»

«Allein da im Kran hochzufahren, das überlebe ich nicht.»

Zoe hörte schweigend zu und suchte Chiaras Blick. «Das machen wir, oder?»

Chiara holte sehr tief Luft, sah kurz zum Kran und kicherte. «Das sind mindestens hundert Meter!»

«Fünfzig», erklärte eine amüsierte Männerstimme hinter ihnen, und sie fuhren gemeinsam herum. Lars schien schon eine Weile gelauscht zu haben. Er trug eine verspiegelte Sonnenbrille, ein Sprüche-T-Shirt, das so eng war, dass kein Muskel darunter zu übersehen war, sowie ein selbstgefälliges Grinsen. Sofort wurde er von Barbie in Beschlag genommen. «Springen wir ehrlich da runter? Du auch? Springen wir zusammen? Ohne dich traue ich mich nicht!»

Chiara rollte mit den Augen. «Es ist echt eine Schande, dass Gandhi schon so lange tot ist!»

Zoe zog fragend eine Augenbraue hoch.

«Sein kitschiger T-Shirt-Spruch», erklärte Chiara und stöhnte. *«Sei du selbst die Veränderung, die du dir für die Welt wünschst.* Ist von Gandhi und würde sicher unters Urheberrecht fallen, wenn der ein paar Jahre später gestorben wäre.»

Zoe musste lachen und verpasste darüber, dass die anderen Kursteilnehmer auf einmal sehr ruhig wurden. Erst als jemand sie anstupste, bemerkte sie, dass sich alle auf Lars konzentrierten. Der hielt ein Tablet vor sich, sodass alle einen guten Blick auf das Display hatten, auf dem eine überdimensionale Hand zu sehen war. Sie verschwand, jemand bewegte sich nach hinten, dann konnte man die ältere Frau erkennen, die seit der Ratten-Challenge nicht mehr zum Kurs gekommen war.

«Das ist ja Renate!», entfuhr es Zoe leise.

«Hallo, ihr Lieben», sagte Renate auf dem Video und winkte in die Kamera. «Ihr habt bestimmt schon gemerkt, dass ich nicht mehr zum Workshop gekommen bin. Es ging leider aus beruflichen Gründen nicht, ich arbeite ja im Schichtdienst, eine Kollegin fiel aus, und ich musste sie vertreten und zu den Kursterminen daher immer arbeiten. Aber ich wollte mich auf jeden Fall von euch verabschieden und euch alles Gute wünschen. Und ich wollte euch etwas zeigen, das euch vielleicht Mut macht. Ich habe nämlich intensiv weiter an meiner Angst gearbeitet, und zwar nicht nur mit Lars im Einzelcoaching, sondern auch mit Theodor.» Sie bedeutete jemandem neben sich, zu ihr zu treten, und Teddy erschien. Zoe spürte, wie ihr der Mund langsam aufklappte. Teddy sah nicht so aus, als würde er gern vor der Kamera stehen. Unschlüssig sah er zu Boden, während Renate weiter erzählte, wie sehr Theodor ihr geholfen hatte. Schließlich trat Teddy aus dem Bild und kehrte mit einer Ratte zurück – die Renate ohne jedes Zögern an sich nahm, um sie sich auf die Schulter zu setzen.

«Jetzt seid ihr baff, was?»

Das traf es ganz gut. Zoe warf Lars einen unauffälligen Seitenblick zu. Viel Mimik ließ die Sonnenbrille nicht erkennen, sein Mund zumindest zeigte nicht die geringste Emotion. Womöglich überraschte ihn der Erfolg seiner seltsamen Therapiemethode selbst, und er wollte es bloß nicht zugeben. Die anderen Teilnehmer dagegen waren begeistert von Renates großem Erfolg, und auch wenn Renate es natürlich nicht sehen konnte, ließ es sich – von Lars einmal abgesehen – niemand nehmen, ihr zu applaudieren. Sogar Barbie klatschte dreimal in die Hände, während Renate noch herzliche Grüße über den Bildschirm schickte und dabei die Ratte an ihre Wange schmiegte. Der Bildschirm wurde dunkel, und alle begannen aufgeregt miteinander zu tuscheln.

«Den Erfolg hättest du auch haben können», sagte Lars leise zu Zoe, und erst jetzt fiel ihr auf, dass sie die Einzige war, die schwieg. Sie schüttelte zwar mit einem kleinen «Tzz» den Kopf, aber wenn sie ihren Stolz mal einen Moment lang beiseitedrängte und sich ehrlich hinterfragte, musste sie zugeben, dass Lars nicht ganz unrecht hatte. Tatsächlich war ihr eben durch den Kopf gegangen, dass sie diejenige hätte sein können, die den Status der sich überwindenden Heldin hätte haben können. Die Spinne zu berühren wäre nicht vollkommen unmöglich gewesen. Es hätte nur einen Schritt aus ihrer Komfortzone heraus bedeutet.

Sie verwarf die Gedanken, als Lars über die heutige Aufgabe zu sprechen begann. Ein Sprung aus fünfzig Metern Höhe.

Wenig später hielt Benno, ein näselnder Mittzwanziger mit Glatze und Hipsterbart, ihnen das Seil zur Begutachtung vor die Nasen. Man konnte die hastig schlagenden Herzen der Kursteilnehmer, die um ihn herumstanden, regelrecht hören; Bennos betonte Ruhe – vielleicht war es auch Langeweile – färbte hier auf niemanden ab. Gelassen berichtete er von weltweit weniger als zehn Todesfällen seit Beginn des Bungee-Jumpings durch reißende Seile, was Chiara blass werden ließ.

Selektive Wahrnehmung, dachte Zoe. Nicht so wahnsinnig geschickt von Benno, über Todesfälle und reißende Seile zu referieren, auch wenn es natürlich nur unglaublich seltene Einzelfälle waren. Aber in einem Workshop für Schissbuxen, wie sie es hier alle waren ... besser, sie hörte nicht hin, solange er über die Risiken sprach. Oh, wie nett, dahinten stand ein Eiswagen. Egal, wie das hier verlief – sie würde sich danach einen dicken Eisbecher gönnen. Ja, ein festes Ziel vor Augen zu haben, senkte das Todesrisiko enorm. Wer plante, am Nachmittag ein Eis zu essen, konnte vorher ja schlecht an einem Herzinfarkt sterben. Die Fokussierung des Geistes überwand körperliche Schwächen – dazu gab es sogar wissenschaftliche Studien. Es gab doch zu allem wissenschaftliche Studien, oder?

Benno erklärte in der Zwischenzeit, wie die Springer beim Wiederhochschnellen am Seil ihre Arme kreuzen sollten, um zu verhindern, dass das zurückschnellende Seil sich um den Hals wickelte oder ins Gesicht schlug. Großartige Aussichten! «Blaue Flecken bleiben manchmal nicht aus», erzählte er unbeteiligt, «und selten gibt es mal 'ne Verbrennung, wenn das Seil über'n Arm schrammt. Das ist eigenes Risiko, wenn ihr springt. Is' klar, dass ihr nur springen dürft, wenn ihr körperlich auf der Höhe seid, ne? Leute mit Bluthochdruck, Herz- und Kreislaufbeschwerden und Schwangere dürfen nicht auf'n Kran. Außerdem gilt null Komma null Promillegrenze.»

Barbie verkündete als Erste ihren Ausstieg und gleich nach ihr zwei weitere. Die anderen gingen zumindest noch mit zum Kran, der von unten schwindelerregend hoch aussah. Schon als es darum ging, mal unverbindlich in den knapp überm Boden parkenden Personenkorb einzusteigen, wurde die Gruppe der Mutigen um weitere drei Personen kleiner.

«Der ist ja vorne offen!», rief eine Frau.

Benno zuckte mit den Schultern. «Da stehst du, und du bist am Seil. Es darf jeweils einer gesichert mit nach oben fahren, aber gesprungen wird einzeln, wir halten uns hier an die Vorschriften und nehmen immer nur ein Seil mit hoch.»

Chiara hob mit Zoe und vier anderen zusammen tapfer die Hand, als Benno wissen wollte, wer springen würde. Aber ihre zweite Hand lag eisig und kalt in Zoes.

Zoe selbst klopfte das Herz wie verrückt, ihr Blut rauschte in den Ohren wie übersteuerte Dance-Musik. Gedankenfetzen von «Ich mach das eh nicht!» über «Habe ich mich jetzt echt gemeldet? Wie konnte das passieren?» bis hin zu «Ich kann ja wieder runterfahren» schossen in ihrem Kopf hin und her. Die ganze Aktion fühlte sich unwirklich an, als machten sie nur einen albernen Scherz. Als sie kurz nach Chiara und vor einem jungen Kerl namens Stephen auf die Waage musste, damit anhand des Gewichts die richtige Seillänge ermittelt werden konnte, blubberte ein albernes Lachen in ihrer Brust herum, das sie um jeden Preis unterdrücken musste. Es fühlte sich gefährlich nach einem Lachflash an, und wenn ein solcher sie jetzt erwischte, war sie am Ende. Bestimmt würden sie sie dann nicht mal auf den Kran lassen, aus Angst, sie wäre betrunken oder hätte den Verstand verloren.

«Dip-in?», fragte Benno, und in Zoes Brust explodierte das Lachen und ging nicht mehr weg, bis ihr die Tränen übers Gesicht liefen, ihr Bauch weh tat und Chiara ihr am Ende eine leichte Backpfeife verpasste, damit sie wieder zu sich kam.

«Ich hab keinen Schimmer», keuchte Zoe atemlos, «was er damit meint, aber es klingt toll.»

Benno grinste und wandte sich ab, während Chiara Zoe anstarrte, als hätte sie soeben verkündet, nackt aus dem Kran zu springen.

«Bist du echt sicher?»

«Ich glaub nicht. Wovon sprach er da?»

«Hat er doch eben erklärt, hast du nicht zugehört?»

Ihr Puls auf Highlevel hatte offenbar nicht viele Informationen bis zum Hirn durchgelassen.

«Der Kran wird über dem See positioniert, bevor wir springen. Dip-in bedeutet, dass du ins Wasser eintauchst!»

«Sapperlot! Ist da schon mal einer ertrunken?»

Chiaras Blick sagte in aller Deutlichkeit: «Frag du – ich trau mich nicht.»

Für Fragen blieb allerdings nicht mehr genug Zeit, denn offenbar fürchtete Lars, die Anzahl seiner willigen Teilnehmer könnte sich weiter dezimieren, wenn er sie nun nicht in die Luft steigen ließ. Stephen und ein weiterer junger Mann waren die ersten beiden, die langsam und vom Röhren des Motors romantisch untermalt gen Himmel fuhren. Höher und höher zog der Kran den Personenkorb, einen Moment lang schwebte er über den Köpfen der anderen.

«Nicht gut», murmelte Chiara. «Wenn da jetzt einem schlecht wird ...»

Schließlich blieb der Kran über dem See stehen. Kaum vorstellbar, dass es wirklich nur fünfzig Meter sein sollten. Von unten war kaum zu erkennen, wer sich oben wohin bewegte. Nur dass es ein ziemliches Hin und Her gab. Lars' Spiegelsonnenbrille blitzte manchmal im hellen Licht.

Und dann sank der Korb gemächlich wieder herab.

«Oh», sagte Zoe.

«Oh», bestätigte Chiara.

Die Männer stiegen aus, der eine verärgert, weil sich der andere nicht getraut hatte, besagter anderer beschämt.

«Ihr seid dran, ne?», fragte Benno und führte Chiara und Zoe zu großen Kunststoffkoffern, in denen das Equipment auf seinen Einsatz wartete. Die beiden wurden in ein Geschirr mit Beinschlaufen und Hosenträgerriemen geschnürt und bekamen enge Manschetten um die Fußgelenke gelegt. Zoe hatte das Gefühl, so schwer und hastig atmen zu müssen, dass Benno sie sicher gleich doch noch ausschloss. Ein sehr kleinlauter Teil in ihrem Inneren wünschte sich das – hey, sie könnte immerhin ohnmächtig ins Wasser klatschen, wenn sie jetzt schon fast hyperventilierte. Aber falls Benno ihre Angst bemerkt hatte, dann beeindruckte sie ihn wenig. Er blieb so cool, dass Chiara und sie all ihre Verschlusskarabiner gegenseitig noch mal checkten, aus Angst, Bennos Gelassenheit könne mit Nachlässigkeit einhergehen.

«Bitte noch mal auf die Waage, Ladys.»

«Meinst du, wir haben in der halben Stunde seit eben zugenommen?», fragte Zoe irritiert.

Benno grinste. «Höchstens 'nen halben Liter Angstschweiß verloren. Nee, das sind Sicherungsvorschriften. Ihr müsst im Geschirr noch mal auf die Waage, danach wird euer Seil ein zweites Mal auf die richtige Länge überprüft. Hier ist eben nicht nur die Technik entscheidend, sondern auch die Länge.»

«Haha», machte Chiara leise, als Benno voraus zum Kran ging. «Der ist ja superlustig.»

«Der eine Witz war im Preis inbegriffen», erwiderte Zoe. «Mehr Unterhaltung kostet extra.»

«Okay, rein mit euch. Du», er deutete auf Zoe, «bist die Erste. Wir lassen dich nach deinem Sprung langsam mit dem

Kran runter, das Team nimmt dich in Empfang. Dann winkst du einmal, und danach», sein Blick ging zu Chiara, «fahren wir zwei mit deinem Seil wieder nach oben.»

Der zu einer Seite komplett offene Korb war aus der Nähe erschreckend eng, und schon in seiner Parkposition schwankte er, als Chiara einstieg. Benno fixierte erst sie und zeigte Zoe, wo sie sich vor der Öffnung hinstellen und festhalten sollte. «Gut festhalten, bis wir oben sind», sagte er mit einem Grinsen, was Zoe weniger witzig fand. Dann ruckte es auch schon einmal kräftig, Zoes Magen machte einen Hüpfer, Chiara quiekte, und der Kran zog den Korb hinauf.

Benno redete von doppelter Sicherung und anderen Dingen, während es in rasantem Tempo nach oben ging. Zumindest bewegte sich sein Mund, und Geräusche flogen an Zoes Ohren vorbei. Sie verstand kaum etwas, dabei war es nicht einmal besonders laut. Aber die Gedanken kreisten so schnell in ihrem Kopf, dass sie das Gefühl hatte, ein Tornado würde in ihr wüten. Herzklopfen, Bauchkribbeln und ein wilder Cocktail aus Panik und verrückter Vorfreude. Ihr Gesicht fühlte sich seltsam an, aus irgendeinem Grund schmerzten ihre Wangen. Sie befühlte sie kurz und bemerkte, dass sie breit und verkrampft grinste.

«Festhalten, bis wir oben sind», sagte Benno, und sie klammerte sich wieder an die dafür vorgesehenen Stangen. Wie schnell das zweistöckige Gebäude kleiner wurde! Die Schaulustigen waren kaum mehr zu erkennen. Wie winzig das nahe Schwimmbad plötzlich aussah – ein türkisblaues Rechteck im Briefmarkenformat. Dahinter Bäume – klein –, Straßen – winzig –, Autos – wie Spielzeuge. Wind kam auf, kühl und überraschend heftig. Der Kran schwenkte den schaukelnden Korb über den See. Und immer noch ging es höher und höher. Zoe wagte einen Blick an ihren Turnschuhspitzen vorbei, direkt nach unten. In näherer Umgebung waren mehrere große Seen, Ruderboote pflügten auf einem durchs Wasser. Der See unter ihnen schien schmal, und gleich am Ufer standen Bäume.

«Warte mal!», rief sie. Ihre Stimme klang schrill – das musste an der dünnen Luft hier oben liegen. «Da soll ich reintauchen?»

«Wolltest du so», gab Benno ungerührt zurück.

«Treffe ich den See?» Von hier oben schien das einem Glücksspiel zu gleichen. «Treffe ich ganz sicher den See?»

«Bislang hat den noch jeder getroffen.»

«Und ich lande ganz sicher nicht in den Baumkronen?»

«Ich glaube nicht ...»

«Mir gefällt nicht, was er sagt», meldete Chiara sich zu Wort. Ihr Polo-Kragen flatterte ihr aufgeregt um den Hals herum.

«Ich erkläre dir nochmal, was wichtig ist.» Inzwischen bewirkte Bennos Gelassenheit dann doch etwas: Zoes Aufregung war zwar im dunkelroten Bereich – dunkelrot mit Blaulicht –, aber sie hatte das Gefühl, sich im Griff zu haben und nicht hysterisch zu werden. Oh, heilige Muttergottes auf Rollschuhen – stand der Korb etwa jetzt?

«Nich' vergessen, was ich euch unten gezeigt habe. Arme über den Kopf und dann denk an Superman: Brust raus, Kopf hoch. Eine Faust, die andere Hand umfasst das Handgelenk. So bleibst du während des gesamten Sprungs, das ist wichtig.»

«Wichtig», hauchte Zoe. Hoffentlich konnte sie sich merken, was hier wichtig war. Sie hatte das Gefühl, jede Anweisung, jeden Satz und jedes Wort von Benno im gleichen Moment wieder zu vergessen. Wenn sie gleich in der Baumkrone hing statt im Wasser, war es bestimmt ihre eigene Schuld.

«Na los», sagte Benno.

Wie jetzt – na los? Über die Schulter sah sie ihn an. Was wollte der Typ ihr sagen?

«Wenn du so weit bist, lass los und heb die Arme.»

Ach. Das. Meinte. Der.

Zoe atmete aus, so lange und langsam sie konnte. Dann löste sie Finger für Finger von den Eisenstangen, an denen sie festzukleben schienen. Du grüne Neune, war das wackelig in diesem schwankenden Korb. Was, wenn sie jetzt fiel …

«Arme richtig hoch», erinnerte Benno sie. «Superman, okay?»

Sie versuchte sich Superman vorzustellen, eigenartigerweise schoss der Superschurke durch ihren Kopf. Die Arme bekam sie dennoch irgendwie in die richtige Position, ohne das Gleichgewicht zu verlieren.

Aber losspringen?

Sich fallen lassen?

Ins Leere?

«Denk dran, du bist sicher. Doppelt gesichert. Brauchst keine Angst zu haben.»

Keine Angst. Ein guter Gedanke. Wenn man doch alles im Leben doppelt sichern könnte. Ein flexibles Seil und ein festes, wie Benno eben erklärt hatte – für alle Fälle. Wie Blitze flammten Gedanken auf, die sie sich nicht recht erklären konnte, weil sie kurz vor dem Absprung in fünfzig Meter Tiefe nicht viel Sinn ergaben.

Der Superschurke … und sie. Sie könnte … es wäre kein Risiko … doppelt gesichert.

Vielleicht hatte Pauline nicht ganz unrecht. Und falls …

«Okay, los geht's. Wir springen hier nicht ab – keine Heldentaten, ne? Lass dich einfach langsam nach vorne kippen.

Die Arme bleiben, wie sie sind – du weißt schon: Superman. Und woran sollst du denken?»

Nicht an den Superschurken. «Weiß nicht. Nicht ... nicht schreien?»

«Schrei, so laut du kannst. Aber vor dem Eintauchen ins Wasser – Augen schließen!»

«Logisch.» Zoe schluckte schwer. Prüfte noch einmal, ob sie alles Wichtige im Kopf hatte. Superman-Arme. Nach vorn fallen lassen. Nicht an den Superschurken denken. Und wenn, dann doppelt gesichert.

«Du schaffst das!», schrie Chiara.

Doppelt gesichert.

Sie spürte das Kippen kaum. Alles, was sie wahrnahm, war, dass sie nichts mehr wahrnahm. Dort, wo eben noch Gedankenblitze leuchteten, war nun fünfzig Meter tiefes Nichts. Leere. Allenfalls noch weißes Rauschen.

Sie stürzte, sah das Seil neben sich – war das richtig? – dachte an alles und nichts, konnte nichts greifen. Fiel tief und tiefer. Ein flüchtiger Gedanke an Paulchen, einer an Tobias. Die Wasseroberfläche schoss auf sie zu, schemenhaft erkannte sie für den Bruchteil einer Sekunde ihre eigene Spiegelung. Ob es weh tat? Machte sie alles richtig? Ob der Ruck ...

Augen zu!

Eiskalte Nässe. Vergessen, vorher einzuatmen. Luft knapp.

Schon war es vorbei, sie atmete hastig ein und mit einem Kreischen wieder aus. Wurde hochgezogen – oder runter? Plötzlich war sie nicht mehr sicher, schien wild zu trudeln zwischen blauem Himmel, blauem Wasser, irgendwo noch das Grün der Bäume – aber wo? Kloß im Hals – war das ihr Magen?

Langsam klärte sich das Bild. Das Wasser war unter ihr, sie

wippte darüber wie eine Boje auf Wellen. Spürte nun endlich den Widerstand des Seils an ihren Füßen. Eine eigenartige Art von Sicherheit. Es gefiel ihr, dieses Wissen von doppelter Sicherung. Man sollte das Glück doppelt sichern, einmal elastisch und flexibel, sodass es beweglich blieb, und einmal fest, für den Fall der Fälle, dass das andere Seil riss.

Der Kran schwenkte sie zum Ufer, wo eine dicke Matte und eine sehr schlanke junge Frau im T-Shirt des Bungee-Betreibers warteten. Sie lächelte, als bekäme sie Geld dafür, als sie Zoe in Empfang nahm und ihr beim sanften Landen und Lösen der Fußmanschetten half. Vermutlich, weil sie Geld dafür bekam.

«Und? Wie war es?», fragte sie.

Konnte Zoe schon wieder sprechen? Gefühlt war ihr Hirn viel zu heftig durchgeschleudert worden, bestimmt musste sie sich erst einmal beruhigen und eine halbe Stunde atmen, bevor ihr eine Antwort gelang. Oder heulen. Vielleicht auch kichern.

«Ich bin nicht sicher, wie es war», sagte sie, und die Worte kamen ein wenig unkontrolliert, aber überraschend gut verständlich aus ihrem Mund. «Aber ich will noch mal!»

«Und dann bist wirklich noch mal gesprungen?» Laura hatte sich vor Spannung so weit aufgerichtet, dass ihre Stirn oben aus dem Skype-Bildschirm herausragte. Sie lehnte sich vor und richtete die Kamera neu aus. Hinter ihr ging ein durchtrainierter, braungebrannter Mann durchs Zimmer, der vermutlich nach seinem Hemd suchte, denn er trug keines. Das musste Pascal sein. «Du bist vollkommen wahnsinnig, Zoe!»

«Der Gedanke kam mir auch kurzzeitig», erwiderte Zoe und lachte. «Neben tausend anderen. Das zweite Mal war noch toller, da bin ich rückwärts gesprungen. Es ist unglaublich, was einem alles durch den Kopf geht, wenn man in die Tiefe fällt.»

«Ich würde nichts mehr denken – absolut gar nichts. Höchstens: HILFE! Oder: Ich will nicht sterben, oder so.»

«Das dachte ich auch vorher, aber so ist es nicht. Du bist high vom Adrenalin, dass die Gedanken nur so rasen. Und weil du gerade anderes zu tun hast, als dein Gehirn zu regulieren, kommen plötzlich Dinge ans Licht, die du dich sonst nicht zu denken traust.»

«Oha. Das klingt jetzt spannend. Was zum Beispiel?»

«Na ja ...»

«Zoe!» Laura rief ihren Namen so aufgeregt, dass der Mann im Hintergrund amüsiert herübersah. «Höre ich da einen gewissen Unterton in diesem ‹Na ja›? Hat es etwas mit einem Mann zu tun?»

Laura wirkte oft oberflächlich. So manch einer hatte Zoe schon unter vier Augen gefragt, wie sie zu einer Freundin wie ihr kam. Auf den ersten Blick passten sie nicht zusammen. Auf den zweiten aber – und das wusste Zoe gut – bewies Laura immer wieder, wie scharfsinnig sie war. Aus einem knappen «Na ja» herauszuhören, worüber Zoe seit Wochen erfolglos brütete, war eine bemerkenswerte Leistung.

«Ich dachte immer, es wäre besser für mich, wenn ich Single bin. Dass ich glücklicher bin, dass weniger Risiko besteht, unglücklich zu werden. Aber irgendwie ...»

«Bist du doch unglücklich?»

«Nein! Gar nicht. Es ist eher eine winzige Note. Wie wenn bei einem großartigen Essen ein einzelnes Gewürz nicht ganz passt. Oder eins fehlt. Oder wenn in einem Orchester ein Musiker krank geworden ist und ausfällt. Du weißt nicht so recht, was es ist, das alles noch ein bisschen runder und perfekter machen könnte, aber allein dieses Grübeln ...»

Laura seufzte und sah aus dem Bild hinaus, vermutlich zu Pascal. «Und Perfektion kann so ... perfekt sein.»

«Du klingst glücklich», sagte Zoe und stellte überrascht fest, dass sie sich vorbehaltlos mit Laura freute. Das war ihr nach den vielen Erfahrungen, die in Katzenjammer geendet hatten, lange nicht mehr gelungen. Doch Pascal sah nicht nur gut aus, er sah auch unheimlich nett aus. Wobei man Menschen ihren Charakter und ihre Absichten natürlich nicht ansehen konnte, wenn sie einmal durchs Bild schlenderten, wohl aber, ob sie glücklich waren. Und Pascal sah ebenso glücklich aus wie Laura.

«Wie könnte ich das nicht sein? Der Strand, das Meer, diese wunderbaren Menschen hier ... und Pascal.» Laura senkte die Stimme, und Zoe musste grinsen. Vermutlich war es nicht ratsam, das Ego eines so schönen Mannes noch weiter zu streicheln, indem man ihn die größten Schwärmereien mithören ließ. «Er ist so lieb», wisperte sie. «So sensibel. Wir können die ganze Nacht miteinander reden. Über ihn, über mich, über die ganze Welt.»

«Reden?», betonte Zoe, und Laura kicherte.

«Nicht nur. Aber das Reden macht den großen Unterschied zu allen anderen, weißt du?» Im Hintergrund klappte eine Tür, und Laura sprach wieder in normaler Lautstärke. «Die meisten reden mit dir, dann hat man Sex, und danach gibt es vielleicht noch einen Kuss, manchmal eine Zigarette, aber prinzipiell ist der Drops gelutscht, alle haben bekommen, was sie wollten, und der Tag ist erfolgreich beendet, man kann schlafen gehen. Mit Pascal geht es weiter. Sein Interesse an mir flaut nicht ab, nachdem wir im Bett waren. Er interessiert sich ...»

«Für dich», vervollständigte Zoe den Satz ihrer Freundin, und obwohl es keine Frage gewesen war, nickte Laura lächelnd.

«Ja. Für mich. Ich glaube, er ist der Richtige.»

«Gott, das klingt so schön.»

«Ist es auch. Aber nun zu dir. Du musst mir alles erzählen, lass mich hier bloß nicht am anderen Ende der Welt sitzen, ohne dass ich eine Ahnung habe, was bei dir passiert. Erst recht nicht nach dem Krümel, den du mir eben hingeworfen hast. Ich will jetzt den Kuchen!»

Schlagartig fühlte Zoe sich unsicher. «Ich will den Kuchen jetzt auch.» Aber was, wenn es schiefging und der Kuchen sie nun nicht mehr wollte? Ach, warum Gedanken über ungelegte Eier machen? Besser, sie dachte an die doppelte Sicherung – ein flexibles Seil und ein festes für alle Fälle. «Ich will nichts überstürzen. Du kennst mich – das wird jetzt nicht die große Liebe mit Zukunftsplänen oder so. Ich will mich bloß noch mal mit ihm treffen. Erst mal unverbindlich, weißt du?»

«Noch mal? Mit ihm?» Lauras Wangen waren vor Aufregung ganz rot geworden. «Zoe, kann es sein, dass dir entfallen ist, mich über ein paar offenbar nicht ganz unbedeutende Ereignisse in deinem Leben aufzuklären?»

«Ich wollte nicht, dass du mehr hineininterpretierst, als wirklich passiert ist. Manchmal verliebst du dich in meine unbedeutenden Geschichten – mir bleiben sie aber egal.»

«Aber der ist dir nicht egal!»

«Nein, der wohl nicht.»

«Na also. Wer ist er? Kenn ich ihn? Ich will sofort alles erfahren. Ich muss!»

Zoe presste die Lippen aufeinander. Laura hatte recht. Sie war ihre beste Freundin. Sie musste alles erfahren, daran bestand gar kein Zweifel. Problematisch an der Sache war bloß, dass sie es dafür aussprechen musste. Laut und deutlich – und zwar ohne die Flucht zu ergreifen und all ihre Pläne abzublasen.

«Okay», presste sie hervor. «Der Mann, um den es geht, ist … mein Chef.»

Als Zoe London zwölf Jahre alt war, liebte ihre Mutter sich selbst. Zumindest behauptete sie das. Überall in ihrer Wohnung hingen kleine Poster und Postkarten mit hübschen Motiven von idyllischer Landschaft, bunten Blumen, Steinen und darüber klugen Sprüchen. «Reminder», wie Susan London es nannte, offenbar, damit sie ihre neue Weltanschauung nicht gleich wieder vergaß, wenn sie von der Wohnküche in ihr Schlafzimmer oder vom Schlafzimmer ins Bad ging.

Nur wer sich selbst liebt, kann andere lieben.
Wie ich mir, so du mir.
Mögen dich andere, ist das ein Trostpreis. Liebst du dich selbst, ist es der Hauptgewinn.
Liebe dein Leben, und dein Leben liebt dich.
Wenn du Sonne brauchst im Leben – sei selbst die Sonne, strahle!

Zoe verstand zuerst nicht, warum ihre Mutter plötzlich davon sprach, ein völlig neues Leben zu beginnen – was war an dem alten falsch? Wie weit würden die Veränderungen reichen? Mussten sie erneut umziehen? Zoe wollte nicht umziehen, dazu hatte sie ihre ältere Nachbarin Frau Sachs, die ihr manchmal bei den Deutsch- und Englischhausaufgaben half, zu gern.

Es klang bedrohlich, Susan Londons völlig neues Leben. Bedrohlich, aber unausweichlich, denn wenn Zoe eines aus ihren zwölf Jahren Erfahrung wusste, dann war es, dass ihre Mutter die Entscheidungen traf. Und sie nicht.

Mit der Zeit bemerkte sie jedoch, dass die Worte ihrer Mutter zwar nach einer gefährlich wackelnden Welt klangen, aber im Alltag gar nichts spürbar veränderten. Weder zogen sie um, noch änderte sich etwas daran, wann oder wie oft ihre Mutter zur Arbeit ging, was sie zum Essen kochte oder worüber sie schimpfte. Meist schien sie etwas besser gelaunt als vorher, manchmal meditierte sie, und Zoe neigte aller Vorsicht zum Trotz zu dem Gedanken, dass es etwas Positives war, ein völlig neues Leben zu beginnen. Und etwas, das gar nicht im Widerspruch dazu zu stehen schien, sein altes Leben zu mögen und weiterzuführen.

Zunächst gab es nur diese Kleinigkeit, die sich im Leben von Susan London veränderte: Sie hatte diese neue Freundin, Soraya.

Soraya ... Zoe hatte gedacht, eine Frau mit dem Namen Soraya käme aus der Wüste oder zumindest aus einer orientalischen Stadt, wo es Sultanspaläste gab und Karawanen mit Kamelen und Eseln. Allerdings war sie sich bewusst, dass diese Theorie recht gewagt war, denn Zoe London war immerhin in ihrem ganzen Leben noch nicht häufiger in London gewesen als Soraya im Sultanspalast. Soraya war hellblond, hatte weiße Haut, die immer etwas feucht aussah, und trug bunte Kleidung, die nie zueinanderpasste. Zwei oder drei Mal lud Zoes Mutter Soraya zu ihnen nach Hause ein, allerdings durfte Zoe sich nicht dazusetzen, als Tee und Gebäck auf den Tisch gestellt wurden, sondern sollte sich von den Keksen nehmen, so viel sie wollte, und damit in ihr Zimmer oder zu Frau Sachs gehen. Was die beiden Frauen zu besprechen hatten, erfuhr sie nicht. Bevor Zoe Zeit bekam, gegen das Wegschicken aufzubegehren, um ihre Neugierde zu stillen – vielleicht kannte Soraya ja wenigstens jemanden, der einmal in einem Sultanspalast gewesen war? –, änderte ihre Mutter die Gewohnheit und besuchte Soraya nun nur noch bei dieser zu Hause. Zunächst alle zwei Wochen für ein oder zwei Stunden, später wöchentlich, und dann noch häufiger, als der Schnee kam und der Winter begann, dieser eine Winter, der Zoe immer im Gedächtnis bleiben würde, weil die Gasheizung nicht funktionierte und der stinkende Holzofen, den sie bis dahin für eine altmodische Dekoration gehalten hatte, immer nur mit abgezählten Scheiten gefüttert werden durfte. Zoe dachte sich nicht viel dabei. Die Zeit war schwierig, fast unmöglich für sie zu benennen, was daran so schwierig war. Das Geld halt, immer wieder das Geld. Aber ansonsten war alles in Ordnung, und warum sollte ein Mädchen auch misstrauisch werden, nur weil seine Mutter eine Freundin hatte, die sie häufiger besuchen ging?

Oft brachte ihre Mutter Geschenke von Soraya mit. Bücher über besseres Leben, CDs mit seltsam monotoner Musik oder Naturgeräuschen oder einmal eine bronzene Klangschale. Nicht zu vergessen die hübsch geschliffenen Steine und die bunten Kristalle, die so eine Art magische Kräfte hatten – worüber Zoes Mutter immer lachte, wenn Zoe es sagte, denn mit Magie hatte das gar nichts zu tun, sondern mit Heilenergien.

Auch Zoe bekam einen solchen Stein, einen wunderschönen, seidenglatten Türkis, der wie für sie gemacht in ihrer Handfläche lag, zu ihrem Sternzeichen passen und ihr Schutz und Kraft geben sollte; und als sie zum Ende des Winters zum ersten Mal ihre Periode hatte und unter üblen Krämpfen litt, schenkte ihre Mutter ihr außerdem ein Armband aus Mondsteinperlen, das angeblich gegen die Schmerzen half. Zoe freute sich zu sehr über das Armband, um ihrer Mutter zu verraten, dass es kaputt war und kein bisschen half.

Leider dauerte der Winter, in dem Zoes Mutter das Holz genau einteilte, nicht ewig. Irgendwann nach Ostern verschwand die himmelblaue Winterkälte in einer schlammigen Frühjahrsnässe, und aus irgendeinem Grund zerbrach die Freundschaft zwischen Susan London und Soraya, was aus wiederum für Zoe nicht nachvollziehbaren Gründen dazu führte, dass ihre Mutter innerhalb weniger Tage um Jahre alterte. Die Klangschale verschwand aus der Wohnküche, ebenso der größte der Edelsteine. Ihre Mutter packte ihn in einen Karton und schickte ihn an irgendwen in Süddeutschland, dem sie daraufhin furchtbar böse war. Sie meditierte nicht mehr, stattdessen weinte sie, hörte aber immer sehr schnell auf, wenn sie bemerkte, dass Zoe ihren Schluchzern lauschte.

Eines Tages kam ein Brief von Soraya; Zoe fand ihn, als sie die Post aus dem Briefkasten holte, und ihr Gefühl sagte laut und deutlich und sehr gemein: Wirf ihn weg, Zoe, wirf den Brief der blöden Hexe einfach weg!

Natürlich tat sie nichts dergleichen. Wie könnte sie denn, womöglich war es ein Brief, in dem Soraya um Verzeihung bat, was immer sie auch falsch gemacht hatte. Sie legte den Brief auf die Kommode, wartete, bis ihre Mutter von der Arbeit kam, lauschte heimlich aus dem Badezimmer heraus, wie ihre Mutter ihn erst schweigend und mit angehaltenem Atem las und ihn dann mit einem verhaltenen Wutlaut in eine Schublade pfefferte und die Schublade mit einem Krachen zuwarf. Später, viel später, erst in der Nacht holte Zoe den Brief heraus, um ihn zu lesen.

Was mochte Soraya falsch gemacht haben?

Sie begriff nicht wirklich, was der Brief bedeutete, denn es war überhaupt kein Brief. Soraya hatte eine Rechnung für spirituelle Lebensberatung geschickt, und die Summe war so hoch, dass Zoe nun ganz sicher war, dass sie umziehen, die Stadt verlassen und weglaufen mussten.

Der nächste Tag, ein Sonntag, an dem Zoe im Sender frei hatte und an drei Torten in unterschiedlichen Stadien der Fertigstellung arbeitete, war so sonnig und warm, als versuchte der April in seinen letzten Zügen noch zu beweisen, dass er auch als Sommer eine gute Figur abgab. Der Nachmittag nahm kein Ende, und es schien einfach nicht dunkel zu werden, dabei wartete Zoe doch nur auf die Party zum Tanz in den 1. Mai am Abend. Als es endlich an der Zeit war, sich fertig zu machen, stellte sie fest, dass ihr das ausgesuchte Kleid gar nicht so gut stand, wie sie es in Erinnerung hatte. Die roten Rosen auf türkisfarbenem Grund machten sie blass, der Petticoat war ein bisschen zu kurz, und das winzige Hütchen, das so gut zu dem Kleid passte, konnte sie nicht finden. Eine bessere Alternative scheiterte an einem ganzen Schrank voll nichts zum Anziehen. Letztlich erlaubte die Zeit einfach keine weiteren Experimente, die geplante Straßenbahn hatte sie bereits versäumt, und ihr blieb keine andere Wahl, als Kleid Nummer eins doch noch anzuziehen, wenn sie nicht weitere Bahnen verpassen und viel zu spät ankommen wollte.

In der Bahn Richtung Hauptbahnhof traf sie überraschenderweise auf Roberta.

«Und ich dachte, ich käme als Letzte», sagte sie und ließ sich erleichtert auf den freien Platz neben der Kollegin fallen.

«Sonntagstelefonat mit meiner Mutter.» Roberta rollte mit den Augen. «Die hat nicht das geringste Verständnis dafür, dass ich zu einer Party gehen und pünktlich kommen möchte. Ich glaube, sie wollte verhindern, dass ich überhaupt hingehe, aber irgendwann zwischen den Anekdoten meiner jüngsten Nichte und dem Bauchweh-Tagebuch meines Onkels konnte ich sie abwimmeln. Weißt du, was sie gesagt hat? Kind, trink keinen Alkohol und fang nichts mit den Männern an. Ha. Als gäbe es bei einem Betriebsausflug auch nur ein männliches Wesen, mit dem man etwas anfangen könnte.»

Zoe beließ es bei einem aussagefreien Lächeln als Antwort.

«Wenn sie Mittwoch anruft – sie ruft immer mittwochs und sonntags an, das würde sie niemals vergessen –, wirft sie mir sicher wieder vor, langsam in das Alter zu kommen, in dem ich über Kinder nachdenken sollte. Und ich sage immer: Mom, aber wie sollte ich, wenn ich nichts mit Männern anfangen darf? Und weißt du, was sie antwortet, Honey? – Ich soll mal nicht frech werden.» Roberta schnaubte. «Diese Frau treibt mich noch in den Wahnsinn.»

Zoe grinste und zupfte die Rüschen ihres Petticoats unterm Rocksaum hervor.

«Du bist irgendwie nicht ganz bei der Sache, Zoe.»

«Wie kommst du darauf?»

«Du zuppelst schon die ganze Zeit an deinem Kleid herum. Oder habe ich etwas Falsches gesagt?» Roberta stockte, und ihr Lächeln verflog schlagartig. «Oh Dear, wie dumm von mir. Ich erzähle die ganze Zeit von den harmlosen Neckereien mit meiner Mutter und habe völlig vergessen, dass das bei dir ein sensibles Thema ist.»

Wie bitte? Zoe musste einen Moment überlegen, bis ihr einfiel, wovon Roberta überhaupt sprach. «Ach, du meinst, weil ich keinen Kontakt zu meiner Mutter habe?»

Roberta wirkte ernsthaft beschämt. «Tut mir so leid, Zoe.»

«Unsinn, muss es nicht. Ich habe damit abgeschlossen, es macht mir wirklich nichts aus. Ich finde es ganz süß, wenn du von deiner Mom erzählst. Du hast mir lange keine Fotos mehr gezeigt.» Langsam wurde ihr auch klar, seit wann nicht – und aus welchem Grund. Dabei hatte sie sich immer sehr über die Geschichten von Robertas Großfamilie in den USA amüsiert. Doch seit Roberta erfahren hatte, dass Zoes Mutter nach deren achtzehntem Geburtstag verschwunden war, waren die Episoden weniger und weniger geworden – und erst jetzt bemerkte sie den Zusammenhang. «Es ist kein sensibles Thema, echt nicht.»

Roberta lächelte, es wirkte wie ein Anstandslächeln. Im Überspielen ihrer Gefühle war sie noch nie besonders geschickt gewesen.

«Wir haben uns gegenseitig kein Glück gebracht, meine Mutter und ich», erklärte Zoe. «Seitdem sie irgendwo neu angefangen hat, geht es mir sehr gut. Ihr hoffentlich auch. Ich kann das pragmatisch sehen. Familiäre Bande hin oder her – aber wir beide waren nicht gut füreinander, und die Versuche, trotzdem miteinander zu harmonieren, haben immer nur zu Konflikten und Enttäuschungen geführt. Der Kontaktabbruch ist das Beste, was uns passieren konnte.»

«Ich bewundere dich, dass du das so sehen kannst», sagte Roberta leise. «Für mich ist das unvorstellbar.»

Zoe zuckte mit den Schultern. «Ändere, was du nicht akzeptieren kannst, und akzeptiere, was du nicht ändern kannst. Warum sollte ich mich von einer Entscheidung fertigmachen lassen, die ich nicht getroffen habe? Meine Mutter hat entschieden. Ich mache das Beste daraus. Das nützt mir mehr, als mit der Situation zu hadern.» Ändern konnte sie ohnehin nichts.

Roberta schien noch etwas antworten zu wollen, aber die Straßenbahn kam am Hauptbahnhof an, und beim Aussteigen gerieten sie in ein solches Gedränge, dass eine Unterhaltung kaum mehr möglich war. Nachdem die Menschenmengen sich etwas zerstreut hatten, warf Zoe einen Blick auf die Uhr.

«Himmelarschundwolkenbruch!», entfuhr es ihr. «Die S-Bahn fährt in drei Minuten, wir müssen rennen!» Darauf gaben sie Fersengeld und eilten mit synchron klappernden Absätzen durch die Bahnhofshalle, die langen Gänge entlang und die Treppen zum Bahnsteig hoch. Schwer atmend hüpften sie in die S-Bahn und ließen sich in ein leeres Vierer-Abteil fallen. Sie saßen kaum, da ertönte ein Warnsignal, die Türen schlossen sich, und die Bahn setzte sich in Bewegung.

«Donnerlittchen, das war knapp», lachte Zoe.

«Das hätte uns die Schuhe kosten können.» Roberta rieb sich prüfend über die Ferse. «Hoffentlich gibt das keine Blasen. Und jetzt sag mal, Zoe, warum du es so eilig hast? Wen kümmert es, wenn wir ein bisschen später kommen?»

«Niemanden», sagte Zoe, «ich hatte nur keine Lust, eine halbe Stunde lang am Bahnhof zu stehen und auf die nächste Bahn zu warten.» Sie spürte sich allerdings verdächtig rot werden. Und die kleine, spöttische Falte, die entstand, als

Roberta die Augenbrauen verzog, ließ keinen Zweifel daran aufkommen, dass diese es gesehen hatte.

Es war eine kleine Weltreise bis zur Party, und Roberta und Zoe erklärten die Entscheidung, aufgrund der Taxipreise mit Straßenbahn, S-Bahn und Bus hinzufahren, in dem Moment zum Fehler, als ihnen klarwurde, dass ab der Bushaltestelle noch ein Fußmarsch von zwanzig Minuten anstand. Roberta hielt es keine fünf Minuten in ihren Highheels aus, kurzerhand zog sie sie aus und lief auf Nylons zunächst über Asphalt und dann über Schotterweg, der sich durch ein lichtes Waldstück schlängelte. Als sie sicher waren, sich definitiv verirrt zu haben und eher am Knusperhaus der Märchenhexe herauszukommen statt an einer Partylocation, tauchte eine atemberaubend beleuchtete und von Wassergräben gesäumte kleine Burg vor ihnen auf und entschädigte für alles.

«Wahnsinn», staunte Roberta und schlüpfte wieder in ihre Schuhe, bevor sie eine herabgelassene Zugbrücke betraten.

Zoe konnte nur zustimmen. «Wie in einem Märchen. Einem sehr, sehr modernen Märchen, auch wenn das Anwesen hier aus dem Mittelalter sein muss.»

Aus dem torbogenartigen Haupteingang der Burg schossen farbige Lichtblitze, und laute Musik drang über den Innenhof, auf dem einzelne Grüppchen standen, rauchten, tranken oder miteinander redeten. Ein paar junge Frauen tanzten sogar im Hof. Dabei war es nicht einmal neun Uhr – die Party hatte erst vor knapp einer Stunde begonnen, und auch auf den Festen mit der besten Stimmung brauchten die Gäste meist zwei Stunden Akklimatisierung, ehe sich die Ersten auf die Tanzfläche trauten. Hier hatte man die Tanzfläche kurzerhand jetzt schon ins Freie verlagert.

«Gehen wir rein?», fragte Roberta, und Zoe nickte, denn im Hof konnte sie keine Kollegen ausmachen.

Im Inneren war es trotz der Menschenmenge noch angenehm kühl, und neben alkoholischen Getränken und ein bisschen Schweiß roch es nach feuchtem Stein. Auch hier gab es auf der Tanzfläche keine bescheidene Zurückhaltung mehr. Die zuckende Beleuchtung verhinderte allerdings, dass Zoe jemanden unter den Tanzenden erkennen konnte. Roberta nahm sie bei dem Gedränge an die Hand und zog sie unschlüssig zuerst in Richtung der meterlangen Bar und dann zu ein paar Tischen, die in kleineren Nebenräumen oder Nischen in der Wand platziert worden waren und sich unter unzähligen, gleich aufs Holz geklebten Stummelkerzen zu biegen schienen. An einem davon entdeckten sie schließlich die Kollegen vom Sender, hielten auf sie zu und bemerkten erstaunt die gelungene Akustik der Location, denn an den Tischen war es, wenn auch nicht leise, zumindest nicht so laut, als dass man sich nicht unterhalten konnte.

«Wer hat diesen Laden ausgesucht?», rief Roberta statt einer Begrüßung mit in die Hüften gestützten Händen. Ein paar Gesichter deuteten unauffällig in Tobias' Richtung. Der trug sein Pokerface und verkraftete es offenbar mühelos, dass Roberta ihm mit ihrem Blick die Augen verätzte. «Ich habe vierzehn Blasen, musste barfuß laufen und habe nun zwei Zentimeter Hornhaut und meine Strümpfe durchgelaufen, um herzukommen.»

Autsch. Hornhaut und barfuß. Zwei Worte, die dem Chef Ekel verursachten, in einem Satz. Bemerkenswert, wie locker er das nahm. Zoe konnte zwar erkennen, dass sich auf seinen Unterarmen die Haare aufrichteten, aber wer nicht so genau darauf achtete wie sie, musste Tobias Robertas Gezeter gegenüber für vollkommen unbeeindruckt halten.

«Und es war das alles wert!», schrie Roberta, hüpfte und klatschte in die Hände. «Ist das geil hier!» Damit drückte sie sich zwischen den Stuhlrücken und dem Gemäuer bis zu Tobias durch, fiel ihm um den Hals, küsste seine Wange und ließ sich auf den freien Platz neben ihm sinken. Zoe versetzte es einen kleinen Stich, den sie sich sofort zu verbieten versuchte. Was sich nicht als ganz einfach herausstellte.

Sie begrüßte die anderen und fand den letzten freien Stuhl am anderen Ende des Tisches bei Kirsten, die dummerweise durch ihre Recherchen eine Ahnung hatte, was Zoe am Samstag gemacht hatte. Die Zeit, bis die Kellnerin kam, verbrachte sie damit, zuerst Kirsten und dann Klaas ihre beiden Bungee-Sprünge in allen Einzelheiten zu erzählen.

«Und deine Freundin?», fragte Klaas schließlich. «Ist sie denn auch gesprungen?»

Zoe schüttelte den Kopf. «Sie wollte, und sie sagte auch, dass es nicht an der Angst oder der Überwindung läge. Aber sie musste an ihre Tochter denken, als sie oben stand, und dann hat sie entschieden, dass Gruppenzwang und der Drang, sich etwas zu beweisen, eine schlechte Motivation ist. Also hat sie sich getraut, den Kran wieder runterfahren zu lassen.»

«Kann ich verstehen», sagte Klaas. «Ich würde mit dir darauf anstoßen. Aber du hast noch nichts zu trinken.»

Wortlos drückte Kirsten Zoe ihren Cocktail in die Hand – irgendetwas Grünes in einem langstieligen Glas. «Auf den Mut, die Vernunft und die Weisheit der Eltern», sagte Klaas feierlich ... ein bisschen zu feierlich, fand Zoe und blickte fragend zu Kirsten. Der platzte ein zuvor sorgsam verstecktes Grinsen aus dem Gesicht.

«Im Ernst?», japste Zoe. «Heißt das, er wird ...» Sie wandte sich hastig an Klaas. «Heißt das, du ...?»

«Er wird Vater!», kreischte Kirsten. «Er hat es uns eben erzählt. Und ich werde Powertante – Patentante, meine ich!»

«Ich wollte auf euch warten», sagte Klaas entschuldigend, «aber ich war viel zu aufgeregt, als dass sie es mir nicht angemerkt hätten, und du kennst ja das Gefühl, wenn Kirsten und der Chef dich von beiden Seiten in die Zange nehmen.»

«Meinen herzlichsten Glückwunsch! Wann ist es so weit? Wisst ihr schon, ob es ein Junge oder ein Mädchen wird?»

«Keine Ahnung.» Klaas strahlte wie ein Kernreaktor. «Wir wollen uns überraschen lassen. Bea ist schon im vierten Monat. Und ich im achten Himmel. Ihr könnt euch nicht vorstellen, wie aufgeregt ich bin. Keine Ahnung, wie ich das noch bis November aushalten soll!»

«Ich würde wahnsinnig werden.» Es fiel Zoe selbst schon schwer, nicht aufgeregt zu quieken. «Weiß Roberta es schon?»

«Wie denn? Die kriegt am anderen Ende des Tisches ja gar nichts mit, und ich glaube kaum, dass Tobias es ihr verrät.»

Zoe sprang auf. «Sie muss es erfahren. In Sachen Babysitting hat keiner von uns so viel Erfahrung wie sie. Warte, ich schicke sie dir rüber.» Sie ging zu ihrer Kollegin und legte den Arm um deren Stuhllehne. «Sind deine Füße so weit wieder okay, um kurz aufzustehen?»

«Sag nicht, dass du tanzen willst, Zoe. Ich tanze mit dir, aber erst, nachdem die Kellnerin mir mindestens drei Cocktails und ein halbes Dutzend Shots gebracht hat.»

«Tanzen können wir später. Geh erst mal mit Klaas anstoßen – Kirsten leiht dir ihren Drink.»

«Anstoßen?», fragte Roberta, stand aber zögernd auf. «Worauf denn? Ist er befördert worden? Bekommt er etwa meinen Job?» Wie auf rohen Eiern balancierte sie auf nackten Füßen am Tisch entlang und ließ Gelächter hinter sich zurück. Zoe sank erschöpft vor Freude auf Robertas Stuhl nieder, wo sie sich genau in Tobias' Blick wiederfand.

«Ist das nicht der Hammer?», fragte sie und spürte ihre Wangen regelrecht leuchten.

«Ich freue mich riesig für Klaas», erwiderte Tobias so leise, wie es im Stimmengewirr möglich war, dann deutete er ihr mit einem Finger vor den Lippen zu lauschen. Im nächsten Moment kreischte Roberta laut auf. Zoe und Tobias lachten zusammen, freuten sich gemeinsam, und Zoe gab sich kurz dem Gefühl hin, so könne es häufiger sein. Aber schnell bremste sie sich wieder. Ein Schritt nach dem anderen. Von Dingen zu träumen, die noch von zu vielen Eventualitäten abhingen, machte nicht glücklich – man gefährdete damit sein Glück. Natürlich hatte er sein deutliches Interesse an ihr geäußert, aber auch das Funkeln in seinen grauen Augen bedeutete schließlich nicht zweifelsfrei, dass das noch der aktuelle Stand der Dinge war. Herrje, wie sollte sie herausfinden, *was* der aktuelle Stand der Dinge war? Sie konnte ihn kaum hier am Tisch darauf ansprechen. *Sag mal, dein verlockendes Angebot von neulich ... gilt das noch, oder war das zeitlich limitiert?*

Die Kellnerin kam und setzte ein großes Glas Orangensaft so schwungvoll vor Zoe ab, dass die Flüssigkeit überschwappte, auf den Tisch tropfte und zwischen die Kerzen rann. Roberta musste den Saft bestellt haben. Hielt sie sich etwa an das Gebot ihrer Mutter, keinen Alkohol zu trinken? Als Zoe sah, wie Roberta gerade mit ihrem eigenen Hugo anstieß, zuckte sie mit den Schultern und nahm sich Robertas

Getränk. Oh, Roberta gab auf die Ratschläge ihrer Mutter offenbar gar nichts, denn was so harmlos nach Orangensaft aussah, hatte offenbar doch einige Umdrehungen. Aber was immer es auch war – es war lecker. Und was ein bisschen mehr Mut als Orangensaft verlieh, konnte sie ohnehin gut gebrauchen.

«Wie war deine Woche?», fragte sie, leicht zu Tobias hinübergelehnt. «Du warst ständig beschäftigt, wir haben kaum mal zwei Sätze gewechselt.»

«Gut», antwortete er, aber ihr entging nicht der verkrampfte Zug um seinen Mund, der das Lächeln nicht ganz echt aussehen ließ. Offenbar konnte sie schlecht überspielen, wie leicht sie ihn durchschaute, denn er lachte nach einem Blick in ihr Gesicht ehrlich auf. «Okay, sag nichts. ‹Gut› war die höfliche Variante für Geschäftspartner und Mitarbeiter.»

«Gibt es eine für Freunde?»

Er senkte den Blick, nur kurz, aber ein schweres Gewicht schien auf diesem Blick zu lasten. «Anstrengend», sagte er dann, trank einen Schluck Bier und lehnte sich zurück, als wolle er sich von dem Thema zurückziehen.

Zoe war nicht ganz sicher, wie sie das einschätzen sollte. Aber dass er es ihr nun ein wenig schwermachte, hatte sie wohl verdient. «Inwiefern? Magst du erzählen?»

Tobias setzte zu einem Kopfschütteln an, hielt inne und deutete um sie herum. «Nicht gerade jetzt und hier.»

«Wir könnten rausgehen. Eine rauchen.»

«Wir rauchen nicht.»

«Wir könnten damit anfangen.»

«Schlechte Vorsätze zum 1. Mai?»

Ihr gefiel, wie mühelos er ihren Blick halten konnte. Ernst nickte sie. «Ja. Das mit den guten Vorsätzen zum 1. Januar klappt doch nie. Ich teste daher gerade eine realitätstauglichere Alternative.»

«In Ordnung.» Er stand auf, wartete, bis sie sich ebenfalls erhoben hatte, und schob sie leicht vor sich her zum Ausgang. Draußen schlug ihnen kalte Luft entgegen, jetzt, da die Sonne untergegangen war. Sie hätte besser ihre Jacke mitgenommen, aber die hing noch über ihrer Stuhllehne. Im Lichtschein einer altmodisch aussehenden Laterne traten sie an einen Stehtisch und stellten ihre Gläser dort ab.

«Ich fürchte, deine schlechten Vorsätze sind erneut zum Scheitern verurteilt», sagte Tobias. «Wir habe keine Zigaretten. Und auch sonst nichts zum Rauchen.»

«Verdammt. Daher kommt also das Gefühl, dass der Plan nicht ganz durchdacht war. Aber was soll's? Ich mag den Geruch ohnehin nicht.»

«Ich auch nicht.» Er hob sein Glas, und sie stießen auf all die ungerauchten Zigaretten an.

Im dämmrigen Kerzenlicht hatte Zoe angenommen, Tobias wäre von seiner Gewohnheit abgewichen, zu allen möglichen und unmöglichen Gelegenheiten Band-T-Shirts zu tragen, aber nun erkannte sie, dass auch das dunkelgraue Shirt, das sich eng über seinen Brustkorb schmiegte, ein verhalten sichtbares Bandemblem eingestickt hatte.

«Beasts in Beds?», fragte sie. «Schräger Name. Kenn ich was von denen?»

Statt einer Antwort zog er sein Handy aus der hinteren Hosentasche, kam so dicht an ihre Seite, dass sein Oberarm ihre Schulter sacht streifte, und startete einen Song. «All ihre Lieder handeln von den Dingen, die uns nachts über die Bettdecke krabbeln und nicht schlafen lassen.»

Dafür klang die rauchige Stimme des Sängers erstaunlich

zuversichtlich. Zoe gefiel der Song, den Tobias ausgewählt hatte. Gitarrenlastig, melodische Strophen, eingängiger Refrain. Der Text handelte von der Sehnsucht nach Orten der Erde, die man noch nicht kennt und vermutlich auch nie sehen wird, weil die Zeit eines Lebens nicht ausreicht, um alles zu sehen, was der Mensch gesehen haben sollte.

«Das gefällt mir», sagte Zoe, als die Melodie verklang. Sie würde noch in dieser Nacht mehr Stücke der Band anhören. Sofern sie sich traute … denn sie wurde das Gefühl nicht los, damit sehr viel von Tobias zu erfahren. Vielleicht mehr, als ihm recht war. Musikvorlieben konnten äußerst intime Details über das eigene Leben verraten, vor allem, wenn sie vom Mainstream abwichen. «Warum spielen wir das nicht rauf und runter?»

«Kennt halt niemand», sagte Tobias und steckte das Handy weg. «Und es kam auch zu lange nichts Neues von der Band. Du weißt doch, was die Leute wollen. Muss alles neu sein. Topaktuell und *fame.*»

«Und was willst du?», fragte Zoe und wusste im nächsten Moment nicht, ob sie die Worte ausgesprochen oder nur gedacht hatte. Er antwortete nicht, bewegte nur sein Glas leicht hin und her, sodass der Schein einer Lampe sich darin fing, den sie beide nicht aus den Augen ließen.

Eine Gruppe deutlich angetrunkener junger Frauen stolperte lachend an ihnen vorbei aus der Location heraus. Eine andere Gruppe löste sich von einem der Außentische und ging hinein.

«Soll ich eine schnorren gehen?», fragte Tobias schließlich in das Schweigen hinein, als sich in Zoe gerade die Erkenntnis entwickelte, dass es nicht so entspannt war, wie sie es sich gewünscht hatte. Um ehrlich zu sein, suchte sie bereits krampfhaft in ihrem Kopf nach den richtigen Worten. Wie sollte sie nur anfangen? Womit konnte sie ihm klarmachen, dass sie sich umentschieden hatte, ohne wankelmütig zu erscheinen oder wie jemand, der mit Gefühlen anderer spielte?

«Schnorren? Eine was?»

«Eine Zigarette natürlich. Warte.» Er ließ sie stehen, sprach ein paar Leute an und hatte beim zweiten Mal Erfolg. Zoe rieb ihre nackten Oberarme. Ohne ihn war es plötzlich so kalt am Tisch. Er kam zurück und hielt ihr eine Zigarette hin.

«Wir haben kein Feuer», sagte Zoe.

«Stimmt. Macht aber nichts. Wir wollten sie ohnehin nicht rauchen.»

Deutlicher konnte er sie kaum auffordern, endlich auszusprechen, was sie die ganze Zeit schon sagen wollte. Absurderweise musste sie an die Szenen in romantischen Filmen oder Romanen denken, in denen sie es immer sehr niedlich fand, wenn die Figuren schüchtern umeinander herumscharwenzelten. Allerdings lief dann im Hintergrund meist entsprechende Musik, und kein Remix eines uralten Dr.-Alban-Songs. In der Realität hatte ihre Unsicherheit weder Charme noch Witz, und Zoe war sicher, dass sie nie wieder über eine herumdrucksende Heldin würde schmunzeln können. Von nun an würde sie das Elend spüren und mitleiden. In Wahrheit war da nämlich bloß eins: die Furcht vor einem Korb. Ihr erster Impuls damals, als die Sache mit Tobias begonnen hatte, war vielleicht doch nicht so falsch gewesen: Hätte sie damals schnell gekündigt, würde sie jetzt irgendwo anders vollkommen unbeschwert in den Mai tanzen. Arbeitslos, das schon ... aber gewiss selbstsicherer, als sie sich gerade fühlte.

«Ich habe einen Fehler gemacht», sagte sie schließlich und atmete durch. Guter Anfang. Unverbindlich und ... nicht besonders hilfreich, denn er sah sie immer noch bloß an, den Superschurkenausdruck im Gesicht und in der Hand die Zigarette, die sie nicht rauchen würden. Sie hatte nicht erwartet, dass er ihr helfen würde – aber musste er es noch schwieriger machen?

«Du kennst das vielleicht, wenn du eine Sache entscheidest und dich hinterher fragst: Heidewitzka, warum habe ich denn das wieder gemacht, wie konnte ich so blöd sein?!»

Tobias drehte die Zigarette zwischen den Fingern und sah aus, als würde er das nicht kennen.

«Warum habe ich nicht erkannt, wohin mich das führt und was ich wirklich will?» Sie sah ihn an, ihn und seine ausbleibende Reaktion, und in ihrer Phantasie zog er sie jetzt einfach an sich, um sie zu küssen und ihrem sich in seiner doppelten Sicherung windenden Gehirn mal für zwei Minuten das Denken zu verbieten. Vielleicht auch drei Minuten. Oder sogar ...

«Es geht um *London Calling*», sagte Tobias. Es war keine Frage, nur eine seltsame Betonung, die sie kurz überdenken musste, ehe ihr auffiel, was daran nicht ganz richtig klang. Die paar kurzen Worte klangen hohl. Wie leere Hülsen ohne Kraft und Bedeutung.

«Du hasst das neue Konzept. Ich weiß. Ich sehe es jeden Tag, und ich arbeite wirklich an einer Alternative, um dir deine Show wieder so möglich zu machen, wie sie früher war, aber –»

«Es geht nicht im Geringsten um *London Calling!*», unterbrach ihn Zoe. «Ich meine, du hast natürlich recht, und es wäre wunderbar, und was soll das überhaupt bedeuten, du arbeitest daran, dass ich die Show wieder wie früher machen kann? Du hast doch gesagt, es wäre nur eine Testphase.» Wie auch immer es ihm gelungen war, aber innerhalb von Sekundenbruchteilen hatte er sie vollkommen durcheinandergebracht. Mehr noch als zuvor, auch wenn sie das bis eben nicht für möglich gehalten hatte. Im Inneren der Burg sang die Menge lauthals den Dr.-Alban-Song mit. «Sing Halleluja, sing it, sing Halleluja!»

Zoe schüttelte den Kopf und versuchte, wieder Ruhe in ihre Gedanken zu bekommen. Ein Schritt nach dem anderen. «Vergiss es, Tobias. Nein, falsch – du sollst es natürlich nicht vergessen, nicht alles. Aber es geht mir überhaupt nicht um *London Calling* oder die Arbeit. Also nicht direkt, denn irgendwie ja schon, denn ohne Arbeit wäre es leichter, aber …»

Herrgott! Sie stellte sich schlimmer an als ein dreizehnjähriger Teenager! Allerdings wurden die immerhin aus ihren Erfahrungen klüger, eine Lernkurve, die Zoe stets verschlossen geblieben war, denn ein solches Gespräch führte sie mit ihren neunundzwanzig Jahren zum ersten Mal. Wie sagte man es, dass man sich in jemanden verliebt hatte, wenn das Wort «Verlieben» durch das straffgezurrte Sicherungsseil in weiter Entfernung festgebunden war und unmöglich eingesetzt werden konnte?

Ich würde unglaublich gern mit dir zusammen … unseren Beziehungsstatus auf Facebook in ein Herzchen ändern?

«Diese Musik hier macht mich wahnsinnig! Die war doch schon in den Neunzigern nicht gut, warum müssen sie die jetzt noch mal neu aufbereiten? Können die nicht etwas anderes spielen?»

«Man kann sich etwas wünschen», sagte Tobias und fuhr sich vom Nacken aus durch die Haare. Vermutlich machten ihre Themenwechsel ihn ebenso ratlos, wie sie sich fühlte. «Was würde dir besser gefallen?»

«Im Moment wäre Fado ganz angemessen!»

«Fado?»

Sie atmete tief durch. Für die Geduld, mit der er ihrer Scharade zusah, hatte er einen Orden verdient.

«Die Sache neulich», versuchte sie auf den Punkt zu bringen, was sich nicht auf den Punkt bringen ließ. «Zwischen dir und mir ...»

«Der Sex.»

«Der auch. Die Nacht ... und das alles. Das war schön.»

«Schön?»

«Ja. Sehr. Ich dachte ... wir könnten das vielleicht ... ganz unverbindlich ...»

«Zoe», sagte er, sehr leise und irgendwie traurig. «Ich habe nicht das geringste Interesse daran, einen One-Night-Stand zu wiederholen, egal, wie schön er war.»

Bamm. Dass ein paar ruhige Worte die Gewalt einer Ohrfeige haben konnten, hatte sie nicht gewusst. Sie musste heftig blinzeln. In ihrem Kopf startete eine gut geölte Maschinerie aus sich ineinander einhakenden Gedankenrädchen.

Okay. Macht ja auch nichts.

Eine Beziehung mit dem Chef wäre ohnehin problematisch.

Das hätte doch ohnehin nicht funktioniert.

Immerhin hatten sie nun klare Verhältnisse geschaffen.

Aber trotz aller Konzentration, die sie auf diese Ergebnisse aufwandte, und trotz des Wissens, dass diese Ergebnisse vollkommen korrekt waren und damit die Welt in bester Ordnung sein sollte, und auch trotz des Ist-schon-okay-Lächelns, das ihr ganz passabel gelang, zog es schmerzhaft in ihrer Brust, und ihre Augen brannten.

«Ich verstehe», sagte sie rau, räusperte sich und versuchte es noch mal. «Ich verstehe.»

«Warum glaube ich dir das nicht?», erwiderte Tobias. Er sah sie an, als veränderte sie gerade ihre Gesichtsfarbe. Forschend und nicht ohne Irritation. Heulte sie etwa? Gottlob, sie heulte nicht – aber sie fühlte sich knapp davor. Wie lächerlich. Hoffentlich merkte er es nicht.

«Wir sollten reingehen», sagte Zoe, und Tobias erwiderte zu ihrer größten Verwunderung: «Du machst mich wirklich fertig, Zoe.»

«Vielleicht sollten wir die Zigarette doch noch rauchen», versuchte sie sich an einem Scherz. Dann fiel ihr auf, dass es dafür zu spät war. Sie lag in kleinen Papierfetzen und Tabakkrümeln auf der Tischplatte.

War er etwa ... nervös? Nein, vermutlich einfach ein militanter Nichtraucher, der aus Prinzip Zigaretten zerstörte. Er hatte mit Sicherheit schon den einen oder anderen Korb verteilt, sodass ihn das nicht mehr alle Nerven kostete.

«Für die ist es zu spät», sagte Tobias lakonisch, und Zoe musste lachen, auch wenn ihr eher nach anderem zumute war.

«Ja. Kenn ich, diesen Zustand. Hab ich Erfahrung mit.»

«Ich glaube immer noch, dass du dich irrst.»

«Du sprichst in Rätseln. Kannst du dich bitte klar und deutlich ausdrücken? He, was ist daran so lustig?»

Inzwischen war es vollkommen dunkel geworden, und die bunten Lampen warfen verhalten ihre Farben an die Steinmauern der Wasserburg.

«Nichts», sagte Tobias, «bis auf die Tatsache, dass ich diesen Satz in den letzten drei Minuten ungefähr hundert Mal gedacht habe. Beinah hätte ich ihn dir an den Kopf geworfen und links und rechts um die Ohren gehauen.»

Ein bisschen von Zoes Innerem drehte sich, als wäre ein

Teil von ihr betrunken und der andere nicht nur stocknüchtern, sondern auch gerade erst mit eiskaltem Wasser übergossen. «Ich verstehe dich nicht», flüsterte sie. «Hilf mir doch mal, verdammt.»

Und dann gelang ihr nur noch ein kleines, überraschtes «Oh!», denn plötzlich war Tobias ganz nah. Eine seiner Hände legte er auf ihren Rücken, die andere in ihren Nacken. Sanft, aber fest zog er sie noch näher und ließ keinen Platz für ein weiteres Wort, nicht das harmloseste, winzigste.

Denn er küsste sie.

Und wie er sie küsste.

Für ein paar Augenblicke, zugleich endlos lang und blitzschnell vorbei, staunte sie bloß, verstand nichts davon, was gerade passiert war, und ließ sich küssen. Dann übernahm der Kuss Kontrolle über ihren Körper, indem er alle Zweifel vertrieb. Sie hörte sich seufzen, fühlte sich weich werden, ließ alles geschehen und küsste ihn zurück, worauf er mit den Fingern durch ihre Haare fuhr, bis seine Handfläche ihren Hinterkopf hielt und ihre Fingerspitzen aus irgendeinem Grund, der ihr egal war, an seinem Kinn entlangfuhren, die Wangenknochen nachzeichneten, Berührungen auf seinen Hals malten.

Dein Puls rast genau so schnell wie meiner, dachte sie, staunend und bewundernd zugleich, als die Gedanken langsam wieder Konturen bekamen.

Eben noch hatte er doch gesagt …

Sie küsste ihn heftiger. Ein solch effektives Mittel gegen das Denken sollte unter irgendein Drogenschutzgesetz fallen. Ein paar Sekunden konnten bereits abhängig machen.

Schließlich löste er sich von ihrem Mund, zog sie dabei noch näher an sich heran, und sie war sehr sicher, dass er ihr

Beben spürte, als sein Atem ganz nah an ihrem Ohr entlangstrich, was sämtliche Wärme in ihrem Bauch, in ihrem Schoß und anderswo sofort in Hitze verwandelte. «Damit wir uns richtig verstehen», sagte er rau und leise. «Wenn du vorhast, mit mir zu schlafen und morgen früh wieder zu verschwinden, dann geh sofort.»

«Ich verschwinde nicht, ich bleibe», hauchte Zoe. Vielleicht nicht lange – sie musste realistisch bleiben, aber …

«So etwas wie beim letzten Mal will ich nie wieder erleben müssen. Du hast mir beinah …»

«Schhht.» Zoe verschloss seine Lippen mit ihrem Zeigefinger, dann mit ihrem Mund. Er dachte viel zu viel. Und sie auch. «Wir sollten jetzt nicht denken», murmelte sie zwischen den Küssen. «Ich weiß da etwas, das dagegen hilft.»

Zoe musste kichern, als sie später – viel später – zurück zu den anderen gingen. Was sollte sie denen jetzt sagen? Mussten sie überhaupt etwas sagen? Sie fand, dass ihre Hand, die in Tobias' lag, als gehörte sie dorthin, eigentlich mehr als genug aussagte, und zwar in Bildern, die schöner waren als aneinandergereihte Worte. Es war allerdings nicht anzunehmen, dass die Kollegen es dabei belassen würden, und um ganz sicherzugehen und nachher nicht hilflos um die Antwort auf eine Frage wie «Seid ihr jetzt ein Paar?» herumzustottern, musste sie klare Verhältnisse schaffen.

«Das ist jetzt dein Ernst, oder?», brüllte sie ihm durch den Lärm zu.

Er verzog den Mund.

So viel zu den klaren Verhältnissen. Was dieses Thema betraf, musste sie unbedingt souveräner werden. «Du und ich», rief sie. «Ist das jetzt ... offiziell?»

Er ließ sich nicht dazu herab, ihr lautstark durch den Krach zu antworten, sondern beugte sich bis an ihr Ohr. «Ob ich hemmungslos in dich verschossen bin, Zoe London? Ist es. Und ich vermute, außer dir wussten es ohnehin längst alle.»

Auf der Tanzfläche hatte der Alkohol- und Stimmungspegel ein Level erreicht, bei dem sich niemand mehr über Schlager beschwerte. Tony Holiday schmetterte sein «Tanze Samba mit mir, Samba, Samba die ganze Nacht» durch die gesamte Burg, und in Zoes Bauch hatte ein Bienenstock beschlossen, genau das zu tun. Samba, Samba, die ganze Nacht!

Aufpassen, Zoe, ermahnte sie sich, fand aber ihre Vorsicht im nächsten Moment übertrieben. Eine Nacht lang pures Glück – das stand ihr zu. Was sollte schon passieren? Sie kippte den Rest des orangenen Cocktails runter und bestellte sich im Vorbeilaufen bei der Kellnerin einen weiteren.

Am Tisch entband Roberta sie freundlicherweise von sämtlichen Erklärungen, denn sie fuhr Tobias mit dem Daumen kurzerhand über den Mundwinkel und erklärte laut und feierlich: «Tobi, du hast da was – Zoes ganzen Lippenstift!»

Ein gemeinschaftliches Grölen, ein lautes «Whouhou!», viele strahlende Gesichter sowie ein «Na endlich, das wurde aber auch Zeit!» von Klaas, dicht gefolgt vom «Man kann in diesem Schloss auch *Weddingparty* machen!» einer deutlich angeschickerten Roberta, und die Kollegen hatten die veränderten Umstände akzeptiert.

So einfach konnte das sein?

Sei es drum. Für heute sollte es einfach sein.

Kapitel 7

«Ach, Miss London, ich freu mich.» Julius ließ es sich nicht nehmen, seinen vernarbten, weichgelesenen Roman auf den Tisch zu legen, Zoes Hand zu nehmen und sie lange und fest zu drücken. «Und das liegt nicht daran, dass ich einfach gerne recht behalte. Wann lerne ich ihn denn kennen, deinen Wunderknaben?»

Zoe musste lachen. «Möchten Sie das?» Und, was auch nicht ganz unwichtig war: Wollte Tobias das auch?

«Na, irgendwer muss dem Jungen doch mal auf den Zahn fühlen.»

Die Vorstellung, wie Tobias einem überdimensionalen Teenager gleich mit geradem Rücken und gekreuzten Beinen auf einem der Stühle hin- und herrutschte und peinlich väterliche Fragen über sich ergehen lassen musste, war nahezu unwiderstehlich. «Schauen wir mal», antwortete sie und streckte sich dann, um nach der Bedienung Ausschau zu halten, denn langsam wurde die Zeit ihrer Mittagspause knapp, und sie hatte noch nichts bestellt.

Julius' Blick folgte ihrem, dann sagte er: «Oh. Falls du auf Marina wartest – die kommt heute nicht.»

«Aha? Ist heute Selbstbedienung?»

«Ich fürchte, heute ist gar nichts mit Bedienung. In der Küche ist auch niemand.»

Erst jetzt fiel Zoe auf, dass neben dem ledergebundenen Buch und der zusammengefalteten Zeitung gar kein obligatorisches Kännchen Kaffee auf dem Tisch stand. «Es ist geschlossen?»

Julius zuckte schmunzelnd mit den Schultern. «Sieht ganz danach aus.»

«Aber warum? Es ist Dienstag, der Maifeiertag war gestern, und ein Schild habe ich auch nicht gesehen.»

«Tja», sagte Julius. «Aber wenn Marina nicht kommt ...»

«Das nervt mich jetzt», entfuhr es Zoe ungewollt laut. «Ich wollte zu Mittag essen. Ich hab nicht genug Zeit, um jetzt noch woandershin oder in den Supermarkt zu gehen.»

Wo eben noch Amüsement in Julius' Gesicht gewesen war, schien dieses nun zu verfliegen. «Daran hab ich nicht gedacht.»

Sie lehnte sich vor und berührte kurz seinen Unterarm. «Ist ja nicht Ihre Schuld, entschuldigen Sie meinen Ton, Julius. Wenn ich Hunger habe, werde ich manchmal etwas ... komisch.» Blöd, sollte sie es konsequenterweise nennen. Unnötig blöd – denn im Sender würde sie mit Sicherheit noch Toast, Müsli und essbaren, wenn auch bestimmt abgelaufenen Joghurt finden. Eher unwahrscheinlich, dass sie, während *London Calling* gleich lief, live auf Sendung verhungern würde.

«Süß gefrühstückt, Miss London?», erkundigte sich Julius schmunzelnd. «Dazu stand vorgestern etwas in der Zeitung. Ist schlecht für den Blutzuckerspiegel und macht reizbar. Ich hab mir aber nicht gemerkt, warum. In meinem Alter muss man auch nicht mehr anfangen, Artikel über Gesundheit und Ernährung zu lesen.»

«Na, kommen Sie, so alt sind Sie doch nicht.»

«Hab ich recht oder nicht?»

«Gar nicht gefrühstückt», erwiderte Zoe. «Aber Sie haben den Nagel auf den Kopf getroffen. Denn ich habe heute Morgen ganz früh eine Geburtstagstorte eingedeckt und dekoriert und die Reste vom Fondant gegessen.»

«Das klingt ja scheußlich!», lachte Julius, und eigentlich musste sie ihm recht geben – Fondant war tatsächlich scheußlich süß –, aber irgendwie gelang es dem bunten Zeug doch jedes Mal, sie zum Naschen zu überreden. «Na, Miss London, dann kann ich gut verstehen, dass du grantig wirst.» Umständlich schob er seinen Stuhl zurück und richtete sich auf. «Dann schauen wir mal, was wir da machen können.» Damit schlurfte er zum Eingang des Cafés.

«Haben Sie nicht gesagt, es sei geschlossen?», rief Zoe ihm nach. Doch er öffnete die Tür und verschwand im Inneren, und Zoe beschloss, ihm zu folgen.

Bislang war sie nur selten hineingegangen. Hin und wieder, wenn sie zur Toilette wollte, und einmal hatte es zu regnen begonnen, da waren sie an einen Tisch im Inneren umgezogen. Am nächsten Regentag hatte sich Zoe entschieden, im Sender Pizza zu bestellen. Die Innenräume des Cafés waren eine vollkommen andere Welt als die idyllische Terrasse. Die niedrigen, holzvertäfelten Wände, das den Siebzigern entliehene Mobiliar und die muffige Luft mit dem Geruch staubiger Samtpolster verströmten keinen Eindruck von verwelktem Charme, es wirkte einfach alt, ungepflegt und vergessen. Von draußen hatten die kleinen Buntglasfenster mit ihren schmiedeeisernen Gittern davor etwas Trutziges, im Inneren machten sie die Räume düster und hungerten die wenigen Pflanzen aus, die allesamt das Licht brauchten. Zoe war nicht sicher, ob sie sich hier einfach unwohl fühlte oder ob es ihr für die wunderschöne Terrasse leidtat, an so verkommenen Räumen zu hängen. In jedem Fall beantwortete ein Schritt über die Türschwelle die Frage, warum kaum jemand hereinkam.

«Julius?», rief sie in die Stille. Er war verschwunden. Staubpartikel tanzten schwermütig in dem verhaltenen Lichtschein, der durch die Tür ins Innere der Räume drang. Sie trat dem Licht hinterher und fühlte sich ungewollt und abgewiesen, obgleich niemand da war. «Hallo?»

Bloß ein Klappern antwortete ihr. Sie folgte dem Geräusch an einem Tresen mit rissiger Holzplatte vorbei, streifte einen staubigen Vorhang und stand unvermittelt in einer kleinen Küche. Ein Gasherd mit acht Flammen, eine Spüle, groß wie eine Babybadewanne, drei wild zusammengewürfelte Backöfen. Am anderen Ende trennte ein Kordelvorhang aus Plastikstrippen den Zugang zu einem weiteren Raum, aus diesem kam Julius nun mit einem Stück Käse, das an ein Viertel Wagenrad erinnerte.

«Was machen Sie denn hier?», fragte Zoe verwundert. «Sie können doch nicht einfach ... warum ist hier überhaupt alles offen, wenn das Café geschlossen ist?»

«Na, wenn ich keinen Schlüssel hätte ...», erwiderte Julius und ließ den Satz unvollendet in der Luft hängen, während er einen Laib in Leinen gewickeltes Brot aus einem hölzernen Brotkasten nahm und zu einem großen Messer griff, um Scheiben davon abzuschneiden.

Zoe begriff nur langsam. «Das ist ...? Das ist Ihr Café?»

«Würde ich sonst jeden Tag hier sitzen?» Julius schien sich über Zoes Ahnungslosigkeit köstlich zu amüsieren. Er lachte so schallend, dass seine Schultern wackelten und sie Angst bekam, er könnte sich in die Finger schneiden. «So gut ist der Filterkaffee auch nicht, dass ich seinetwegen herkäme. So,

Miss London, und jetzt mal raus aus meiner Küche. Setz dich draußen wieder hin, Essen ist gleich fertig.»

Zoe lag ein «Aber» auf den Lippen, sie verkniff es sich jedoch und ging langsam nach draußen. Nachdenklich betrachtete sie alles wie in einem völlig neuen Licht. Die durchgedrückten Federn in den Polstern mancher Stühle. Die Mottenlöcher in den Vorhängen. Den Sprung in einem der Fenster.

Sie hatte Julius eben schmeicheln wollen, als sie sagte, er sei noch nicht so alt, doch um ehrlich zu sein, war er schon verdammt alt und mit einem Café vermutlich heillos überfordert. Vielleicht hatte er auch nicht die Rücklagen, um renovieren zu lassen. Gab es – abgesehen von der jungen Kellnerin – denn niemanden, der ihm hier half?

Ein Tschilpen unterbrach Zoes Grübeleien. Der gelbe Vogel hatte sich unbemerkt nicht einmal einen Meter entfernt hinter ihr auf die Balustrade gesetzt und betrachtete sie, als würde er sie zwar vage wiedererkennen, aber nicht ganz einordnen, wo sie sich schon begegnet waren.

«Ich bin's doch, Vogelmädchen. Warum so vorsichtig heute?»

Der Vogel schien mit den Flügeln zu zucken und begann sein Gefieder zu putzen. Aus den Augen ließ er sie dabei nicht.

«Was machen wir mit unserem alten Herrn, hm? Ob wir ihm irgendwie helfen können?» Innerlich verdrehte sie die Augen über ihre eigenen Worte. Es war sicher nicht mit ein paar Stunden Arbeit getan, um das Café wieder nett herzurichten. Hier lag mehr im Argen, und ob Julius Hilfe überhaupt annehmen würde, war fraglich. Selbst wenn – das ging weit über das hinaus, was sie neben ihren zwei Jobs leisten konnte.

Zoe versuchte sich ihre Beklemmung nicht ansehen zu

lassen, als Julius mit einem Holzbrett zurückkehrte, auf dem sich Käsebrote, saure Gürkchen und halbierte Tomaten mit Mayonnaisetupfen darauf aneinanderschmiegten.

«Soll doch keiner hungrig zurück zur Arbeit müssen», sagte er und strahlte sie an.

«Das wäre wirklich nicht nötig gewesen, Julius. Ich wäre schon nicht gleich vom Fleisch gefallen.» Allerdings half es nun auch niemandem, wenn sie die liebevoll geschmierten Brote verkommen ließ. Zoe griff dankbar zu. «Allein schaffe ich das aber nicht. Entweder wir essen zusammen, oder Sie müssen mich nachher zum Sender rollen.»

«Verlockende Vorstellung, Miss London. Aber wie schade wäre es um dein hübsches Kleid. Wart mal einen Moment, ich hole uns rasch noch eine Limonade. Zum Käsebrot gehört einfach eine Limonade, wenn die Sonne scheint, nicht wahr?»

Sie sah ihm nach, wie er eilig wieder im Haus verschwand, und wandte sich wieder dem Vogel zu, dessen Aufmerksamkeit inzwischen eher dem Brot auf dem Tisch galt als ihr. «Hunger?», fragte sie, zupfte ein paar winzige Krumen von der Kruste und lehnte sich weit zur Balustrade, um einen Krumen dort abzulegen. Mit dem Fingernagel klopfte sie auf das Eisen. Der Vogel tippelte nervös ein wenig zur Seite, als sie ihm so nah kam, näherte sich dem Brot dann aber ohne große Furcht. Kurz schien er zu überlegen, ob der Krümel essbar war, dann probierte er es aus. «Tschilp», machte er und blinzelte mit den Knopfaugen.

«Du willst mehr, ja? Na gut.» Unter dem gebannten Blick des Vögelchens legte Zoe weitere Krümel auf die Tischplatte vor sich und tippte auch hier mit dem Fingernagel aufs Holz. Zunächst nahm sie an, zu forsch gewesen zu sein. Das wagte er bestimmt noch nicht, oder? Doch dann hob er ab, flatterte zum Tisch und landete direkt vor ihr. Ein fragendes «Tschilp», und er pickte erst den bereitgelegten Krumen auf und wandte das Köpfchen dann in Richtung des Holzbrettes, auf dem die belegten Brote lagen. Einen Moment lag dachte sie, er würde sich rotzfrech daran bedienen, doch stattdessen flatterte er plötzlich davon und landete in einigen Metern Entfernung in den Ästen eines Baumes.

«Miss London!»

Zoe hatte Julius nicht kommen hören. Er sah sie an, als hätte sie soeben eine weiße Taube aus dem nicht vorhandenen Ärmel gezaubert.

«Wie hast du das denn wieder geschafft? Sie war ja so nah, dass du sie ...» Er ließ den Satz unvollständig, schüttelte nur ungläubig den Kopf.

Zoe musste schlucken. Sie hätte sein Vögelchen einfangen können, das hatte Julius sagen wollen. Tatsächlich war ihr die Idee überhaupt nicht gekommen – und selbst jetzt erschien sie ihr irgendwie abwegig. Dabei hatte sie Julius versprochen, ihm beim Einfangen des Vogels zu helfen – und wenigstens das konnte sie doch für ihn tun!

«Irgendwann kriegen wir sie, die Liebe», sagte Julius.

Zoe brauchte einen Moment, ehe sie sich wieder daran erinnerte, dass er den Vogel so nannte oder auf irgendeine komische Art für seine verlorene Liebe hielt. Alte Leute waren schon manchmal sonderbar. Aber gerade diese Sonderlichkeiten hatten einen ganz eigenen Charme.

Sie lächelte Julius an. «Ja, irgendwann kriegen wir sie.»

«Immerhin habe ich jetzt», Julius zwinkerte, «eine Expertin zur Hilfe.»

«Hallo, ihr Lieben da draußen. Ihr hört *London Calling*, ich bin eure Zoe. Alles neu macht der Mai, sagt man. Was ich bis vor kurzem gar nicht wusste, war, dass dieser Spruch der Titel eines Volksliedes ist, das von Hermann Adam von Kamp geschrieben wurde – und zwar exakt vor 199 Jahren. Ist es nicht eine schöne Vorstellung, dass Menschen seit 199 Jahren dieses Lied kennen und den Mai zum Anlass nehmen, irgendetwas völlig Neues auszuprobieren?
Ich finde, das ist eine tolle Gelegenheit, mal eine ganz andere Musikrichtung auszuprobieren, daher spiele ich euch nun Jazz. Warum Jazz? Nun, ich glaube, ich habe euch im Laufe der Zeit schon sämtliche Musikrichtungen gespielt, von Schlager bis Trance, aber ein rein instrumentales Jazz-Stück war noch nie dabei. Ändern wir es – hier kommt ein Vier-Minuten-Ausschnitt aus der neun Minuten langen Komposition *So What?* von Miles Davis.

Seid ihr noch da? Ich glaube, ich muss mehr Jazz hören, um mich dafür zu begeistern. Aber damit verschone ich euch besser, wenn ich eure Kommentare bei Facebook, Instagram und Twitter richtig interpretiere. Dann nachher lieber wieder mehr Rock'n'Roll, ich hab's verstanden.
Für euch habe ich mir eine Möglichkeit überlegt, wie ihr den Mai ganz neu beginnen könnt. Habt ihr schon mal davon gehört, dass ihr euer eigenes Gehirn betrügen könnt? Stellt euch folgende Szene genau vor: Ihr habt eine großartige neue Nachricht bekommen; eine, über die ihr euch freut wie ein Schnitzel. Ihr lächelt, lacht, strahlt ... Und euer Gehirn bekommt die Meldung vom Körper: Ui, hier herrscht große Freude, Party – Konfetti! Glückshormone, bitte, und zwar reichlich! Könnt ihr euch vorstellen? Gut. Die Sache ist

nämlich die: Wir können uns hier selbst einen in die Tasche tun, wie wir Kölner gern sagen. Wir können uns selbst mit positiven Fake News versorgen, wenn ihr so wollt, und das Gehirn dazu veranlassen, Botenstoffe wie Endorphine, Oxytocin und weitere auszuschütten und durch den Körper zu pumpen. Und das Beste daran – es ist denkbar leicht. Jeder von euch kann das. Immer. Zu jeder Zeit, egal, wo ihr seid. Na gut, die körpereigenen – endogenen – Drogen reichen nicht, um jeden Kummer zu übertünchen oder ernsthafte Probleme zu lösen. Aber wie oft ärgern wir uns im Alltag über Kleinigkeiten? Wie oft sind wir einfach nicht so glücklich, wie wir es problemlos sein könnten? Wie oft können wir einen kleinen, risikofreien Schub Freude vertragen? Zum Beispiel dann, wenn uns gerade der Bus vor der Nase weggefahren ist und wir im Regen an einer Haltestelle ohne Häuschen stehen. Oder wenn wir in der Umkleidekabine episch daran scheitern, uns in eine Jeans in der Größe zwängen zu wollen, die doch bisher immer gut gepasst hat. Oder wenn der Chef einfach ein unfähiger Idiot ist – ich meine niemanden persönlich, nur falls *mein* Chef zuhört.

Wie das funktionieren soll? Es ist so einfach, dass ihr denken werdet, ich würde euch neppen. Ihr müsst einfach nur lächeln. Lächelt, lacht, grinst ... und nach ungefähr einer Minute werdet ihr es merken, das Glück.
Erklären – und zwar richtig wissenschaftlich mit allem Pipapo – lässt sich das dadurch, dass die Muskelbewegungen, die beim Lächeln im Gesicht entstehen, das Signal ans Gehirn geben, die Botenstoffe auszusenden. Unser Körper hat da eine kleine Möglichkeit zum *Cheaten* – nutzen wir sie.
Alles neu macht der Mai – versucht es doch mal! Wann immer

ihr daran denkt, lächelt eine Minute lang. Ihr könnt euer Spiegelbild anlächeln – das macht durch das Visualisieren sogar doppelt glücklich –, euren Hund, einen Fremden … vielleicht lohnt es sich.»

Tobias erwartete sie in der Küche, als sie das Studio verließ und begrüßte sie mit einem Kuss.

«Müsst ihr euch dazu genau genommen nicht ausstempeln?», rief Kirsten vom Kühlschrank herüber.

Zoe konnte nur vermuten, dass Tobias Kirsten hinter ihrem Rücken ein ausgesprochen unhöfliches Handzeichen zeigte, von Kirstens Reaktion auf seine Armbewegung bekam sie nur ein lautes Lachen mit. Sie war von sich selbst erstaunt, wie sehr sie sich freute, Tobias wiederzusehen, dabei hatten sie sich doch gestern erst getroffen. Zärtlich fuhr sie ihm mit den Fingern unter den Ärmel seines T-Shirts und über die Tätowierung am Oberarm.

«Was steht für dich heute an?», fragte sie und bedauerte ein wenig, nicht einfach bei ihm im Sender bleiben zu können. Aber später würden zwei Torten abgeholt werden, also musste sie nach Hause fahren.

«Monatliches Briefing mit der Geschäftsführung», erwiderte Tobias und verzog missmutig das Gesicht.

«Und das ist nicht das Highlight deines Tages?»

«Hat Kirsten dich trainiert? Du kannst ja ein richtiges Biest sein, Zoe.» Er knuffte sie liebevoll. «Ich könnte mir Angenehmeres für meinen Nachmittag vorstellen, als den Damen und Herren Lackschuh aus der Chefetage dabei zuzusehen, wie sie sich gegenseitig selbst beweihräuchern. Für Ideen, die ich ihnen dann wieder ausreden muss, weil meine Leute – ihr hier – mich sonst für diese affigen Vorschläge teeren und federn würden.»

«Du armer Chef», bedauerte Zoe ihn mit angemessenem Mitleid. Da fiel ihr ein, was er gesagt und sie schon fast vergessen hatte. «Du hast am Sonntag über *London Calling* gesprochen, erinnerst du dich? Was meintest du eigentlich damit, als du sagtest, dass du dich dafür einsetzen willst?»

«Nicht wichtig», erwiderte er, aber seine Antwort kam verdächtig schnell.

Ihr blieb keine Wahl, sie musste dieses Ding mit der Augenbraue machen, um ihn zum Reden zu bringen. Und es funktionierte.

«Zoe, lass mich mal schauen, was die Geschäftsleitung heute sagt. Sie hatten ein paar langfristige Ziele gesetzt, die –»

«Langfristige Ziele?»

«Quoten», sagte Tobias und atmete dabei tief aus. «Wegen der Werbeeinnahmen in den Breaks.»

«Verstehe, klar. Und diese Quotenziele haben wir nicht erreicht?»

«Es ist viel zu früh, um dazu etwas Verlässliches zu sagen. Bisher haben wir natürlich nur hochgerechnete Prognosen durch die Online-Zugriffe und die Social Media. Aber daher ist der Zeitpunkt auch gerade nicht so ideal, um ihnen mitzuteilen, dass du das alte Konzept zurückhaben willst.»

Zoe begriff. Langsam nur und doch viel zu schnell, denn das Nichtverstehen hatte sich eindeutig bequemer angefühlt. «Was ich möchte, interessiert die Geschäftsleitung vermutlich auch nicht so besonders, oder?»

Er sagte «Nein», und sie war ihm dankbar für seine Direktheit. «Aber ich rede trotzdem mit ihnen. Versprochen.»

Flüchtig berührte Zoe seine Wange. «Danke. Aber vielleicht lassen wir es besser, wie es ist. Eigentlich ist doch alles so weit okay, die Anrufer fressen mich schließlich nicht. Und solange die *London Calling* nicht komplett auf Eis legen ...»

«Was machst du heute Abend?», wechselte Tobias das Thema. «Ich hätte da noch zwei Karten für ein Konzert im Gloria, und meine überdurchschnittlich ausgeprägte Intuition sagt mir, dass es deinen Geschmack treffen wird. Vielleicht willst du mit mir hingehen?»

Zoe wollte.

Als sie kurz vor acht inmitten einer langen Schlange vor dem Gloria auf dem Bürgersteig standen, wurde Zoe einen Moment lang flau, denn im Schaukasten neben dem Eingang entdeckte sie ein Plakat mit dem Künstler, der heute Abend auftrat.

«Amanda Palmer?», flüsterte Zoe, und es hätte nicht viel gefehlt, und sie hätte nach Riechsalz gerufen, um in Ermangelung dessen dramatisch auf die Straße niederzusinken. Allerdings lagen dafür zu viele Zigarettenstummel und ausgespuckte Kaugummis auf dem Asphalt. Und was, wenn tatsächlich jemand widerlich stinkendes Riechsalz dabeigehabt hätte?

«Wir können woanders hingehen, wenn du sie nicht magst», sagte Tobias trocken; woraufhin sie ihn nur anstarrte.

«Ist das dein Ernst? Ich mag sie nicht – nein. Ich liebe sie! Das ist Amanda Palmer, Herrgott, Amanda *Fucking* Palmer!» Niedersinken war too much, aber sie ließ es sich nicht nehmen, sich mit der Hand Luft zuzufächeln. «Ich wusste gar nicht, dass sie in Deutschland auftritt – wie konnte ich das verpassen?»

Tobias unterdrückte ein Grinsen. «Offiziell ist sie gar nicht hier. Das ist ein Nachholtermin von ihrer Show im letzten Herbst. Zu der du nicht gehen konntest, weil du –»

«Weil ich die Windpocken hatte wie ein Grundschulkind! Sapperlot, was hab ich diese vermaledeiten Pocken verflucht!»

«Vielleicht hatte Amanda Palmer auch Windpocken.»

«Niemand außer mir hat Windpocken, wenn er älter als zehn Jahre ist. Und erst recht nicht Amanda Palmer!»

«Kann schon sein.» Tobias legte seinen Arm um Zoe, schob sie durch die Eingangstür des Gloria und ließ die Karten von einer jungen Frau im altmodischen Kassenhäuschen abreißen. «In jedem Fall musste sie im Herbst einen Auftritt krankheitsbedingt absagen. Und der wird heute nachgeholt.»

«Ich fass es nicht, so ein Glück!», rief Zoe. Dass die Veranstaltung ausgerechnet im Gloria, einem umgebauten Kino aus den Fünfzigern stattfand, war das Sahnehäubchen. Sie liebte den Popcornduft und den abgewetzten roten Samt an den Wänden. «Warum hast du mir denn nicht gesagt, wohin wir gehen? Dann hätte ich ihr Buch mitnehmen können.»

«Ich dachte, die Frau singt», erwiderte Tobias irritiert. «Und du willst lesen?»

Sie versetzte ihm einen spielerischen Klaps in den Nacken. «Vielleicht hätte sie es mir signiert, du Banause!»

Es war kurz nach Mitternacht, als sie das Gloria Hand in Hand wieder verließen. Zoes Tasche hing ihr schwer auf der

Schulter, denn Tobias hatte ihr nicht nur eine CD von Amanda Palmer geschenkt, sondern auch deren Buch, obgleich ein tadelloses Exemplar davon in Zoes Regal stand. Nun besaß sie es signiert, das war ihm fair erschienen, und Zoe hatte nicht allzu lange widersprochen, denn so konnte sie das unsignierte Exemplar bei *London Calling* verlosen und einen weiteren Fan generieren.

Ihre Gefühle drohten überzusprudeln, und es hatte verhältnismäßig wenig mit dem zu süßen Weißwein im Gloria zu tun, dass sie hin und wieder einfach vor Freude hüpfen musste wie ein kleines Kind. Amanda Palmer hatte knappe drei Stunden lang gesungen, musiziert, erzählt, ein Stück aus ihrem Buch gelesen, ein kleines Theaterstück aufgeführt, bei dem sie drei Rollen gleichzeitig spielte, und mit dem Publikum geplaudert, und Zoe hatte drei Stunden lang gelacht, ein bisschen geweint, oft genickt, applaudiert, gejohlt und irgendwann auf ihrem Stuhl gestanden und sich ein Beatles-Medley auf der Ukulele gewünscht – und bekommen. Erst als Tobias ihr vorgeschlagen hatte, doch ihren BH auf die Bühne zu werfen, hatte sie sich lachend in seine Arme fallen lassen. Anschließend hatte es noch eine Signierstunde und ein paar Minuten herzlicher Plauderei gegeben, und auf dem höchsten Level des Fangirl-Daseins schwebte und hüpfte sie nun an Tobias' Seite durch die kühle Kölner Mainacht.

Ganz selbstverständlich standen sie plötzlich vor Tobias' Haustür. Zoe wäre vermutlich bereits nach der Mai-Party mit ihm nach Hause gegangen. Die Erinnerungen an ihre erste gemeinsame Nacht waren jetzt, da der Faktor Peinlichkeit ausgemerzt war, zu süß, um auf eine rasche Fortsetzung zu verzichten. Tobias allerdings hatte Angst gehabt, sie würde es sich am Morgen wieder anders überlegen, wenn sie in seinem

Bett aufwachte, daher hatte er sie nach Hause gebracht, auf dass sie in ihrem eigenen Bett aufwachte. Für heute schien er andere Pläne gemacht oder das Planen vergessen zu haben.

«Auf den wunderschönen Abend», sagte Zoe, als sie wenig später mit einem letzten Glas Wein auf der Couch saßen und anstießen. Eine von Tobias' Katzen saß auf dem Beistelltisch und studierte eine Spiegelung, die das Licht über Zoes Glas an die Wand warf, die zweite hockte wie ein Warentrenner zwischen ihnen und peitschte mit dem Schwanz hin und her.

«Auf uns», ergänzte Tobias. «Ich bin sehr froh, dass du mitgekommen bist. Amanda Palmer war wirklich toll, keine Frage, aber ohne dich hätte ich nur halb so viel Spaß gehabt.»

«Danke für die Einladung. Ich bin immer noch ganz hin und weg, dass du dich daran erinnerst, wie gern ich Amanda Palmer live erleben wollte.» War es nicht ein klein wenig verdächtig, dass er das nach über einem halben Jahr noch wusste? Ob er schon damals etwas für sie empfunden hatte? Sie musterte ihn neugierig, aber in seinem Gesicht stand keine Antwort auf diese Frage, und aussprechen wollte sie sie auch nicht. Die Vorstellung war ein wenig beklemmend – sie hätte das doch merken müssen –, aber auf andere Weise hatte sie auch etwas Romantisches.

Die Gedanken verflogen, als er ihr durch die Haare strich, mit dem Daumen ihre Schläfen und Wangenknochen nachfuhr und dann die zwischen ihnen liegende Katze vom Sofa fegte, um Zoe fest an sich zu ziehen. Seine Küsse kribbelten in ihrem Bauch, und seine Hände verursachten ein Vibrieren, das über ihre Haut rann wie Wellen über einer Wasseroberfläche. Sachte, mit viel verhaltener Kraft, schob er sie in die Polster zurück und lehnte sich über sie, eine Hand neben ihrem Kopf aufgestützt. Er hatte wunderbar kräftige Unterarme, sie hatte ihn schon so lange fragen wollen, welcher Sport zu solchen Unterarmen führte. Aber sprechen? Jetzt? Was für eine lächerliche Vorstellung.

Meine Güte, dieser Mann wusste, wie man eine Frau mit den harmlosesten Berührungen völlig schwammig im Kopf machte. Er fuhr mit den Fingerspitzen und seinem Blick den Ausschnitt ihrer recht hochgeschlossenen Bluse entlang – mehr nicht. Aber in dem Moment, als er träge aufsah und ihr in die Augen schaute, wurde ihr diese Bluse schlagartig zu eng zum Atmen.

Die musste weg!

Wie schön, dass er Gedanken lesen konnte, denn er machte sich sofort daran, langsam und geduldig die Knöpfe zu öffnen. Zoe hatte weniger Zeit – sie zerrte ihm sein T-Shirt hastig über den Kopf und warf es fort. Ein erzürntes Miauen und das Tapsen eiliger Pfötchen ließen erahnen, dass auch die zweite Katze die Flucht ergriff.

Das sollten sie auch besser. Tobias und Zoe konnten nun keine Zuschauer gebrauchen.

Kapitel 8

Zoe erwachte und wusste für einen Moment nicht, wo sie war. Ein hübsch definierter männlicher Unterarm lag quer über ihrem nackten Bauch, und zwischen ihren Füßen spürte sie einen dritten Fuß, der schwerlich ihrer sein konnte. Tobias neben ihr brummte im Schlaf, als sie sich zu ihm drehte, und Zoe wurde unwillkürlich sehr warm ums Herz.

Hoppla. Es war an der Zeit, ein wenig vorsichtiger zu werden. Fraglos wollte sie diese Beziehung genießen, aber man genoss auch einen Sprung aus fünfzig Metern Höhe nur dann, wenn man gut abgesichert war. Passte man nicht auf, zerplatzte man wie ein Käfer auf der Windschutzscheibe. Und so würde es auch dem Glück ergehen, wenn man es für romantische Gefühle ungesichert auf Wolke sieben herumturnen ließ.

Es gelang ihr, aufzustehen, ohne Tobias zu wecken. Leise schlüpfte sie in ihren Slip und in das erste Oberteil, das sie auf dem Boden fand – sein Nirvana-T-Shirt. Es roch herrlich, fast hätte sie die Nase darin vergraben, doch ihr fiel rechtzeitig wieder ein, dass sie ja vorsichtig sein wollte. Auf nackten Füßen tappte sie zuerst in die Küche, wo sie von dem erfreulichen Anblick eines chromglänzenden Kaffeevollautomaten sowie erwartungsvollem Synchronmiauen begrüßt wurde. Es klang, als verlangten diese flauschigen

Katzentiere nach Frühstück. Zoe verstand nicht viel von Katzenernährung, aber mit etwas übelriechendem Inhalt aus einer bereitstehenden Dose auf zwei Untertassen konnte sie wohl wenig falsch machen. Da sie die Werbung damals so lustig gefunden hatte, zupfte sie zwei Blättchen Petersilie aus dem Kräuterkasten auf dem Fensterbrett und dekorierte das Futter damit. Sie servierte das Mahl auf der Arbeitsplatte, was die Katzen damit dankten, indem sie Katzenbuckel machten und sich an ihr streiften, während sie darauf wartete, dass ihr Kaffee fertig war.

Mit einem Glas Latte macchiato, zu perfekt in seinen drei Schichten, um ihn nicht zu fotografieren, ging sie ins Wohnzimmer. Endlich hatte sie ein wenig Zeit, um sich alles genau anzuschauen.

Tobias lebte in reduzierter Eleganz. Ein weinrotes Ledersofa, ein passender Sessel, ein kleiner Tisch, ein Schreibtisch und jede Menge exotische Pflanzen, die Zoe noch nie zuvor gesehen hatte. Ein Flachbildschirm, der kleiner war als die überdimensionale Stereoanlage. Im Raum verteilt standen hüfthohe Lautsprecher, die vermutlich ausreichten, um eine Bühne zu beschallen. An der Wand ein schmales Regal mit Büchern, die sie aufgrund der nicht vorhandenen Masse irritiert hätten – sie hegte ein gesundes Misstrauen gegenüber Menschen, die nicht lasen –, doch sie wusste, dass Tobias E-Books bevorzugte. Es gab auch ein paar Bilder – überwiegend kleinere, gerahmte Tuschezeichnungen von Figuren, menschlich sowie monströs, die aussahen, als wären sie einem älteren Tim-Burton-Film entsprungen. Seltsam. Zoe hatte eher Reisefotos erwartet oder Mitbringsel aus fernen Ländern.

Der Eyecatcher an der Wand war ein großes Plakat von Audrey Hepburn, ungeschminkt und offenbar ziemlich nackt, ohne dass wirklich etwas von ihr zu sehen war, auf einer Toilette sitzend. Zoe verschluckte sich am Milchschaum, als sie an Roberta denken musste, die nach einer unschönen Erfahrung einmal geraten hatte, nie, absolut niemals etwas mit Männern anzufangen, die sich nackte Frauen in die Wohnung hängten. Nun, Audrey Hepburn war sicher etwas anderes!

«Guten Morgen», tönte es verschlafen hinter ihr. Tobias war in eine Jeans gestiegen und trug sonst nichts – wahrhaftig gute Aussichten für einen Morgen. Sie spürte gleich wieder dieses Flattern im Bauch und dimmte es mit einem zu großen Schluck vom heißen Kaffee.

«Hast du gut geschlafen?», fragte er, trat näher und strich ihr eine Haarsträhne hinters Ohr.

«Sehr gut, trotz Katzen an den Füßen und in den Kniekehlen. Ich hätte nicht gedacht, dass man so überhaupt schlafen kann.»

Er lachte leise. «Daran kann man sich beinah gewöhnen, oder?»

«Ja, beinah», erwiderte Zoe amüsiert. Oh ja, und sie würde verdammt gut aufpassen, dass genau das in keinem Fall passierte.

Die Woche über deckte Zoe sich mit Arbeit ein, half Pauline bei ihrem rituellen monatlichen Großreinemachen, und traf sich mit Chiara zu einem Frauenabend im Kino, sodass sie sich am Freitag zufrieden sagen konnte, trotz der neuen Beziehung äußerst unabhängig von Tobias zu sein, wenngleich es schöne, wenn auch kurze Momente waren, die sie zusammen verbrachten. Als er sie für den Samstagabend nach einem Treffen fragte, durfte sie daher sorglos zusagen.

«Ich habe auch schon eine Idee, was wir machen», sagte sie, und die Vorfreude kribbelte ihr nervös in der Brust herum. «Aber denk nicht, ich würde es dir verraten. Du erfährst es früh genug.»

Die Idee war ihr in der Bahn gekommen. Unter einer Brücke hatte diese eine Weile stehen müssen, und Zoe hatte durch vollgekritzelte Scheiben die Plakate betrachtet, die halbzerfetzt am Gemäuer hingen. Auf einem hatte eine atemberaubende Landschaft mit schier endlos breiten Wasserfällen unterschiedlicher Höhen ihre Faszination geweckt. Leider ließ sich außer dem Landschaftsfetzen nichts mehr erkennen, aber Zoe hatte bei der Stadtverwaltung angerufen und nachgefragt, und nachdem man sie ein halbes Dutzend Mal verbunden hatte, konnte man ihr sagen, dass es ein Werbeplakat für einen bebilderten Fernreisevortrag war. Ziel der Reise: Brasilien. Als hätte sie es geahnt! Zoe hatte sofort zwei Karten reserviert.

Als hätte auch er etwas geahnt, trug er am Samstag ein Sepultura-T-Shirt. Den Witz dahinter begriff Zoe allerdings erst, als er ihr erklärte, dass diese Heavy-Metal-Band aus Brasilien kam.

Der Vortrag des jungen Kerls, der Brasilien mit dem Fahrrad bereist hatte, war kurzweilig und spannend, die Fotos bildgewaltig. Zoe hatte zunächst Sorge gehabt, zwei Stunden auf ihrem unbequemen und beim Wackeln quietschenden Stuhl herumrutschen zu müssen, war dann aber überrascht, wie schnell die Zeit verflog. Schon war Pause, die Hälfte des Vortrags war vorbei.

Tobias wirkte still und als sie ihn darauf ansprach, während sie gemeinsam anstanden, um sich etwas zu trinken zu kaufen, lächelte er zwar mit dem Mund, aber nicht mit den Augen.

«Erzähl schon», bat sie ihn leise.

«Es erinnert mich sehr an meine Reisen.»

«Das hatte ich vermutet. Aber ich dachte, es würde dir gefallen. Stattdessen scheint es dich traurig zu machen.»

Er küsste sie kurz und innig. «Es gefällt mir. Sehr. Aber das Fernweh ...»

«Das wollte ich nicht.»

«Doch.» Er lachte, diesmal wirkte es ehrlich. «Es sieht vermutlich nicht so aus, aber ich genieße die Sehnsucht.»

«Bist du ein klein wenig masochistisch?», fragte sie und knuffte ihn in die Seite.

«Sehr», erwiderte er trocken, «aber nur in dieser ganz speziellen Hinsicht. Was trinkst du, Zoe?»

«Nur einen Apfelsaft heute, danke.»

Tobias kaufte Saft und Cola, und sie gingen mit ihren Gläsern nach draußen, um sich die Beine zu vertreten. Er hielt ihre Getränke, während Zoe sich ihre Jacke überstreifte.

«Verreist du deshalb nicht mehr?», fragte Zoe, als sie ihr Glas wieder an sich nahm. «Weil du das Fernweh zu sehr genießt?»

Nachdenklich rieb er sich das Kinn. «Willst du mich loswerden, Zoe?»

«Ich möchte bloß ...» Viel mehr über dich wissen, hatte sie sagen wollen, biss sich aber rechtzeitig auf die Lippe. Diese sehnsüchtige Art an ihm passte gar nicht zu dem Tobias, den sie aus dem Sender zu kennen glaubte. Aber sie gefiel ihr, diese andere Seite an ihm, die stille, nachdenkliche Seite, hinter der sich irgendetwas verbarg. Viel zu gut gefiel sie ihr. «Ich bin nur neugierig.»

Tobias' Handy summte, er zog es eilig aus der Hosentasche, warf einen Blick darauf und drückte den Anruf weg. Nachdem er das Telefon zurückgesteckt hatte, nahm er Zoes Hand. «Kommst du heute Abend mit zu mir nach Hause?», fragte er leise. «Oder muss ich mich nach dir auch so sehnen wie nach all den fernen Ländern?»

«Ganz so fern bin ich ja nicht», erwiderte Zoe lachend. «Andererseits stehst du doch auf Sehnsucht.»

«Bei den Süchten macht die Dosis das Gift.»

«Dann muss ich wohl mit zu dir kommen. Schon um darauf achtzugeben, dass du vor lauter Fernweh nicht gleich, nach den übrigen Bildern, einen Last-Minute-Flug buchst.»

«Keine Sorge», sagte er, «ich flieg nicht ohne dich.»

Paulchen starrte Zoe an, als wäre ihr ein zweiter Kopf gewachsen. «Du hast keinen Hefezopf dabei?»

«Entschuldige. Ich habe stattdessen Brötchen gekauft. Und Blumen – schau mal, roséfarbene Rosen und weinrote Pfingstrosen. Die stehen für Gesundheit und ein langes Leben, sagt Frau Schuhmacher.»

Paulchen nahm die Blumen und betrachtete sie versonnen, bevor sie sie über ihre Oberschenkel legte, den Rollstuhl wendete und ins Wohnzimmer fuhr. Immer noch beschatteten die Hämatome vom Sturz ihr Gesicht, aber zumindest schien es ihr wieder gutzugehen, auch wenn sie nicht so aussah. «Du musst dich doch nicht entschuldigen, Liebchen. Ich wundere mich nur. Hattest du keine Zeit zum Backen?»

Zoe hätte ahnen müssen, dass Paulchen Fragen stellen würde. Ihre Freundin war viel zu feinfühlig, vermutlich hätte sie auch dann gespürt, dass sich etwas verändert hatte, wenn Zoe den Hefezopf nicht vergessen hätte.

«Ich habe nicht zu Hause übernachtet und heute Morgen so lange geschlafen, dass keine Zeit mehr zum Backen blieb.»

Paulchen stoppte abrupt und wandte sich zu ihr um. «Wusste ich's doch! Ich hab gleich gesehen, dass da etwas in deinen Augen glitzert!»

«Ach was!» Sie versuchte wegzulachen, was immer da auch glitzern sollte, spürte allerdings, wie ihre Wangen verräterisch warm wurden.

«Aber es stimmt, oder?», beharrte Paulchen und rollte weiter. «Du hast bei einem Mann übernachtet. Ist es etwas Ernstes?»

«Es ist ein Mann», sagte Zoe ausweichend. «Ein hübscher Mann. Und ein sehr lieber. Wir sind jetzt zusammen.»

Paulchen strahlte erst Zoe und dann den Blumenstrauß an und drückte diesen dann an sich, da Zoe zu weit weg stand. «Wie schön, Zoe. Hach, da freu ich mich. Mir war ja immer klar, dass eine Frau wie du nicht lang allein bleibt, aber dass es jetzt so schnell geht, hab ich nicht erwartet. Nun setz dich mal und erzähl.»

Zoe ließ sich am gedeckten Frühstückstisch nieder, öffnete die Tüte und legte ein Brötchen auf jeden Teller, während Pauline Kaffee in die Tassen goss. «Viel zu erzählen gibt es gar nicht. Als ich letzte Woche bei dir war, habe ich dir doch von der Tanz-in-den-Mai-Party erzählt, zu der ich wollte. Da ist es passiert.»

«Und warum erfahre ich das erst jetzt?»

Zoe pustete in ihren Kaffee und nippte daran. «Es hat sich eben vorher nicht ergeben.»

«Aber du bist glücklich mit dem jungen Mann, ja? Wie heißt er denn? Was macht er beruflich? Plant ihr schon etwas für die Zukunft? Und wann lerne ich ihn kennen?»

«Immer langsam!», lachte Zoe. «Wir sind gerade eine Woche zusammen. Ich werde ihn sicher nicht gleich heiraten.»

«Ach, Liebchen, sei doch nicht so unromantisch!» Pauline wackelte mit ihrem Brotmesser, bevor sie es ins Brötchen stach. «Du bist doch jung, da muss man wilde Träume bis in den Himmel haben!»

Hoher Flug – tiefer Fall, dachte Zoe, antwortete aber bloß mit einem Lächeln und schnitt ebenfalls ein Brötchen auf.

«Mit Liebe ist doch alles schöner», seufzte Paulchen versonnen. Sie konnte das Thema wohl einfach nicht ruhen lassen.

«Warum triffst du dich dann nie mit jemandem?», fragte Zoe.

«Weil mein Mann tot ist», antwortete Pauline mit hoch erhobenem Kinn.

Zoe lächelte. «Das habe ich nicht vergessen. Aber er ist schon so lange tot, und du bist schon sehr lange allein. Ich kannte Werner ja leider nicht, aber nach all dem, was du mir von ihm erzählt hast, glaube ich nicht, dass er wollte, dass du dein Leben allein weiterlebst, oder?»

«Nein!» Pauline schüttelte den Kopf, dann lachte sie leise. «Werner hat immer gesagt: Wenn ich mal nicht mehr bin, Paulinchen, dann will ich, dass du dir einen neuen Mann suchst und den so liebhast wie mich.» Sie trank einen Schluck Kaffee und zuckte dann mit den Achseln. «Aber Werner wusste auch, dass er wollen konnte, was er wollte. Ich war sturer als er und konnte mir jahrelang einfach nicht vorstellen, jemanden näher kennenzulernen. Mir fehlte auch nichts, ich hab mich immer auf meine Arbeit konzentriert, auf meine Hobbys und meine Freunde. Und dann … dann war ich plötzlich schon eine Rentnerin.»

«Und jetzt?», fragte Zoe. «Gibt es denn in deiner Gemeinde keine netten Single-Männer?»

Paulchen lachte schallend auf und verschüttete ein wenig Kaffee auf die Tischplatte. «Liebchen! In meinem Alter!»

«Hör doch auf. Was soll denn das Alter für ein Argument sein? Du könntest ohne medizinisches Wunder noch locker zwanzig Jahre älter werden. Außerdem haben Dinge wie Liebe oder Glück nichts mit den Lebensjahren zu tun.»

«Du musst es ja wissen, Fräulein.»

Zoe schmunzelte. So hatte Paulchen sie schon seit Jahren nicht mehr genannt, und schon damals, als sie ein Teenager gewesen war, war dieses leicht herablassende «Fräulein» vor allem dann gekommen, wenn Zoe treffsicher gewesen war und Pauline die Argumente ausgegangen waren. Sie aß ihre Brötchenhälfte, dann sagte sie: «Paulchen, glaub es mir. Ich weiß das, denn ich bin Zoe London, die Frau aus dem Radio. Und was sie im Radio sagen, stimmt immer.»

Pauline lachte. Immerhin, das war gelungen. «Hör mir nur auf mit den Männern aus der Gemeinde. Die sind doch langweilig. Anderswo hab ich allerdings wirklich mal einen netten Herrn kennengelernt.»

Zoe ließ ihren Brötchenrest auf den Teller fallen. «Ehrlich? Wo?» Bei der Krankengymnastik vielleicht? Oder in der Klinik? Pauline war es zuzutrauen, sich einen der älteren Ärzte zu angeln, würde sie durch ihr Misstrauen nicht immer so unfreundlich wirken.

«Bei Tinder», erwiderte Pauline lakonisch.

Zoe war froh, dass sie keinen Kaffee im Mund hatte – sie hätte ihn quer über den Tisch geprustet. «Tinder? Du bist bei Tinder? Bist du verrückt? Weißt du, was da für Spinner unterwegs sind? Willst du, dass dir Fremde Fotos ihrer Pimmel schicken?»

Paulchen blinzelte harmlos. «Es war ein Scherz. Wenn das wahr ist, was du sagst, werde ich mir dort allerdings heute noch einen Account einrichten.»

«Ernsthaft, Paulchen. Was spricht dagegen, mal einen netten Mann zu treffen? Du bist doch wirklich lang genug allein.»

«Das sagt die Richtige! Im Gegensatz zu dir jungem Gemüse ist die Vorsicht im Alter ja wohl berechtigt.»

«Aber warum? Werden Männer im Alter schlechtere Menschen?»

«Nein, mein Liebchen, bessere aber auch nicht. Und vor allem werden sie auch durchs Gernhaben und durch gutes Essen nicht haltbarer.» Pauline tupfte sich den Mund an der Serviette ab und feudelte ein paar Krümel von ihrem Schoß. «Der Punkt ist: Wenn *du* bei deiner Partnerwahl falsch entscheidest, wirst du eines schönen Morgens aufwachen und feststellen, neben einer Flasche zu liegen. Unschön, aber nicht weiter tragisch. Wenn *ich* falsch entscheide, mein Fräulein, werde ich wach und muss feststellen, dass ich neben einer Leiche liege. Und jetzt beeil dich und iss auf, es wird Zeit, dass wir in die Kirche gehen, ich will nicht zu spät kommen.»

Am frühen Abend klingelte Chiara an Zoes Tür, Zoe drückte ihr auf und lauschte, ob der Fahrstuhl funktionierte. Chiara hatte ihr beim Kinoabend gesteckt, dass sie noch nicht eine einzige Folge *Gilmore Girls* gesehen hatte – das betrachtete Zoe als persönliche Challenge. Chiara musste so bald wie möglich gilmorefiziert werden, und ein gemütlicher Sonntagabend war ideal, um das anzugehen. Beladen mit einer Flasche Prosecco, einer Schachtel Pralinen sowie zwei Tüten Chips und einem nassen Schirm schob sich Chiara in Zoes Wohnung.

«Meine Mutter passt auf Lena auf», sagte sie noch vor einer Begrüßung, «ich hoffe, sie macht kein Theater. In der letzten Zeit ist sie etwas schwierig.»

«Deine Mutter?», neckte Zoe und umarmte ihre Freundin.

«Die erst recht!», entfuhr es Chiara heftig. «Du kannst dir nicht vorstellen, wie sehr sie mir auf die Nerven geht mit ihrem: ‹Du musst dich langsam ernsthaft um einen Mann bemühen, Chiara, denn das Kind braucht einen Vater!› Als wäre das eine Fleißarbeit. Aber, ach, was erzähle ich dir das. Du hast ja jetzt wieder einen Freund. Eigentlich hatte ich Lena gemeint. Die muss die Zahnlückenpubertät verspätet erwischt haben.» Chiara lächelte liebevoll. «So eine freche, kleine Hexe.»

«Ich sehe schon», sagte Zoe, «die *Gilmore Girls* sind genau das, was du gerade brauchst.»

Der Prosecco war leer und die ersten Folgen inhaliert, als Chiara sich rücklings in Zoes Couchkissen sinken ließ. «Ach, das tat gut», seufzte sie. «Endlich mal abschalten. Aber jetzt sollte ich los, ich bekomme langsam Hunger.»

«Wir können uns gerne Sandwiches machen», schlug Zoe

vor. «Ich habe noch gebratene Hähnchenbrust im Kühlschrank, Salat und ein wirklich gutes Honig-Senf-Dressing.»

«Das klingt viel verlockender, als jetzt raus in das Sauwetter zu gehen.»

In Zoes kleiner Küche plätscherte der Regen auf die Dachschräge und lief am Fenster entlang. Zoe lud alle Zutaten aus dem Kühlschrank zum Toastbrot auf ein großes Holzbrett.

«Im Job läuft es gut?», fragte Chiara.

«Wenn du mich fragst, ja», erwiderte Zoe und reichte ihrer Freundin Gurken und Radieschen an. «Aber ich habe das Gefühl, dass mein Chef nicht mit den Quoten zufrieden ist.»

«Typisch. Es sind immer die Zahlen, die zählen. Bei uns im Büro ist es auch so. Niemanden interessiert, welcher Sachbearbeiter die zufriedensten Kunden hat – es zählt immer nur, wer den Umsatz macht.»

«So ist er eigentlich nicht. Ich glaube, er macht sich Sorgen, will mich das aber nicht spüren lassen.»

Zwischen Chiaras Augenbrauen erschien eine kleine, kritische Falte. «Warum sollte er? Zoe, Chefs sehen so etwas aus anderer Perspektive. Die sind froh, wenn sie das Scheitern nach unten weiterreichen können und selbst keine Verantwortung übernehmen müssen.»

«Ich glaube, das ist bei uns etwas anderes.»

Chiara sah überrascht auf. «Schläfst du mit ihm?»

«Ähm. Na ja …»

«Jetzt verstehe ich. Der Chef und dein neuer Freund – das ist ein und dieselbe Person. Auweia, Zoe. Das ist nie eine gute Idee.»

«Dann muss ich kündigen?», scherzte Zoe. «Ich weiß ja, was du meinst. Es war auch eigentlich mein Grundsatz, von Kollegen und vor allem der Chefetage die Finger zu lassen.»

«Never fuck the company!», warf Chiara nickend ein.

«Was soll ich machen? Ich wollte ursprünglich gar keinen Freund. Aber er ...»

«Es hat dich so erwischt?»

Ja. «Nein.» Zoe holte tief Luft und blies sie langsam wieder aus. «Er ist ... schon sehr toll. Er hat diese stillen, sensiblen Momente, bei denen ich denke: Wie tief geht es in dich rein, und was mag da alles sein? Aber die zeigt er nicht jedem. Im Alltag ist er zielstrebig und souverän – einer, der die Dinge fest im Griff hat. Ein lässiger, humorvoller Typ, der mich zum Lachen bringt. Und ...», sie senkte die Stimme, «zu allem anderen auch. Wann immer er will.»

Chiara seufzte und fuhr fort, ihre Radieschen in hauchfeine Scheiben zu schneiden. «Ich verstehe. Mein Ex war ähnlich, weißt du? Schön wie gemalt. Super erfolgreicher Typ. Auch Medien – aber Fernsehen! Und Musik hat er gemacht, in einer Band. Der wusste sich einfach in jedem Moment perfekt zu verkaufen. Ich war ihm total verfallen. Das Schlimmste war aber: Lena war es auch. Sie war noch klein, sechs Jahre erst. Aber sie hatte schon so große Hoffnungen und Erwartungen, dass wir mit ihm wieder eine richtige Familie werden würden.»

Zoe lächelte. Aber in ihrem Inneren spürte sie plötzlich einen Riss. Wie einen kaputten Zahn, wenn der Nerv frei liegt und ein kalter Luftstrom daran entlangfährt. «Ihr seid auch zu zweit eine richtige Familie.»

«Sag das mal einem Kind.» Chiara rieb sich mit dem Handrücken über die Augen. «Nein, du hast natürlich recht. Und normalerweise weiß Lena das auch. Aber er ... er hat einfach diese Begehrlichkeit nach einer vollkommen heilen Welt in ihr geweckt. Verstehst du?»

Zoe verstand. Besser vielleicht, als Chiara selbst es je verstehen würde. «Wie lange wart ihr zusammen?»

«Acht Monate. Das Ganze ist über zwei Jahre her, aber es fühlt sich an, als hätten wir gestern erst Schluss gemacht. Ständig muss ich daran denken, wie schön es war, und dann geht das Vermissen los, mit solcher Wucht, dass ich mir wünsche, ich wäre ihm nie begegnet. Ich warte schon eine Weile darauf, dass es weniger weh tut, aber langsam glaube ich, dass ich mich einfach daran gewöhnen sollte.»

Zoe begann die Sandwiches zu belegen. «Magst du erzählen, was passiert ist? Wie kam es zur Trennung?»

Chiara lachte, ein kurzes, scharfes Lachen voller Verachtung. «Der Klassiker. Er hatte eine andere.»

«Er hat dich betrogen?»

«Mich ... oder sie. Macht das einen Unterschied? Er ist eiskalt zweigleisig gefahren, der Dreckskerl. Keine Ahnung, wer die Erstfreundin war und wer die Zweitbesetzung. Das wollte ich überhaupt nicht wissen. Die andere hatte auch ein Kind, weißt du? Ein Baby! Vermutlich war es seins. Und sie war verdammt schön – so ein Angelina-Jolie-Typ. Dunkelhaarig, sehr groß und dazu einen pausbäckigen Wonneproppen auf der Hüfte. Nachdem ich sie zusammen gesehen hatte, wollte ich nur noch weg. Weg, so schnell und so weit ich konnte.»

Zoe schüttelte den Kopf. «Unglaublich, was für Arschlöcher da draußen herumlaufen. Und auch noch so dummdreist zu denken, ihre Spielchen würden nicht auffliegen.»

«Er flog immerhin acht Monate lang nicht auf.»

«Und der Mistkerl hatte die andere Frau die ganze Zeit parallel zu dir?»

Chiara nickte, ein zynisches Grinsen im Gesicht. «Ich hätte es ahnen müssen. Er hatte immer so viel zu tun, der Ärmste.»

«Wusste sie davon?» Was für eine perfide Vorstellung, als Frau und Mutter zu wissen, dass der Partner nicht nur fremdging, sondern auch eine andere kleine Familie ins Unglück trieb. Zoe wollte es nicht glauben.

«Weiß nicht», erwiderte Chiara müde. «Ich habe sie zusammen gesehen, sie mich aber nicht. Später habe ich mir ein paarmal ausgemalt, sie zu suchen und damit zu konfrontieren, es aber nie getan. Zuerst brauchte ich Abstand und bin mit Lena für ein paar Monate im Haus meiner Tante untergekommen. Sie hat diese kleine Ferienhütte in Dänemark, da konnte ich den Kopf frei kriegen. Am liebsten wäre ich für immer dageblieben, aber irgendwann waren die Sommerferien vorbei, und ich hatte Lena ja schon lange in ihrer Grundschule angemeldet.»

Zoe stellte die Sandwiches auf den Tisch, und sie setzten sich hin.

Chiara nahm einen der Toasts, biss aber noch nicht hinein. «Er stand danach zweimal vor der Tür, aber ich wollte nicht mehr mit ihm reden.»

«Ganz schön frech, nach so einer Aktion noch reden zu wollen.»

«Ja, oder? Lena hätte ihn sehen können. Sie hatte sich gerade wieder gefangen, freute sich auf die Schule und dachte nicht mehr an ihn. Du kannst dir nicht vorstellen, wie gern ich seiner Ische damals als Retourkutsche alles aufs Brot schmieren wollte.»

Mitfühlend streichelte Zoe Chiaras Hand. «Aber Rache ist nicht dein Ding, hm?»

«Das war nicht mal der Grund, dass ich es nicht getan habe», gestand Chiara. «Ich wollte mir einfach weiter einreden, dass er uns beide verarscht hat – die andere Frau ebenso wie mich. Wenn ich mit ihr gesprochen hätte, hätte sie mir sagen können, dass sie es wusste. Es fühlte sich weniger schlimm an, nicht als Einzige auf ihn hereingefallen zu sein. Nicht die zu sein, über die alle anderen nur höhnisch grinsen. Verstehst du?»

Zoe nickte langsam. Ja, irgendwie konnte sie das nachvollziehen.

«Ich habe eigentlich nie die Entscheidung getroffen, dass es das jetzt war mit den Männern», fuhr Chiara fort und strich sich eine verirrte blonde Strähne aus der Stirn. «Ich suche nicht gezielt nach einem neuen Partner, aber ich hätte absolut nichts dagegen, jemanden kennenzulernen. Aber sobald ein Mann auch nur nett zu mir ist, fühle ich mich wie damals und denke, dass auch der Nächste mich wieder nur verarschen wird.»

«Es sind ganz sicher nicht alle Männer so», sagte Zoe leise.

«Bestimmt nicht. Aber wie viele Frösche soll ich noch küssen? Die Männer, die ich davor hatte, waren ja auch nicht besser.»

«Lenas Vater, meinst du?»

«Erzeuger», korrigierte Chiara. «Ja, der. Dem war das alles zu viel mit dem Baby. Weil sie nachts brüllte und er nicht schlafen konnte, wenn ich sie herumtrug. Und weil er plötzlich nicht mehr der Mittelpunkt meines Universums war. Er hatte», sie deutete Anführungszeichen mit ihren Fingern an, «andere Vorstellungen von seinem Leben.»

«Oh, der ist wohl ganz versehentlich als Mensch statt als Gottheit geboren.»

«Genau. Und der Typ danach ... ach, vergiss es. Der war zu sehr Klischeemacho, ich kann bis heute nicht begreifen, wie ich mich auf so einen nur einlassen konnte.»

«Puh», machte Zoe betroffen.

Chiara zupfte am Rand eines Salatblattes herum, das aus ihrem Sandwich herauslugte. «Die Romantiker unter meinen Freunden sagen immer, ich müsse Pech mit den Männern haben, weil ich den Richtigen noch nicht gefunden habe. Das Universum», sie betonte das Wort ironisch, «würde in bester Absicht dafür sorgen, dass die Beziehungen zu den falschen Männern zerbrechen, damit ich frei bin, wenn Mister Right um die Ecke kommt. Aber weißt du was?»

«Ich weiß mit ziemlicher Sicherheit eins», sagte Zoe. «Wenn das Universum in irgendeiner Weise darauf achtet, was mit uns einzelnen Menschen so passiert, dann dürften du und ich ihm ziemlich egal sein.»

Chiara zog die Stirn in Falten. «So schlecht geht es uns ja nun auch nicht.»

«Nein, überhaupt nicht! Aber das Universum würde sich dann wohl eher um die Problemfälle kümmern. All die Kriege, Hungersnöte, Kinder, die ins Elend geboren werden … unsere Probleme sollten fairerweise ganz unten auf der Prioritätenliste des Universums stehen, meinst du nicht?»

«Das sagt sich leicht», erwiderte Chiara, «wenn man erst kürzlich Sex hatte.» Sie lachte. «Aber du hast natürlich völlig recht. Außerdem glaube ich inzwischen, dass ich bis zu dem Zeitpunkt, an dem sich Mister Right dazu herablässt, meinen Weg zu kreuzen, ohnehin keine Lust mehr auf dieses Mutter-Vater-Kind-Klischee habe. Manchmal weiß ich nicht, ob ich mich überhaupt noch auf den Versuch einlassen soll.» Chiara rieb sich die Augenwinkel. «Oder kann. Mein Vertrauen in Männer ist irgendwie … am Arsch.»

«Das heißt nicht, dass man nicht trotzdem eine gute Zeit haben kann», überlegte Zoe laut. «Das Wichtigste ist das Vertrauen in sich selbst. Wenn das stimmt, dann ist unser Glück unverwundbar, denn dann stehen wir über den Dingen.»

«Meinst du das ernst?»

Nein. «Ja.» Gelogen.

Sie log ihrer Freundin ins Gesicht und wurde nicht mal rot dabei. Tatsächlich musste sie erst einmal beweisen, dass das möglich war: Eine Beziehung einzugehen und sich zu verlieben, ohne dabei sein Glück als Einsatz zu riskieren und im schlimmsten Fall kaputt oder zumindest stark lädiert zurückzubekommen, wenn das Spiel beendet war. «Man darf sich halt nicht zu sehr reinsteigern.»

Ein erneutes bitteres Lachen von Chiara. «Dann ist das einfach nichts für mich. Ich liebe gar nicht oder mit Haut und Haaren und den romantischsten Träumen. Vielleicht lasse ich es lieber ganz und finde mich damit ab.»

«Es ist ja nicht so, dass man ohne Mann nicht glücklich sein könnte.»

Chiara griff über den Tisch und nahm Zoes Hand. «Es bedeutet mir viel, dass du das sagst, denn du hast da mehr Erfahrung. Es geht mir bei alldem nicht so sehr um mich. Manchmal halte ich mein Leben als zufriedene Single-Mom für wesentlich leichter, als wenn ich noch so ein wartungsintensives Modell Mann zu versorgen hätte. Aber ich zweifle so oft daran, ob Lena nicht die Vaterfigur fehlt. Wie war das bei dir damals?»

Zoe stockte der Atem, aber sie überspielte es und lachte. «Ich kann nicht behaupten, mir nie einen Papa gewünscht zu haben. Aber ich wollte auch ein Hundebaby, ein Pony, einen Geheimtunnel zum Süßigkeitenladen ...»

«Niemand kann alles haben, oder?», fragte Chiara und biss endlich in ihr Sandwich.

«Nein», erwiderte Zoe, nahm selbst einen Bissen und kaute gründlich, bevor sie noch etwas nachsetzte. «Und im Nachhinein war es für mich vermutlich besser, keinen Vater zu haben als einen schlechten. Zumindest bin ich nie diesem Irrglauben aufgesessen, ohne Mann nicht ganz vollständig zu sein oder nicht glücklich werden zu können.»

«Das», sagte Chiara und seufzte, «ist wirklich beneidenswert.»

Am Freitagnachmittag zogen Zoe und Tobias gleich nach *London Calling* gemeinsam los, um ein paar Besorgungen für Zoes Geburtstag in der nächsten Woche zu machen. Zoe hatte mit Julius vereinbart, dass sie im Café feiern und dort grillen würde, allerdings gab die Speisekammer neben Bier nur einen ausgesprochen sauren Weißwein sowie einen zu süßen und kopfschmerzlastigen Rotwein her, sodass eine Fahrt zum Getränkehandel unumgänglich war. Wie praktisch, dass Tobias ein großes Auto hatte, denn kaum dass sie den Laden bepackt mit dem Weinkarton und einer Kiste Bionade verließen, begann es erst zu regnen, dann zu schütten und schließlich auch zu hageln. Walnussgroße Körner prasselten vom Himmel. Trotz des Wetters fuhren sie noch zu IKEA – kistenweise Teelichter in einem halben Dutzend Farben – und danach zum Fachhandel für Tortenbedarf. Zoe kaufte ein paar zusätzliche Servierplatten und wo sie schon mal da war, nahm sie gleich ein paar Dinge zum Dekorieren ihrer Gebäckkreationen mit, die ihr die Verkäuferin als neueste Mode in der Welt der Kuchen vorstellte.

«Kann man das wirklich essen?», erkundigte sich Tobias irritiert, als die Verkäuferin das glitzernde Goldspray in brandneuer, nie dagewesener Qualität vorführte. «Es sieht aus wie Autolack!»

Die Verkäuferin lächelte bemüht, wenn sie auch nicht ganz verbergen konnte, wie viele Male zu viel sie diesen Spruch vermutlich schon gehört hatte, und Zoe beantwortete die Frage, indem sie sich kurzerhand einen Stoß *Goldglitter extreme* auf die Lippen sprühte und Tobias zuckersüß küsste.

Als alles Nötige und nicht so Nötige besorgt war, kehrten sie beim Lieblingsportugiesen zum Essen ein. Sie bekamen einen Fensterplatz und waren sich einig, dass die Weltuntergangsstimmung dort draußen etwas unglaublich Gemütliches verströmte, solange man selbst mit Kerzen auf dem Tisch und einem köstlichen Essen im Trockenen saß.

Was für ein schöner Abend, fand Zoe, betrachtete Tobias liebevoll und freute sich darauf, gleich mit ihm unter ihrem Schirm zu seinem Auto zu rennen, sodass er sie ganz schnell zu sich nach Hause fuhr, um dann …

Tobias' Handy klingelte, er sah aufs Display, und jäh veränderte sich der Ausdruck in seinen Augen. Eine Sekunde lang dachte Zoe, er wäre verärgert, aber dann musste sie ihren ersten Eindruck korrigieren. Er machte sich Sorgen.

«Entschuldige mich einen Moment», bat er mit hohler Stimme, stand auf und ging zum Telefonieren nach draußen. Durchs Fenster sah Zoe, wie er sich unter der Überdachung gegen die Wand drückte und trotzdem bei jeder stärkeren Windbö einen Schauer abbekam. Rasch kehrte er an den Tisch zurück, und der angespannte Zug um seinen Mund verhieß nichts Gutes.

«Zoe. Es tut mir furchtbar leid. Ich hatte mich so auf den Abend gefreut, aber ich fürchte, ich muss weg.»

«Sofort?», fragte Zoe alarmiert. Das konnte kaum ein Notfall im Sender sein – so viel konnte dort an einem Freitagabend nicht passieren, dass er innerhalb von Minuten dort aufschlagen musste.

«Entschuldige. Wenn du noch ein Dessert bestellen möchtest, dann –»

«Nein. Sag mir lieber, wo du hinmusst.»

«Ich muss meinem Bruder helfen. Ich habe wegen dem Wind nur die Hälfte verstanden, aber bei ihm gibt es eine Überschwemmung.»

«Ach, du grüne Neune», entfuhr es Zoe, ein erleichtertes Grinsen konnte sie sich allerdings nicht verkneifen. So besorgt, wie Tobias aussah, hatte sie mit viel Schlimmerem als einem Wasserschaden gerechnet. «Lieb von dir, dass du ihm hilfst.»

«Du bist nicht sauer?»

«Natürlich nicht. Aber Wasser zur Tür rausfegen kann ich auch!»

Tobias hob einen Zipfel der Tischdecke an und warf einen erheiterten Blick darunter. «In den Klamotten?»

«Natürlich nicht», erwiderte Zoe freundlich. «Die Schuhe ziehe ich selbstredend aus. Spricht denn etwas dagegen? Ich würde deinen Bruder gern kennenlernen.»

Tobias zögerte. Dann schien er sich entschieden zu haben. «Okay», sagte er gedehnt. «Dann fahren wir zusammen hin, und du lernst meine Familie kennen.»

Zu Zoes größter Überraschung parkte Tobias seinen Wagen vor einer Kneipe – und zwar ausgerechnet der Kneipe, in der sie vor nicht allzu langer Zeit verabredet gewesen waren, ohne hineinzukommen. Außer jeder Menge Feuerwehrfahrzeugen hatten sie kaum Autos auf den Straßen gesehen, vermutlich blieben die Leute bei diesem Wolkenbruch lieber daheim und packten schon mal Sandsäcke, für den Fall, dass der Rhein über die Ufer trat.

«Diese ... dieser Laden hier gehört deinem Bruder?» Beinah wäre ihr ungewollt das Wort «Kaschemme» rausgerutscht, wie gut, dass sie sich rechtzeitig auf die Zunge gebissen hatte.

«Das ist kein Laden», grummelte Tobias. «Das ist eine Kaschemme.»

Zoe stieg aus dem Wagen und spannte ihren Schirm auf, aber der erste Windstoß verfing sich darin, und bevor sie es verhindern konnte, ergab sich ihr Lieblingsschirm der kölschen Naturgewalt, und die Konstruktion klappte nach oben um. «Mein schöner Schirm!», jammerte Zoe und wurde binnen Sekunden nass geregnet. Tobias nahm sie an der Hand, zog sie mit sich, und sie konnte froh sein, im Rennen in Pumps wirklich bestens geübt zu sein.

Die Tür des Ladens stand weit offen. Ein großer, kräftiger Typ, der in seinem Lederhemd auf den ersten Blick wie ein Klischee-Biker wirkte, drängte Wassermassen mit einem Schneeschieber über die ebenerdige Türschwelle. Auf dem Bordstein war bereits ein See entstanden, der nächstliegende Gully hatte offenbar längst kapituliert, der Deckel war unter dem schmutzigen Wasser kaum noch zu erkennen.

«Zoe, das ist mein Bruder Boris. Boris – Zoe», rief Tobias, während er sich an dem Biker vorbeidrückte und Zoe ebenfalls ins Innere des Ladens zerrte.

«Bo-do!», erwiderte der Biker mit tiefer Stimme, und Zoe schoss so abrupt «Ho-dor» aus der Serie *Game of Thrones* in den Kopf, der nichts anderes sagen konnte als seinen eigenen Namen, dass sie losprusten musste. Sie bekam sich kaum noch ein und war heilfroh darüber, dass man ihren hysterischen Lachkrampf vermutlich eher auf die spontane Dusche schob als damit, dass sie Tobias' Bruder mit der tragischsten Gestalt der Seriengeschichte verglich.

Hodor-Bodo bewies dann auch gleich, dass er zu mehr Worten imstande war, denn er grummelte ein deutlich genervtes «Schön, dass wenigstens einer noch lachen kann», und Zoe verging das Lachen, als ihr bewusst wurde, dass sie im Inneren der Kneipe stand – es aber hier drin nicht trockener war als draußen.

«Wie ist denn das passiert?», fragte Tobias und bewegte die Füße in seinen guten Lederschuhen durchs Wasser.

«Was weiß denn ich?», motzte Bodo mit einem leichten Kölner Dialekt. «Es fing an zu hageln, der Hagel hat die Gullys verstopft, und keine fünf Minuten später stand die Straße vollkommen unter Wasser. Ich hab versucht, die Gullys freizulegen, hat aber nicht geklappt, und als ich wiederkam, hatte ich keinen Laden mehr, sondern einen Indoor-Sumpf. Die Nachbarn heulen, weil die Keller vollgelaufen sind – dummerweise habe ich keinen bekloppten Keller!»

Das Wasser stand Zoe trotz Pumps bis zum Knöchel, Bodo war nass bis auf die Haut. Der Strom schien abgeschaltet zu sein – hoffentlich war er das –, und bis auf zwei tanzende Lichtkegel, die vermutlich von Taschenlampen herrührten, war es stockfinster. Hinter diesen Lichtkegeln tauchten eine Frau und ein Mann, beide durchnässt bis zu den Knien, aus dem Dunkel auf.

«Meine Schwester Hanna», stellte Tobias die dunkelhaarige Frau vor. «Und ihr Mann Torsten. Außerdem gehört noch Mats dazu.» Tobias sah sich fragend um, während Zoe allen die Hände schüttelte, und Hanna deutete über ihre Schulter in eine nicht näher zu erkennende Richtung. «Mats sitzt im Planschbecken und hat den Spaß seines Lebens. Schön, dich kennenzulernen, Zoe.»

«Wenn auch unter ziemlich blöden Umständen», sagte Zoe, und es tat ihr schrecklich leid, eben gelacht zu haben. Unter dem bräunlichen Wasser ließ sich erkennen, dass die Kneipe mal einen Echtholzfußboden gehabt hatte – der war jetzt vermutlich hinüber, und wer weiß, was sonst noch alles.

«Wie man's nimmt», sagte Hanna und wechselte Blicke mit Tobias, die Zoe nicht deuten konnte. Sie sahen sich unglaublich ähnlich, und auch wenn in der Dunkelheit schlecht zu erkennen war, wie alt Hanna war, konnten die beiden fast als Zwillinge durchgehen. Bodo war deutlich älter, sicher Ende vierzig, mit Bartschatten und grauen Schläfen.

Zoe warf die bedauernswerten Überreste ihres gepunkteten Schirms auf eine Eckbank und kickte ihre Schuhe hinterher. Inzwischen hatten sich ihre Augen an die Dunkelheit gewöhnt, und sie machte sich auf die Suche nach einem Arbeitsgerät, mit dem sie helfen konnte, das Wasser aus den Räumen zu schieben. Immerhin schien kein neues mehr nachzulaufen. Im hinteren Teil des Gastraums, hinter zwei Billardtischen und neben einem vom Strom getrennten Spielautomaten, wäre sie im Halbdunkel beinah über ein Planschbecken gestolpert, in dem ein splitterfasernackter blonder Junge von vielleicht drei oder vier Jahren saß und mit einem Plastikboot spielte. Zoe winkte ihm, er winkte zurück. Sie ging noch etwas weiter und stellte irritiert fest, dass es nicht mehr weiterging, denn plötzlich hing die Decke so tief, dass man darunter nicht mehr aufrecht stehen konnte.

«Ich bin nicht sicher, ob wir nicht fluchtartig das Gebäude verlassen sollten», sagte Zoe mit einem bemühten Lächeln zu

Tobias, der ihr gefolgt war. «Zumindest sollte das Kind hier raus, es sieht aus, als würde jeden Augenblick das Dach runterkommen.»

«Das gehört so.» Tobias grinste. «Die Decke ist vor Jahren eingestürzt und wurde in dem Zustand stabilisiert. Das alles ist von der Bauaufsicht abgenommen und für sicher befunden. Der Laden heißt nicht umsonst *Collapsed*.»

«Verstehe. Du hattest mir davon erzählt. Interessantes Alleinstellungsmerkmal, wenn auch sehr … raumeinnehmend.»

Tobias' Schwester kam zu ihnen und drückte Tobias zwei Besen in die Hand. «Ich bin wirklich froh, dass ihr gekommen seid. Bodo», sie warf dem anderen Bruder einen kurzen Blick zu und senkte die Stimme, «ist vollkommen fertig. Er will sich nichts anmerken lassen, du kennst ihn ja. Aber er klappt gleich zusammen. Leider müssen wir echt langsam los, Mats muss ins Warme. Wir hätten Bodo unmöglich allein lassen können.»

Tobias nickte betroffen. «Ist in Ordnung. Wir übernehmen hier, steckt ihr mal den Kurzen ins warme Bett.»

Zoe nahm ihm die Besen ab, sodass Tobias sich von seinem Neffen verabschieden konnte. Nachdem er ihn einmal hochgenommen und an sich gedrückt hatte, war auch Tobias nass. Sein älterer Bruder arbeitete still vor sich hin. Zoe schloss sich ihm an und fegte Strich um Strich Wasser vor sich her in Richtung der Eingangstür, wo Bodo es nach draußen beförderte.

Zu dritt arbeiteten sie weiter, die meiste Zeit schweigend, aber nicht, ohne dass sich Zoe und Tobias Blicke zuwarfen und hin und wieder an den Händen berührten. Nach etwa einer Stunde kam endlich die Feuerwehr, befreite die Gullys, konnte im Gastraum allerdings mit ihren Pumpvorrichtungen nichts mehr tun, da der Großteil des Wassers schon weg war, und rollte zum nächsten unterkellerten Haus. Bodo, Tobias und Zoe arbeiteten weiter, doch je mehr Holzboden sie freilegten, desto klarer wurde, dass hier jede Rettung zu spät kam. Das Wasser war bis auf den Estrich gesickert, und die Dielen begannen bereits aufzuquellen und die Fußleisten anzuheben. Dennoch besorgte Zoe sich einen Wischmopp und alle Aufnehmer, die sie finden konnte, und wrang verbissen Eimer um Eimer voll.

«Das wird alles rausmüssen», sagte Bodo tonlos, als sie endlich fertig waren. Der Hüne sah aus, als würde er, da nun nichts mehr zu tun blieb, gleich in Tränen ausbrechen. «Und die Elektrogeräte auch. Hoffentlich haben die Leitungen nichts abbekommen.»

«Du bist gegen Elementarschäden versichert», sagte Tobias und klopfte seinem Bruder auf die Schulter, worauf Bodo in ein seltsam dumpfes Lachen verfiel.

«Bin ich wohl, ja. Dazu habt ihr mich schließlich gedrängt, auch wenn ich die Euronen lieber sparen wollte. Ohne euch ...»

«Denk nicht drüber nach. Morgen früh rufst du sofort bei der Versicherung an und meldest den Schaden. Die werden einen Sachverständigen herschicken, so lange lässt du die Geräte am besten alle stehen.»

«Du kannst bestimmt alles wieder aufbauen», sagte Zoe.

«Schauen wir mal.» Tobias fuhr sich durch die Haare. «Verdammt, wir hätten Bilder von der Überschwemmung machen sollen. Ich hab nicht dran gedacht.»

«Hanna hat fotografiert», sagte Bodo. «Mann. Was würde ich ohne euch machen?»

«Vermutlich immer noch Wasser wegwischen», entgegnete Tobias lapidar. «Aber mach dir keinen Kopf, dafür hat man Geschwister. Schließ ab, Zoe und ich fahren dich nach Hause.»

Bodo blickte skeptisch an sich herab. «So soll ich in dein Auto steigen? Ich bin komplett durchnässt.»

«Wir doch auch.» Tobias übertrieb völlig. Bei ihm selbst hatte sich das Wasser nur die Hosenbeine bis zum Knie hochgezogen, und Mats hatte sein T-Shirt nass gemacht. Zoe hatte lediglich nasse Füße. «Mach schon, Bodo, so nimmt dich doch kein Taxi mit.»

«Ich nehme die Bahn, das geht schon.»

«Red doch bitte nicht! Du holst dir den Tod. Na kommt, lasst uns fahren.»

Bodo folgte Tobias und Zoe nur widerwillig und setzte sich erst auf die Rückbank, nachdem Tobias einen Müllsack aufgetrieben und auf den Sitz gelegt hatte. Zunächst schien er nicht viel sagen zu wollen und antwortete nur einsilbig, wenn Zoe oder Tobias ihn ansprachen. Vermutlich ist er einfach total fertig aus Sorge um seine Kneipe, dachte Zoe. Er tat ihr leid. Beim Trockenlegen war ihr aufgefallen, dass der Laden zwar äußerlich wie eine dreckige Hafenspelunke aussah, von innen wirkte er aber, als sei es eine ausgesprochen gemütliche Lokalität – wenn nicht gerade knöchelhoch Regenwasser darin stand. Bodo hatte sehr viel Liebe in die Einrichtung gesteckt.

Und schließlich sprach er dann doch noch etwas mehr. «Habt ihr euch beim Radio kennengelernt?», fragte er an Zoe gewandt, und sie nickte.

«Ja, ganz klischeehaft, bei der Arbeit.»

«Da gibt es doch diesen Spruch. Never –»

«Wir kennen den Spruch», unterbrach Tobias seinen Bruder, schaltete hoch und beschleunigte den Wagen energisch.

Zoe kicherte nervös. Bodo hatte das sicher nicht so mürrisch gemeint, wie es klang. Vermutlich hatte er einfach einen trockenen Humor. Staubtrocken. Und irgendwie beeindruckend, in dieser dunkelbärigen Stimmlage.

«Bist du auch Moderatorin?»

Endlich ein unverfänglicheres Thema! «Ja. Ich moderiere *London Calling*, eine Sendung, die …»

«Die kenn ich. Das ist dieses banale Die-Welt-ist-so-schön-Heiteitei, oder?»

Okay … Zoe überprüfte ihr Lächeln, das sich nun etwa genauso eingefroren anfühlte wie ihre nassen Füße. «Genau das, ja.»

«Bodo?», mischte Tobias sich ein. «Zoe hat gerade drei Stunden lang deine Böden trockengelegt. Und das Erste, was du tust, ist ihre Arbeit zu beleidigen.»

«Muss es mir gefallen, nur weil sie nett zu mir war?», schoss Bodo zurück.

Was für ein reizender Typ. «Ist schon gut», sagte Zoe.

«Ist es nicht», widersprach Tobias.

«Ein bisschen kerniger würde mir die Show besser gefallen. Wenn du ein bisschen mehr wie diese Sarkastische wärst … Kerstin, oder wie heißt sie?»

«Kirsten», sagten Tobias und Zoe synchron.

«Und die Sendezeit nervt mich einfach», fuhr Bodo fort.

Tobias warf Zoe einen Blick zu. «Soll ich ihn hier am Straßenrand rauswerfen und in den Graben schubsen? Er ist mein Bruder, okay, aber …»

«Damals kam das am frühen Nachmittag.» Bodo ließ sich in seiner Schmähkritik nicht im Geringsten stören. «Da hatte ich den Laden noch zu und konnte das Radio auslassen. Aber jetzt läuft das gerade, wenn ich aufmachen will, und jedes

Mal, wenn ich nach Musik suche, muss ich mir das Palaver von wegen Einhornglitzerpupsen und Blumensonnenschein anhören.»

Zoe musste plötzlich lachen. «Soll ich euch mal etwas gestehen? So was hat mir noch niemand über *London Calling* gesagt. Ich hatte immer totale Angst davor, dass genau das passiert. Schreckliche Angst. Nachts wachgelegen habe ich vor Angst.»

«Oh», sagte Bodo bloß.

«Und jetzt sagst du all das – und …»

«Dir bricht das Herz», riet Tobias. «Ich werfe ihn doch raus, sobald ich rechts ranfahren kann. Er hat zwei Füße. Er kann laufen.»

«Es ist gar nicht schlimm!», rief Zoe, überrascht, dass jedes ihrer Worte sich wirklich so anfühlte. «Ich wusste ja immer, dass manche Menschen es so wahrnehmen. Es jetzt zu hören, bestätigt bloß meinen Eindruck. Es ist völlig okay für mich – ich mag ja auch nicht alles, nur weil es anderen gefällt.»

Tobias sah sich kurz zu Bodo um. «Sie hasst diesen netten aktuellen Mark-Forster-Song.»

«Den mit den Chören?» Bodo lachte. Zum ersten Mal an diesem Abend. «Ich auch.»

«Ich hasse den nicht», korrigierte Zoe. «Ich hasse nichts und niemanden. Ich mag den Song bloß nicht. Und wir werfen Bodo nicht raus, denn er würde sich den Tod holen. Hast du selbst gesagt, Tobias.»

Wenig später setzten sie Bodo vor dessen Haus ab. Die Verabschiedung war schon ein wenig freundlicher, doch gemessen daran, dass Zoe ihm – der immerhin ein Fremder war – stundenlang geholfen hatte, immer noch verhalten. Aber sei es drum, der Charme war in dieser Familie offenbar sehr ungleich verteilt.

Tobias startete das Auto noch nicht, sondern sah auf seine Hände. «Das war also mein Bruder», erklärte er, für den Fall, dass ihr das bis jetzt entgangen war.

«Er ist ...» ... ein *interessanter* Typ, wollte Zoe sagen.

«Ein Arschloch», sagte Tobias.

«Nein, bestimmt nicht!»

«Nein, natürlich nicht. Aber er hat sich wie eins benommen. Manchmal ist es schwierig mit ihm. Wenn er seine Phasen hat, sollte er einfach den Mund halten.»

Zoe zog die nackten Füße auf den Sitz hoch. Ihre nassen Schuhe hatte sie nicht wieder angezogen. «Dass seine Kneipe überschwemmt wurde, hat ihn fertiggemacht. Wenn er mit der Renovierung anfangen kann, geht es ihm besser.»

«Ich glaube nicht, dass das geschehen wird.»

«Aber ... die Versicherung zahlt das doch, oder?»

«Den Zeitwert, nehme ich an. Ob das reichen wird?» Tobias verengte die Augen zum eiskalten Superschurkenblick, den sie sehr lange nicht gesehen hatte. «Ich *hoffe* nicht. Hanna und ich hoffen es beide, auch wenn Bodo das nie erfahren darf, sonst bricht es ihm vermutlich das Herz.»

«Okay», sagte Zoe leise. Was Tobias da sagte, war schwer zu verstehen, aber das wusste er selbst. Er würde weitersprechen, ohne dass sie ihn dazu drängen musste.

«Diese Kneipe war Bodos Traum, seit er ein kleiner Junge war. Es war immer, als würde er dafür leben. Mit fünfzehn hatte er eine illegale Bar im Keller unserer Großeltern, von der unsere Eltern nie erfahren haben. Und in seiner ersten eigenen Wohnung gab es ein Billardzimmer, in dem immer Betrieb war, ganz egal, ob er zu Hause war oder nicht.»

«Das klingt, als wäre er der geborene Gastwirt.» Wobei Zoe nicht sicher war, ob es als solcher nicht klüger war, etwas diplomatischer mit anderen Menschen umzugehen.

«Ist er auch. Du solltest mal sehen, wie er hinter seinem Tresen aufblüht.»

«Aber?»

«Aber es macht ihn auch kaputt. Der Stress. Die Nachtschichten. Der ständige Kampf mit den Steuern und den Finanzen. Wir sind hier in Köln, Zoe – Köln hat mehr Kneipen als Säufer – da wird um jeden Euro Umsatz hart gekämpft. Und Bodo ist nicht so belastbar, wie er es gern wäre. Er hat diesen schwarzen Hund.»

«Schwarzen Hund?»

«Depressionen.»

Zoe war einen Moment lang baff. Das hätte sie von dem hünenhaften Mann nicht gedacht. Aber natürlich war es klar, dass man einem Menschen eine solche Krankheit nicht ansehen konnte.

«Es geht phasenweise besser, dann mal eine Weile wirklich gut, und irgendwann kommt wieder einer dieser Totalzusammenbrüche. Dann schafft er es kaum, seine Wohnung zu verlassen, geschweige denn bis zum *Collapsed* zu kommen, aufzuschließen und sich hinter den Tresen zu stellen. Er geht zwar zur Therapie, aber nicht regelmäßig genug, weil er lieber in seine Kneipe geht. In den letzten beiden Jahren war es manchmal so schlimm, dass Hanna und ich schon zusammenzucken, wenn nur das Handy klingelt, weil wir befürchten, er könnte sich …» Tobias ließ den Satz in der Luft hängen. «Entschuldige. Ich sollte dir das vermutlich gar nicht erzählen.»

Sehr plötzlich griffen in Zoes Kopf ein paar Zahnrädchen ineinander. Die Anrufe, die Tobias manchmal bekam und für die er immer allein sein wollte. Seine Unzuverlässigkeit – die vielen Situationen, in denen er plötzlich wegmusste. Vielleicht sogar die Antwort auf die Frage, warum er trotz offensichtlichem Fernweh nicht mehr reiste …

«Du unterstützt deinen Bruder ziemlich viel, oder?»

«Gemeinsam mit Hanna», sagte Tobias.

«Das klingt nach viel Arbeit.»

«Das ist schon okay. Es würde ihn in ein noch tieferes Loch stürzen, wenn seine Kneipe gar nicht mehr liefe. Irgendwie hielt ihn das die letzten Jahre aufrecht. Trotzdem haben wir immer häufiger das Gefühl, dass ihm alles über den Kopf wächst und wir das nicht mehr auffangen können. Er sagt schon kaum noch Bescheid, wenn er Hilfe braucht, aber dadurch wird es natürlich nicht besser. Hanna und ich sind seit einer Weile sicher, dass er seiner Gesundheit zuliebe verkaufen sollte. Tut er aber nicht freiwillig. Und hören will er es auch nicht.»

«Wie lieb von dir, dich so zu kümmern.» Zoe sickerte ein unbekanntes Gefühl von Wärme in den Bauch. Es war längst nicht nur angenehm, fast brannte es und verursachte ein Ziehen, das bis in ihre Brust reichte. Trotzdem war es schön. Schön und beängstigend zugleich. Sie griff nach seiner Hand und erschrak, weil die Berührung das Sehnen noch verstärkte. Fast hätte sie ihre Hand zurückgezogen, aber Tobias hielt sie fest.

«Warum hast du nie darüber gesprochen?»

Er schüttelte leicht den Kopf, bevor er sie wieder ansah. «Er will es nicht.»

«Aber Depressionen sind doch nichts, wofür man sich schämen müsste.»

«Natürlich nicht. Aber viele Menschen sehen das immer

noch ganz anders. Wie oft Bodo sich anhören muss, er müsse doch bloß positiv denken, sich zusammenreißen, Yoga machen … Die meisten meinen es nicht mal böse, sie haben einfach keine Ahnung und denken, Depressionen wären mit den schlechten Tagen zu vergleichen, die wir alle manchmal haben.»

Zoe schluckte. Die Unsicherheit, was man sagen konnte, was vielleicht half und was es nur schlimmer machte, war der Grund, dass sie keine Anrufer bei *London Calling* hatte haben wollen. Es gab keinen klugen Rat, keinen, der ihr zustand, denn sie hatte keinerlei Erfahrung und noch weniger Ahnung. Nun, da sie Bodo kennengelernt hatte, nahm diese Angst rapide ab. Bodo hasste *London Calling*. Er schaltete es ab. Niemals würde er im Studio anrufen, um sie um einen Rat zu bitten.

Und Zoe musste sich eingestehen, dass genau das ein ungemein befreiendes Gefühl war.

«Hast du ihm gesagt, dass du es mir verraten wirst?»

Tobias lachte humorlos. «Er würde vermutlich nie wieder ein Wort mit mir wechseln, wenn er wüsste, dass ich es dir erzählt habe. Aber …» Er pausierte, schien seine Worte genau abzuwägen. «Du bist sehr wichtig für mich. Und er ebenso. Daher solltest du über die Umstände Bescheid wissen, damit du keine falschen Schlüsse ziehst, falls er mich mal braucht.»

Eine erneute Woge von Wärme machte Zoes Bauch unsicher. Diesmal löste sie ihre Hand von seiner. Das ging zu tief, sie musste vorsichtiger sein. Sich zu verknallen und die Beziehung zu genießen, war eine Sache. Aber das hier, das deutete an, tiefer zu gehen. Spürbar tiefer. Sie war auf dem besten Weg, sich in Tobias zu verlieben.

Und das durfte nicht passieren. Wer liebte, wurde zu verletzlich. Wer verletzlich wurde, wurde verletzt. Wer verletzt wurde, war unglücklich. Unglück war keine Option.

«Tobias, bist du mir böse, wenn ich heute nicht mehr mit zu dir komme?»

«Natürlich nicht», antwortete er schnell, aber seine Stimme klang unvertraut glatt. Er blickte auf ihre nackten Füße. «Geht es dir nicht gut? Soll ich die Heizung höher drehen?»

«Nein. Alles okay. Ich bin einfach ziemlich müde und möchte schlafen.» Sie lächelte ihn an. «In meinem Bett.»

Tobias startete den Motor und fädelte sich in den Verkehr ein. Gegen das Schweigen schaltete Zoe das Radio ein. Kirstens Sendung wurde gerade wiederholt, aktuell wurden allerdings die Nachrichten zur vollen Stunde eingespielt.

«Kriege, Hungersnöte, Flüchtlingsbewegungen», erklang Kirstens Stimme danach übermütig glücklich. «Zwischendurch zur Abwechslung Mord und Totschlag und die eine oder andere Naturkatastrophe. Schöne neue Welt, es ging uns wirklich nie so gut wie heute, wo wir allein durch das Anklicken einer Petition die Welt retten können. Das müssen wir feiern. Passend zu all der unfuckingfassbar glücklichen Glückseligkeit haben wir den neusten Song von Gute-Laune-Garant David Guetta. Tanzt, ihr Narren. Tanzt, die Welt ist schön.»

Kapitel 9

Wie lange ein paar Wochen dauern können, merkt man erst, wenn die beste Freundin über diesen Zeitraum außer Landes ist.

Zoe stand aufgeregt wie eine Vierzehnjährige vor dem ersten Konzert ihrer Lieblingsband im Flughafen und versuchte, durch die beklebten Glaswände ins Gate zu schmulen, um Laura eine halbe Minute früher zu entdecken. Mehr und mehr braungebrannte, aber müde Urlauber schleiften Koffer und Trolleys an ihr vorbei, wurden von ihren Verwandten begrüßt oder verließen eilends den Flughafen. Endlich öffnete sich die Schiebetür, und Laura trat heraus. Vielmehr schleppte sie sich über die Schwelle, denn nebst ihrem gigantischen Rollkoffer von der Größe eines Kinderkleiderschranks baumelte ihr je eine Hängetasche über beide Schultern.

«Mein», schnaufte sie Zoe entgegen, «blöder Koffer. Ist. Immer der. Letzte!»

Zoe rupfte Laura erst mal die Taschen vom Leib, bevor sie ihr noch zusammenklappte. Dann umarmte sie ihre Freundin ganz fest, schob sie ein klein wenig von sich, um sie anzusehen, und zog sie wieder an sich. «Anstrengender Flug? Du siehst so müde aus, als hättest du den ganzen Urlaub durchgemacht. War es schön? Wie geht es dir? Warum nimmst du nicht so einen Gepäckwagen, du hebst dir ja einen Bruch. Ich bin so glücklich, dass du wieder da bist!»

«Laberflash, Zoe?», fragte Laura mit einem erschöpften Lächeln. «Es war kein Gepäckwagen mehr da, und ich war froh, dass mein Gepäck nach einem Kilometer Leere dann doch noch auf dem Band war.»

Zoe warf einen erneuten Blick in Lauras Gesicht. Braungebrannt war sie natürlich, und die mauritische Sonne hatte ihre mittelblonden Haare mit entzückenden hellen Strähnchen versehen. Aber irgendetwas stimmte nicht. Laura sah nicht bloß müde aus ...

«Hast du geweint?», fragte Zoe, und sogleich schossen ihr ein paar mögliche Gemeinheiten, die dieser Pascal ihrer Freundin hätte antun können, durch den Kopf.

Laura zog die Nase hoch. «Bisschen», murmelte sie, was vermutlich die Untertreibung des Jahres war.

«Bisschen viel, hm? Was ist denn nur passiert?»

«Wollen wir erst nach Hause fahren? Ich weiß, Alkohol ist keine Lösung, aber Milch ja auch nicht und ...»

«Komm», sagte Zoe, schulterte die beiden schweren Taschen – Laura musste Steine geschmuggelt oder ein Seelöwenpärchen entführt haben – und führte ihre Freundin zur erstbesten Bar im Starwalk, die sie finden konnte. Dort warf sie die Taschen ab und ließ sich, nach wenigen Minuten Schleppens schon verspannt bis in den letzten Wirbel, in einen Sessel fallen. «Es ist fast drei, Laura. Spät genug für einen Wein, ich gebe einen aus. Und dann erzählst du mir, was los ist und warum du völlig verheult aus dem Erholungsurlaub kommst. Und nein, ich kann nicht warten, bis wir zu Hause sind. Ich mache mir Sorgen um dich, ich habe Angst, dass man dir das Herz gebrochen hat.» Schon wieder.

«Zoe, es ist fünf vor zwei.»

«Ich sag doch, fast drei. Rot oder weiß?»

«Wie lange sind Sie eigentlich schon allein, Julius?» Zoe sprach leise, fast tonlos. Der gelbe Vogel saß direkt vor ihr auf dem Tisch, keine zehn Zentimeter von ihrer Hand entfernt, und pickte seinen Nachmittagssnack. Da sie befürchtete, dass er von Kuchenkrumen irgendwann zu dick werden würde, um den Katzen der Nachbarschaft zu entkommen, hatte sie in der Tierhandlung Hirsekörner besorgt, die ihm offenbar auch besser mundeten. Manchmal kam er so nah an sie heran, dass er sie in den Finger picken könnte. Glücklicherweise konnte er zwar äußerst missmutig gucken, war für grobe Unfreundlichkeit allerdings vermutlich viel zu gelb.

«Bin ich doch nicht», erwiderte Julius, der wie so oft am Nebentisch saß, in seinem Roman blätterte und hin und wieder innehielt, um versonnen den Vogel zu betrachten. «Ich hab doch Marina. Die müsste auch gleich da sein, du brauchst dir keine Sorgen zu machen, dass auf deiner Party heute Abend keiner bedient.»

Zoe schüttelte schmunzelnd den Kopf. Sie wollte nicht auf die junge Kellnerin anspielen, und sie war sicher, dass Julius das sehr genau wusste. Sie wartete eine Weile schweigend ab, und wie sie vermutet hatte, ergriff Julius schließlich das Wort.

«Weißt du, Miss London. Die Richtige ist einfach nicht hergekommen, und wohin ich auch gegangen bin – da war sie auch nicht. Was soll ich mit einer, die ich nur nehme, weil ich keine bessere kriegen kann?» Er blätterte eine Seite raschelnd um, ein schönes Geräusch, fand Zoe. Tröstend. «Belastet dich etwas, Miss London? Oder warum fragst du mich das?»

«Meine beste Freundin ist gestern aus dem Urlaub zurückgekommen und hat den schlimmsten Liebeskummer ihres Lebens. Und das dachte ich schon oft von ihr – aber diesmal ...»

«Dann war es nicht der Richtige.»

«Genau daran habe ich meine Zweifel. Er scheint der Richtige zu sein.»

«Und wo liegt das Problem?»

«Er wohnt am anderen Ende der Welt. Was macht man dann, Julius? Wenn es einen Richtigen auf der Welt gibt – und nur einen einzigen –, und der ist unerreichbar?»

«Manchmal ist das Schicksal grausam.»

Zoe nickte gedankenverloren. War es nicht regelrecht hinterhältig, eine so große Liebe zu finden, wenn man sie nicht ausleben konnte?

«Muss man dann ewig unglücklich bleiben?» Die Frage ging eher an sich selbst statt an Julius, aber der lachte leise.

«Natürlich nicht, Miss London. Glück ist nichts, was keinen Makel verträgt. Schau, wenn du jetzt einen Unfall hättest, von dem du eine Narbe im Gesicht davontrügest, dann wär dein Gesicht ja immer noch schön. Nicht mehr makellos, aber die Schönheit hat mit Makellosigkeit nichts gemein. Ebenso wenig wie das Glück.»

Das war kein guter Vergleich. «Ich verstehe, was Sie sagen wollen, aber ich bin anderer Meinung. Wie könnte man unglücklich und glücklich zugleich sein?»

«Das, Miss London», sagte Julius und stemmte sich von seinem Stuhl hoch, worauf der Vogel aufflatterte und in den

Baumkronen verschwand, «wirst du noch erkennen, wenn du etwas älter geworden bist.»

Sie musste grinsen. Manchmal hatte sie das Gefühl, er glaubte, sie sei noch ein ziemlich junges Mädchen und nicht heute dreißig geworden.

«Aber wie dem auch sei. Bevor hier gleich deine Party steigt, Miss London, brauche ich noch einen Rat von dir. Komm mal mit.»

Neugierig erhob sie sich und folgte ihm ins Innere des Cafés.

«Es gefällt dir nicht», sagte er unvermittelt, und seine Geste machte klar, was er damit meinte: ungefähr alles. «Nein, du brauchst nichts zu sagen, ich sehe es dir an, und mir liegt nichts an höflichen Schmeicheleien. Das ist nicht nötig, denn es gefällt mir ja selbst alles nicht. Es gefiel mir alles mal, früher, aber dann bewegte sich die Zeit in Sprüngen, statt in kleinen Schritten, und ich kam nicht mehr so richtig mit. Mein Café ist altmodisch und hässlich geworden, und mir fehlt die Energie und die Jugend, etwas daran zu ändern.»

«Man muss so etwas nicht zwingend allein machen», sagte Zoe mit einem kleinen Lächeln. «Mit etwas Hilfe ...»

Aber er winkte ab. «Etwas Hilfe brauch ich bald schon für ganz andere Angelegenheiten. Weißt du, was mich ärgern würde? Morgens im Bett zu liegen und festzustellen, dass ich tot bin und mein Café an irgendwen geht, der als Erstes Marina rauswirft und die Terrasse abreißt. Um es kurz zu machen, Miss London, ich werde verkaufen, solange ich das noch kann.»

«Verstehe», murmelte Zoe irgendwo zwischen Betroffenheit und dem Bedürfnis, ihm das auszureden. Aber wenn sie sehr realistisch war, hatte er recht. «Wie kann ich Ihnen dabei helfen?»

«Ich kann keinen Umbau mehr finanzieren, um das Café attraktiver zu machen. Aber wenn es Pläne gäbe, Ideen, eine Vorstellung davon, was man daraus machen könnte, dann könnte das die Interessenten überzeugen.»

«Verstehe», sagte Zoe erneut, aber die Zweifel waren ihrem Gesicht wohl anzusehen.

«Eine Interessentin gibt es auch schon. Ich habe das Gefühl, sie braucht nur noch einen kleinen Schubs.» Julius legte seine Hand an die Wand und tätschelte das Gemäuer wie den Hals eines treuen, alten Pferdes. «Sie war verliebt in die Terrasse, und sie will Marina behalten. Sie wäre perfekt.»

«Dann schaue ich mal, was sich machen lässt», versprach Zoe. «Auch wenn ich keine Architektin bin und von Innenausstattung nicht viel verstehe.»

«Aber du verstehst etwas vom Herzen meines Cafés», erklärte Julius, und damit schien die Sache für ihn erledigt.

Zoe allerdings sah sich vor einer großen Herausforderung. Das Café hatte ein Problem, das die schönste Innenarchitektur nicht würde lösen können: die versteckte, um nicht zu sagen unattraktive Lage. Ein Geschäft, das so abgeschieden lag, brauchte ein Alleinstellungsmerkmal als ziehendes Argument, um Kunden anzulocken. Marinas herzhafte Berliner Ballen waren womöglich eine Idee, aber ob das reichte?

«Aber das eilt nicht, Miss London, jetzt machen wir erst mal den Grill an», beschloss Julius. «Deine Gäste kommen gleich – und mir soll ja keiner hungrig bleiben!»

Keine zwei Stunden später waren fast alle da. Julius stand stolz wie Oskar am Grill und zauberte nicht nur hervorragend zarte Steaks, sondern beherrschte auch das Kunststück, Hähnchenspieße innen durch zu bekommen, ohne dass sie außen zäh und trocken wurden. Tobias sah ihm auf die Finger, konnte den geheimen Kniff aber nicht ausmachen – und auf seine Fragen schmunzelte Julius bloß. Marina servierte Getränke und ihr strahlendes Lächeln. Roberta hatte Paulchen abgeholt, Kirsten und Klaas öffneten die erste Flasche Sekt, und Laura überspielte die Sehnsucht nach ihrem Pascal mit einem tapferen Lächeln und musste nur dann vermehrt schlucken, wenn Zoes Playlist einen romantischeren Song spielte. Bloß Chiara hatte nicht kommen können, ihre Tochter war im letzten Moment krank geworden, sie hatte sie mit Magenschmerzen von der Großmutter abholen müssen.

Zoe nahm Glückwünsche an und packte mit glühenden Wangen Geschenke aus. Um die aufblasbare Riesentorte von den Kollegen für ihren eigentlichen Verwendungszweck zu benutzen, würde sie Urlaub in einem Hotel mit großem Pool oder direkt am Meer buchen müssen. Sie beschloss, ihre Gäste nie wieder in ihrer kleinen Wohnung zu stapeln – auf Julius' Terrasse zu feiern war die beste Entscheidung seit der Erfindung der Geburtstagstorte.

«Sie sollten das Café häufiger für Partys vermieten», raunte sie ihm zu, als sie ihn für eine Weile am Grill ablöste, damit er auch in Ruhe ein Stück Kuchen essen konnte. «Natürlich zu normalen Preisen, nicht zum Freundschaftspreis, den ich bezahle. Da kommt sicher gut Geld in die Kasse.»

«Miss London.» Julius lachte, als wäre die Idee völlig verrückt. «Das ist mir doch zu viel Arbeit.»

Seufzend gab sie auf und ließ ihn ziehen. Entweder war

Julius finanziell vollkommen unabhängig und hatte es überhaupt nicht nötig, dass Gäste sein Café besuchten, oder ihm war gar nicht bewusst, wie schlecht es lief. Sie konnte ihn schlecht einschätzen. Im einen Moment wirkte er vollkommen fit im Kopf, und man nahm ihm sein Alter kaum ab. Im nächsten redete er krudes Zeug, das sie daran zweifeln ließ, ob er sein Leben wirklich noch im Griff hatte.

Sie schüttelte die Gedanken ab, nahm von Roberta ein Glas Sekt entgegen und stieß mit ihren Kollegen an, während Julius sich mit zwei Stück Kuchen auf dem Teller zu Pauline setzte. Zoe beobachtete die beiden aus dem Augenwinkel, während Roberta eine witzige Geschichte vom letzten Sippenpicknick ihrer Großfamilie erzählte. Paulchen sah entspannt aus, das war gut. Sie hatte erst gar nicht kommen wollen, weil ihr die nur halb verblassten Hämatome im Gesicht noch unangenehm waren. Sie hasste es, wenn man sie darauf ansprach und sie daran erinnerte, wie hilflos und alt sie inzwischen war. Daher hatte Zoe die Kollegen vorgewarnt und darum gebeten, die blauen Flecken zu ignorieren. Bei Julius hatte sie nicht daran gedacht. Aber entweder war er von sich aus sensibel genug, um es nicht zu erwähnen, oder er sah einfach nicht mehr gut genug, um die Hämatome zu bemerken.

Entspannt konnte Zoe sich dem Feiern widmen.

Später am Abend, als sie die Musik weit heruntergedreht hatten und das Licht einiger Fackeln und all der Kerzen zuckende Schatten über die Terrasse warf, trat Tobias hinter Zoe und legte seine Arme um sie.

«Bist du glücklich?», flüsterte er ihr ins Ohr.

«Hmhm», seufzte Zoe zufrieden.

«Wirklich? Ist sicher alles in Ordnung?»

Sie löste sich leicht von ihm und drehte sich zu ihm um. «Natürlich. Was sollte nicht in Ordnung sein?»

Er lächelte, aber es erreichte seine Augen nicht. «Vielleicht bin ich es nicht?»

Zoe schüttelte den Kopf. «Was meinst du denn?»

«Ich bin nicht sicher. Vielleicht irre ich mich. Aber ich habe das Gefühl, dass etwas zwischen uns steht. Und ich wüsste gern, was es ist, damit», sein Lächeln blitzte auf, «ich es wegstoßen kann.»

«Da ist nichts», beharrte Zoe. Aber sie ahnte, was Tobias aufgefallen war. Man konnte ihm nichts vormachen. Noch weniger, als sie sich selbst etwas vormachen konnte. Sie hatte ihn ihren Freunden nicht mal als ihren Freund vorgestellt.

«Doch, da ist etwas. Und sobald ich ehrlich zu dir bin, wirst du es nicht mehr übersehen können, fürchte ich.»

«Wovon sprichst du, bitte?»

Er schob sie noch eine weitere Winzigkeit von sich weg. «Vielleicht ist es unfair, das an deinem Geburtstag zu tun, aber ich zeige dir, was ich meine. Ich», er setzte eine kurze Pause, «habe mich in dich verliebt, Zoe London. Mehr noch. Es ist schlimmer, noch viel schlimmer. Ich fürchte, ich liebe dich.»

Er sah ihr ins Gesicht, sah ihr dabei zu, wie sie regungslos dastand, ihrem eigenen Herzschlag lauschte und «Bitte nicht!» dachte.

«Und nun sag noch einmal, da würde nichts zwischen uns stehen. Ich sehe es in deinem Gesicht. Du siehst mich an, als würde ich dich bedrohen, als würde ich dir Angst machen.»

Zoe lachte auf. Zu spät, viel zu spät. Sie versuchte zu lächeln, aber jetzt konnte sie ihm vermutlich nichts mehr vormachen.

Er liebte sie.

Und sie war dabei, ihn zu verletzen, weil sie ihn ja unmöglich auch lieben konnte.

«Ich habe mir ein Geschenk für dich überlegt», sagte Tobias und zog ein schmales, längliches Päckchen hervor, das er vorher unauffällig in der hinteren Tasche seiner Jeans gehabt hatte. «Aber ich habe mich wohl verspekuliert.» Statt es ihr zu geben, legte er es auf den Tisch, bei dem sie standen. «Es wäre eine Zahnbürste gewesen. Eine, die du in meiner Wohnung lassen könntest, um jederzeit … aber das willst du überhaupt nicht.»

Zoe war ein fürchterlicher Fehler unterlaufen.

Sie hatte bei ihrem doppelt gesicherten Verlieben eine Kleinigkeit übersehen. In ihrem Kopf schien einer dieser altmodischen Kistenteufel aus seiner Box zu springen und «Reingelegt!» zu brüllen. Denn Tobias war nicht doppelt gesichert. Vermutlich nicht einmal einfach.

Und er war trotzdem im Begriff zu springen.

«Und dann – als ich einfach nichts erwidern konnte – ist er gegangen.»

Laura drückte sich eine Hand vor den Mund. Mit der anderen zupfte sie ein Kosmetiktuch aus der Box, die auf Zoes Küchentisch stand, und tupfte damit ihre Augen ab.

«Ich hab das Päckchen trotzdem aufgemacht. Es war wirklich eine Zahnbürste drin. Und der hier.» Sie hob den Schlüssel auf, der einsam an seinem Ring hing, und ließ ihn sachte hin und her baumeln.

«Oh nein. Brauchst du auch ein Taschentuch?»

Zoe schüttelte den Kopf.

«Natürlich nicht. Zoe steht über den Dingen. Zoe heult nicht. Nicht wegen einem Mann!»

«Halt die Klappe, Laura!» Zoe schnaubte. «Diese Zoe hat schon die ganze Nacht geheult.»

«Wirklich?» Laura vergaß vor Überraschung zu weinen. «Du musst mir dringend verraten, welche Augencreme du benutzt! Aber jetzt mal ernsthaft. Warum hast du ihn gehen lassen?»

«Was hätte ich machen sollen?»

«Ihn aufhalten? Ihm nachrennen? Ihm hinterherbrüllen, er müsste zurückkommen, denn er hat sich geirrt, und du liebst ihn? Er liebt dich – du liebst ihn! Ihr», sie schluchzte auf, «lebt auf dem gleichen verfluchten Kontinent. Was zum Teufel hält dich auf?»

«Das ... das endet einfach alles nicht gut. Liebe – schön und gut. Wir würden eine tolle Zeit haben, uns wichtig werden, unverzichtbar füreinander werden, ohne einander nicht mehr leben können. Und dann?»

Laura starrte sie an, als spräche sie plötzlich Japanisch. «Dann heiratet ihr, macht eine Weltreise zusammen, holt euch einen Hund, gründet ein Unternehmen, kauft ein Haus mit Garten oder bekommt sechs bis acht bildschöne Kinder ... was immer ihr wollt.»

«Dann wird es irgendwann schiefgehen», korrigierte Zoe. «Und dann stehst du da, kannst nicht ohne einander leben und musst es trotzdem.»

Laura grinste sarkastisch. «Zum einen ist das nicht gesagt, denn es gibt auch Beziehungen, die ein Leben lang halten.»

«Es gibt auch Lottogewinner. Setzt du dein Glück deshalb auf sechs Zahlen plus Zusatzzahl?»

«Und zum anderen», fuhr Laura fort, als hätte Zoe nichts gesagt, «haben auch schon andere Menschen eine Trennung überlebt. Nein, natürlich ist das nicht schön, aber man übersteht das irgendwie.»

«Ja, irgendwie», betonte Zoe. «Hast du eigentlich eine Ahnung, wie sehr ich immer mitleide, wenn deine Beziehungen zerbrechen? Du kannst dir kaum vorstellen, wie leid du mir dann tust. Das will ich für mich einfach nicht.»

Laura schob ihren Stuhl zurück, stand auf und lehnte sich über den Tisch, um Zoe über die Schulter zu streicheln. «Sei mir nicht böse, aber ich geh jetzt.»

«Was? Wir haben doch nicht mal gefrühstückt, du hattest bloß einen Kaffee.»

«Der reicht mir auch. Ich will nicht streiten, aber darauf würde es hinauslaufen.»

Perplex sah Zoe Laura dabei zu, wie sie ihre Jacke überzog und ging.

«Nur eines noch», sagte Laura, kurz in der Tür verharrend. «Kann ja sein, dass ich dir manchmal leidtue. Sorry, für die Unannehmlichkeit. Du allerdings, Zoe, tust mir, seit wir uns kennen, nahezu ständig leid!»

Als Zoe London fünfzehn Jahre alt war, liebte ihre Mutter Marius Kleiber.

Wer er war, war egal. Er war Marius Kleiber, und er der Eine.

Ihre große Liebe. Der, der sie all ihre schlechten Erfahrungen vergessen machte. Der, dem sie ihr Vertrauen schenkte. Der, der ihr das Glück zurück in die Hände legte. Makelloses

Glück, spiegelglänzend. Jede Beschädigung repariert, jeder Riss gekittet, jeder Schatten sorgfältig fortpoliert.

Susan London liebte. Susan London war glücklich.

Endlich wieder. Es war also noch möglich.

Wundersam und wundergleich.

Marius Kleiber war einem bösartigen Humor des Schicksals wegen allerdings auch der eine, der Zoe London gegen ihre Zimmertür drückte – nicht fest –, ihr einen Kuss auf den Mund gab – nur sachte – und schöne Worte sagte, die schrecklich klangen.

«Wir laufen davon. Wir beide. Du und ich.»

Und Zoe London war nicht dumm. Ihr war klar, dass sie es bei der Ohrfeige und dem «Verpiss dich» belassen musste, ihr war klar, dass es schrecklichen Schaden anrichtete, wenn sie ihrer Mutter verriet, was Marius getan hatte.

Sie sagte es ihr trotzdem.

Zoe brauchte viel mehr Kraft als sonst, um den Fahrstuhlknopf zu drücken, als wäre er widerwillig. Aber sie musste nach oben.

Klug wäre es gewesen, Urlaub zu nehmen. Oder zu kündigen. Ja, klug wäre es, zu kündigen, die Wohnung aufzulösen, die Stadt zu verlassen, das Land und irgendwo neu anzufangen. Am besten mit einem neuen Namen, unverbindlich und verwechselbar.

«Stell dich nicht so an, Dramaqueen», schalt sie sich selbst. «Das ziehst du jetzt durch, und es wird überhaupt nicht schlimm.» Und dann war ihre Welt hoffentlich wieder in Ordnung.

Die Blicke der Kollegen waren eigenartig und kratzten. Niemand meinte es böse, sie konnten bloß nicht einschätzen, was passiert war, wollten nicht zu indiskret sein, indem sie fragten, und warteten daher auf jede Information. Es war dieses Warten, das an Zoes Geduld zerrte. Als sie mit Roberta zusammen im Büro war und Spiralen auf ihren Block malte, kam Kirsten für eine kurze Information herein. Zoe ergriff die Gelegenheit beim Schopf.

«Ihr habt es schon vermutet, es hat nicht geklappt zwischen Tobias und mir», sagte sie nüchtern und zuckte mit den Schultern. «Unterschiedliche Erwartungen.»

«Ich glaube nicht, dass es etwas sein kann, worüber ihr beide nicht reden könnt», sagte Roberta. «Ihr seid doch die beiden beredtsten Menschen auf der Welt, wie kann es sein, dass ausgerechnet ihr das nicht klären könnt?»

«Die neutralisieren sich gegenseitig», sagte Kirsten und wirkte völlig fasziniert von dieser Erkenntnis. «So wie die Götter in diesem Film mit Charlize Theron und Will Smith. Sie haben Superkräfte, aber sobald sie zusammen sind, verschwinden diese.»

«Das passt ja toll», sagte Zoe ironisch.

«*Hancock*!», rief Roberta. «Den kennt Zoe nicht – der hat kein Happy End.»

«Ihr müsst das selbst wissen», sagte Kirsten, «aber ich würde um einen Mann wie Tobias kämpfen. Wenn er eine Frau wäre, meine ich.»

Roberta nickte und beugte sich wieder über ihre Notizen. «Sonst feuert er dich am Ende doch noch.»

«Wo ist er eigentlich?», fragte Zoe, Robertas Bemerkung ignorierend. «Im Büro?»

Die beiden anderen wechselten betretene Blicke. «Hat dir

das keiner gesagt?», fragte Roberta. «Er hat Urlaub genommen.»

Und das Land verlassen, ging es Zoe durch den Kopf. Der machte es also richtig.

Aber nein, vermaledeit, das tat er natürlich ganz sicher nicht.

«Ihr habt recht. Ich muss mit ihm reden.» Auch wenn sie keine Ahnung hatte, worauf das hinauslaufen würde. Geschweige denn sollte.

Was sollte sie denn nur machen?

«Zehn Minuten, Zoe», sagte Roberta, ohne von ihrer Arbeit aufzusehen. «Dann musst du ins Studio. Hast du schon ein Thema für heute?»

«Scheiße.» Sie hatte nie ein vorbereitetes Thema. Aber normalerweise hatte sie stattdessen Vertrauen in ihre Spontanität. Die Inspiration kam, sobald ihr Mikro eingeschaltet wurde und sie glaubte, die Verbindung in die Welt nach draußen in einem Kribbeln auf den Lippen zu spüren. Heute war sie zum ersten Mal, seit sie live arbeitete, nicht sicher, ob da Worte sein würden, die sie in die Welt schicken konnte. Zoe öffnete eine Schublade und durchwühlte sie hektisch. Irgendwo hatte sie noch einen Block mit Ideen, die sie sich einmal notiert hatte, als sie mehr Inspiration als Sendezeit gehabt hatte. Wo war der dumme Block – «Himmelarschundzwirn!» Zu allem Überfluss drängelte sich nun noch diese erste Anruferin in ihren Kopf, die sie damals so aus dem Konzept gebracht hatte. Anne. Ihre Worte waren so präsent in Zoes Gedanken, als hätte sie sie sich aufgeschrieben.

«Vielleicht machst du dir ja selbst etwas vor? Ich glaube, du trägst eine Maske aus Glück, die dir nur deshalb nicht verrutscht, weil du keinen Schritt aus deinem kleinen Wohlfühlbereich heraus machst.»

Hatte Anne recht behalten? War genau das passiert? Oder trug sie die Glücksmaske etwa immer noch? – Ein künstliches, unechtes Glück, das sie abschottete vor einem, das ... echt war?

Heidewitzka, ihr stand schon der Schweiß im Nacken. Aber wenigstens hatte sie ihre Notizen gefunden. Damit konnte eigentlich nicht viel schiefgehen. Und nachher würde sie zu Tobias fahren. Wenigstens mal drüber reden, das sollten sie.

«*London Calling*, hier ist eure Zoe London.
In den letzten Sendungen haben wir oft darüber gesprochen, wie man es schafft, ein positiverer Mensch zu werden. Heute möchte ich euch dafür ein paar Tipps mit auf den Weg geben. Es hilft ja immer, wenn man eine konkrete Aufgabe bekommt, an der man sich orientieren kann. Abnehm-Challenges sind ja gerade der große Renner. Hunderte von netten Frauen wollen mich gerade auf Facebook zu ihren Challenges überreden. Ach was. Tausend. Ich mach meine eigene. Und wenn ihr mitmacht, dann braucht ihr gar nicht mehr abzunehmen.
Wir sparen jetzt keine Kalorien, wir hungern keine Fettzellen aus. Wir nehmen negative Gedanken ab. Und wie machen wir das? Stellt euch mal vor, eure negativen Gedanken wären Pflanzen. Hässliche Pflanzen – falls es so was gibt. Total schäbige Blümchen. Pissnelken! Eure Gedanken sind das Wasser, das es zum Gießen braucht. Und die Sorgen, die ihr euch macht, sind der Dünger. Alles, was ihr tun müsst, damit eure Pissnelken eingehen, ist, Wasser und Dünger wegzulassen. Konzentriert euch auf andere Gedanken, lenkt euch ab

von euren Sorgen. Es gibt tausend Wege, wie man das schafft. Ein Kurzurlaub. Ein Picknick im Wohnzimmer. Ein schönes Buch, das positiv geschrieben ist – macht einen Bogen um theatralisches Drama, Sick Lit oder Weltschmerz-Literatur, greift mal wieder zu einem Liebesroman mit der vollen Ladung pinker Herzchen auf dem Cover. Ach, oder vergesst das mit dem Liebesroman, diese Autoren müssen ja auch aus allem einen Konflikt machen, statt sich einfach mal auf das Schöne zu konzentrieren. Schreibt vielleicht selbst einen Liebesroman. Vierhundert Seiten Friede, Freude, Eierkuchen – so was braucht die Welt heute. Ich spiele euch ein wenig Gutelaunemusik, nachher hören wir uns wieder.

Ihr Lieben, hier ist Zoe London. Wir sind live, manchmal passiert da Unvorhergesehenes. Ich fürchte, mich hat ein böser Virus erwischt. Ich übergebe jetzt nicht mich, sondern an meine Kollegin Kirsten, die sich schon freut, euch tolle Tipps zu unserer Hungert-die-Pissnelken-der-negativen-Gedanken-aus-Challenge zu geben.»

«Was ist denn mit dir, Honey?» Roberta blickte Zoe an, als wäre ihr eine zweite Nase gewachsen. «Musst du kotzen?»

«Wenn ich so weitermache, ja! Mir ist fast schlecht geworden von den Plattitüden. Die Hörer müssen sich ja vollkommen veräppelt vorkommen, wenn ich da einen Text über positives Denken runterspule wie die Gebrauchsanweisung für einen Wäschetrockner, wenn ich eigentlich bloß heulen möchte.»

«Ja, ein bisschen trocken war es wohl. Ich fürchte nur, Kirsten wird deine Stammhörerinnen alle vergraulen. Sie spricht schon wieder über Gedärme und vergleicht Zombie-Endzeitromane mit literarischer Romance.»

Zoe nickte tapfer. «Kirsten weiß, was sie tut. Darf ich dich um etwas bitten? Kirsten soll gleich Anne auffordern, bald wieder anzurufen, okay?»

«Wer ist denn Anne?»

«Anne halt. Aus der ersten Sendung. Sie wird wissen, dass sie gemeint ist. Sie muss mich wieder anrufen.»

«Aye, Sir, Ma'am», sagte Roberta und salutierte. «Und was machst du?»

Zoe war schon aus dem Büro gelaufen, sprang in ihre Schuhe und nahm die Treppen nach unten, weil sie auf den Aufzug zu lange hätte warten müssen. In der Bahn Richtung Belgisches Viertel rief sie bei Tobias an, erreichte aber nur seine Mailbox. Hu, das war verdächtig. Der Chef schaltete sein Telefon nie ab. Übers Handy rief Zoe Radio Okay auf, um sich zu vergewissern, dass Kirsten Anne tatsächlich darum bat, wieder anzurufen. Sie hatte nicht die geringste Ahnung, was sie mit dieser Frau bereden wollte – aber aus irgendeinem Grund war es ihr wichtig.

«... Probleme also aktiv anzugehen und sie effektiv zu lösen, statt sie sinnlos zu bejammern», hörte sie Kirsten sagen. «Das kann über Umwege erfolgen, manchmal muss es das auch. Probleme mit dem ätzenden Nachbarn kann man über Erfolg im Job lösen. Reißt euch den Arsch auf, gebt alles, macht Karriere. Irgendwann verdient ihr Schotter ohne Ende. Ein geiles Leben ist die beste Rache. Alternativ könnt ihr mit eurer Kohle einen Auftragskiller bezahlen.»

Zoe drückte das Handy wieder aus. Warum hatte sie es überhaupt eingeschaltet? Das war's mit ihrer Sendung. Aus und vorbei. Entweder ihre Hörerinnen würden abschalten und nie wieder eine Folge *London Calling* hören wollen – oder in einer Stunde gäbe es bereits eine munter laufende Petition, in der danach verlangt wurde, dass Kirsten die Show übernahm.

Was für eine Katastrophe. Zoe musste lachen und bekam sich kaum noch ein.

Das Lachen verging ihr, als sie feststellte, dass Tobias nicht zu Hause war. Aber wo konnte er sonst sein? Sie setzte sich erneut in die Bahn und fuhr eine Dreiviertelstunde quer durch die Stadt bis zu Bodos Kneipe. Die sah geschlossen aus – aber das war ja auch kein Wunder, nach der Überschwemmung hatte er sicher noch nicht wieder eröffnen können. Sie drehte sich um und lief zurück zur Haltestelle, um es sich dort noch einmal anders zu überlegen und doch zum *Collapsed* zurückzukehren. Bodo mochte geschlossen haben – aber er war sicher da!

Sie irrte sich nicht.

«Ha», rief Bodo, und in seinem Gesicht stand Erstaunen und Misstrauen, aber keinerlei Feindseligkeit. «Was machst denn du hier?»

«Ich suche deinen Bruder. Weißt du zufällig, wo er ist?» Sag nicht, in Brasilien, sag bitte nicht, in Brasilien!

«Komm rein», meinte Bodo statt einer Antwort und klopfte Zoe so energisch auf die Schulter, dass ihr kaum eine andere Wahl blieb, als ihm Folge zu leisten. «Tatsächlich ist mein Bruder so 'n kleines bisschen angekratzt, und es muss wohl mit dir zu tun haben. Was trinkst du?»

«Hast du einen Tee? Kräuter oder so?»

«Nur Beutel. Aber gute Qualität.»

Bodo verschwand hinter der Bar, setzte Wasser im Wasserkocher auf, und Zoe stemmte sich auf einen der Hocker hoch und ließ ihre Beine baumeln. «Es sieht hier fast schon wieder richtig gut aus», stellte sie fest.

Bodo schnaubte. «Ja, die Optik bescheißt uns da leider ohne Mitleid. Der Estrich ist nass, das Holz ist durchweicht. Da ist nichts mehr zu machen, das müsste alles raus und völlig renoviert werden, sonst wuchert mir da innerhalb von Wochen der Schimmel durch.»

Das klang, als hätte er sich dagegen entschieden, die Kneipe renovieren zu lassen. «Zahlt die Versicherung denn nicht?»

«Doch.» Das Wasser kochte, und Bodo verteilte es in zwei große Tassen. «Aber natürlich nur den Zeitwert. Und hier in dem Laden würde das alles ein bisschen teurer kommen, wegen der abgestürzten Decke hinten.»

«Muss schwer sein», sagte sie mitfühlend. Bodo stellte ihr den Tee hin, und sie zog den Beutel am Fähnchen hin und her und sah zu, wie sich das Wasser verfärbte.

«Ich dachte immer, ich überleb das nicht, wenn ich irgendwann zumachen muss», erwiderte Bodo sehr leise. «Das war mein Lebenstraum, weißt du? Ich habe dafür geschuftet wie ein Pferd.» Er stieß ein trockenes Lachen aus. «Und jetzt, wo er ausgeträumt ist, der Traum, weißt du, was ich nur noch denken kann?»

Zoes Mund war ganz trocken geworden, der Tee noch zu heiß, um etwas daran zu ändern. Was sollte sie darauf nur sagen? Was, wenn sie etwas Falsches sagte?

Bodo schlug mit beiden Handflächen auf den Tresen. «Warum wurde der verdammte Laden erst jetzt überflutet!»

«Ich fürchte, ich verstehe nicht ganz ...»

«Ich hatte meinen Traum, weißt du? Ich hatte meine Bar. Und ich habe sie über Wasser gehalten, solange es in meiner

Macht stand. Und freiwillig hätte ich sie auch nicht aufgegeben. In diesem Leben nicht mehr. Nun wurde sie mir weggenommen. Vom Schicksal, vom lieben Gott, von den Elementen. Denk dir was aus. Ich bin nur noch erleichtert, dass ich jetzt ein bisschen Pause machen kann. Den Traum hab ich mir ja erfüllt, und den kann mir auch keiner wegnehmen. Ich hatte meine Bar. Halt nicht ewig, aber das macht es ja nicht schlechter, oder?»

Nachdenklich blies Zoe in ihren Tee. «Du hast recht. Das macht es nicht schlechter. Weißt du schon, was du jetzt machen willst?»

Bodo hob beide Arme, ein ungelenkes Schulterzucken. «Ich lass es erst mal ruhig angehen. 'ne Weile komm ich wohl über die Runden, dann such ich mir einen Job mit soliden Arbeitszeiten und kann in Ruhe alt werden.»

Zoe lachte. «Mir hat mal jemand gesagt, alt würde man erst werden, wenn man nicht mehr mit seinen Zähnen zusammen im Bett liegt.» Bodo konnte nicht älter als fünfundvierzig sein, aber er sah tatsächlich älter aus. Seine Pläne klangen vernünftig.

«Aber du bist ja nicht hier, um mit mir 'ne Berufsberatung zu machen, oder?»

«Dafür wäre ich auch kaum die Richtige. Du kennst mich doch. Nachher würdest du noch als Blumenverkäufer im Park enden und O *happy day* auf einer Panflöte spielen.»

«Das wäre doch zumindest mal was Neues.»

Vorsichtig nippte Zoe an ihrem Tee. «Eigentlich bin ich wegen deinem Bruder hier. Er ... hat nicht zufällig das Land verlassen, oder so?»

«Ach, das sollte der mal wieder tun», grummelte Bodo, stand auf und begann, die Theke abzuwischen, als würden gleich Gäste eintreffen. «Ich nehme an, dass er bei Hanna ist. Da war er zumindest eben noch.»

«Ist er sehr wütend?»

«Schlimmer.» Als bekäme er Geld dafür, wischte Bodo weiter. Entfernte einen Wasserfleck von der Schrankwand, polierte den Knauf einer Schublade. «Er ist völlig ratlos.»

Zoes Lippen zuckten ungewollt; bloß ein Schatten eines kleinen, traurigen Lächelns. Ratlos, ja. Das war sie auch.

«Du solltest so was nicht mit ihm machen. Er versteht die Welt nicht mehr. Ist ja nicht das erste Mal.»

«Was meinst du damit?»

Er gab ein unwirsches Geräusch von sich. «Seine Ex hat ihn auch über Nacht sitzenlassen. Plötzlich war sie weg, der arme Kerl hat Monate gegrübelt, was wohl schiefgelaufen ist, was er falsch gemacht haben könnte.»

«Und? Hat er einen Grund herausgefunden?»

«Nee. Aber ich hoffe, dass er daraus gelernt hat und dasselbe nicht wieder tut. Er ist keiner, mit dem man spielen sollte.»

«Ich weiß», murmelte Zoe betroffen. «Das wollte ich auch nicht. Ich muss mir nur klarwerden, was ich riskieren kann. Und was nicht.»

Hanna lächelte, als sie Zoe die Tür öffnete. Sie wirkte überraschend unüberrascht, Bodo musste sie angerufen haben.

«Schön, dich wiederzusehen, Zoe, willkommen.» Sie umarmte sie zur Begrüßung, hauchte ein Küsschen neben Zoes Wange und flüsterte: «Wenn du meinem kleinen Bruder das Herz brichst, muss ich dich leider vergiften.»

Zoe verteidigte ihr Lächeln mit aller Kraft. «Tut mir sehr

leid, wenn ich hier einfach reinplatze, aber ich sollte wirklich dringend mit Tobias reden, bevor er nachher noch das Land verlässt.»

Hannas Gesicht schien gütig. Was sie ihr damit allerdings sagen wollte, war Zoe unklar. Von «Ich freue mich, dass du mit ihm sprechen willst» über «Als wärst du ihm derart wichtig» bis hin zu «Vielleicht verlässt *du* besser das Land, meine Liebe» war alles vorstellbar.

«Immer herein. Wir sind in der Küche, Mats bekommt gleich sein Abendessen.»

Zoe folgte Hanna durch einen mit vielen Fotos in bunten Rahmen geschmückten Flur. Auf dem Boden bildeten Legosteine, Plastiktiere, kleine Autos, ein Bobbycar und ein Laufrad tückische Stolperfallen. Mit weichen Knien stieg Zoe darüber hinweg. Die Küche war geräumig und schien um einen riesigen Massivholztisch herum aufgebaut worden zu sein, an dem der kleine Mats saß – im Gegensatz zu ihrem letzten Treffen zumindest mit Jogginghose und Unterhemd bekleidet. Zoe winkte wie bei ihrer ersten Begegnung, Mats kniff die Augen zusammen, winkte aber nach etwas Bedenkzeit zurück. Tobias stand am Herd und wendete etwas in einer kleinen Bratpfanne. Fischstäbchen, verriet der Geruch.

«Hi», sagte Zoe leise, und Tobias' Rückenmuskeln spannten sich an.

Hanna übernahm wortlos den Pfannenwender, worauf bei Klein-Mats schlagartig die Sirene startete. «Naaaiiiiin! Onkel Tobi muss Fisse kochn! Naaaaaiiiin, Mama. Bitte niiiiisss!»

«Lass mal, Chef», sagte Tobias und kniete sich vor Mats' Stuhl. «Ich möchte mich mal einen Moment mit meiner Freundin Zoe hier unterhalten, okay? Schau mal, sie ist extra hergekommen. Den ganzen weiten Weg.»

«Mit'n Fahrrad?», fragte Mats Zoe.

«Leider nein», sagte Zoe. «Aber mit der Straßenbahn.»

Der Junge zog ein entzückendes, aber unmissverständliches Schüppchen. Offenbar mochte er keine Straßenbahnen. «Onkel Tobi soll mitessen.»

Tobias lächelte Zoe entschuldigend an. «Das hatte ich ihm versprochen. Hast du ein wenig Zeit?»

«Auch viel. Lass dich nicht stören.»

«Du auch mitessen?», fragte Mats, grinste, und der Fauxpas mit dem falschen Fortbewegungsmittel schien vergessen.

Wenig später lag auch vor Zoe ein einzelnes Fischstäbchen, ein Häppchen Kartoffelpüree und Gurkensalat, serviert mit einem besonders herzlichen Lächeln von Hanna. Zoe versuchte, gedanklich in Worte zu fassen, wie sehr sie Hanna bewunderte, und scheiterte. Sie musste sich eingestehen, dass auch Neid dabei war. Wie sehnsüchtig hatte sie sich als Kind eine solche große Löwenschwester gewünscht. Sie musste Hanna das unbedingt sagen, für den Fall, dass sie sie nicht vergiftete.

«Fussen, Onkel Tobi!», verlangte Mats lautstark und hielt Tobias einen halbierten aufgespießten Stäbchenfisch vor die Nase. Tobias überlief ein sichtbarer Schauder, und Zoe verkniff sich ein Grinsen. «Fussen» sollte wohl pusten bedeuten und zählte trotz seines niedlichen Kindercharmes offensichtlich zu den Worten, die Tobias eklig fand.

«Fussen! Fussen, fussen, fussen!» In Sachen Hartnäckigkeit mochte Tobias ein Meister sein – aber sein Neffe wies ihn in die Schranken. Gehorsam, und die Gänsehaut auf den Unterarmen ignorierend, blies er auf jeden Bissen, probierte auf das Kommando «Po-Bier!», das ihn ebenfalls erzittern ließ, angelutschte Fischstäbchen und gab glaubhaft vor, nichts so köstlich zu finden wie Gurkensalat, damit der kleine Kerl das Gemüse wenigstens kostete.

Zoe erwischte sich dabei, ihre Blicke kaum von ihm lösen zu können. Die Wärme, die sie empfand, ging ihr schon wieder viel zu tief. Das sollte sie nicht riskieren – nicht, solange sie nicht einmal sicher sein konnte, dass er sie anhörte geschweige denn verstand.

Sie verabschiedeten sich wenig später von Mats und Hanna. Als Zoe sich zum Winken noch einmal umsah, glaubte sie, dass Hanna mit den Fingern ihrer rechten Hand eine Pistole andeutete.

«Deine Familie ist eine Wucht», entfuhr es ihr.

Er lächelte. «Ja. Wir passen aufeinander auf. Sie werden mich später dafür auspeitschen, weil ich mir nun wieder Hoffnungen mache.» Mit einem Druck auf seinen Autoschlüssel öffnete er seinen Wagen. «Wohin fahren wir?»

«Zum Portugiesen?», schlug Zoe vor. «Beim letzten Mal mussten wir vor dem Dessert los.» Und sie hatten den Fado gar nicht wirken lassen können.

Tobias sagte nichts, er wendete das Auto und gab Gas.

Kapitel 10

«Ich habe einen ganz neuen Winzer ausfindig gemacht.» Fast beschwörend rang Thomás, der griechische Wirt im portugiesischen Restaurant, die Hände. «Aus Doura. Er keltert aus einer ganz besonderen, ertragsarmen Rebsorte, ganz fein und raffiniert.»

«Für mich nur Wasser, danke.» Zoe sah zu Tobias, aber auch er winkte freundlich ab.

«Ich möchte noch fahren.»

«Gut, gut. Wie ihr möchtet. Wisst ihr schon, was ihr esst?»

«Wir schauen mal in die Karte», sagte Tobias, und achselzuckend – sie kannten die Karte auswendig – trabte Thomás von dannen.

Tobias verschränkte die Finger und sah Zoe auffordernd an.

Jetzt konnte sie es nicht mehr weiter hinauszögern. «Ich ... möchte mich entschuldigen», begann sie und ärgerte sich sofort, wie unkonkret sie wieder um den heißen Brei herumredete. «Ich war abweisend zu dir. Das war nicht so gemeint. Ich fürchte, ich bin eine gewisse Vorsicht gewöhnt, die auf dich einen anderen Eindruck macht, als ich das beabsichtige.»

«Ich möchte dich nicht unter Druck setzen, Zoe. Ich möchte nur verstehen, warum ich das Gefühl habe, etwas anderes zu wollen als du. Mir jagt das Herz los, wenn wir zusammen sind», er lachte leise, «aber mein Kopf bemerkt, dass deins nicht mitjagt.»

«Aber das tut es doch!», rief Zoe aufgebracht. Am Nebentisch fuhren ein paar Köpfe zu ihr herum, und als hätte sie ihr mit ihrer Aufregung den Sauerstoff entzogen, verlöschte plötzlich die Kerze auf dem Tisch.

«Aber was siehst du in mir?», fuhr er langsam fort. «Du musst mich ja nicht gleich heiraten oder mit mir ans Ende der Welt durchbrennen wollen. Aber etwas mehr als ein netter Kollege, mit dem du ins Bett gehst, wäre ich trotzdem gern für dich. Ich will nicht ein ‹friend with benefit› sein. Ich möchte keine Affäre mehr – so was hatte ich lange genug, um mir sicher zu sein: Es ist nicht mein Ding. Wenn unsere Ansichten zu stark voneinander abweichen ...»

«Das tun sie nicht. Überhaupt nicht. Wir wollen genau dasselbe, es ist nur so ...»

Der Wirt kam, sein Strahlen störte wie plötzlicher Sonnenschein, der behagliches Dämmerlicht durchbricht. In die Karte hatte keiner von ihnen geschaut, aber die kannten sie ohnehin beinah auswendig, also bestellten sie. «Und ich glaube», sagte Zoe, «eine kleine Karaffe von dem neuen Wein kann doch nicht schaden.»

«Was macht dich nur so nervös?», fragte Tobias, als sie wieder allein waren. Sie hätte fast laut losgelacht, denn er wirkte ernsthaft verwundert.

«Du machst das!», platzte es aus ihr heraus. «Und vielleicht mache ich mich auch selbst nervös.»

«Ich verstehe einfach nicht, was du willst, Zoe. Du machst den Eindruck, als ob du im Regen tanzen willst. Aber dann spannst du immer einen Schirm auf, unter den ich nicht passe.»

«Die Wahrheit ist, dass ich nicht will, dass nur das Geringste zwischen uns steht. Ich will mir ja erlauben, dich zu lieben. Dich mit unter den Schirm nehmen – oder den Schirm einfach wegwerfen. Aber ich habe Angst davor, was passiert, wenn wir uns trennen.»

Er stützte die Hand auf sein Kinn. «Du machst dir Gedanken über unsere Trennung? Hältst du dieses Ei nicht für ein bisschen ungelegt?»

«Die Henne, die das Ei mal legen wird, ist selbst noch nicht geschlüpft. Nicht mal die Henne vor der Henne vor der Henne.»

«Und vielleicht kommt diese Ur-Ur-Ur-Henne gleich auf meinen Teller, und alle Ur- und Ur-Ur-Hennen werden nie gelegt.»

«Vielleicht.» Zoe entfuhr ein Seufzer. «Und vielleicht verstehst du das gar nicht. Ich war halt in den letzten Jahren immer sehr …» Allein? «Unabhängig. Und ich war so …» Allein? «Glücklich. Ich habe das Bedürfnis, dieses Glück in den Händen halten und beschützen zu müssen. Vor der ganzen Welt.»

«Auch vor mir?»

«Vor niemandem mehr als vor dir.»

Er lächelte. Nickte dann. «Doch. Ich glaube, ich verstehe das. Aber vielleicht ist es ja an der Zeit, dein Glück mal loszulassen. Es ist schließlich ein ziemlich erwachsenes Glück. Und stark ist es auch. Es kann auf sich aufpassen.»

Tröpfchenweise rann Zoe in den Kopf, was Julius zu ihr gesagt hatte. «Und es muss womöglich gar nicht makellos sein», murmelte sie.

Tobias beugte sich über den Tisch und nahm ihre Hand. Sanft küsste er ihre Fingerknöchel. «Vielleicht brauchst du Bedenkzeit?»

«Nein», erwiderte sie und erschrak ein bisschen, weil ihre Stimme so fest klang. «Was ich brauche, ist etwas anderes.»

Mut vielleicht. Überwindung. Einen Sprung ins Ungewisse mit nicht viel mehr als der Hoffnung, dass sie sicher war, und dem Glauben, dass sie es überstand, wenn nicht.

«Das mit dem Durchbrennen», sagte sie. «Das brauche ich!»

Tobias lachte leise. «Pass auf, was du sagst. Sonst schleife ich dich zum Flughafen und ...»

«Nein, das ist mein Ernst! Wie lange warst du nicht mehr am Meer?»

«Zu lange.»

«Dann lass uns fahren!»

«Jetzt?»

«Jetzt.» Sie griff nach ihrer Jacke. «Sofort, um genau zu sein. Lass uns fahren!»

«Aber wir haben gerade das Essen bestellt.»

«Wir lassen es uns einpacken und essen im Auto.»

«Aber du musst morgen arbeiten.» Tobias dachte kurz über seine eigenen Worte nach und zuckte dann mit den Schultern. «Aber was soll's, wir können morgen Nachmittag zurück sein.»

«Lohnt sich das?», fragte Zoe, denn plötzlich pikte der Zweifel.

Tobias stand auf und winkte dem Kellner. «Seit mein Bruder krank geworden ist, war ich nicht mehr weg, weil ich mir ständig gesagt habe, dass es sich nicht lohnt, nur für ein paar Tage zu verreisen. Weißt du, was das Problem ist? Man verzichtet nicht nur auf das Meer oder die Berge. Man züchtet bloß das Verzichten groß und größer.»

Thomás kam heran. «Ist alles in Ordnung? Sagt nicht, dass ihr schon wieder gehen müsst!»

«Wir müssen nicht, wir wollen», erwiderte Zoe lachend. «Mögen Sie diesen Wein, den ich eben bestellt habe?»

«Natürlich! Ich liebe ihn!»

«Dann schenke ich ihn Ihnen. Gönnen Sie sich fünf Minuten Pause.»

«Gleich nachdem Sie uns das Essen eingepackt haben», bat Tobias.

«Bin ich ein Schnellimbiss zum Mitnehmen?», rief der Wirt, aber er schmunzelte, als er davonlief. «Vielleicht sollte ich einen Drive-in aufmachen?»

«Tut mir leid», sagte Zoe leise und blickte Tobias in die Augen. «Ich wusste immer, dass ich ein bisschen verrückt sein muss. Aber dass es ansteckend ist, hab ich nicht gewusst. Jetzt ist es zu spät. Du bist infiziert.»

«Gerade noch rechtzeitig», erwiderte er mit weicher Stimme. «Aber wenn du neue Regeln für dich aufstellst, dann ist es nur fair, wenn ich das auch tue.»

«Wie lautet deine neue Regel?»

«Eine Reise lohnt sich immer.»

Eine gute Stunde später waren sie dem Meer bereits hundert Kilometer näher, und wann immer Zoe das Fenster trotz des Autobahnlärms ein wenig herunterließ, meinte sie, das bereits in der Luft zu erahnen. Das Abendessen balancierte sie auf ihren Oberschenkeln, und zwischen Geschichten und Gelächter fütterte sie Tobias, der fuhr, abwechselnd mit Entenrisotto, gebackenem Kabeljau und Polvo à Lagareiro. Dazu gab es Eistee direkt aus der Flasche sowie alkoholfreien Sekt für Kinder, auf den sie an der Tankstelle so unbändige Lust entwickelt hatte, dass es völlig an Bedeutung verlor, dass er weder gekühlt war noch ansatzweise schmeckte. Außer zum Volltanken hatten sie nur einmal gehalten: bei Tobias' Wohnung, wo er rasch zwei warme Pullover und eine Decke geholt hatte.

Als sie gegen Mitternacht das Meer auf dem Bildschirm des Navis erkannten, war aus Geplauder und Lachen ein versonnenes Schweigen geworden. Ein Schweigen wie ein Backwerk aus Zufriedenheit als Hauptzutat. Inzwischen fuhr Zoe, der ein bisschen der Bauch weh tat, überwiegend vom Kichern, aber zum Teil vielleicht auch von der Mannschaftsration Ovos moles, die der griechische Lieblingsportugiese ihnen als Dessert mitgegeben hatte: dünne Muschelwaffeln, gefüllt mit einer süßen Eiercreme, die einen einfach erst aufhören ließen zu essen, wenn man bereits völlig überladen war.

«Hinter dem Deich muss der Strand sein», sagte Tobias und wies auf eine kleine Haltebucht am Straßenrand. Zoe parkte den Wagen und schaltete den Motor aus. Schlagartig war es stockfinster.

«Du hast nicht zufällig eine Taschenlampe im Auto?», fragte sie, als sie ausstiegen und Zoe die Pullover sowie die Decke vom Rücksitz nahm und sich alles über den Arm legte.

«Nur mein Handy», erwiderte Tobias leise, als wären sie nicht die einzigen Menschen weit und breit, warf besagtes Handy allerdings auf den Beifahrersitz und schlug die Tür zu. «Wir brauchen kein Licht, das Meer ist hell genug, solange der Mond scheint.»

Zoe machte es ihm nach und ließ neben ihrer Tasche auch gleich ihre Schuhe im Wagen – kalte Füße, pikende Muschelstücke unter den Sohlen und eine in Kürze kaputte Strumpfhose waren das geringere Problem als Absätze, die im Sand steckten.

Arm in Arm spazierten sie am Deich entlang und nahmen

die erste Holzstufentreppe, die zwischen Strandhafer, Silbergras und Stranddisteln nach oben führte. Dort angekommen, blieben sie stehen.

«Hat es sich gelohnt?», fragte Tobias rau. Sein Tonfall machte seine Worte ebenso unnötig wie das Bild, das sich ihnen bot: sanfte Hügel aus hellem Sand und dahinter die Nordsee in Flecken und Schlieren aus Grau, Schiefer und Anthrazit, gespickt mit Schaumsternen auf den Wellen. Irgendwo am Horizont vermischten sich Meer und Himmel übergangslos. Es war überraschend hell, stellte Zoe fest, und im gleichen Moment, dass sie zum ersten Mal bei Nacht am Meer war. Die ganze See schien eine gigantische Glühbirne zu sein – wenig Lumen, jedoch viel Oberfläche.

Eine Weile standen sie auf dem Deich, Zoe an Tobias' Brust gelehnt, seine Arme um ihre Schultern wie ein warmer Mantel. Der Wind ließ ihren Rock flattern, er war längst jenseits von frisch, er war kalt, aber die Wärme in Zoes Innerem machte das wett, sie dachte nicht einmal daran, ihren Pullover überzuziehen.

«Lass uns ein Stück gehen», sagte sie irgendwann. «Ich möchte dir etwas erzählen. Etwas, das mir nicht leichtfällt.»

Er nickte bedächtig. «Etwas, das man nur am Meer erzählen kann?»

«Ja. Genau so etwas.»

Hand in Hand stapften sie durch den tiefen Sand bis dorthin, wo die Ausläufer der Wellen übers Land strichen und ihre Füße nicht mehr einsanken. Dort liefen sie los. Hunderte von Schritten, vielleicht tausend, bevor Zoe ein Wort sagte. Ein paar Minuten vielleicht. Oder die halbe Nacht. Hin und wieder umspülte das Wasser ihre Knöchel. Weitere Anzeichen, dass die Zeit verrann, gab es nicht.

«Ich finde es immer ein wenig seltsam, wenn Erwachsene ihre Marotten auf ihre Kindheit schieben», begann sie leise, so leise, dass er ihre Worte im Rauschen der Wellen sehr einfach überhören könnte, wenn er sie nicht hätte hören wollen. Aber er hörte sehr genau zu, auch wenn sie nicht sagen konnte, woran sie das ausmachte. «Aber ich glaube, ich halte mein Glück deshalb so kurz an der Leine, wo es sicher ist, weil ich erlebt habe, wie es ist, wenn man nichts davon hat, vom Glück. Es gibt da dieses Sprichwort, ein jeder sei seines Glückes Schmied. Aber ich habe jahrelang erlebt, wie meine Mutter nach Glück gesucht hat, wie sie versucht hat, sich Glück zu schmieden. Und immer, wenn Liebe ins Spiel kam, ist alles kaputtgegangen, was sie sich so mühsam aufgebaut hatte. Ich wollte nie denselben Fehler machen.»

«Du wolltest dich nie verlieben?»

«Ich habe mich nie verliebt», erwiderte sie. «Bis jetzt.»

«Oh», war alles, was er antwortete, und Zoe musste lachen, laut und glücklich. Wie hatte sie all die Jahre ihres Lebens übersehen können, welche tiefe, warme und herzweite Bedeutung nur jene Dinge bekommen, die man verlieren kann?

«Interessantes Konzept», spottete Tobias zärtlich. «Wenn auch gescheitert.»

«Du hast es kaputt gemacht», gab sie liebevoll zurück. «Du Schurke!»

«Ich weiß … mein Lächeln ist unwiderstehlich.»

«Unwiderstehlich wäre es, dich ins Meer zu schubsen.»

«Dann müsste ich mich ausziehen. Und wer weiß, welche deiner Pläne ich damit wieder zunichtemache.»

«Du hast keinerlei Vorstellung für meine Pläne in dieser Nacht.»

«Du irrst dich. Du planst, am Strand zu schlafen.»

«Das glaubst du.»

«Ich weiß es.»

«Woher?»

«Wir haben überhaupt nicht darauf geachtet, wie die Düne aussah, hinter der das Auto steht. Und es hätte uns auch nicht viel geholfen, denn diese Dünen sehen alle gleich aus. Wir werden nie wieder nach Hause finden.»

Zoe drehte sich im Kreis, dass ihr Rock flog, sah hellen Sand, dunkles Meer, dunklen Himmel. «Egal. Wir bleiben hier.»

«Und mein Job?»

«Du wirst Fischer.»

«Und dein Job?»

«Ich backe Sandkuchen. Und kündige!» Sie lachte, fühlte sich betrunken. Und obwohl es ein Scherz hatte sein sollen, wusste sie plötzlich, was sie tun wollte.

Kapitel 11

Es war fast Mittag, als Tobias und Zoe in seine Wohnung taumelten. Erschöpft gelebt, glücklich geliebt.

Er hält das noch immer für einen Witz, dachte Zoe, kurz bevor sie an Tobias' Schulter geschmiegt einschlief. Was wie eine Schnapsidee in ihrem Kopf aufgetaucht war, als sie gerade an alles andere mehr gedacht hatte, schien ihr inzwischen als einzige konsequente Entscheidung.

Ich habe den Traum gelebt. Der Traum ist nicht weniger schön, weil er ein Ende hat.

Zwei Stunden später fiepte Zoes Handy und weckte sie beide deutlich zu früh.

«Ich bleib liegen», stöhnte Zoe und zog sich die Decke über den Kopf. «Irgendwie hatte ich vergessen, wie anstrengend es ist, Nächte durchzureden. Offenbar lässt der Körper ab dreißig wirklich nach.»

«Wir kommen jetzt in das Alter, wo der Körper am nächsten Tag deutlich sagt: ‹Das war gut. Mach das nie wieder!›» Ungeachtet seiner Worte stieg Tobias leichtfüßig aus dem Bett, schlüpfte in seine Jeans und öffnete das Fenster.

Zoe packte sich die zweite Decke und zerrte sie über ihren Körper. Sicher war sicher. «Dieses Tattoo», murmelte sie, weil sie gerade freie Sicht darauf hatte, «was bedeutet es?»

«Das hab ich in Brasilien stechen lassen.» Tobias lächelte versonnen. «Und zwar sternhagelvoll. Ich hatte das unglaubliche Glück, an einen Tätowierer zu geraten, der es auch wirklich konnte. Es ist Portugiesisch und bedeutet *Beasts in Beds*.»

«Das ist doch diese Band, die du mir vorgestellt hast! Du musst ja ein Mega-Fan sein.»

«Das muss ich wohl. Ist ja meine.»

Sie richtete sich abrupt auf. «Du bist in einer Band?»

«Schlagzeug, Musik, Texte», erwiderte er nicht gerade unbescheiden. «Aber wir haben lange nichts mehr gespielt. Die Zeit war zu knapp.»

Schlagzeug. Zoe ließ sich zurückkippen. Das ergab Sinn. Sie hatte sich gefragt, wie man als Mann solche schönen Unterarme bekam. Mit einem Schlagzeug – natürlich.

«Ich spiele dir bei Gelegenheit etwas vor. Aber jetzt sollten wir aufstehen.»

Da er bereits aufgestanden war, galt diese Aufforderung wohl ihr. «Ich mach heute blau.»

«Dann muss ich dich feuern, mein Herz.»

«Ich kündige ohnehin.»

Er grinste ihr zu. Dann gefror dieses Grinsen. «Du ... das ist dein Ernst. Oder?»

Sie lächelte ernst. Und nickte. «Ich brauche etwas Neues. *London Calling* – es ist nicht mehr das, was ich –»

«Liegt es am Konzept? An den Änderungen?»

Sie setzte sich im Bett auf, die Decken bis zur Nase gezogen, weil frische Frühsommerluft hereinzog. «Nicht nur, nein. Das ist es nicht. Ich habe einen Höhepunkt erreicht mit der Show, und dieser ist vorbei. Die Quoten sagen dasselbe. Das Schwanzende nach unten ... das ist durch die neue Sendezeit auch nicht besser geworden, nicht wahr?»

Tobias setzte sich auf die Bettkante. «Quoten sind nicht alles. Wenn dir das Angst macht, dann ist sie unnötig. Die Chefetage vertraut mir; sie murren zwar herum, aber am Ende entscheide ich über das Programm. Wenn ich sage, dass wir an *London Calling* festhalten, dann müssen sie das akzeptieren.»

Sie strich ihm mit den Fingerspitzen über die Wange, über die Bartstoppeln, über die Lippen. «Reicht es nicht, wenn mein Herz von dir abhängig ist? Muss es auch mein Job sein?»

«Das ist es? Dieses bescheuerte Ding, man solle sich nicht in Kollegen verlieben? Das ist lächerlich.»

«Mag ja in vielen Fällen so sein», sagte Zoe, stand auf und angelte nach ihren Anziehsachen. «Aber zum einen ist in unserem Fall etwas dran. Kirsten würdest du nie den Sendeplatz erhalten, wenn ihre Quoten so schlecht wären wie meine.»

«Das weißt du nicht. Kirstens Quoten *sind* ja nicht so schlecht.»

«Autsch. Du Fiesling! Und zum anderen gibt es da dieses entzückende Risiko, das ich meinem Glück unbedingt noch zumuten muss.» Im BH und Petticoat wirbelte sie durchs Schlafzimmer. «Ich hatte eben einen Traum!»

«Bestimmt von mir. Braucht dir nicht peinlich zu sein, das passiert vielen.»

«Wem?», fauchte Zoe gespielt entrüstet. «Damit ist ab sofort Schluss, auf sämtliche Träume von dir mache ich alle Ansprüche geltend. Aber nein, das meinte ich nicht. Es war eher eine Inspiration. Ich brauche etwas zum Zeichnen.»

«Jetzt?»

«Nein, sofort!»

«Wohnzimmer, Schreibtischschublade. Ich mach in der Zeit Kaffee und schau mal, ob meine Katzen schon verhungert sind.»

«Die sind höchstens beleidigt in den Hungerstreik gegangen, weil du eine Nacht außer Haus warst.» Auf bloßen Füßen tappte Zoe zum Schreibtisch, jeder Schritt fühlte sich frei wie tanzen an. Wovor hatte sie nur so viel Angst gehabt, all die Jahre? Es gab nichts, was sich so prickelnd anfühlte wie ein Kopf voller Ideen, ein Bauch voll Ungewissheit und ein Herz voll Liebe.

Schwungvoll zog sie die erste Schublade auf, im gleichen Moment rief Tobias aus der Küche: «Vorsicht mit der Schublade, die kommt dir sonst entgegen!», aber da war es schon zu spät. Offenbar stimmte etwas mit der Führung nicht, die Schublade schoss zu weit heraus, kippte, und obwohl Zoe sie im Fallen noch auffangen konnte, sodass zumindest nichts zu Bruch ging, klatschte der gesamte Inhalt zu Boden.

«Sagst du früh», rief sie Tobias zu und begann, die Papiere, Hefte, Zeitschriften, Notizbücher und Fotos wieder aufzusammeln. Bis sie dieses Bild in den Händen hielt. Eine Weile konnte sie es nur anschauen.

Es war ein hübsches Foto. Ein Mädchen mit breitem Lächeln und einer fast ebenso breiten Lücke dort, wo Schneidezähne hingehörten. Die dunklen Wuschellocken hatte sie zu einem strengen Pferdeschwanz zusammengebunden, der zu ihrem klassischen Ballettkostüm passte. Das Mädchen hatte eine hohe Stirn und prägnante Wangenknochen, sie war erst fünf oder sechs Jahre alt, aber bereits eine herbe Schönheit jenseits von hübsch.

Das war zweifelsfrei Chiaras Tochter Lena. Warum lag ein Foto von ihr in Tobias' Schublade?

Schritte verrieten, dass Tobias ins Zimmer kam, eilig schob Zoe das Bild zwischen ein paar Hefte und steckte es in die Schublade zurück.

«Hast du etwas zum Schreiben gefunden?» Er hatte zwei große Milchkaffeebecher in den Händen und hielt Zoe einen entgegen.

«Nein, ist aber nicht schlimm. Die Idee ist zu gut, um sie zu vergessen.»

«Das denke ich jedes Mal. Und hinterher ärgere ich mich blau, wenn ich sie doch vergesse.»

Was hatte es nur mit diesem Bild auf sich? «Tobias?», fragte Zoe und nahm einen Schluck Kaffee, um Zeit zu schinden, was ihr nichts nützte. «Was hast du eigentlich gemacht, bevor du zum Radio gekommen bist?»

Er atmete durch, als gäbe es etwas zu beichten. «Fernsehen. Großer Privatsender. Hey, ich war nicht mehr völlig jung und brauchte erst recht Geld.»

Damit war es wohl klar. Verwechslung ausgeschlossen. Er war es. Er war der Arsch, der Chiara das Herz gebrochen hatte. Der sie eiskalt betrogen und ein Doppelleben geführt hatte.

Aber das konnte doch nicht sein! Nicht Tobias! Oder war sie einfach nur naiv und ließ sich etwas vorspielen?

Wie viele Privatsender gab es in Köln? Wie viele Ballettmädchen, die so aussahen? Konnte sie sicher sein, dass es dasselbe Kind war, obwohl sie es nur von Fotos kannte und zwischen beiden Fotos mindestens zwei Jahre lagen?

«Ist alles okay, Zoe? Du bist auf einmal so still.»

«Ja … tut mir leid, Tobias. Ich habe … eine Kundin vergessen, die heute zum Briefing für ihre Tortenbestellung kommen wollte.»

«Mist. Schaffst du es noch? Soll ich dich rasch fahren?»

«Nicht nötig, es wird passen. Ich muss aber sofort los.» Und dann?, schoss es ihr durch den Kopf. Kommt dann meine Nebenbuhlerin?

«Sehen wir uns im Sender?»

Sie nickte zerstreut, die Katze beobachtend, die gelassen in den Raum stolziert kam. Nahmen diese Katzen, die doch als distanziert gegenüber Fremden galten, ihre Anwesenheit nicht viel zu selbstverständlich hin? Waren sie fremde Frauen gewöhnt, oder sah sie nun Gespenster? «Bestimmt.»

Kurzer Kuss, nichts wie in ihr Kleid, nicht zu schnell, kurz ins Bad, nicht zu auffällig. Schuhe an, Tasche, Tür leise schließen.

Draußen atmete sie tief ein. Der Sommer lag in der Luft wie ein warmes Parfüm. Bis zur Haltestelle waren es nur wenige Minuten, die ersten Meter rannte Zoe fast, dann wurde sie langsamer und langsamer, während ihre Gedanken schneller und schneller kreisten.

Eine Verwechslung war völlig ausgeschlossen?

Aber wer sagte eigentlich, dass Chiaras Version der Geschichte stimmte?

Warum – verflixt und zugenäht – redete sie nicht mit ihm darüber?

Weil Männer lügen, antwortete eine Stimme in ihrem Inneren, die verdächtig nach ihrer Mutter klang.

Jaja, erwiderte Zoe gereizt. Alle Männer lügen, und Frauen können nicht einparken. Bullshit!

Ihr Verstand arbeitete schneller, als sie mithalten konnte. Bis sie entschieden hatte, dass es das Klügste war, ehrlich zu ihm zu sein und ihn einfach zu fragen, war sie längst umgekehrt, und ihre Absätze klapperten hastig über den Asphalt.

Sie klingelte Sturm, Tobias öffnete verdutzt. «Ich nehme nicht an, dass du es plötzlich keinen Moment mehr ohne mich aushältst, oder? Du hast vermutlich bloß etwas vergessen.»

«Ja.» Sie schob ihn in die Wohnung und schloss die Tür. «Das Mädchen. Wer ist sie?»

Sein Blick erwiderte, dass er an ihrem Verstand zweifelte, auch wenn er so anständig war, nichts zu sagen.

Zoe eilte an ihm vorbei, öffnete schwungvoll die Schublade, und sie entglitt den Laufschienen erneut. Der Inhalt landete auf dem Boden, das Foto fiel obenauf.

«Dieses Mädchen!» Sie hielt das Bild hoch wie eine Nummer auf einer Auktion. «Wer ist das?»

«Lena», sagte Tobias ratlos. «Die Tochter meiner Exfreundin Chiara. Ich wusste ehrlich gesagt gar nicht, dass ich noch ein Foto von ihr hatte, das muss zwischen die Papiere gerutscht sein.»

Zoes Herz polterte wie wild. «Ich kenne Chiara.»

«Du ... ja?» Er zuckte mit den Achseln. «Näher? Wie schön. Vielleicht verrät sie dir, was ich ihr eigentlich getan habe, dass sie in einer Nacht- und Nebelaktion geflüchtet ist, als hätte ich ihr Gewalt angetan?»

Er wirkte nicht besonders schuldbewusst. Eher irritiert und ein klein wenig verletzt. Oder auch ein klein wenig mehr. Ob er Chiara sehr geliebt hatte?

«Du hast sie betrogen», sagte Zoe leise und als sie sah, wie abrupt sein Ausdruck sich gen Fassungslosigkeit veränderte, fügte sie schnell hinzu: «Das hat sie zumindest gesagt.»

«Zoe», sagte Tobias und atmete durch, als müsse er sich sehr um Beherrschung bemühen. «Ich bin weder ein Heiliger noch ein Mönch, noch habe ich keine Fehler gemacht.»

Oh bitte nicht – er gab es zu.

«Aber ich habe nie, niemals eine Frau betrogen. Das könnte ich gar nicht, ich lüge schon im Job grottenschlecht. Eine Frau, die mich näher kennt, würde das zehn Meilen gegen den Wind riechen. Und wenn ich es könnte, würde ich es nicht wollen. Zoe – es stimmt nicht.»

«Aber ... aber sie hat dich gesehen», stammelte Zoe und zermarterte sich das Hirn, um sich genauer zu erinnern, wie Chiara die andere Frau beschrieben hatte. Groß, schön und dunkelhaarig ... mit einem Baby. Langsam drückte Zoe sich die Hand vor den Mund. «Ich fürchte, ich weiß, was passiert ist», presste sie zwischen ihren Fingern hindurch. «Kannte Chiara Hanna?»

Er zog die Stirn in Falten. «Nur vom Hören. Hanna und Torsten sind zu der Zeit unserer Trennung gerade aus Spanien zurückgekommen. Torsten hatte einen Job in Barcelona, sie hatten auswandern wollen, aber nachdem bei Bodo die Depressionen diagnostiziert wurden und er sich trotzdem weigerte, die Kneipe aufzugeben, wollte Hanna zurück, um ihn auch zu unterstützen. Sie wollten erst eine Woche später nach Deutschland kommen, aber plötzlich rief Hanna mich an und meinte, dass sie kurzfristig mit Baby-Mats schon rübergeflogen sei – ob ich sie abhole und mit ihr die nötigen Babysachen in der Stadt besorge. Ich war an dem Tag irre glücklich, meine Schwester wiederzuhaben und meinen Neffen, den ich zuvor nur einmal gesehen hatte. Und am Abend darauf konnte ich Chiara plötzlich nicht mehr erreichen.»

«Das glaub ich nicht», murmelte Zoe. «Sie muss euch zusammen gesehen haben.»

«Ja – und?»

«Raffst du es denn nicht? Chiara glaubte, du würdest sie betrügen!»

«Mit meiner Schwester?» Tobias fuhr sich hektisch über den Kopf. Dann dachte er so angestrengt nach, dass Zoe sehen konnte, wie seine Stirnadern hervortraten. Schließlich kam er offenbar zu einem Ergebnis und stöhnte. «Scheiße. Das wäre denkbar. Chiara wusste zwar, dass meine Schwester nach Deutschland kommen würde, aber sie dachte, das wäre erst eine Woche später der Fall. Und sie kannte nur Fotos von Hanna, auf denen sie noch blonde Haare hatte.»

Zoe donnerte der Puls in den Ohren. «Wenn so was in Filmen passiert, verdrehe ich die Augen, weil ich denke: Wie kann es sein, dass Menschen nicht miteinander reden, sondern gleich so überreagieren?»

Tobias nickte nur.

«Aber eben war ich kurz davor, es selbst zu tun.»

«Wir sind eben auch nicht besser als Hollywood», erwiderte er und zog sie fest an sich, was sich schön anfühlte. Schön und schmerzlich zugleich. «Lass uns immer reden, Zoe. Wenn etwas ist und das Reden fällt schwer, dann fahren wir ans Meer und sagen es uns, ja?»

«*London Calling*, es ist kurz nach vier, und hier ist eure Zoe London.
Ihr kennt mich inzwischen ein bisschen, normalerweise spreche ich hier von eurem Glück – in Sachen Glück bin ich fast schon so etwas wie eine Expertin. Leider passiert es Experten hin und wieder, dass sie Regeln aufstellen, Maßeinheiten und Leitlinien bestimmen. Das ist auch mir passiert. Aber Glück lässt sich nicht regulieren, nicht messen und nicht sicherstellen, indem man gewissen Verhaltensvorschriften folgt. Ganz im Gegenteil. Vielleicht erleben wir das Glück erst dann in seiner ganzen Pracht, wenn wir es riskieren, es in

die Luft schmeißen, so hoch, dass wir nicht mehr sicher sind, es wieder auffangen zu können, und wenn wir es anderen vor die Füße werfen, auch wenn sie es zertreten könnten.
Ich spiele euch nun einen recht unbekannten Song, bei dem ich jetzt, da ich es zulasse, sicherlich weinen werde, einfach weil er mich an jemanden erinnert. Aber hey, was wäre Fröhlichkeit ohne die Traurigkeit? Gewohnheit. Was wäre ein Lachen, wenn es keine Tränen gäbe? Nichts wert. Ihr hört jetzt Jason Walker mit *Echo*, danach hört ihr Zoe London verheult und mit laufender Nase. Ich habe euch etwas zu sagen. Und ich wäre dazu gerade echt verdammt gern am Meer.

London Calling, Zoe ist zurück.
Macht euch keine Sorgen, es geht mir gut, auch wenn die Stimme nicht hält. Lasst mich einen Moment erzählen. Ich habe da diesen Freund, diesen älteren Herrn, der mich um Hilfe gebeten hat. Sein Kanarienvogel ist ihm entflogen und lebt jetzt in der Nähe seines Cafés. Dem Herrn ist es wichtig, ihn wieder ... einzufangen und weil ich ihm helfen wollte – entschuldigt kurz – habe ich ihm ... habe ich ihm versprochen ... ihn zu ... zähmen.
Ich werde meinen Freund schwer enttäuschen müssen. Aber ... entschuldigt ... Glück auf die Kosten des Glücks eines anderen ... das ist nicht richtig. Und auch wenn ich weiß, wie gefährlich der kleine Vogel da draußen lebt ... wo all die Katzen sind und Raubvögel und ... offenbar hat er entschieden, dass es ihm das wert ist. Egal, wie kurz ein Traum sein mag. Er wurde geträumt und gelebt.

London Calling, hier ist Zoe.
Gute Dinge, die Menschen etwas bedeuten, enden irgendwann. Mir war es wichtig, dass ihr, meine Hörer, es sofort erfahrt, sobald die Programmleitung mir grünes Licht dazu gibt: *London Calling* wird eingestellt. Zu den Gründen, zum Warum, habe ich keine eindeutigen Antworten, nur viele Vielleichts und Womöglichs. Vielleicht habe ich mich weiterentwickelt. Womöglich ist das Glück mir zu wichtig geworden, um es derart in den Fokus zu rücken. Das Glück ist vielleicht zu vielschichtig für mich – ich habe Ausläufer, Wege und ganze Welten entdeckt, von denen ich zu wenig verstehe, um weiterhin darüber zu referieren, als hätte ich einen Schimmer.
Wenn euch die Monate mit mir etwas gegeben haben, dann denkt hin und wieder daran, was wir gemeinsam gemacht haben. Denkt daran, wie man Glückshormone durch den eigenen Körper jagt, denkt daran, der Mutter im Supermarkt zu sagen, dass sie einen tollen Job macht, wenn sie ihr tobendes Kind tröstet, freut euch über den leuchtend gelben Löwenzahn, statt euch über Unkraut zu ärgern.
Aber denkt auch daran, dass es Glück bedeutet, Familie zu haben, die in schweren Zeiten zusammensteht, oder ans Meer fahren zu können, um unaussprechliche Dinge zu sagen, oder daran, dass man nicht nur sagen darf, dass es zweite Chancen geben sollte – man muss sie auch gewähren.
Gerade meldet mir meine Redaktion, dass ich eine Anruferin habe. Jene Anruferin, die ich um einen Rückruf gebeten habe. Hallo, Anne? Bist du da?»
«Ich bin da, Zoe.»
«Ich danke dir. Herzlich. Du hattest recht.»
«Ich weiß. Es tut mir leid, dass du die Sendung nun nicht

mehr machen willst. Das habe ich nicht gewollt, und so war das auch nie gemeint. Bitte hör nicht auf.»

«Das war meine Entscheidung, Anne, nicht deine. Alles ist okay, es ist eine gute Entscheidung. Du bist keineswegs schuld daran, du warst lediglich ein Teil eines großen Ganzen. Wenn auch ... wenn auch ... ein recht großer, oder?»

«Weinst du, Zoe? Bitte nicht weinen. Ich komme damit wirklich schwer zurecht.»

«Ich weiß. Das ging dir immer so, oder?»

«Was meinst du damit?»

«Du weißt das sehr genau, Anne. Oder sollte ich sagen ...

Susan? Du bist ...

Susan? Hast du ...?

Sie hat aufgelegt. Nun, ich kann es ihr nicht verübeln. Als sie das erste Mal anrief, um mir zu sagen, dass sie das Glück, das ich lebte, nicht für echt hielt, sondern für eine Maske, wollte ich nichts so gerne wie auflegen. Und im übertragenen Sinne habe ich das auch getan. Allerdings lassen sich wichtige Stimmen nicht einfach ausblenden. Das Herz lauscht ihnen, und früher oder später setzt man sich mit ihnen auseinander, wenn man weiter glücklich sein will. Oder wenn man – endlich – ehrlich glücklich sein will.»

«Und dann habe ich so geweint, dass ich die ganze Show abbrechen musste», erzählte Zoe Laura. Laura hatte sie am Sender abgeholt. Ohne dass ein Wort nötig war, stand sie plötzlich vor der Tür, nahm Zoe in den Arm und entschied, dass ein gemeinsames Essen nun das einzig Wahre sei.

Zoe allerdings hatte sich etwas Wichtiges vorgenommen,

was einem Essen allerdings auch nicht im Wege stand. Ihre Nase war wund und brannte, und sie war vermutlich die erste Frau, die mit völlig verheultem Gesicht in Polkadots ein Café kaufen würde. Doch der Entschluss stand fest, daran konnte nicht einmal ihre Mutter etwas ändern, auch wenn es ein mehr als seltsamer Zufall war, dass sie ausgerechnet heute angerufen hatte. Aber womöglich war es ja auch keiner, sondern ein Zeichen, eine Fügung des Schicksals. Und immerhin war nach all den Jahren des Wartens nun auch nichts weiter passiert, außer dass Zoes Herz so hart schlug, dass sie dachte, es müsse auseinanderbrechen.

Es gab Tage, da kam alles zusammen. Sie würde den Plan jetzt durchziehen, als hätte Susan sie niemals so brutal aus ihrer Bahn geschleudert, und dann würde sie nach Hause gehen, Musik anmachen und zu Jason Walker heulen, bis ihre Augen bluteten. Guter Plan. Niemand musste immer in Ordnung sein – und sie erst recht nicht.

Die Sache mit dem Café musste sie dennoch ins Rollen bringen, bevor Julius nachher an diese andere Interessentin verkaufte. Alles sprach dafür, dieses Risiko auf sich zu nehmen: Die Tortenanfragen mehrten sich. Wenn sie beim Radio kündigte, konnte sie sie endlich alle annehmen, und das Café bot dafür auch genügend Platz. Weiteres Durchrechnen hatte ergeben, dass das ausgebaute Tortengeschäft genug Ertrag brachte, um das Café auch dann über die Runden zu bringen, wenn weiterhin nicht viele Gäste kamen. Noch nicht einkalkuliert hatte sie, dass die Tortenkunden sicherlich auch im Café bestellen würden und sie durch diese auch schnell einen höheren Bekanntheitsgrad erreichen würde. Dazu etwas clever platzierte Werbung für Marinas herzhafte Berliner Ballen und die Vermietung als Partylocation – womöglich hatte Bodo Lust, diese zu organisieren. Es müsste funktionieren. Wenn nur die Bank mitspielte, denn Zoe hatte zwar ein paar Rücklagen, aber solange Julius nicht völlig unter Wert verkaufte, würden die natürlich nicht ansatzweise reichen, um den Kaufpreis und die nötige Renovierung zu bezahlen. Doch an ihr Konzept glaubte sie, es würde ganz gewiss auch die Bank überzeugen.

Zuletzt, jenseits aller vernunftbasierten Überlegungen, hatte sie einfach die Lust ihres Lebens auf dieses Café. Es gab nur wenig, das sie sich gerade mehr wünschte – und das wenige lag nicht in ihrer Hand.

Hoffentlich hatte Julius noch nicht an die andere Interessentin verkauft!

Zoe war doppelt froh darüber, dass Laura an ihrer Seite war, auch wenn sie ihrer Freundin den zweiten Grund vermutlich nie würde verraten können. Laura würde ihr – aller Gewaltabneigung zum Trotz – unwillkürlich eine scheuern. Nie in ihrem Leben hatte Zoe mehr Ablenkung gebraucht, denn in diesen Minuten trafen bei ihrem Lieblingsportugiesen sowohl Chiara ein als auch Tobias. Beide erwarteten Zoe, würden allerdings am selben Tisch landen – und dann konnten sie sich endlich aussprechen.

Selbst Roberta, einer der fairsten und integersten Menschen, die es gab, war Zoe für diese Aktion fast an die Gurgel gegangen. «Bist du verrückt», hatte sie gebrüllt. *Varruckt.* «Die haben sich geliebt – ist dir das klar? Und sind nur wegen einem blöden Missverständnis auseinandergegangen! Und du bringst sie zusammen! Was, wenn der Chef unter diesen Umständen beschließt, Chiara zurückzuwollen? Was, wenn Chiara einsieht, dass er doch kein Arsch ist, und um ihre Liebe kämpfen will? Du provozierst das doch!»

Doch Zoe war sich sicher: Ein Glück, das auf dem tiefen Unglück von jemand anderem fußte, das wollte sie nicht. Nicht, wenn so viel Pech im Spiel war. Flammten die Gefühle zwischen Tobias und Chiara wieder auf, sollte es wohl so sein – und dann sollte es lieber jetzt sofort passieren, als sich toxisch mit der Zeit einzuschleichen. Kontakt würden ihr Freund und ihre Freundin ohnehin haben.

Auf der Terrasse erwartete sie eine große Überraschung, denn Julius war zum ersten Mal, seit Zoe ihn kannte, nicht allein. Noch mehr wunderte sie sich, als sie seine Begleitung erkannte, die den gelben Vogel mit Krumen fütterte, als wäre es ihr zahmer Wellensittich.

«Paulchen! Ja, was machst du denn hier?»

«Na, Kuchen essen. Zoe, hier gibt es Kuchen mit Käse-Lauch-Füllung – das hast du noch nicht gesehen! Probier das unbedingt, das ist köstlich, was dieses Mädchen backt. Das glaubt man gar nicht, bei ihrer Geschichte.» Pauline senkte verschwörerisch die Stimme. «Sie hat die Schule abgebrochen und auf der Straße gelebt – dass es so was heute noch gibt! Aber tolle Ideen hat sie! Sie muss das Kochen unbedingt richtig lernen. Von der Pike auf!»

Zoe fühlte sich ein wenig überfordert. «Wie bist du überhaupt hergekommen?», fragte sie und setzte sich aus Gewohnheit an den Nebentisch.

«Der Weihnachtsmann hat mich hergefahren!» Pauline lachte, und Julius fiel mit ein. «Nein, ich bin natürlich mit dem Taxi gekommen. Aber das fuhr der Weihnachtsmann. Muss wohl sein Zweitjob sein. Als Drittjob züchtet er Dackel!»

Laura beugte sich zu Zoe rüber. «Die ist ja richtig aufgedreht, die alte Lady. Und sag mal – hat sie Rouge drauf, oder sind ihre Wangen vom Lachen so rosa?»

Und *warum* bist du hergekommen?, wollte Zoe fragen, aber sie konnte es sich im letzten Moment verkneifen, als sie die Blicke bemerkte, die sich Pauline und Julius zuwarfen. Die beiden schienen sich sympathisch zu sein. Sehr sympathisch. Man könnte fast meinen ... na gut, es war unübersehbar: Sie flirteten hemmungslos.

Marina kam angeschwebt, Laura ließ sich herzhafte Berliner aufschwatzen, obwohl die so gar nicht zu ihrem Nach-dem-Urlaub-Ernährungsplan passten, und Zoe bestellte Tee, weil ihr Magen zum Essen viel zu angespannt war. Neben den turtelnden Alten zu sitzen ließ sie so penetrant daran denken, dass Tobias nun vermutlich mit Chiara turtelte, dass ihr ganz schlecht wurde. Aber sie konnte diese Beziehung nicht genießen, wenn ihr aus ihrem Hinterkopf ständig die Zweifel zuflüsterten, dass Tobias ohne dieses dumme Missverständnis vermutlich noch immer mit Chiara zusammen wäre, höchstwahrscheinlich längst glücklich verheiratet, liebevoller Adoptivvater von Lena. So richtig mit Haus und Garten und einem Golden Retriever, der mit den Katzen den Korb teilte. Manchmal verfluchte Zoe ihre Phantasie.

«Zoe!» Paulchen erhob nicht nur die Stimme, sie klopfte auch mit der Handfläche auf den Tisch. «Liebchen, warum sagst du denn gar nichts dazu?»

«Was soll ich dazu auch sagen?», fragte Zoe verwirrt. Erst dann kam ihr die Erkenntnis, dass Paulchen sich mit ihrer Bemerkung sicher nicht auf Zoes wildes Gedankendurcheinander bezog, sondern auf das Thema, das sie derweil besprochen hatten. Zoe hatte leider nicht zugehört.

«Na ja, es betrifft ja dein Erbe.»

«Mein … was?» Schlagartig gerieten Tobias und Chiara in den Hintergrund. «Was denn für ein – bitte, wovon sprecht ihr?»

«Wenn ich mal nicht mehr bin», begann Paulchen, als wäre es beschlossene Sache, dass das irgendwann der Fall sein würde … was gewissermaßen den Tatsachen recht nah kam, «dann wirst du wohl einiges von mir erben.»

«Ich?»

«Ja, wer denn sonst, Liebchen?» Sie tätschelte ihr die Hand, als sei Zoe ein verstörtes Kind. Gerade fühlte sie sich auch nicht viel anders. Sie hatte nicht mal gewusst, dass Pauline überhaupt mehr besaß als das, was sie für «den Fall, dass mal Not am Mann ist» in der Küchenschublade aufbewahrte. «Nun sei doch bitte mal realistisch. Ich werde natürlich auch etwas spenden, aber ein Großteil der Summe würde an dich gehen. Wenn ich aber nun hier investiere, wird aus diesem Großteil ein deutlich kleinerer Großteil. Und das wollte ich vorher mit dir besprechen – immerhin hast du dann das ganze Ding am Schluss an der Backe – wie man so schön sagt.»

«Investieren? Was willst du denn investieren?»

«Sie hat wirklich nicht zugehört!» Laura lachte, es wirkte ein wenig irre, dieses Lachen. «Erde an Zoe. Pauline will Julius' Café kaufen!»

«Was?» Einen Moment lang befürchtete Zoe, sie würde augenblicklich vom Stuhl fallen. «Pauline ist diese ominöse Interessentin?»

Julius wirkte schwer amüsiert. «Nein, aber Paulines Angebot war besser.» Er zwinkerte. «Hat noch einen Ausbildungsplatz für Marina versprochen, da konnte ich schlecht nein sagen, nicht wahr? Bin doch ein Geschäftsmann.»

«Seid ihr verrückt geworden? Nimm es mir bitte nicht

übel, Paulchen, aber langsam zweifle ich an deiner Zurechnungsfähigkeit! Weißt du eigentlich, wie alt du bist? Und wie viel Arbeit hier reingesteckt werden muss? Du kannst doch nicht –»

«Oh, ich kann», unterbrach Pauline sie lachend, und Zoe hätte sich beinah die Hand vor den Mund geschlagen, als ihr klarwurde, wie sie gerade mit ihrer ältesten Freundin redete.

«Tut mir leid. Das war übergriffig.»

«Hast aber recht, Liebchen», erwiderte Pauline versöhnlich. «Und du darfst mir ruhig den Kopf waschen, wenn es nötig ist. Hab ich ja früher bei dir auch gemacht. Aber diesmal gibt es keinen Grund dazu, ich habe mir alles sehr gut überlegt und bereits von meinem Steuerberater durchrechnen lassen.»

Himmeldonnerwetter. Es war ihr offenbar wirklich ernst!

«Und ich habe ja auch nicht vor, mir eine Schürze umzubinden und in die Küche zu rollen oder die Gäste zu bedienen.»

«Kaffee auf Rädern – das wäre wenigstens mal etwas anderes», warf Julius ein, und Paulchen versetzte ihm eine spielerische und ausgesprochen zärtliche Backpfeife, über die er grinste, als hätte er gerade einen Kuss von einem schönen jungen Mädchen bekommen. Was nun nicht so weit von der Wirklichkeit weg war.

«Das wird alles das Personal machen», fuhr Paulchen fort. Ihre Wangen glühten vor Aufregung. «Und ich setze mich auf die Terrasse und genieße, wie schön es ist.»

Das Bild sah Zoe sofort vor sich. Es gefiel ihr. Aber ... «Aber warum, Paulchen? Wie kommst du plötzlich dazu?»

Paulchen wollte antworten, wurde aber unterbrochen, als Marina Getränke brachte. «Danke, Liebchen», sagte Pauline und drückte kurz Marinas Hand. Die lächelte und zwinkerte ihr zu. Die unerwartete Vertrautheit zwischen den beiden versetzte Zoe einen kleinen, eifersüchtigen Stich, der allerdings nicht nachbrannte, sondern sich in etwas angenehm Tröstliches verwandelte: die Ahnung, dass Pauline vorhatte, sich um Marina genauso zu kümmern, wie sie sich um Zoe gekümmert hatte, damals, als Zoe jemanden gebraucht hatte.

Schließlich sagte Pauline: «Als Werner gestorben ist, hat er mir eine größere Summe Geld hinterlassen und einen Wunsch. Er meinte, ich solle nicht so streng mit mir und der Welt sein und dieses Erbe für etwas nutzen, das ich schön finde. Aber wenn ich mal etwas schön fand – ein kleines Schmuckstück, ein Buch oder ein hübsches Bild –, dann hat das einfach nie viel gekostet und ich konnte das stets von meinem Gehalt kaufen. Werners Geld liegt also immer noch auf der Bank, durch die Zinsen und meine Ersparnisse ist es noch etwas mehr geworden, und Werners Wunsch ist noch offen. Das hier», sie sah sich erst um und dann kurz jedem am Tisch in die Augen, «ist etwas wirklich Schönes. Ich will, dass es erhalten bleibt und nicht am Ende abgerissen wird, damit hier ein Supermarkt gebaut werden kann, der den hübschen Bauernladen an der Ecke gleich mit kaputt macht.»

Laura, die lange geschwiegen hatte, nahm eine Papierserviette vom Tisch und schnäuzte sich. «Das klingt so schön», schwärmte sie. «Ich habe ewig nichts mehr gehört, das so romantisch ist.»

«Da bleibt nur dieses eine Problem», sagte Pauline und blinzelte Zoe besorgt an. «Ich will dir nichts aufhalsen, Liebchen, aber wenn ich dann irgendwann nicht mehr bin … dann würdest du das Café erben.»

«Wir haben ein vollkommen anderes Problem», erwiderte Zoe. Ihre Stimme fühlte sich belegt an, und ihre Augen brannten ein wenig. «Du machst uns gerade zu erbitterten Konkurrentinnen. Denn ich wollte das Café doch kaufen.»

Dass Roberta irgendwann mit fragendem Gesichtsausdruck auf der Terrasse stand, schien wie ein Wink des Himmels. Seit Zoes Geständnis hatten alle nur wild durcheinandergeredet, was zu überhaupt keinem Ergebnis geführt hatte. Pauline war vor Aufruhr krebsrot im Gesicht, Julius versuchte, es allen recht zu machen, Zoe bestand entschlossen darauf, das Café keineswegs wie ein Geschenk in die Hände gelegt zu bekommen, und Laura hatte Marina dazugerufen, um mit ihr zusammen Umbaupläne zu schmieden.

«Bevor wir uns noch gegenseitig mit dem Besteck bewerfen, belassen wir es doch heute dabei, dass wir uns schon einig werden», übertönte Julius' Stimme schließlich das Tohuwabohu. «Frollein Lauras Vorschlag hier hat mir eigentlich am besten gefallen. Pauline wird Inhaberin, Miss London ihre Geschäftsführerin und Marina Lehrling. Aber das besprechen wir, wenn wir uns von dem Schrecken erholt haben. Ich schlage vor, wir stoßen erst mal auf die Veränderungen an. Ich hab da noch einen wunderbaren Grappa. Nehmen Sie auch einen, Roberta?»

«Immer gern», erwiderte Roberta und ließ sich ungerührt auf den Stuhl fallen, den Julius gerade frei gemacht hatte. «Schön, dass ich rechtzeitig zum Feiern komme, aber eigentlich bin ich aus einem anderen Grund da.» Sie sah Zoe erwartungsvoll an. «Bitte schau mal auf dein Handy und bewundere gebührend die siebzehn verpassten Anrufe von mir.»

«Ist etwas passiert?»

«Deine Anruferin hat zurückgerufen. Diese Anne – oder Susanne oder wie sie heißt.»

Wumms. Von einem auf den anderen Moment war alle Aufregung und Vorfreude dahin, und Zoe bestand nur noch aus verkrampftem Herzklopfen mit einem Echo aus Sehnsucht und Vermissen.

«Susan», flüsterte Zoe. «Meine Mutter. Was hat sie gesagt?»

Robertas Blick war mitfühlend. «Sie will dich treffen, Honey. Sie will heute noch mit der Bahn nach Köln kommen, und du sollst sie am Hauptbahnhof treffen. Um acht. Sie sagt, dass es ihr leidtut, Zoe, aber –»

«Die hat ja wohl einen Hirnschaden!» Peng – da knallte Pauline beide Hände auf die Tischplatte, dass sämtliches Geschirr klirrend einen erschrockenen Hüpfer tat. «Verschwindet auf Nimmerwiedersehen aus deinem Leben, als ginge es sie nichts mehr an. Und kaum pfeift sie, sollst du angerannt kommen wie ein dressierter Hund? Zwölf Jahre später? Zoe, bei allem, worum ich dich je gebeten habe – geh nicht hin!»

«Aber sie ist ihre Mutter», widersprach Laura.

Roberta nickte nachdenklich. «Das ist schon etwas unglücklich. Aber sieh es mal so: Sie kann es vermutlich kaum mehr erwarten, Zoe endlich wiederzusehen.»

«Das hätte sie sich vorher überlegen können!», schoss Pauline. So wütend hatte Zoe sie selten erlebt.

«Aber Zoe muss das selbst entscheiden.»

Ach ja. Das auch noch. Aber Laura lag ganz richtig, da kam sie wohl kaum drum herum. «Sie ist meine Mutter», murmelte sie. «Ich habe es ihr nicht übel genommen, dass sie gegangen ist.»

«Unsinn!», fauchte Pauline, und Zoe musste zugeben, dass sie recht hatte. Von außen hatte sie es ihr nie übel genommen. Kein böses Wort in all den Jahren. Nicht mal ein wütender Gedanke. Aber innerlich – tief unter der Ebene der Worte und Gedanken, dort, wo nur gefühlt wird …

«Sie wird ihre Gründe gehabt haben zu gehen», sagte Zoe und beantwortete sich den Satz sogleich selbst. «Aber nicht dafür, mich nicht wenigstens mal anzurufen oder mir zu schreiben.»

«Wenn du meinen Rat möchtest», sagte Roberta, «nur falls du ihn hören willst: Geh nicht hin. Ich habe mit dieser Frau telefoniert, und sie wirkte vollkommen überzeugt, dass du kommen wirst. So, als denkt sie, du wärst ihr das schuldig.»

«Aber du bist ihr nichts schuldig», beharrte Pauline.

Zoe schüttelte den Kopf. «Nein. Ich muss in Ruhe darüber nachdenken. Lasst ihr mich einen Moment allein?» Sie ging zum Rand der Terrasse. Zuerst wollte sie ein bisschen durch die Straßen laufen, aber dann entschied sie sich dagegen. Es fühlte sich schön an, seine Freunde hinter sich zu wissen. Fast, als hätte sie so etwas wie ein kleines Zuhause. Also setzte sie sich auf den Rand eines Blumenkübels. Nein, sie war Susan nichts schuldig. Aber sie sehnte sich trotzdem nach ihr, vielleicht sogar ein wenig mehr, als sie wütend auf sie war. Und hatte nicht jeder eine zweite Chance verdient?

Minuten verrannen. Zoe hatte nachdenken wollen, aber in ihrem Kopf war nichts als Leere zurückgeblieben, als hätten all die Gedanken von Tobias, Susan und ihr selbst, ihrem Leben und ihrem Glück miteinander reagiert wie chemische Elemente. Und dann hatte sich alles aufgelöst und zurück blieb bloß ein ungesund riechender Qualm, der sie benebelte.

Als sie vor Müdigkeit fast eingenickt und vom Kübel gekippt wäre, tschilpte neben ihr etwas. «Ach, du bist auch da», sagte Zoe leise. Aus einem Impuls heraus streckte sie die

Hand aus, und vielleicht verblüffte die unerwartete Nähe den Vogel so sehr, dass er vergaß sich zu erschrecken. Plötzlich saß er auf ihrem Finger wie auf einem schmalen Ast. Seine Krallen kratzten, und die Haut seiner Füße fühlte sich rau und schuppig an. Wenn sie nun Zeigefinger und Daumen behutsam schloss, saß der kleine Kerl in der Falle und konnte unmöglich wegfliegen. Sie könnte ihn in Julius' Käfig setzen und sich freuen, den alten Mann glücklich gemacht zu haben.

Hinter sich hörte sie Julius leise lachen. Sie wackelte mit ihrem Finger. «Kschksch», machte sie, und der Vogel flatterte davon.

Als sie zu den anderen zurückging und Julius sagte, dass sie sich entschieden hatte, den Vogel doch nicht zu zähmen, da lachte er erneut. Vielleicht hatte er gemeinsam mit Paulchen, die sich immer als ausgesprochen trinkfest bezeichnete, einfach ein bisschen viel Grappa getrunken, der Gute.

«Das ist ganz wunderbar, Miss London. Ich habe Ihnen doch gesagt, dass Sie ein Händchen dafür haben.»

Vielleicht war er aber auch einfach nur, wie er immer war.

Kapitel 12

An Tagen, wenn die Beine müde waren, weil Herz und Bauch tonnenschwere Klumpen waren, die man mit sich herumschleppen musste, weil es keine Option war, sie für eine Weile irgendwo zu deponieren, streikte der Fahrstuhl immer. Zoe schleppte sich nach oben, ließ sich aufs Bett fallen und erlaubte sich, für eine Minute liegen zu bleiben. Dann musste sie sich umziehen und die verheulten Augen überschminken. Susan sollte nicht denken, dass sie ihr den Tag ruiniert hatte. Vielleicht würde sie ihr später sagen, wie sie sich fühlte. Irgendwann mal. Aber es war sicher keine allzu schlechte Idee, dafür den geeigneten Zeitpunkt abzuwarten.

Es klingelte – und wer immer da an der Tür stand, hatte den geeigneten Zeitpunkt wohl verpasst. Mit dem Mascarabürstchen in der Hand lief Zoe zur Wohnungstür, betätigte den Summer und rief so laut sie konnte «Fahrstuhl ist kaputt» durch den Flur. Dann eilte sie zurück ins Bad, tuschte auch die Wimpern am zweiten Auge und verzweifelte daran, dass der einzige ihrer siebenundzwanzig Lippenstifte, der zu der Fischgrätbluse passte, unauffindbar war. Oh, und die sie bei Gelegenheit mal zuknöpfen sollte.

Sie flitzte aus dem Bad und war gerade bei Knopf zwei, als es an der angelehnten Tür klopfte und diese gleich darauf geöffnet wurde.

«Oh», entfuhr es ihr, denn mehr gab ihr Hirn in der Situation einfach nicht her.

Tobias sah sie unergründlich an, die Augen schmal. Superschurkenvisage – er konnte es immer noch. «Kannst du mir erklären, warum meine Ex an dem Tisch saß, wo ich dich erwartet habe? Was sollte das werden – eine Kuppelshow?»

«Das sollte genau das werden, was eben daraus wurde.»

«Bitte?»

Zoe stemmte die Hände in die Hüften. Sie war müde, genervt, traurig, überfordert, ängstlich und hatte eine Umarmung nötiger als alles andere, hielt ihn aber dennoch mit einer Geste auf Abstand, als er näher kam. «Ihr habt euch wegen eines total banalen Missverständnisses getrennt. Total bescheuert!»

«Möchtest du uns nicht beide beleidigen statt mich allein? Dann rufe ich Chiara an, sie möchte bestimmt auch etwas von deinen Beschimpfungen mitbekommen. Vielleicht antwortet sie dir etwas Passendes, sie war eben der festen Überzeugung, dass du es bist, die bescheuert ist.»

Zoe ignorierte ihn. «Ich wollte, dass ihr das klärt. Denn ich hatte Angst, dass ihr irgendwann feststellt, dass ihr eigentlich keinen Grund hattet, euch zu trennen. Und für den Fall, dass das passiert, sollte es lieber heute als morgen geschehen, denn sonst müsste ich permanent Angst haben, dass es irgendwann geschieht, wenn ich gerade gar nicht damit rechne.» Und alle Sicherheiten aufgegeben waren.

Er ließ sich das eine Weile durch den Kopf gehen, dann lächelte er, und in diesem Lächeln lag etwas zutiefst Ergebenes. «Du mit deinen verrückten Vorsichtsmaßnahmen, Zoe London. Komm her.»

Sie wollte protestieren, überdachte das kurz und erkannte, dass es keinen Grund gab. Sich in seine Arme fallen zu lassen war so erleichternd, als lösten sich tonnenschwere Gewichte von ihr.

«Egal, was war, Zoe», flüsterte er so dicht an ihrer Haut, dass sie die Worte nicht hören musste, sie konnte sie spüren. «Das ist vorbei, und ich will kein Stück Vergangenheit mehr wieder aufwärmen. Ich liebe dich.»

«Und ich dich», hauchte sie zurück, und der folgende Kuss war sehr lang und intensiv und schön, und er machte etwas Unverschämtes mit der Zeit, denn zwischen zwei schweren Atemzügen, einem Kribbeln im Schoß und seiner Hand an ihrem BH streifte ihr Blick ihre Uhr.

«Entschuldige. Aber ich muss noch mal los.»

Er schob sie ein wenig von sich und sah sie ernst an. Er wusste also, worum es ging. «Keine gute Idee», sagte er schlicht, und ihr war klar, dass er das nicht nur sagte, weil er sie jetzt lieber lieben wollte. Er sorgte sich ehrlich um sie.

«Roberta hat dir also verraten, dass Susan mich sehen will.» Sie seufzte. «Hat sie für die Information wenigstens mehr Gehalt rausgehandelt?»

Er zuckte lässig mit einer Schulter. «Sie darf ihren Job behalten, ich fand das mehr als großzügig von mir.»

«Schuft.»

«Ach, Zoe. Es wird dir nicht guttun, hinzugehen. Es tut dir jetzt schon nicht gut.»

«Das weißt du nicht.»

«Das weiß jeder, der dich nur ansieht.»

Ja, ja, haut alle in die gleiche Kerbe, dachte sie. Vermutlich hatten sie sogar alle recht. «Aber sie ist meine Mutter, Tobias. Sie hat einen Fehler gemacht, aber man muss doch auch verzeihen können. Ich muss ihr wenigstens die Chance geben.»

Zu ihrer Überraschung nickte er. «Das kann schon sein. Aber es gibt einen Unterschied zwischen verzeihen, dass man verletzt wurde, und einfach so tun, als wäre man nicht verletzt worden. Und du», er sah kurz an ihr herab, «planst das zweite. Für alles andere bist du noch nicht so weit. Das braucht noch Zeit, und die solltest du dir lassen. Du begreifst ja gerade erst einmal, dass du überhaupt verletzt bist. Warst noch nicht traurig, noch nicht wütend. Du lächelst das noch immer alles weg – und komm mir nun nicht mit den paar trotzigen Tränen! Die sind ein guter Anfang, aber noch lange nicht genug.»

Fast musste sie lachen. War es nicht die reinste Frechheit von ihm, sie zu durchschauen und dabei nicht wenigstens so zu tun, als koste es ihn ein wenig Mühe?

«Sei doch mal ehrlich», sagte er, und seine Stimme bekam einen schmeichelnden Unterton. «Gibt es nichts, das du jetzt lieber tätest, als zu parieren, weil deine Mutter ruft?»

Oh, da fiel ihr schon etwas ein. Aber eine Tatsache war leider, dass es durchaus noch einmal zwölf Jahre dauern konnte, bis Susan London ein weiteres Mal dazu bereit war, ihrem einzigen Kind zu verzeihen, dass es ihrem Glück ständig im Weg gestanden hatte.

«Nein», log sie daher geschmeidig, lächelte ihn an und küsste ihn auf den Mund. «Würdest du mich bitte zum Bahnhof fahren, Tobias?»

Der Verkehr war die Hölle, und Zoe sah alle paar Minuten aufs Handy. Dass sie pünktlich in der Nähe des Bahnhofs ankamen, war nur ein paar riskanten Manövern zu verdanken, die Tobias für sie fuhr.

«Danke», sagte sie leise, die Hand schon am Türgriff. «Auch, dass du nicht mehr versucht hast, mich zu überreden.»

«Deine Entscheidung», erwiderte er. «Ruf mich an, okay? Jederzeit.»

Sie küsste ihn kurz und innig, dann schlüpfte sie aus dem Wagen und hielt mit gleichmäßigen Schritten – klapp, klapp, klapp – auf den Hauptbahnhof zu, in den Ohren all die Dinge, die Tobias gesagt hatte.

Deine Entscheidung.

Und dann klang nach, was er nicht gesagt hatte. Zumindest nicht laut.

Nicht ihre. Nicht Susans Entscheidung.

Und genau das ließ sie stoppen. Klapp, klapp, Stille.

Was machte sie denn hier? Sie rannte zu Susan, als wäre sie eine Pizza, die man mit einem Anruf beim Lieferservice zum Wunschtermin an jede erdenkliche Adresse bestellen konnte. Wie sehr sich Pauline aufgeregt hatte – aber im Gegensatz zu Zoe hatte Paulchen verstanden, was hier eigentlich schieflief. Wie kam Susan zu dieser Dreistigkeit, einfach ungebeten herzukommen und dann noch zu erwarten, dass Zoe ihr entgegenrannte? War es nicht ein grundlegendes Zeichen von Respekt, erst einmal zu fragen, ob sie sie überhaupt sehen wollte? Eine Frage von Einfühlungsvermögen, ob sie es überhaupt ertragen konnte?

Zoe lachte laut auf, um nicht inmitten der hin- und hereilenden Menschenmassen loszuheulen. «Habe ich denn nichts Besseres zu tun?»

Und ob sie das hatte. Sie sah sich um, aber Tobias war losgefahren. In dem verknoteten Verkehr rund um den Bahnhof herum konnte er nicht weit gekommen sein – aber gewiss zu weit, um ihm nachzulaufen. Sie musste sich wirklich mal ein paar alltagstaugliche Sneakers zulegen, Himmelarschundzwirn!

Ein junger Typ mit schickem Hut rollte auf einem Fahrrad an ihr vorbei. War das ein Zeichen? – Das war ein Hollandrad, und zwar mit einem Rahmen für Frauen. Rockkompatibel!

«Entschuldige!», rief Zoe. «Hey, halt mal kurz an!»

Fragend zog er die Stirn in Falten und zupfte sich einen Kopfhörer aus dem Ohr. «Was denn?»

«Ich brauche dein Fahrrad! Schnell, es ist ein Notfall.»

«Hä?»

«Es geht quasi um Leben und Tod. Nimm meine Tasche, da ist mein Ausweis drin, mein Geld – alles.»

«Spinnst du, Lady?»

«Jetzt sei doch nicht so stur!» Zoe stampfte mit dem Fuß auf. «Ich muss meinen Freund noch erwischen.»

«Geht um Liebe, hm?»

Sie nickte, und zu ihrer größten Überraschung stieg er vom Fahrrad und reichte ihr den Lenker. «Is schon gut, bring es einfach zurück, behalt deine Tasche, Lady, damit will ich hier gar nicht gesehen werden. Viel Glück!»

Das Fahrrad schwankte ein bisschen, als Zoe sich vom Boden abstieß. Die Räder waren so eierig, dass man sie kaum mehr als Räder bezeichnen konnte. Aber es fuhr. Zoe trampelte los und sauste so schnell die Straße entlang, dass ihr Unterrock sich aufbauschte und beide Röcke wie Fähnchen um ihre Taille flatterten. Sie trat noch kräftiger in die Pedale, klapperte mit einem Knall einen viel zu hohen Bordstein runter, flitzte bei Rot über eine Seitenstraße und schlenkerte auf den Fußweg, als der Platz auf der Straße wegen des Staus zu schmal wurde. Tobias konnte hier nur in diese eine Richtung gefahren sein!

Endlich sah sie sein Auto, vor Aufregung klingelte sie verrückt, überholte Tobias' rollenden Wagen und bremste ihn aus, indem sie einfach vor ihm einscherte und die Bremse trat.

Er löste die Hände vom Lenkrad und hob sie in einer ahnungslosen Geste. Zoe ließ das Fahrrad fallen, hinter ihnen hupte jemand. Egal! Sie riss die Fahrertür auf.

«Du hattest recht!»

«So. Es gibt also doch etwas, was du lieber tätest, als ... diese Frau zu treffen.»

«Ja», rief Zoe entschieden. «Ich werde sie treffen – irgendwann und unbedingt. Aber erst, wenn ich bereit dazu bin. Denn da gibt es etwas, das ich dringend erledigen muss, bevor ich Geschäftsführerin im hübschesten Tortencafé der Stadt werde. Und zwar war ich schon viel zu lange nicht mehr am Meer.»

Er sah auf seine Armbanduhr. «Na, dann schau zu, dass du dieses klapprige Fahrrad loswirst, ehe noch jemand drüberfährt. In vier Stunden sind wir an der Nordsee.»

«Nordsee?», spottete Zoe, ließ sich auf seinen Schoß fallen und umfasste seinen Nacken. «Die Nordsee ist für Anfänger. Wir sind inzwischen ein Level weiter und fahren ans Mittelmeer.»

Maria Realf
The One

Ein bezaubernder und berührender Roman über die größten Entscheidungen des Lebens

Lizzie steht kurz vor der Hochzeit mit dem attraktiven Sportlehrer Josh. Was er nicht weiß: Er ist die zweite große Liebe ihres Lebens. Nach Alex, der Lizzie so übel mitgespielt hat, dass sie nur mit Hilfe ihrer besten Freundin Megan wieder auf die Beine kam. Zehn Jahre ist es her, seit Lizzie zuletzt von Alex gehört hat – und die Vergangenheit ist für sie endgültig abgeschlossen. Aber jetzt, drei Monate vor Lizzies großem Tag, ist Alex wieder da. Er möchte ihr etwas Wichtiges sagen. Lizzie will davon nichts wissen, doch er lässt nicht locker …

384 Seiten

MIX
Papier aus verantwortungsvollen Quellen
FSC
www.fsc.org
FSC® C083411

Das für dieses Buch verwendete Papier ist FSC®-zertifiziert.